ロス・クラシコス
Los Clásicos
2

ドニャ・ペルフェクタ
―完璧な婦人
Doña Perfecta

ベニート・ペレス＝ガルドス
Benito Pérez Galdós

大楠栄三＝訳

現代企画室

ドニャ・ペルフェクタ――完璧な婦人

ベニート・ペレス＝ガルドス　大楠栄三＝訳

ロス・クラシコス 2
企画・監修＝寺尾隆吉
協力＝セルバンテス文化センター（東京）

本書は、スペイン文化省書籍図書館総局の助成金を得て出版されるものです。

Doña Perfecta
Benito Pérez Galdós

Traducido por OGUSU Eizo

Instituto Cervantes
GOBIERNO DE ESPAÑA
MINISTERIO DE EDUCACIÓN, CULTURA Y DEPORTE
SECRETARÍA DE ESTADO DE CULTURA

目次

第一章　「ビリャオレンダ！……　あと五分！……」

マドリードからの下り列車六五号が、（名を挙げるまでもない）路線の一七一キロと一七二キロの中程の小さな駅に停車した。そのとき、二等と三等の乗客の多くは客車内にとどまり、眠り続けるかあくびをするかしていた。早朝の寒さは身にしみるほど厳しく、乗客たちは吹きさらしのホームを歩きまわる気にならなかったのだ。そのなか一等に乗っていた唯一の客が、慌てて客車から下り、乗務員をさがして、ここがビリャオレンダ（後に出てくる多くの地名同様、架空の地名）の停車場か、と訊いた。

「ビリャオレンダです」と機関士は答えたが、その声はちょうど貨車に積み込まれていた雌鶏たちのコッコッという鳴き声にかき消された。

「レイさま、声をおかけするのを忘れておりました。あちらに馬を連れた者がお待ちしていると思います。」

「しかしここは、とんでもない寒さだな！」旅人は、外套に身を包みながらこぼした。「この停車場には、凍てついた地を馬で旅する前に、休んで景気づけできるような所はありませんか？」

彼が話し終えないうちに、機関士は急ぎの用件で呼ばれ、われらの見知らぬ若き紳士を話の途中で放りだし、立ち去った。代わりにその彼の目に、右手にカンテラを下げた駅員が近付いてくるのが見えた。カンテラが駅員の歩くリズムに合わせて揺れ、じょうろの水が描くような、幾何学的なジグザグの光の波をホーム上に映し出している。

「ビリャオレンダ駅には安宿か、どこか休める所はないのですか?」旅人はカンテラの男に訊いた。

「ここには何もないね」そっけなく答えた駅員は、荷積みをしている男たちの方に駆け寄ると、彼らを口汚くののしり、神を冒涜し、人を呪うかのような罵詈雑言のかぎりを浴びせた。先ほどの雌鶏たちでさえ不愉快に感じ、籠の中で陰口をたたくほど品のない言葉だった。

「なるべく早くここを出た方が良さそうだな」と、旅人は独りごちた。「機関士の話では、馬が待っているとのことだったが。」

こんなことを考えていたとき、彼の外套をそっと控えめに引っ張る細い手に気付いた。振り返ると、褐色の毛織りの布地を無造作に巻いた黒い塊が目に入った。布地の大きな折り目からは、カスティーリャ地方の農夫の、狡猾で干からびた顔がのぞいている。旅人は、草原《くさはら》にそそり立つポプラの樹のようにひょろ長い、男の背丈に目を留めた。擦り切れたビロード帽の幅広のひさしの下には、鋭い目が光り、鋼のごとく浅黒い手には緑色の棒が握り締められている。大足が動くたびに、鉄の拍車がタンバリンの鈴に似た音を鳴らした。

「旦那が、ドン・ホセ・デ・レイさまでしょうか?」男は、帽子に手をやりながら訊いた。

「確かにそうですが、あなたは」若き紳士は嬉しそうに応じた。「ドニャ・ペルフェクタ叔母に仕える方ですか。オルバホッサへ案内するために、私を迎えに来てくださったのですね。」

「そのとおりで。旦那がお好きなときに出立しましょう……、雌馬は風のごとく駆けますので。ドン・ホセさまは馬の扱いがお得意でしょう。血は争えぬものと申しますから……」

「どこから外に出られるのですか？」口早に男の言葉を遮り、旅人は続けた。「さあ早く、ここから立ち去りましょう、セニョール……ええっと、お名前は？」

「ペドロ・ルーカスです」褐色の毛織り布地を巻き付けた男は、再度帽子を取ろうとしながら名乗った。「ただ、リクルゴ親爺と呼ばれておるんで。旦那の荷物はどちらでございましょうか？」

「あそこの時計の下にあります。荷物は三つ。旅行カバン二つに、ドン・カジェターノ殿の本が詰まった大型トランク一つです。引換券はこれです。」

しばらくすると、二人は主人と従者のごとく、駅と名付けられたバラックを背に、一本の道の前に立っていた。その先は、ビリャオレンダの粗末な家々がかろうじて見える二つの禿げた丘の間に消えている。すべての荷物、つまり人とトランクが三頭の馬に分けて積まれた。ホセ（愛称ペペ）・デ・レイには見た目の悪くない雌馬があてがわれ、リクルゴ親爺は老いた小馬――安定感はあるが少々ガタのきた――の背にまたがった。そして、血気盛んで俊足の若い下男が、荷を負った雄馬を引いた。

一行の出立に先立ち、列車が、貨物と旅客の両方を乗せた車輌に特有の、のんびりと落ち着いた調子で、線路を滑り出していった。車輪の響きは次第に遠くなり、深い地響きだけを足下に残していく。一七二キロ地点のトンネルに入るとき、機関車が汽笛から蒸気を噴き上げ、けたたましい唸り声を宙にとどろかせた。続いて、トンネルがその黒い口から白っぽい蒸気を吐き出し、トランペットに似た叫び声を上げた。村や町、都市や県が轟音に目覚めていった。雄鶏が一羽こちらで鳴き、あちらでもう一羽が鳴いた。夜が明けはじめたのだ。

第二章　スペイン奥地への旅

歩を進めた一行が、ビリャオレンダの粗末な家々のわきを通り抜けたころ、ようやく立派な風采の若き紳士が声を発した。

「あの、ソロンさん……」

「リクルゴでございます。何かご用で……」

「そうでした、リクルゴさん。たしか、古代の聡明な法律家《リクルゴス》と同じお名前だったと記憶したせいで、失礼いたしました。ところでお訊きしたかったのは叔母のことです。お元気でしょうか？」

「お変わりないお美しさで」農夫は馬の歩みを止めることなく答えた。「ドニャ・ペルフェクタ奥さまはお歳を召されないかのようです。《神は善人に長寿を授ける》と申しますとおり、神の天使のごときあのお方はきっと何千年と長生きなさることでしょう。もっとも、神がこの世で奥さまに、祝福の代わりに鳥の羽根を授けていなすったなら、いま頃天国に昇っていらっしゃるかもしれませんがね。」

「それで、従妹のロサリオは？」

「まさに《先祖の名声を損なわぬ子は賞賛に値する》という諺どおり！　ロサリートお嬢さまは、お母さまに生き写しというほか言いようがありません。ドン・ホセさま、お嬢さまとの結婚のためにこちらにいらしたという噂が本当でしたら、お宝と連れ合いになられますな。同じ一族の《似た者同士》ですから、ロサリートお嬢さまにとっても不足はございませんでしょう。《ペドロとペドロの間にはたいしたちがいはねぇ》、つまり似合い似合いの釜の蓋ってわけですから。」

「ドン・カジェターノ殿はいかがでしょうか？」

「年がら年中、書物の仕事に没頭しておいでです。大聖堂より大きな図書室をお持ちで、その上、地面を掘り起こしては、モーロ人が書きつけたとかいうひどい落書きだらけの石ころを探していらっしゃる。」

「オルバホッサにはどれくらいで着きますか？」

「神の思し召しにかなえば、九時には着くでしょう。甥御さまを目になさったら、奥さまはどんなにお喜びになることか……　ロサリートお嬢さまも。昨日、旦那がお使いになる部屋をしつらえておいででしたから……　初めてお会いになるとかで、母娘ともどもドン・ホセさまがどんな方だろうと思いめぐらすあまり、地に足がつかないご様子。《書きつけなら物を言うが口約束はなんにもならねえ》って言いますが、口約束が物を言うときがやっと来たわけで。従妹が従兄と出会って、皆が喜び浮かれ騒ぐ。《神様が夜を明けてくださりゃ、すべて良くなる》ってやつですな。」

「叔母も従妹もまだ私に会ったことがないわけですから」と、ホセは苦笑した。「いろいろ先走って計画をめぐらすのは賢明ではありません。」
「おっしゃるとおりで。《鹿毛の馬の思いと鞍をつける者の考えは別もの》って申しますからね」と農夫が応じた。「ただ、見た目は人を欺きませんので……　旦那はなんと素晴らしい宝石を手になさることか！　そしてお嬢さまはなんという美男を！」

リクルゴ親爺の最後の言葉は、ぼんやり何か考えごとをしていたホセの耳に入らなかった。一行が曲り角にたどり着くと、農夫は馬の方向を転じて言葉をかけた。

「さてここからは、この小道を進まねばなりません。橋が壊れていて、ユリの小丘《セリーリョ・デ・ロス・リリオス》で川の浅瀬を渡るしかないもんで。」

「ユリの小丘?」考えごとに耽っていたホセが突如われに返り、聞き返した。「こんな荒れた土地になんと詩的な名が付けられていることでしょう！　この地を旅しはじめてから、はなはだ皮肉な地名の数々に、驚かされるばかりです。乾ききった人気《ひとけ》のない土地、物寂しく暗い風景ばかり目につく場所が《心地よい谷間《バリェ・アメーノ》》だという。不毛の荒野に惨めったらしく広がる、どこから見ても貧しさを触れ歩いているとしか思えない日乾しレンガの寒村が、不遜にも《豊かな町《ビリャリカ》》と名乗る。あざみ草さえ養分を見出せない石ころだらけの埃っぽい渓谷が、《花の谷《バルデフローレス》》と呼ばれる。その上、眼前に横たわるこれが《ユリの小丘》ですか？　神よ、しかし、ユリはどこに植わっているというのか？　私には石ころと色あせた草しか目に入らないのに。この丘を《荒廃した小丘《セリーリョ・デ・ラ・デソラシオン》》と呼ぶのなら、納得いくのですが。名が実をともなう《醜い町《ビリャオレンダ》》を除き、この地ではすべてが皮肉に満ちています。美しい名称に対し、味気ない悲惨な現実。この地に住む盲人は幸せかもしれません。言葉の上では天国、目には地獄という土地なのですから。」

　リクルゴにはレイの話がよく飲み込めなかったのか、気にも留めていない様子だった。荒れて濁った水が —— まるで川岸から逃げるかのごとく —— 気が急くように流れる浅瀬を渡ったあとで、農夫は、左手に拡がる何も生えていない広大な土地に向かって腕を伸ばし、言った。

「こちらが《ブスタマンテのポプラ林《アラミーリョ・デ・ブスタマンテ》》です。」

「私の土地だ！」ホセは嬉しそうに声を上げ、夜明けの光に照らし出された物寂しい農地を見渡した。「母から相続した財産を目にしたのは、これが初めてです。哀れな母はこの地をたいそう賞賛し、どんなに素晴らしい土地なのか話してくれました。ですから、私も子ども心に、その土地に行くのは天国に行くのと同じくらい素晴らしいことだと信じたものです。果実に草花、鹿といった大物から兎などの小物の獲物まで、山、湖、川、そして詩情あふれるせせらぎと牧歌的な丘。いかなる土地にも負けない美しい祝福の地《ブスタマンテのポプラ林《アラミーリョ・デ・ブスタマンテ》》には、それらすべてが揃っていると信じていたのに……　なんてことだ！　この地の住人たちは、よほどたくましい想像力を持って生きているにちがいない。思いや情熱を母とわかち合っていた幼少期にここへ連れて来られたなら、まだしも、不毛の丘や土埃と水たまりだらけの広野、そこに立つ古びた農家、半ダースほどのキャベツに涙ほどのうるおいしか与えることのできないガタのきた水車、こうした私がいま目にしている惨めで怠惰な荒廃の様を、魅惑的だと感じたかもしれませんが。」

「この地方では最良の農地です」リクルゴが口をはさんだ。「ヒヨコ豆《ガルバンソ》を作るのにこれほど適した農地はありません。」

「それは、うれしいですね。もっとも相続してこのかた、この名高い土地は私に一銭も利益をもたらしてくれてはいませんがね。」

スパルタの聡明な法律家《リクルゴ》は片耳を掻き、ため息をついた。

「ところで聞くところによりますと」彼は話を続けた。「隣接する農地の所有者の中に、私の広大な領地に犂《すき》を入れ、少しずつ土地をくすねている輩がいるとか。リクルゴさん、ここには道標も境界線もなく、いわゆる明確な所有地というのは存在しないということなのですか？」

農夫は一つ大きく息をついて——その間、自分の鋭い頭脳を考えを深めるのに費やしているかのようであった——打ち明けた。

「大股親爺《パソラルゴ》、抜け目のないやつで《哲学者》とも呼ばれておりますが、こいつが礼拝堂の上から《ブスタマンテのポプラ林》に犂を入れ、かじりにかじって六ファネーガ《三八七アール》ほども旦那の土地に食い込んでおります。」

「なんと珍しい学派の哲学者でしょう！」ホセは微笑みながら声を上げた。「賭けてもいい、そいつが唯一の哲学者というわけではないのでは。」

「《鐘を叩くのは、叩き方を知っている奴にまかせろ》って、誰かが言っておりましたし、《鳩舎に餌のあるかぎり、鳩は必ず寄りつくもの》とも言いますので……　ドン・ホセさま、旦那には《主人の眼は雌牛を肥やす》っていう諺がぴったりですな。こちらにお越しになったのですから、この際、土地を取り戻す努力をなさってはいかがですか。」

「リクルゴさん、おそらく取り戻すのはそれほど容易なことではないでしょう」彼は答え、小道に馬を入れると、道の両側に美しい小麦畑が現れた。青々と育ち早くも実った穂が目を和ませてくれる。「この畑はいかにも巧く耕作されています。《ポプラ林》がすべて、悲哀と貧困に満ちているわけではないのですね。」

声をかけられた農夫は、哀れむような表情を浮かべ、賞賛された畑を一瞥《いちべつ》し、へりくだった調子でつぶやいた。

「旦那、この土地はわしのもので。」

「それは失礼しました」彼は語気を強め応じた。「私もあなたの土地に鍬を入れてみたいものです。この地方では、よその土地に鍬を入れるという哲学が伝染しますね。」

一行はすぐに谷間の、せき止められて干上がった哀れな小川に足を踏み入れた。川底を通り過ぎると、次は一本の草も生えていない石ころだらけの耕地に入り込む。

「ここは実に痩せた土地ですね」ホセは、遅れ気味についてくる二人を振り返り言った。「さすがのあなたも、泥と砂ばかりのこの土地から利益を引き出すのは容易ではないでしょう。」

リクルゴは淡々と答えた。

「こちらは……旦那の土地でして。」

「どうもここでは、痩せた土地はすべて私の所有《もの》のようですね」ホセは乾いた笑い声を上げながらきっぱりと言った。

こんな会話を交わしつつ、一行は本道に戻った。すでに日中の強い光が、スペインの地平のあらゆる窓と天窓から陽気に降りそそぎ、広野を眩いばかりの明るさで満たしていた。雲一つない茫漠たる空は、より広大に、大地から高くかけ離れて見え、まるで天頂からの眺望を楽しんでいるかのようだった。樹木のない不毛の大地 —— 藁色か粘土色をした、つまり黄色っぽいか黒っぽい、もしくは褐色かわずかに緑色を帯びた、三角や四角に区分けされた耕地 —— はどことなく、乞食が日向で身にまとうマントに似ていた。この貧相なマントの上で、キリスト教徒とイスラム教徒が勇壮な戦いを交えたのだ。栄えある場所にはちがいないが、はるか昔のその戦いは、この地を苛酷な土地に変えてしまった。

「リクルゴさん、今日は日差しがきつくなりそうですね」ホセが、羽織っていた外套のボタンをいくつか外しながら声をかけた。「それにしても物寂しい道だ！　目の届く範囲に一本の樹木も見あたらないとは。この地では、あらゆるものがあべこべで、皮肉にこと欠きませんね。ポプラの高木はもちろん低木さえ見あたらない場所が、なぜ《ポプラ林《アラミーリョ》》と呼ばれるのでしょうか？」

その問に、リクルゴ親爺は応じなかった。というのも、不意に遠くから何かが聞こえ、一心に耳を傾けていたからだ。不安げに馬を止め、陰気な目つきで遠くの道と丘を探っていた。

「どうかしましたか？」旅人も馬を止め尋ねた。

「ドン・ホセさま、何か武器をお持ちですか?」

「リボルバーを……　そうか、なるほど。辺りに盗賊がいるのですね?」

「おそらく」リクルゴは深刻な顔で答えた。「銃声が聞こえたような。」

「あちらへ行ってみましょう。さあ!」ホセは馬に拍車をかけながら勇ましく呼びかけた。「大した相手ではないでしょう。」

「ドン・ホセさま、お待ちください!」農夫が声を上げ、彼を引き止めた。「奴らはサタンより悪しき連中です。いつぞやは、列車に乗るために駅に向かっていた紳士を二人、殺めたほどで……　冗談ではありません。豪傑《ガスパロン・エル・フエルテ》なガスパロン、火花《ペピート・チスピーリャス》のペピート、甘っちょろい奴《メレンゲ》、姑殺《アオルカ・スエグラス》しといった輩とは、生きている間に顔を合わせたくありません。わき道に逸れましょう。」

「いや、立ち向かいましょう、リクルゴさん。」

「ドン・ホセさま、後退するにかぎります」困り切った口調で農夫は応じた。「あなたさまは、どんな輩かご存じない。奴らこそ先月カルメン教会に押し入って、聖体保管の大杯と聖母マリアの冠、そして燭台二本を持ち去った連中です。二年前にマドリード行きの列車を襲って掠奪を働いたのも奴らなんですよ。」

盗賊たちのあまりに非道な前科を聞かされたドン・ホセは、奮い立った士気が少し萎えるのを感じた。

「はるか向こうに、大きくそびえる丘をご覧になれますか?　ならず者たちは、まさにあの、《紳士方の間《エスタンシア・デ・ロス・カバリェーロス》》と呼ばれる洞窟に身を潜めているんです。」

「紳士方《デ・ロス・カバリェーロス》のですって！」

「旦那、そのとおりで。治安警備隊が油断したところを見計い、本道に下りてきては奪えるものはすべて奪っていくんです。曲り角の向こうに十字架が見えますか？　選挙のときに殺害されたビリャオレンダの村長をしのんで建てられたものです。」

「確かに、十字架が見えます。」

「あそこに古い家屋があるのですが、そこに身を隠しながら運送人たちが通るのを待つわけでして。あの場所は《楽園《デリシアス》》と呼ばれております。」

「楽園《デリシアス》！……」

「あそこで殺害され掠奪された人びとが生き返ったなら、軍の部隊一つにもなるほどでして。」

こんな話をしていたまさにそのとき、もっと近いところで再び銃声が聞こえ、二人の勇み立った士気はさらに萎んでしまった。ただし、雄馬を引いていた若い下男は、怯むどころか嬉々として、せっかくこんなに近くで銃撃戦が始まったのだから、先に行って観てきてよいか、とリクルゴ親爺に許しを請うた。若者の決意を見せつけられたドン・ホセは、自分が怯んだこと、少なくとも盗賊たちにいささかでも怖れを抱いたことを恥じ入り、馬に拍車をかけ叫んだ。

「いざ、われわれもあちらへ。窮地に陥った不幸な旅人たちに、もしや、救いの手を差し伸べることができるやも。あの《紳士方《カバリェーロス》》に剣突《けんつく》を食わすことができるやもしれません。」

リクルゴは懸命にホセを説き伏せようとした――彼の意図がいかに無謀か、襲われた者はすでに掠奪を受けた後で、おそらく事切れており、誰の助けも要しない状況にある、よって彼の情け深い思いも無駄に終わってしまう、と。こういった分別ある忠告に、ホセは耳を傾けようともせず、助けにいくと言い張った。対して村人《リクルゴ》は、さらに強い口調で彼を押し止めた。二人がこんなやりとりを交わしていると、御者に操られた幌付きの四輪馬車がのんびり道を下ってきて、その問題にけりをつけてくれた。つまり、御者たちが陽気に唄を歌いながら何の心配もなさそうにやって来たのだから、大した危険はないとわかったのだ。実際、彼らの話では、銃を撃ったのは盗賊ではなく治安警備隊の方であり、そうやって町の刑務所に連行中の五、六人の盗人たちの鼻をへし折ってやった、とのことだった。

「ああ、そういうことか。」リクルゴは、道の右手向こうに見えてきた薄い白煙を指さしながら、うなずいた。「あそこで奴らが酢漬けにされたわけです。時どき、こうしたことが起きるもので。」

ホセには事情がよく飲み込めなかった。

「ドン・ホセさま、わしは断言できますが」と、スパルタの法律家が強く言った。「でかした、と思います。なんせ判事があの悪党どもを取り調べるなど、何の役にも立ちやしない。奴らをわずかばかりうんざりさせた後で、釈放しちまう。六年間の裁判の後、刑務所に送られても、脱獄したり赦免されたりして、紳士方の間《エスタンシア・デ・ロス・カバリェーロス》に舞い戻ってくる。最良の策はこれにかぎる――撃て！　どいつが殺ったかは神のみぞ知る。つまり、奴らを刑務所に護送する途中、適当な場所に来たら……《犬公、逃げたいのか……　じゃあ、バン、バン》。すでに起訴状はできていて、あとは証人が出廷し、裁判が行われ判決がくだる……　すべてがあっという間に片付いちまう。《牝狐は賢いが、そいつを捕まえる奴の方がもっと聡い》とは、よく言ったもんです。」

「では先へ、もっと馬を速めましょう。この旅は長いうえに愉快なことが何一つない」とホセ・レイは言った。

楽園《デリシアス》の傍らを通るとき、読者はすでにご存じの風変わりな判決を、数分前に執行した治安警備隊員たちが道路のすぐわきにいるのが見えた。下男は、ピクピクと痙攣する盗人たちの死体を間近で見られなかったことをはなはだ残念がった。一行は遠くにおぞましい塊と化した死体を認めつつ、歩を前へ進めた。ところが、二十歩も進まないうちに、一頭の馬が彼らの後方からギャロップで駆けてくるのに気付いた。すぐにも彼らに追い着くほどのすさまじいスピードだ。われらの旅人が振り返ると、一人の男——馬と乗り手がこれ以上完全に一体化するなど考えられない、いっそケンタウロスと呼ぶにふさわしい——の姿が目に入った。がっしりとした血気あふれる身体、ぼさぼさ頭の下には、大きく爛々と燃えるような双眸、黒い口ひげをたくわえた中年男で、およそ愛想が良いとは言いかねる挑発的な容貌と相まって、体全体で強さを誇示していた。パルテノン神殿の馬と同じくらい筋骨隆々とした胸部を持つ、素晴らしい馬にまたがり、その馬の横腹には、この地方独特の飾りが施され、臀部には《郵便》と蓋に太く書かれた大皮袋が掛けられていた。

「やあ、お早うございます、カバリューコ殿」リクルゴは近くにやって来た騎手に挨拶した。「わしらの方があなたに先んじたようですな！　ただ、あなたがその気になれば追い越されてしまうのでしょうが。」

「ひと休みすることにしよう」と、カバリューコは答え、馬の歩みを三人に合わせ、一人の目立つ男に注意深い視線を向けつつ言い添えた。「良きお連れがいるようだが……」

「こちらの旦那は」と、リクルゴが笑みを浮かべながら応じた。「ドニャ・ペルフェクタの甥御さまです。」

「ご機嫌よろしゅう、旦那。何なりとおっしゃってください。」

二人は互いに挨拶を交わしたが、カバリューコの振舞いには相手を見下したような高慢さが見てとれた。少なくともそれは、自分がこの地方のたいそうな有力者で、相応の地位を占めているという自意識を誇示していた。誇り高き騎手が自分のそばを離れ、道にやって来た二人の治安警備隊員と立ち話をはじめた隙に、旅人は道案内役のリクルゴに訊いた。

「あの方は一体どなたですか？」

「どなたですと？　カバリューコ殿です。」

「では、カバリューコ殿とは？」

「なんと！　まさかカバリューコという名をお耳にしたことがないとおっしゃるのではないでしょうな？」農夫は、ドニャ・ペルフェクタの甥の無知ぶりに吃驚《びっくり》した。「恐ろしく勇猛な男で、偉大なる騎手。このあたりで一番の乗馬の名手です。オルバホッサの住人は彼のことをたいそう慕っておりまして。と言いますのも、実際、神に祝福されたかのように善良な方なんで……　地元では皆が一目も二目も置く領袖《カシーケ》でして、県知事さえも帽子を取るほどです。」

「というのも、選挙のときなどは裏工作に暗躍し……」

「マドリード中央政府からの彼宛の通達には、《閣下》と上書きに書き付けられるとか……キリストを背負った聖人クリストフォルスのごとく、重い鉄のバーを投げ当てる怪力の大男で、武器なら何でもござれ、わしらが自分の指を動かすようにあやつれます。ここに税関所があったときには、その役人たちも彼にはお手上げで、町の入口では毎晩銃声が聞こえたという……　床を掃くことから磨き上げることまで何ごともいとわない、いくら金を積んでも得られないほど忠実な部下たちを抱えていて……貧しい者の味方で、余所者がオルバホッサの人間に危害を加えようものなら、まず彼と話をつけることになる……　ここにマドリッツ《マドリード》政府の兵士がやって来ることは滅多にありませんが、兵士が駐留していたときは日々血が流れました。カバリューコがなんやかんや喧嘩をふっかけていたんで。いまのところ貧しい生活を送り、郵便の輸送役に甘んじていますが。ただ、最近役所をたきつけ、税関所を再開させて、甘い汁を吸おうとしているようです。マドリードで彼の名が挙がるのを耳にしたことがないなんて信じられませんな。あのカルロス党派に属していた有名なカバリューコの息子ですよ。そしてまた、その父カバリューコも、一世代前のカルリスタ戦争に参加した祖父カバリューコの息子で……　無秩序きわまりなく、またもや内乱が起こるのではと噂される今日このごろ、わしらはカバリューコがそれに首をつっこむのではと怖れております。これで、光栄にもわしらの町で生を受けた父親と祖父の偉業に、終止符が打たれてしまわないかと。」

われらの旅人は、これから訪れる土地に相も変わらず棲息しているという遍歴の騎士の類いを目の当たりにし、驚嘆した様子だった。ところが、リクルゴにあらたな質問をするチャンスはなかった。というのも、まさに質問の対象たる人物が彼らに加わり、不機嫌そうに話しはじめたからだ。

「治安警備隊が三人を始末したという話だった。部隊長には慎重に行動するよう、伝えておいた。明日、県知事とおれとで話し合うことになるだろうが……」

「では、県知事のところにいらっしゃるので？」

「いや。リクルゴ、知事がこっちに会いに来るんだ。二、三の連隊がオルバホッサに送り込まれるという噂は聞いただろう。」

「ええ」ペペ・レイが微笑みながら嬉々として口をはさんだ。「この地方に何らかの反乱の徴候が見られるという噂を、マドリードで耳にしました。用心するにこしたことはありません。」

「マドリードでは戯言《たわごと》ばかりだ……」ケンタウロス《カバリューコ》は乱暴に言い放ち、続いて聞き捨てならぬことを次々に口にした。「マドリードには詐欺師しかおらん……　兵士を送り込むだって？　どうせおれらからもっと税金を搾り取り、ついでに二、三回徴兵を行うためだろう？　いまのところ反乱がないとしても、天命に誓って起こすべきだ。あんたが……」若き紳士を嫌味な感じで見つめながら尋ねた。

「あんたがドニャ・ペルフェクタの甥だって？」

この唐突な質問とふてぶてしい目顔に、青年は苛立った。

「ええ、そうです。それが何か？」

「おれは奥さまの友人で、奥さまのことを本当に大事なお方だと思っておる」とカバリューコは言った。「オルバホッサに行くあんたとは、あちらでお会いしよう。」

こう言い放つと、カバリューコは大馬に拍車を当て全速力で走り去り、土埃の中に消えた。

それから半時間ほどの道中、ドン・ホセは言葉を交わす素振りをほとんど見せず、同様にリクルゴも押し黙っていた。そんな二人の目に、丘の表面に家々がしがみつき、ひしめき合っている古びた集落が見えてきた。丘の高みには数本の黒ずんだ塔と、崩壊し荒れ果てた城塞。その銃眼付き城壁の残骸と、形の崩れた土壁の寄せ集め、よく見ると地面と同じ褐色の埃っぽい土壁からなるあばら屋が密集し、集落の土台を形成している。城壁の足下には、みじめな掘っ建て小屋が数え切れないほど建ち並び、日乾しレンガのみすぼらしい玄関は、まるで腹が減って通行人に施しを乞う貧血症患者の顔のようだった。貧相な川がブリキのベルトのように町の周囲を流れ、いくつかの果樹園に潤いをもたらし、そこだけに茂っている枝葉が見る者の視線を和ませてくれた。町にはわずかだが、馬に乗る者や歩く者の出入りが見られ、そうした人びとの動きのおかげで、どうにかその大きな住処《すみか》に生命の気配が感じられた。ただし、その様相は荒廃と死の住まいを思わせる、繁栄や活気からはほど遠いものだったが。というのも、不快きわまりない乞食たちが道の両側を這いずり、通行人に恵みを乞うといった、嘆かわしい光景が目についたからだ。何もかもすっぽりと埋葬されたかのような町の、地下で腐敗が進んでいる墓場の裂け目とも言える街路に、乞食ほどぴったりな存在があろうか。われらの旅人たちが町に近付くと、いくつかの鐘が調子っぱずれに鳴りはじめ、その豊かな音色はミイラのごとき町がまだ魂を有し生きていることを彼らに告げた。

町の名はオルバホッサ、バビロニアのカルデアやエジプトのコプトではなく、スペインの地に位置していた。七三二四人の住人を抱える、市役所、司教座、裁判所、神学校、種馬の繋養《けいよう》場、中等教育校、その他もろもろの公的機関をそなえた町だった。

「大聖堂で大ミサ《祭日用合唱つきミサ》を告げる鐘が鳴っています」とリクルゴ親爺は口を開いた。「思ったより早く着きましたな。」

「あなたの生れ故郷は」眼前に広がる町のパノラマを凝視しながらホセが応じた。「これ以上ないほど人を不快にさせる姿をしていますね。由緒ある町オルバホッサ、その名をラテン語《荘厳なる都市《ウルブス・アウグスタ》》からの転化に負うにちがいない町が、巨大な掃き溜めに見えてしまう。」

「ここからじゃ町の郊外しか見えんからでしょう」案内役のリクルゴが気を悪くして応えた。「国王《レアル》通りや総司令官《コンデスタープレ》通りから町に足を踏み入れたなら、大聖堂をはじめとする数々の美しい建物をご覧になれるんです。」

「実際に見もしないで、オルバホッサの悪口を言うつもりはありません」と、ホセは答えた。「どうかいま言ったことを軽蔑の証だと取らないでください。この町は、たとえみすぼらしく惨めに見えたとしても、私にとっては美しく壮麗で、常に愛おしい場所なのですから。というのも、母の故郷というだけでなく、まだ会ったことがないものの、ここには私の愛する人びとが住んでいるのですからね。さあ、《荘厳なる》町に足を踏み入れましょう。」

二人は町筋につながる街道を上り、果樹園を囲むレンガ塀にたどり着いた。

「この塀に囲まれた大きな果樹園の奥に建つ、大邸宅が見えますかな?」リクルゴ親爺は、町で唯一、明るく住み心地が良さそうな屋敷の高い白漆喰壁を指さしながら訊いた。

「ええ、ではあれが叔母の住まいなのですね?」

「まさにそのとおりで。いま見えておりますのは屋敷の裏側です。建物の正面は総司令官《コンデスタープレ》通りに面しておりまして、城塞のような鉄製バルコニーが五つついてます。塀の向こうに見える美しい果樹園は奥さまの所有で、鞍の上で腰をお上げになれば、ここからでもその全景が見渡せるでしょう。」

「ではもう屋敷に着いたわけですね」とホセは言った。「ここから入ることはできないのですか?」

「以前は小さな扉がありましたが、奥さまがお命じになってふさいでしまわれました。」

ホセは鐙の上に立ち上がり首をいっぱいに伸ばして、塀の上から中をのぞき込み、

「果樹園全体が見渡せます」とは声を上げた。「樹木の下に女性が、少女……一人のお嬢さんが見えますが……」

「ロサリオお嬢さまです」とリクルゴは答えた。

彼も見ようとしてすぐさま鐙の上に立ち上がった。

「ロサリオお嬢さま」リクルゴは右手で意味ありげな合図をしながら叫んだ。「ただいま戻りました!……　あなたさまの従兄殿をお連れしましたよ。」

「私たちのことが見えたようです」と、ホセは首を精一杯伸ばして言った。「ただ、見間違いでなければ、彼女のわきに一人の司祭……聖職者の方がいらっしゃいました。」

「それは聴罪司祭さまです」と農夫は当たり前のように答えた。

「私たちに気付いて従妹は……　司祭を残したまま家の方に駆け出しました……　かわいい娘だ……」

「太陽のようでしょう。」

「彼女の顔、サクランボより赤くなりましたよ。さあ、リクルゴさん、急ぎましょう。」

第三章　ペペ・レイ

話を進める前に、ペペ・レイとは何者で、どんな用件でオルバホッサにやって来たのか、お伝えしておいた方がいいだろう。

旅団長レイが一八四一年に死去したとき、彼の娘ペルフェクタはオルバホッサでもっとも裕福な地主と、息子フアンは同じ町の若い女性と結婚したばかりだった。ペルフェクタの夫はドン・マヌエル・マリア・ホセ・デ・ポレンティーノス、フアンの妻はマリア・ポレンティーノス。二人は同じ名字ではあったが、《グレーハウンド犬でさえ嗅ぎ付けられない》ほど遠い縁者にすぎなかった。フアン・レイはセビーリャの大学を卒業した後法律家となり、その町で三十年の長きにわたり高名な弁護士として、多大な栄光と利益を得ることとなった。一八四五年に妻に先立たれたとき、彼にはいたずらをはじめたばかりの息子が一人いた。家の中庭でよく泥遊びをする子で、水道橋、堤防、貯水池、ダム、用水路を造ってはそこに水を入れ、もろくて崩れやすい作品の間を水が流れるのを愉しんだ。彼が遊ぶ様子を見ながら父はよく言ったものだ――「おまえは土木技師になるぞ。」

ペルフェクタとフアンはそれぞれが結婚して以来会うことはなかった。というのも、ペルフェクタが裕福な夫ポレンティーノスとマドリードに移り住んだからだ。ところで、彼女の夫は莫大な財産を有していたが、それを浪費する術もおおいに持ち合わせていた。賭博と女が彼の心を惹き付けたのだ。もしも早々に死が彼を連れ去らなかったとしたら、おそらく一家の財産はすべて食いつぶされてしまったにちがいない。田舎の大金持ちだった彼は、男にたかる都の女たちと、賭博という飢えた吸血鬼とによって骨の髄まで吸い尽くされ、ある饗宴の夜、突如としてその人生を終えた。唯一の相続人は生後数カ月の女の子だった。彼の死で心配の種は消えたものの、一家がたいへんな苦境にさらされていることに変わりはなかった。ポレンティーノス家は破産していたのだ。莫大な借金の形《かた》に、所有地は借金取りに奪い取られる寸前。オルバホッサの財産管理もひどいもので、その上、マドリードでも信用を失い、すべてが嘆かわしいほど混乱をきわめた状況にあった。

ペルフェクタは兄と連絡を取った。兄は哀れな未亡人となった妹を助けに駆けつけ、機敏に賢く対処した。おかげで、わずかの間に危機の大半は避けられた。兄は妹に、まずはオルバホッサに居を定め、みずからの手で広大な領地を管理するよう助言した。その一方で、彼はマドリードで債権者たちの強い圧力に立ち向かった。ポレンティーノス家は、巨大な借金の重しから少しずつ解放されていったが、それは良き兄ドン・ファン・レイがこうした案件にかけては《この世のいかなる者よりも腕きき》だったためで、裁判所と戦い、主な債権者たちと契約を交わし、分割で支払いできるように計らってくれたからだった。こうして、彼の有能な働きのおかげで財産は窮状を脱し、ポレンティーノス家は末代まで繁栄と栄光を約束された名家としての地位を回復した。

ペルフェクタの兄に対する感謝の念はたいそうなもので、娘が成長するまで住むことにしたオルバホッサから手紙をしたため、その他もろもろの礼とともに、こんなことを書き送るほどであった

――「あなたはわたくしにとって兄以上、娘にとっては実の父親以上のことをしてくださいました。こんなにもお世話いただき、わたくしたちはどうやってお返しできるでしょうか？　親愛なるお兄さま、娘が物事のわかる、人の名前を口にできる年齢《とし》になりましたら、まずあなたの名前を祝福することを教えます。わたくしの感謝の気持ちは一生変わることがありません。取るに足りない妹ですが、どんなにあなたを愛しているかを見せてさし上げたり、あなたの偉大な魂と、計りしれないほど善良な心に報いる機会が見出せないことを、残念に思う次第です。」

この手紙が書き送られたとき、ロサリートは二歳。ペペ・レイはセビーリャの学校にこもりノートに線を引きながら、《n角形の内角の和＝180度×（n－2）》の証明に取り組んでいた。難解ではあるが明快な答えを持つこうした問題の虜になっていたのだ。歳月が流れ、少年は成長した。しかし、相変わらず線を引き続けていた。引いた線は最後には《タラゴーナからモントブランクまで》の線路

となり、彼の初めての本物の玩具は、その線路が横切るフランコリ川にかかる一二〇メートルの鉄橋となった。

ドニャ・ペルフェクタはその後ずっとオルバホッサに住み続けた。兄の方もセビーリャを離れることがなかったため、二人は互いに顔を合わせることなく、数年が過ぎた。しかし、三カ月毎に几帳面に書き送られ、同様に几帳面に返信された手紙が二人の心をつなぎ止め、時間も距離も兄妹の絆に水を差すことはなかった。一八七〇年、ファン・レイは社会におけるみずからの役割を十分に果たしたと満足し、アンダルシア地方プエルト・レアルの美しい邸宅に隠居した。同じ年、いくつかの大きな鉄道会社で数年間にわたって線路敷設に従事してきた息子ペペは、ドイツとイギリスに留学した。父親が授けた財産（スペインの誠実な法律事務所で蓄えることができる程度のもの）のおかげで、彼は物質的な仕事のくびきからしばらくの間解放されたのだ。高い理想を掲げ、科学に対し際限のない愛を抱いていた息子は、数々の驚異を観察し研究することに、極めて純粋な喜びを見出した。こうした研究によって、世紀の天才と呼ばれた彼は、人類の文化と物質的な豊かさ、そしてモラルの向上に貢献できると考えたのだ。

留学から戻った彼を父親は、重大な計画を明かすからと呼び寄せた。橋か船着き場、せいぜい低湿地の排水設備に関することだと考えたペペであったが、父ドン・ファンは次のように話し、彼の思い違いを正した。

「三月になり、相も変わらずペルフェクタから三カ月毎に来る手紙が届いた。ペペ、読んでみなさい。そして聖女のように模範的な私の愛する妹が、手紙に記していることに同意してくれるなら、老齢の身に望みうる最高の幸せを私に与えてくれることになるだろう。だがこの計画が気に入らないなら、遠慮なく断ってくれてかまわない。お前が断れば、確かに私は落胆するだろうが、お前に私の希望を押しつけるつもりは一切ない。頑固な父親が無理強いして実現したとしても、それはお前にとっても私にとっても恥ずべきことになるだろうから。自分の意思に照らし、心の教えやほかの理由がもとでわずかでも抵抗をおぼえるなら、我慢しないように。」

ぺぺは手紙に目をとおした後、それをテーブルに置き、落ち着いた声で答えた。

「叔母は私にロサリオと結婚して欲しいのですね。」

「妹が私の考えを喜んで受け入れると返事してきたのだよ」感極まった表情で父親が言った。「実は、それは私のアイディアなのだ……　そう、かなり前に思いついたのだが、妹の意向を確認するまで、お前には話したくなかった。だが、手紙で読んだように、ペルフェクタは喜んで計画を受け入れてくれた。彼女も同じことを考えていたが、それを私に明かすのをためらっていた、と。理由はお前も……　妹が書いたことを読んだだろう？　《お前が並外れて優秀な青年で、一方、彼女の娘は平凡で、これといった魅力もない田舎娘であるから……》間違いなく、こう書いてあっただろう……　愛おしい妹よ！　なんと謙虚な！……　見たところ、お前は腹を立ててはいないようだ。子どもに何の相談もなく時期尚早の無意味な結婚をすすめる、ひと昔前の親たちがしたような私のお節介を、お前は馬鹿げているとは思っていないようだ……　神が、ロサリオとの結婚を祝福してくださっているのだろう。確かに、お前はまだロサリオに会ったことはないが、私たちは彼女が高潔で慎み深く、たいへん清楚な娘だと聞いている。その上なんと、器量もなかなかだそうだ……　というわけで、私としては」父親は陽気に付け加えた。「お前はただちに出発し、遥かなる司教座のある町、あの《荘厳なる都市》まで足を運び、そこで私の妹と愛らしいロサリートに面会し、ロサリートが私の姪以上の存在になるべき娘かどうか判断すべきだと思う。」

ペペは再度叔母からの手紙を手にとり、注意深く読み返した。その顔からは喜びも苦悩も伺えず、まるで二つの線路の連結計画を検討しているような顔つきだった。

「ところで」父のドン・フアンは続けた。「話は変わるが、あの遠きオルバホッサに、今回見てくるといいが、おまえは農地を所有している。あそこでは、人びとがのどかで平穏な、心地よい日々を送っている。旧約聖書の族長時代のように、なんと優雅な慣習が残っていることか！　高貴なまでの素朴さ！　ウェルギリウスが謳う田園の平和のもと！　お前が数学の代わりにラテン語を修学していたとしたら、町に足を踏み入れたとたん、《さあ、この土地はこれからも君のものだ》という、『牧歌《ゴーゴリカ》』の一句を何度となく口にしたことだろう。みずからの魂をじっと見つめ、正しい行いに備えるのに、これ以上の場所はない！　オルバホッサでは、人間は例外なく善良で正直者。あの地では、私たちの住む大都市で目にするような虚偽や茶番は見られない。あの地では、都会の騒音にかき消されてしまった、清らかな思いがよみがえる。あの地では、眠らされていた信仰心が目覚め、人は胸中に言葉では言い表せない激しい衝動、魂が奥底から《わたしは生きたい》と叫ぶような純粋な焦りを感じるのだ。」

こんなやりとりを交わした数日後、ペペはプエルト・レアルを発った。実は数カ月前政府から、オルバホッサ渓谷のナアラ河流域を鉱山資源の観点から調査するよう依頼を受けたのだが、断っていた。しかし、先の父親との話し合いを機に、彼はその依頼について考え直した——《時間を活用した方が良さそうだ。恋愛やその後の退屈な出来事がどれくらい続くか、わかったものではないから》。彼はまずマドリードに立ち寄り、ナアラ河流域を探査するための任務を申請した。すると、——鉱山局に正式に属していないにもかかわらず——難なく認可された。その後すぐさまマドリードを発ち、二、三度乗り換えた後、すでに皆さまご承知のとおり、貨客列車六五号に乗って、リクルゴ親爺の愛情あふれる腕の中に至ったわけである。

この優秀な青年は三十四歳になろうとしていた。がっしりとして、ヘラクレスのように並外れて均整のとれた、たくましい体格をしていたため、彼に軍服を着せたなら、戦うのにこれ以上ないほど理想的な容貌と体形を持つ兵士となったことだろう。ブロンドの髪とひげをたくわえていたが、その顔立ちはサクソン人特有の剛胆さ、沈着さを感じさせるものではなかった。むしろ、黒くない眼が黒色に見えるほどの機敏さを感じさせた。完璧な美のシンボルとして通用するほどの容姿で、彫刻家なら彼の彫像の台座に、《知性》と《強靭》という二つの言葉を彫り込んだにちがいない（それらは一見してわかる特徴ではなかったが、彼の眼光や、人を惹き付ける天性の魅力、好感の持てる柔らかな人当たりから伺い知ることができた）。

あまり饒舌なタイプではなかった。もっとも、口数が多い人物というのは、往々にして知識を確実に自分のものにしていないか、しっかりとした判断基準を持たないものである。彼は厳格な道徳観念を持っていたため、今日の男たちが論争を交える類いのテーマについて、ほとんど発言することはなかった。しかし、都会的な会話においては常に、社会の出来事に関する良識と節度のある判断から、適度に辛みの効いた弁術を披露した。虚偽や歪曲をいっさい認めず、文飾主義《ゴンゴリスモ》に染まったインテリたちの愉しむ、語順を入れかえるといった言葉遊びさえ我慢ならなかった。そういうペペ・レイは、真実を不当な圧力から守るため、時に愚弄という武器を用いた。が、その武器をいつも控え目に使用していたわけではない。彼を評する人の目には、この点がたびたび欠点として映った。というのも、世の中で皆が当然のように受け入れていることに対して、あまりにも思い上がって見えたからだ。彼の評価を下げることになるが、言わざるをえない。レイは、迎合をよしとする今の時代のおだやかな寛容さを持ち合わせていなかった。一般の人びとの目から不快なものを覆い隠す、体《てい》の良い言葉や振舞いといったベールが発明された世紀に生きていたにもかかわらず。

まさしくこうした特徴——人が何と言おうと——をそなえた男こそ、大聖堂の鐘が大ミサを告げるちょうどそのとき、リクルゴ親爺がオルバホッサに招き入れた人物だった。二人は交互にレンガ塀の上からのぞき込み、娘と聴罪司祭を認め、続いて娘が素早く家の方へ駆けていくのを目にすると、馬に拍車をかけ、国王《レアル》通りに入っていった。通りには無数の浮浪者がうずくまっており、旅人を、この大司教座のある町に勝手に踏み込んできた闖入者のごとく見つめた。次に一行《いっこう》は右手にある大聖堂——町全体を支配するかのようにそびえ立つでかい図体の建物——の方へ曲がり、総司令官《コンデスタープレ》通りに足を踏み入れた。狭い街路の石畳に、馬の蹄鉄がパカパカと鋭く鳴り響く。その音に不安をおぼえた隣人たちが、好奇心とともに窓やバルコニーから顔を出す。格子窓がギギッと特異な音を立てて開き、さまざまな、多くは女性の顔が建物の上から下からのぞいた。こんなわけで、ペペ・レイがポレンティーノス邸のたいそうな門口に到着したとき、町はすでにこの人物の噂でもちきりだったのである。

第四章　甥の到着

ロサリートが唐突に自分から離れていったため、聴罪司祭は塀の方に目をやった。そこにリクルゴ親爺とその同伴者の二つの頭を認めた司祭は、心中つぶやいた。

「さて、才物のお出ましだ。」

腹の上に組んだ手で長マントをおさえ、しばし黙考する。やがて視線を地面に落としたまま、金縁の眼鏡を鼻先へゆっくりずり下ろし、ぬれた下唇を突きだして白髪まじりの眉をわずかにひそめた。この、六十を少し過ぎたばかりの聖職者は、敬虔で、並外れた知識と非の打ちどころのない品格を併せ持っていた。上品で物腰のやわらかい、控え目な人物であったが、誰にでも助言や忠告をして回った。長年、高校でラテン語と修辞学の教師をつとめており、この高貴な職をとおして会得したホラティウスの詩の引用や華麗な比喩をふんだんに織りまぜ、時宜にかなった面白い話をした。この人物に関する情報はこれくらいで十分だろう。さて、司祭は一行の馬が早足で総司令官通りの方へ向かうのを耳にすると、長マントのひだを整え、帽子——彼の尊敬すべき頭にぴったりなサイズではなかった——をかぶり直し、家の方へ歩き出してつぶやいた。

「では、お目にかかるとするか。」

そのころ、馬を下りたペペを、ドニャ・ペルフェクタが玄関口で愛情あふれる両腕の中に迎え入れようとしていた。顔を涙でぬらし、とぎれとぎれにしか言葉を口にできない彼女の様子からは、甥に対するいつわりのない愛情が見てとれた。

「ペペ……　なんて大きくなって!……　ひげまで生えて……　あなたを膝に抱きかかえたのが昨日のことのように思えるわ……　もう一人前の男に、立派な大人になって……　なんと時が経つのは早いのでしょう!……　あっ、そうそう、この子が娘のロサリオです。」

こんなことを話しながら、ドニャ・ペルフェクタは彼を、普段から客間として使用している一階の応接間に招き入れ、そこで娘を紹介した。

ロサリートは繊細でか弱い印象の、ポルトガル人なら《郷愁《サウダージ》》と呼ぶ雰囲気をまとった娘だった。あどけないが品のある顔に、真珠層のような柔らかさをたたえている。それはまさに多くの劇作家がみずからのヒロインたちに授け与える感傷的な釉薬《うわぐすり》であり、それなしではモリエールのアンリエットやシェイクスピアのジューリアであっても、観客の関心を惹く存在になりえないものだった。このようにロサリオは慎み深く物腰が柔らかい娘であったため、仮に彼女が完璧な女性ではないとしても、人がそのことを残念に思うことはなかった。もちろん、彼女は醜いわけではない。とはいえ、美しい――この言葉に厳密な意味をあてがうなら――と讃えたら、それは誇張だと言われただろう。ドニャ・ペルフェクタの娘が持つ真の美しさとは、美貌を描写するのに用いられる真珠や雪花石膏あるいは象牙といった素材を必要としないほどの透明さ。彼女の魂の深奥まではっきりと見えるほどの透明さにあったからだ。つまり、彼女の魂の深みは、海にある恐ろしげな洞窟ではなく、穏やかに澄みきった川の深みのようなもの。ただし、その川には、バランスの取れた人となるための資質が欠けていた。川底や川岸が欠けていたのだ。彼女の精神は莫大な水量をほこり、あふれんばかりの状況にあった。狭隘《きょうあい》な岸辺を、ともすると浸食してしまいそうな勢いを見せていたのだ。従兄から挨拶を受けたロサリオは、顔を真っ赤にそめ、二、三の言葉をぎこちなく返すことしかできなかった。

「お腹が空いて、倒れてしまいそうなのでは？」ドニャ・ペルフェクタは甥に訊いた。「いますぐ朝食を用意させせましょう。」

「もし差し支えなければ」旅人は答えた。「まず旅の埃を落としたいのですが……」

「良い考えですね。ロサリオ、用意しておいた部屋へあなたの従兄を案内して差し上げなさい。ペペ、早めに済ませてくださいね。朝食の準備を命じておきますから。」

ロサリオは従兄を一階の美しい部屋へ連れていった。ペペは室内に足を踏み入れたとたん、部屋の隅々にいたるまで一人の女性の、愛情のこもった手入れが行き届いているのに気付いた。あらゆる物が清潔に保たれ、巧みにしつらえられており、この美しい巣の中で休息したい、と心から思わせるような部屋だったのだ。宿泊客はその細やかな気遣いに気付き微笑んだ。

「ここに呼び鈴があります」ロサリートは、ベッドの枕元にかかっている飾り房の紐を手に取った。「手を伸ばすだけで届きます。書き机は左側から陽がさすように置かれています……　この籠には紙くずを入れてください……　タバコは吸いますか？」

「あいにく、吸います」ペペ・レイは答えた。

「では吸殻はここに捨ててください」彼女は足先で、砂の詰まった金メッキの真鍮製家具に触れながら言った。「吸殻だらけの床ほど醜いものはありませんから……　洗面台はこちら……　服はワードローブとチェストに……　わたしが思うに、時計の台はここでは不便でしょう。ベッドわきに置くべきです……　光が眩しいときは、紐を引っぱってカーテンを引くだけで大丈夫……　このようにサッと。」

技師は感動した。

ロサリートは窓の一つを開けながら説明を続けた。

「ご覧のように、この窓は庭に面していますので、午後の陽の光がさし込みます。ここにはカナリアの籠を掛けてあります。狂ったように鳴きますので、もしお邪魔でしたら移しますが。」

次に向かい側の窓を開けた。

「こちらの窓は、通りに面しています。言うまでもなく、この窓からは何もかもが素晴らしい、美しいことこの上ない大聖堂が見えます。英国人が大勢見学に訪れるほどなんですよ。ただし、二つの窓を一度に開けないでくださいね。どっと激しい風が吹き込みますから。」

「ロサリート」名状しがたい喜びで魂が満たされたペペは、親愛の情を込めて従妹を呼んだ。「私の眼前にあるすべてのものに天使の手、ほかでもないあなたの手の痕跡を感じます。ここはなんて美しい部屋なのでしょう！　まるで、これまでずっとこの部屋に住んでいたかのように、穏やかな気持ちになれます。」

ロサリートは従兄の感極まった言葉に応じるでもなく、微笑みながら部屋を出ていった。

「遅くならないでくださいね」ドアのところから言葉を投げかけた。「食堂も一階に、この廊下の中程にありますから。」

入れ替わりにリクルゴ親爺が、荷物を持って入ってきた。ペペが彼に、これまで受け取ったことのないほど気前よくお礼を渡すと、農夫は心から感謝した。だが、その後、帽子をかぶるでもなく取るでもないしぐさで、頭に手をやった。何かを言おうか言うまいか、弱りはてた様子でいたのだが、そのうち訥々《とつとつ》と話しはじめた。

「ちょっとした用件があるのですが、ドン・ホセさまと相談するのに、いつがご都合よろしいでしょうか？」

「ちょっとした用件？　いまでもかまいませんよ」ペペはトランクを開けながら答えた。

「いまは頃合いではありませんか」農夫は言った。「時間はございますから。ドン・ホセさま、どうぞお休みください。《日にちは長い腸詰めよりたっぷりある》と誰かが申しましたように、一日の後には必ず翌日が来るわけですから……　ドン・ホセさま、とりあえずご休息を。ひと回りなさりたいときは、ここの雌馬は悪くございません……　では、ドン・ホセさま、良い一日を。お元気で。あっ、うっかりしておりました」ほんの数秒部屋を出たあと、リクルゴはもう一度部屋をのぞいて言い添えた。「治安判事さまに何か言付けがございましたら……　これからあちらに、わしらのちょっとした用件について話しに参りますので……」

「よろしくお伝えください」ペペはほかにスパルタの立法者を厄介払いするのにふさわしい言葉が見つからず、軽く応じた。

「ではドン・ホセさま、ごきげんよろしゅう。」

「さようなら《アブール》。」

技師が衣服をトランクからまだ出し終えないうちに、小さく鋭い目をしたリクルゴ親爺の顔が三度《みたび》、愛想よく扉口に現れた。

「申し訳ございませんが、ドン・ホセさま」作り笑いの顔に、真っ白な前歯をのぞかせながら「お伝えしたかったことがありまして、実は、もしこの件を気さくな調停人の手で解決なさりたいとお望みでしたら……　ただ、諺にもありますように、《お前の持ち物を人前にさらして見ろ、白いと言う者もいれば、黒いと言う者もいる》でして……」

「少し独りにしてもらえないだろうか?」

「こんなことを申しますのは、わしは裁判が嫌いでして。裁判に期待できるものは何もありませんから。《役立たずの狼からは毛までむしり取れ、たとえ頭の短毛だろうと》という方々ですから。では、ドン・ホセさま、失礼します。神があなたさまを長生きさせて下さいますように。そして、あなたさまが貧しき者をお助け下さいますように……」

「はい、ありがとう、では、さようなら。」

ペペはドアに鍵をかけ、心の中でつぶやいた。

「この町の人間はずいぶん訴訟が好きなようだ。」

第五章　諍いが生まれるのか？

ほどなくペペは食堂に姿を現した。

「いまたっぷり朝食を取ったら」ドニャ・ペルフェクタは愛情のこもった調子で彼に声をかけた。「お昼に食欲がわかないかもしれませんよ。このあたりでは一時に昼食を取りますから。田舎の慣習が気に入らないかもしれませんが。」

「叔母さま、もうすっかり気に入っています。」

「では、どうしたいかおっしゃい。いましっかり朝食を取るのか、それともお昼まで我慢できる程度に軽く済ますか？」

「皆さんとの昼食を愉しむため、軽く済ますことにします。ビリャオレンダで何かお腹にいれていたなら、こんな時間に食べたりしないのですが。」

「言うまでもありませんが、わたくしたちに遠慮は無用ですよ。ここでは自宅にいるのと同じように命じてください。」

「ありがとうございます、叔母さま。」

「でもなんてお父さんに似ていることかしら！」ドニャ・ペルフェクタはテーブルについた青年を、うっとりと見つめながら言い添えた。「まるでわたくしの親愛なる兄フアンを見ているかのようです。あなたと同じように腰を下ろし、同じように食事を取っていました。とくに目元は瓜二つね。」

ペペはつつましい朝食に手を付けた。叔母と姪の振舞いやまなざし、表情によって気分がほぐれた彼は、まるで自分の家にいるかのように感じていた。

「ロサリオが今朝何て言ったか想像できますか？」ドニャ・ペルフェクタは甥から視線をそらさず訊いた。「首都の華やかさや作法、それに外国の流行に慣れ親しんだあなたはきっと、田舎じみて質素な、そして品のないわたくしたちの生活に耐えられないにちがいない。ここでは格式ばったところがまったくないからと。」

「そんなことはありません！」ペペは従妹の方を向いて否定した。「私以上に、いわゆる上流社会の嘘いつわりや茶番を嫌悪している者はいないのですよ。信じられないかもしれませんが、私はここに来るずっと前から、作家の誰かが言ったように、身体を自然の中にどっぷり浸けたい、喧噪から離れた田園の孤独と静穏の中で暮らしたい、と願っていました。詩人ルイス・デ・レオンが詠ったような、争いも苦労もない、妬むことも妬まれることもない、平穏な生活を熱望していた。長い間勉学に、長じてからは仕事に休息を阻まれてきたせいで、私は休むことを必要としているのです。まさに精神と身体が休息を要求しているわけです。そして、この家に足を踏み入れてから、親愛なる叔母さま、そしてロサリート、私は長らく望んでいた平穏な空気にすでに包まれている気がします。ですから、上流階級とか下層階級とか、広い世界とか狭い世界とか、そんなことはおっしゃらないで下さい。そういった類いのものは、いま居るこの片隅と喜んで取り替えてみせます。」

ホセが話をしていたとき、果樹園につながる食堂の扉のガラスが、黒く不透明な、何か長いものに遮られ暗くなった。そこに立った誰かの眼鏡のレンズに日差しが反射してきらめき、ドア・ノブがギーギーと音を立て、扉が開いた。続いて聴罪司祭が威厳ある物腰で部屋に入ってきた。彼は帽子を取ってあいさつを述べると同時に、帽子のつばが床に付かんばかりにお辞儀をした。

「聖なる大聖堂の聴罪司祭さまです」ドニャ・ペルフェクタが紹介した。「わたくしたちがとても尊敬しているお方ですから、できればあなたにも友人になって欲しいと願います。ドン・イノセンシオさま、どうぞお掛けください。」

ペペは尊敬すべき司祭と握手を交わし、彼とともに席に付いた。

「ペペ、いつも食後に一服するのでしたら、遠慮はいりませんよ」ドニャ・ペルフェクタは優しく声をかけた。「聴罪司祭さまもご同様に。」

すると善良なドン・イノセンシオは司祭服の内から、誰が見ても使い古した観のある、大きな革の煙草入れを取り出し、それを開けて長いタバコを二本抜き、一本をわれらの友人《ホセ・レイ》に差し出した。ロサリオが、スペイン人たちが皮肉を込め《貨車》と呼ぶ小箱からマッチを一本取り出し火を付けるや、たちまち技師と司祭はそれぞれ煙を吐き出した。

「ところでドン・ホセ殿、私どもの愛するオルバホッサの町をどう思われますかな？」司祭は、喫煙時の癖で左目をしっかりつぶったまま尋ねた。

「この村についてまだ考えをまとめることはできておりません」とペペは言った。「ちらっと目にした印象では、オルバホッサにはまとまった資本を導入し、何人かの知識人の主導のもとで刷新を手がけ、数千人の雇用を産み出す、といった大胆な施策が必要なのではないか、と見ています。と言いますのも、村に入ってから邸の玄関に着くまでの間、百人以上の物乞いを目にしましたので。その多くは健康で、屈強な男たちです。こうした哀れな人の群れというのは、まさに胸を締めつけられる光景です。」

「そのために慈善が存するのです」と、ドン・イノセンシオはきっぱりと言った。「それはさておき、そもそもオルバホッサは哀れな町ではござらん。貴君もご存じと思うが、この町はスペインで最良のニンニクを産出しております。町ではゆうに二十戸を超える家族が財を成し、裕福に暮らしておるのですよ。」

「確かに」ドニャ・ペルフェクタが応じた。「ここ数年は、日照りが原因でひどい出来ですが。それでも倉庫は空になっていませんし、最近も市場に何千ものニンニクが出荷されました。」

「私はオルバホッサに住みはじめて相当な年月になるが」と司祭は眉をひそめ言った。「首都マドリードからこの地に、大勢の人がやって来るのを見てきた。ある者は選挙の騒動に引き寄せられ、別の者は放ってきた土地を見ようと、あるいは大聖堂の骨董品を見学に。そうした輩《ともがら》は皆、示し合わせたかのように英国製の犂やら脱穀機、水力やら銀行といった、私には訳のわからんことを話しはじめた。この地は劣悪な状況にあるが、改善の可能性もある、と繰り返すのじゃ。そんな奴らは、悪魔とともに立ち去ってしまえばよい。首都の御仁たちが来なくとも、われわれはここで十分満足して暮らしておる。貧しいとしきりに同情されたり、ほかの地方の偉大さや素晴らしさを聞かされるほど、不幸せではないのじゃ。《愚か者も自分の家なら、他人の家にいる賢者より物がわかる》、そうではござらんか、ドン・ホセ殿？　もちろん、こうしたことを貴君に対して申し上げているなどとは、つゆほどもお考えにならぬように。決してそんなことはありませぬ。今日のスペインでもっとも抜きん出た若者の一人、私どもの不毛な荒野を肥沃な耕地に変容させることさえおできになる御仁を前にしていることは、重々承知しております……　もし貴君が英国製犂やら植樹、造林……といった馴染みの歌を私どもにお唱えになったとしても、はた迷惑だなんて思いませぬ。けっして。才能ある方は、たとえ私どもの粗末さを軽蔑なさろうと、許されるのです。お気遣いなく、親愛なるドン・ホセ殿。貴君にはどんな発言も、私どもがアフリカの未開人《カフィル族》と変わりない、と言いはなつ権限さえ認められておるのですから。」

痛烈な風刺で結ばれた、攻撃的で的外れな演説を聞き、青年《ホセ・レイ》はいい気持ちはしなかった。しかし、不快感をいっさい顔に出さないように努めた。司祭の敏感な郷土愛が諍いの種をまきそうなテーマをできるだけ避けながら、会話を続けた。やがて夫人が甥に家族の話をしはじめると、司祭はやおら立ち上がり、部屋の中を少しばかり歩きだした。

それは明るい広々とした居室だった。邸の別の部屋と同じく隅々まで清潔に保たれており、そのおかげで古ぼけた壁紙の花や枝の柄は、色あせながらも元の模様をとどめていた。掛け時計のケースには、一見動かないように見える重りと、永遠に《いいえ》と断り続けているかのように左右に揺れる、移り気な振り子が、むき出しでぶら下がっていた。掛け時計は、ごてごてとした装飾がほどこされた文字盤のせいで、食堂の堅実な家具の中でひときわ目立っている。壁面の装飾を締めくくるのは、フランス製銅板画のシリーズで、そこにはメキシコ征服者、たとえばエルナン・コルテスと彼に手を貸した女奴隷マリンチェの偉業の数々が詳細な説明とともに描かれていた。ただし、無教養な画家が描いた人物像と同様、その説明はきわめて信憑性の低いものだったが。果樹園に通じるガラスの付いた二つの扉の中程には、真鍮製の家具が置かれているが、これに関しては、一羽のオウムが止まり木として使っていると言うだけで描写する必要はないだろう。オウムは、こうした動物に特徴的な気難しさと用心深さを見せ、じっと周りを観察していた。その皮肉っぽい険しい顔つきと緑の上着、赤の帽子と黄のブーツ、そして最後に、人をあざけるしわがれ声が、オウムを真面目とも愚かとも言い切れない不思議な存在にしている。あるときは、外交官のように、何とも言えないあらたまった実直さを見せるかと思えば、別のときには、道化師のようでもある。変わらないのは、たいへんな秀才だと思われたいがために、かえって滑稽に見えてしまう、うぬぼれ屋めいたところだ。

聴罪司祭はこのオウムの大親友だった。彼は、旅人《ホセ・レイ》と会話を楽しむ夫人とロサリオのかたわらを離れ、オウムに近付くと、人差し指を咬ませながらたいそう上機嫌で話しかけた。

「いたずらな、ろくでなしめ。なぜ口をきかんのじゃ？　しゃべらないのなら、お前の値打ちは半減するぞ。人間界も鳥の世界もお喋りで一杯なのじゃから。」

そして、傍にあった小鍋からありがたいその手でヒヨコ豆《ガルバンソ》を数粒つかみ取り、オウムに食べさせた。するとと突如、動物《オウム》は召使いの名を連呼しはじめ、ホット・チョコレートを持ってくるよう命じた。その鳴き声は、取るに足りない会話を交わしていた二人の婦人と一人の紳士の気を逸らしたのだった。

第六章　諍いは予期せぬときに生じることがわかる

そのとき突然、ドニャ・ペルフェクタの義兄、ドン・カジェターノ・ポレンティーノスが姿を現し、大きな声を上げながら両手をひろげて入ってきた。

「ようこそ、親愛なるドン・ホセくん。」

二人は心から抱擁した。ドン・カジェターノはたいそう優れた学者であるとともに愛書家であった。遺言執行によって古本屋の書籍が競売されるという告知がでるたび頻繁にマドリードを訪れていたため、ぺぺとは旧知の仲だったのだ。背の高い、華奢な体つきのこの中年男は、日頃の勉学と病苦のせいかかなりやつれて見えた。みずからの考えを彼らしい凝った正確な文体で伝えようとし、人に対して時に過剰といえるほど優しく愛想の良い態度をとった。広範な学識を持つ彼を、真の天才と呼ばずして何と讃えよう？　マドリードでさえ、彼の名は必ず敬意を持って人びとの口にのぼるほどだった。もしドン・カジェターノが首都に住んでいたなら、謙虚な彼にとっては不本意ではあるものの、現存する、また今後設立されるあらゆるアカデミーから逃れることはできなかっただろう。しかし彼は、平穏な孤立を好んだ。凡人の場合、虚栄心が占める箇所に、彼の場合は書物収集への情熱と孤独な研究への愛があった。本と研究よりほかに、彼を引きつけるものは何もなかったのだ。

彼はスペイン随一の図書室をオルバホッサに作り上げ、そこで朝から晩まで過ごした。多岐にわたる貴重な情報を拾い上げ、メモを取り、分類し、編纂する。そうして、偉大な頭脳にふさわしい、前代未聞の、誰も思いついたことのない研究を成し遂げようとしていた。旧約聖書の族長時代の慣習を重んじる彼は、小食を心がけ、酒もほとんど嗜まない。唯一の道楽は主な祭日にポプラ林《アラミーリョ》で軽食を取ること、それと毎日《大世界《ムンド・グランデ》》と呼ばれる所まで散歩することだった。大世界《ムンド・グランデ》では二千年にわたって堆積した泥の中から、ローマのメダルや建築物《アーキトレーブ》の桁の断片、何かの建物の不思議な形の柱礎や、とてつもない価値がある古代ギリシャ・ローマの両手つき大壺やランプがいくつか発掘されていた。

ドン・カジェターノとドニャ・ペルフェクタは、天国の平和さえ及ばないほど穏やかに暮らしていた。二人は一度もいがみ合ったことはない。もっとも彼は家の用件に首をつっこむことがなかったし、彼女の方も毎週土曜日にハタキがけをする以外、彼の図書室に足を踏み入れることはなかった。掃除の折も、彼女は常に机の上や各所に置かれた読みかけの書籍や文書に対し敬虔な配慮を怠らなかったのだから。

ホセと再会の挨拶を交わしたあと、ドン・カジェターノは言った。

「早速トランクの本を確認しました。一五二七年版を持って来ていただけなかったのは至極残念。私みずからマドリードに足を運ばなければならないようですな……　ここにはしばらく逗留するのですか？　ペペ、もちろん、私としては君に長くいてもらいたい。君をこの地に迎えることができて、なんと嬉しいことか！　二人で協力して私の図書室の一角を整理し、馬術に関する作家の索引を作成することにしよう。君ほど才能ある人物が身近にいてくれる機会など滅多にないのだから……　ぜひ、私の図書室を観てほしい。そこでは、たらふく、思う存分読書に浸れますぞ……　君が本当に驚嘆するような最高の宝を、私しか持たぬ、この世に一冊しか残存しない稀覯本を目にすることができますぞ……　ところで、もう食事の時間ではないかの、ホセ、そうでしょう？　ペルフェクタ、ちがいますか？　ロサリート、そうであろう？　聴罪司祭《ドン・イノセンシオ》さま、そうですよね？　今日あなたは二重の意味で聴罪司祭《ペニテンシアリオ》となられますな。つまり、私たちが食事《ペニテンシア》をするのにご同伴くださるのでしょうから。」

ドン・カジェターノの誘いに、司祭はお辞儀をし、愛想よく微笑んで承諾の意を示した。食事は確かに愛情のこもったものだった。が、すべての料理において、田舎の饗宴ならではの、品数より量に重きを置く野暮ったさが見てとれた。テーブルに付いた人数の優に二倍の人がたらふく食べられるほどの量だったのだ。その食事に挑みながら、さまざまなテーマについて会話が交わされた。

「貴君はなるべく早く私らの大聖堂にいらっしゃらなければなりません」と司祭は言った。「ここほどの大聖堂はそうそうありません、ドン・ホセ殿！　外国で驚嘆することをたくさん目にしてきた貴君にとっては、確かに、私らの古びた教会はまるで注目に値しない代物かもしれませんが……　私ら、オルバホッサの哀れな田舎者にとっては神々しい建物なのです。大聖堂で禄を得ていたロペス・デ・ベルガンサ師が、十六世紀に《荘厳の美《プルクラ・アウグスタナ》》と称したほどですから……　しかし、たいそうな学問を修めた貴君のような人物にとってはおそらく何の価値も見出せない、むしろどこかの鋼鉄製の市場の方が美しいということになるのでしょうが。」

賢《さか》しい司祭がくりだす皮肉は、次第にペペ・レイを不快にさせていった。しかし、彼は怒りを押し隠そうと意を固め、曖昧な表情でうなずくことでやり過ごしていた。そこへドニャ・ペルフェクタがおどけながら牽制の言葉を投げかけた。

「ペピート、注意なさい。言っておきますが、もしあなたが聖なる教会をけなしでもしたら、わたくしたち皆を敵に回すことになりますよ。あなたは博識で、あらゆることに通じた知識人かもしれませんが。仮にあの偉大な建造物が世界の七不思議ならぬ第八の不思議でないとわかったとしても、自分の学識は然るべきときのために取っておいて。どうぞわたくしたちを愚か者のまま放っておいてくださいな……」

「あの建物が美しくないなんて……」ペペは応じた。「わずかに外観を眺めただけですが、荘厳なる美をそなえた建物だと思いました。ですから、叔母さま、どうかそんな大仰に持ち上げたりなさらないでください。私は賢者でもなんでもありません。」

「まあ、まあ」司祭は手を差し出してその場を収め、しばし食する口を休めて言った。「そのあたりで。それ以上謙虚ぶるのはおやめください、ドン・ホセ殿。貴君がたいそうな価値を秘めた、名にし負う、前途洋々たるお方であることは、私らも十二分に存じております。あなたほどの逸材はそう現れるものではございません。ただ、このように貴君の価値を讃えたうえで……」

口をつぐみ、いったん食べ物を飲み込むと、自由になった舌で司祭は続けた。

「ただ、貴君の価値を讃えたうえで、私なりの意見を率直に申し上げてよろしいでしょうか、ドン・ホセ殿？　ドン・カジェターノ殿や奥さま、お嬢さんもご賛同いただけますか？　科学についてです。今日研究され広く知られている科学というものは、感情や甘美な幻想の死を意味するものです。精神世界を矮小化し、すべてを一定の法則の下に置く。そのため、自然の崇高な魅力までも否定されてしまう。素晴らしき芸術も、魂における信仰と同じく破壊されてしまうのです。科学はそれらすべてを虚偽だと告発し、あらゆるものを数字と線に帰するのですから。私らの居る《海と大地《マリア・アク・テラス》》ばかりか、神のいらっしゃる《高き天空《カエルムケ・プロフンドゥム》》までも……魂が見る驚くべき夢や神秘的な恍惚、詩人たちのインスピレーションすら嘘、偽りだと。心臓はスポンジで、頭脳はウジがうじゃうじゃ湧く場所だと主張するのです。」

一同が笑い出したところで、司祭はワインをひと口あおった。

「さて、ドン・ホセ殿は私が話したことについてどんな意見をお持ちですかな？」司祭は訊いた。「科学は、今日巷に広まっている説によれば、手始めに、この世と人類を大きな機械に変えようと企んでいるとのことですが？」

「それは状況によりけり」ドン・カジェターノが口をはさんだ。「あらゆるものごとには利点と難点がある。」

「どうぞもっとお取りください」ドニャ・ペルフェクタは、聴罪司祭にサラダをすすめた。「お好みに合わせて、マスタードを利かせてありますので。」

ペペ・レイはふだん、無駄な口論をしかけたり、学者気取りで博識をひけらかすタイプの男ではなかった。とくに女性を前にして、また親しい者どうしの集まりではなおさらだ。しかし、司祭の場をわきまえない、毒をはらんだ物言いには、一種の制裁が必要だと彼には思えた。ただ、制裁をくだすにしても、司祭の科学に関する意見に同調するのは、結果的に彼を喜ばせることになり、賢いやり方とは思えなかった。そこで辛辣な聴罪司祭をよりいっそう苛立たせ、窮地に追いこむ意見を述べようと心を決めた。

「司祭は私をもてあそぶつもりだな」心中つぶやいた。「ちょっとお仕置きしてやることにしよう。」

ホセは声高に話しはじめた。

「聴罪司祭さまが冗談めいておっしゃったことはすべて本当です。ただ、虚像や迷信、詭弁、過去の何千もの偽り――《神のブドウ畑には美味しいものもあれば不味いものもある》と言うように、一口に偽りと言っても美しいものもあれば、醜いものもありますが――これらを日々、科学が槌を振り上げ叩き壊すのは、科学を信奉する私たちのせいではありません。幻想の世界、いわゆる第二の世界というのは、轟音とともにみずから崩れ落ちるのです。宗教における神秘主義や、科学における慣例、芸術におけるマンネリズムといったものも、異教の神々が捨て去られたのと同様、結局は愚弄された挙げ句、捨てられる。馬鹿げた夢よ、さらば。人類は目醒め、光を目にし、空虚な感傷主義や神秘主義、熱狂、陶酔、そして妄想は消え去ってしまう。以前病気だった人は、いまでは健康を恢復し、物事が正しく認められたことに何とも言えない喜びを覚える。空想という恐るべき狂女は、いまや館の女主人から召使いへとおちぶれた……　聴罪司祭さま、どうぞ周囲に目をお向けください。作り話ではない、驚くべき現実世界をご覧になれるでしょう。天空はアーチ天井ではないし、星々はカンテラでもない。月は戯れる女狩人《ディアナ》でなく、不透明な石塊。太陽はめかし込んだ放浪好きの御者《パエトン》ではなく、不動の炎。スキュラとカリュブディスといった海の難所は怪女《ニンフ》ではなく二つの岩礁。そして人魚《セイレン》はアザラシにすぎないのです。商売の神マーキュリーとは、人間界では、銀行家のマンサネード公爵のこと。軍神マルスはひげのない老いた元帥モルトケ公爵。賢明な老人ネストルは、外套をはおった紳士ムッシュー・ティエールでしょうか。竪琴の名手オルフェウスは作曲家のヴェルディ。火と鍛冶の神ウルカヌスは製鋼業者のクルップ。アポロンは、詩人であれば誰でもいいでしょう。もっとお望みですか？ では、雷はユピテルという、もし実在していたら監獄に送り込まれるべき神が落とすわけではなく、電気がその気になったときに雷は落ちる。パルナッソス山もオリュンポス山もない。冥府を取り巻くステュクス川もなければ、エリュシオンなどという楽園もない。あるのはパリのシャンゼリゼくらいです。地質学的に地底へ下りることは可能ですが、地獄下りなど存在しない。地下へ潜ったことがある人は口をそろえて、大地の中心で地獄に落ちた人など見かけなかったと断言しているのですから。天空へ昇るというのも然り。天文学的見地以外にない。空からの帰還者たちが、ダンテや中世の神秘論者、夢想家たちの語った、六つか七つに分かれた天国の階層など目撃しなかったと、天体と距離、天と地の境界線と広大な空間しか目にしなかったと、証言しているのですから。今日び、この世界の年齢を誤って算定することなどありえません。古生物学と先史学の権威たちが私たちの頭蓋骨の歯をカウントし、実年齢を突き止めたのですから。異教信奉であれキリスト教理想主義であれ、神話というものはもはや存在しない。想像力はいまや埋葬されようとしている。奇跡が起こるとしても、それは私がその気になったとき実験室で、ブンゼン電池と導線と磁針を用いて起こすことのできる現象に限られます。イエスのようにパンや魚を増やすことなどできやしない。工場で鋳型と機械を使って同一ものを生産したり、印刷機が自然界と同じやり方で、唯一つの活字から何百万部も刷り出したりするだけ。すなわち、敬愛する司祭さま、人間の理性を惑わす、馬鹿げたことや虚偽、幻想や夢、感傷や不安といったすべてをお払い箱にするよう、命令が下されたのです。この成果を祝おうではありませんか。」

ぺぺが話し終えたとき、司祭は口元に笑みを、目に異常な輝きをたたえていた。ドン・カジェターノはパンくずで、長斜方形やら角柱形やらを作るのにご執心。他方、ドニャ・ペルフェクタは青白い顔で司祭を注視し、ひたすらその表情を見守っている。そしてロサリートは驚きの目で従兄を見つめていた。ぺぺはその彼女の耳元に顔を近付け、小声で密かにささやいた。

「ロサリート、私の話を真《ま》に受けないでください。ちょっとばかり司祭さまを苛立たせて差し上げたかっただけですから。」

第七章　諍いが増長していく

「あなたは」ドニャ・ペルフェクタがいくらか尊大な調子で口を開いた。「ドン・イノセンシオさまが、あなたが挙げたすべての例に逐一反論などなさらず、沈黙をお守りになるとでも思っているのかしら。」

「いいえ、とてもとても……」司祭は眉を寄せながら声を上げた。「ひ弱な私では、十分に武装なさった勇猛な首領と張り合うなど、とうていかないません。ドン・ホセ殿はあらゆることに通じていらっしゃる。つまり、精密科学のあらゆる武器を自由に操ることがおできになるのです。もちろん、ドン・

ホセ殿の主張が正しいとは申しません。ですが、それを打ち負かす才も弁も、私にはございません。心情を武器とする。あるいは、啓示や信仰、神の言から導き出した神学的論拠を、提示することはできるでしょう。ところが、傑出した学者であるドン・ホセ殿は、神学、信仰、啓示、聖なる預言者、福音史家といったもの……を一笑に付してしまいます。無知で哀れな、不幸にも数学や《自我と非我》を掲げるドイツ哲学に疎い司祭、神の科学とラテン詩人に関する見識がわずかばかりあるにすぎない凡庸なラテン語教師が、科学の勇敢な代弁者と戦いをはじめるわけには参りません。」

ペペ・レイはこらえることができず笑い出した。

「どうもドン・イノセンシオさまは」言葉を続けた、「私が言ったおふざけを鵜呑みにされたようです……　司祭さま、どうぞ《槍も変じてたちまち葦になる》と言いますように、終わりにいたしましょう。私の考えとあなたのお考えは、実のところ大して違うわけではございません。あなたこそ敬虔で、学識深くいらっしゃる。無知なのは私の方です。さきほどは冗談を申したまでのこと。どうぞ皆さん、お許しください。私はこういう人間ですので。」

「お褒めの言葉、感謝いたします」司祭ははた目にもわかるほど不機嫌に応じた。「……と一応申しておくとして、次は、そうきましたか。しかし、先ほどおっしゃったことが貴君の本心であることは、私も、またここにいらっしゃる皆様も重々承知しております。違うはずがありますまい。貴君は時代の寵児であり、素晴らしい、誰が見ても際立った理解力を備えていらっしゃる。このことは否定しようがありません。素直に告白しますと、貴君がお話しの間、私は心の内でその大いなる誤謬を嘆きつつも、貴君の非凡な言い回し、流れるような弁舌、意表をつく思考法、力強い論証……こういった点に感嘆を禁じえませんでした。なんという頭脳、ドニャ・ペルフェクタ奥さま、あなたの若き甥御さんはなんと素晴らしい頭をお持ちなのでしょう！　かつてマドリード滞在のおり、文芸協会《アテネオ》に連れていかれ、神が無神論者とプロテスタントにお授けになった思いもよらぬ機知に、私は呆然としたものですが、まさに同様の印象を抱いたと告白いたしましょう。」

「ドン・イノセンシオさま」ドニャ・ペルフェクタは甥と友人の司祭に交互に視線を向けつつ言った。「思いますに、あなたさまはこの子に対し慈しみの限度をこえていらっしゃるのでは……　怒らないでくださいね、ぺぺ。わたくしは賢者でも哲学者でも神学者でもありませんから、どうかわたくしの言うことを気にしないで。ただ、ドン・イノセンシオさまは、望めばおできになったにもかかわらず、あなたを打ち負かそうとなさらないことで、かえって、みずからの大いなる謙虚さとキリスト教の慈悲を立証なさった、とわたくしには思えるのです……」

「奥さま、とんでもございません！」と司祭は声を上げた。

「そういうお方です」夫人は続けた。「いつも何もご存じないようなお顔をなさって……　実のところ、聖アンブロシウスや聖アウグスティヌス、聖ヒエロニムスや聖大グレゴリウスといった四大教会の博士の方々よりも学識高くいらっしゃる。ああ、ドン・イノセンシオさま、《名は体を現す》とはまさにあなたさまのことです！　ただ、どうかわが家ではそんなにへりくだった態度でわたくしたちと接するのはおやめください。わたくしの甥は自惚れ屋というわけではなく……　ただ教わったことを口にしただけで！……　彼が学んだことが誤りであるなら、あなたさまにご啓発いただき、偽りの学説の地獄から救い出していただく以外のことを、甥がどうして望みましょうか？」

「そのとおり。本当のところ私は聴罪司祭さまに……助け出してほしいと願っています」ペペは、不覚にも迷宮に入り込んでしまったことに気付き、言った。

「私は時代後れの学問しか修めていない、哀れな聖職者です」ドン・イノセンシオは応じた。「が、ドン・ホセ殿の有しておられる世俗的な科学知識が、計り知れない価値を持つことぐらいはわかります。こうした輝かしい賢人の前では、私は口をつぐみ、ひざまずくしかありません。」

司祭は胸の前で手をくみ頭《こうべ》をたれた。ペペ・レイは、単なる戯れで済ませるはずだった話を叔母が思いがけない方向に向けたことに、少なからず当惑していた。ちょっとばかり会話を混ぜっかえしてやるくらいのつもりしかなかったからだ。そこで、危うい状況には終止符を打つのが賢明だと考え、ペペは、ドン・カジェターノに質問を向けた。氏はデザート後に襲われた軽い眠気から醒め、会食者一同に、陶器のクジャクに羽を広げたように刺してあった食後に欠かせない爪楊枝を勧めていたところだった。

「昨日、大壺の把っ手を握りしめた片手を発掘しました。それにはいくつか神官文字が彫り込まれておりまして……今度お見せいたしましょう」ドン・カジェターノはお気に入りのテーマを持ち出し、嬉しそうに言った。

「おそらくレイ氏は、考古学に関してもかなりの専門家でいらっしゃる」司祭は、獲物の後をつけ、隠れ家の奥深くまでも追い詰める、容赦ない猟師のように言った。

「もちろんですとも」とドニャ・ペルフェクタも認めた。「頭の切れる今日びの若者にわからないことなどありましょうか？　あらゆる学問に精通しているのですから。大学やアカデミーはすべての分野についてあっという間に教育し、彼らに大学修了証明書を授与するのです。」

「おお！　それはおっしゃりすぎでは」と、技師の沈痛な面持ちを見て取った司祭が止めた。

「叔母がおっしゃったとおり」ペペは同意した。「今日では、私たちはすべての分野について少しばかり学び、さまざまな学問の基礎だけを修めて学業を終えているのです。」

「やはり」司祭が納得したように言い添えた。「貴君は考古学の権威でもあるわけですな。」

「考古学に関して私はまったくの門外漢です」青年は否定した。「第一、廃墟は廃墟にすぎないと思っておりますし、そこで埃まみれになるのを望んだことなど一度もありませんから。」

ドン・カジェターノは誰が見てもわかるほど渋い面《かお》をした。

「だからといって考古学を軽視するわけではありません」ドニャ・ペルフェクタの甥は素早く補った。自分のひと言がたえず誰かを傷つけてしまうという事態に気付き、心を痛めたのだ。「歴史が塵からはじまることは十分認識していますし、それは極めて有益で大切な研究だと思います。」

「貴君は」聴罪司祭は楊枝で一番奥の歯を突つきながら言葉をかけた。「議論を重視する学問がお好きなのではありませんか。いい考えが浮かびましたぞ。ドン・ホセ殿、貴君は弁護士になるべきなのでは。」

「弁護士業は私が嫌悪する職業の一つです」と、ペペ・レイは答えた。「たいへん尊敬に値する弁護士の方々を存じておりますし、中でも父は最高の弁護士です。このように身近に最良の手本があったにもかかわらず、私は案件に対し、自分の主張と関係なく賛成や反対の意見を述べなければならない仕事に従事することは、どうしても納得できませんでした。多くの家庭で身内の若者をだれかれとなく弁護士にさせたがります。が、私に言わせれば、これ以上の誤り、偏見、無分別なことはありません。若き弁護士の群れ、そして彼らが糧を得るのに必要となる法外な数の訴訟こそ、スペインにはびこる第一の、もっとも困った災いだと言えるからです。彼らの需要に応じて、訴訟が増加しているわけです。ところが、たいへんな数の訴訟が起こされる現状にあっても、仕事にあぶれている者がごろごろいる。法律家殿は犂を使うことも機を織ることもできないため、野望だけは一人前の怠け者たちからなる輝かしい旅団が編成される。結局、その連中が世の中に、公務員志望の風潮を広め、政治を混乱させ、世論をかき乱し、動乱を引き起こすわけです。彼らだってどうにかして食べていかねばならないのですから、仕方ありませんが。彼ら全員に行き渡るほどの訴訟が起こされでもしたら、それこそたいへんな災難となってしまいます。」

「ペペ、どうか口を慎んで」ドニャ・ペルフェクタは厳しい口調でとがめた。「ドン・イノセンシオさま、どうぞ彼をお赦しください。あなたさまの甥御さんが、大学を終えたばかりとはいえ、優秀な弁護士でいらっしゃることを、ペペは存じ上げないもので。」

「私は一般論を述べたまでです」ペペははっきりと弁明した。「ご存じのように、私は名の知れた弁護士の息子ですので、この高貴な職業をほんとうに立派に担っていらっしゃる方がいることを否定しません。」

「いいえ……　私の甥はまだ若造にすぎません」司祭はあくまでも謙虚さを装い、応じた。「あの子がレイ氏のような非凡な学識者だと主張するつもりなど、毛頭ありません。時が経てばわかりませんが……　ただ、ハシントの才はきらびやかな、人を惑わせたりするものではありません。しっかりした考えと公正な判断力を持っておりますので。確実に知っていることのみを口にし、道理に合わないことや中身のないことをぺらぺら話したりしない、というのはもちろんです……」

ペペ・レイは次第に居心地が悪くなってきた。望んでもいないのに、どうしても叔母の友人たちと意見が対立してしまうため、彼なりに苦しんでいたのだ。最後にはドン・イノセンシオと自分が互いの頭に皿を投げつけ合ってしまうのではないか、とまで思いいたり、口をつぐむ決心をした。幸い、大聖堂の大鐘が鳴り、司祭たちを共誦祈祷という重要な務めに喚んだため、彼は辛い状況から救われた。尊うべき師《ドン・イノセンシオ》は立ち上がり一同に別れを告げた。ペペに対しては特に、古くからの親密な友情が互いを結んでいるかのように、たいそう愛想良く、慇懃に挨拶した。何かお役に立てることがありましたら何なりと、と申し出たあと、自分の甥に町を案内させると約束してくれた。このように優しい言葉をかけられ、その上、部屋を出るときには親しげに肩を軽くたたかれたりもした。しかし、そういった和解の挨拶をにこやかに受けながらも、司祭が食堂から出ていき邸を後にすると、ペペ・レイは心底ほっとしたのだった。

第八章　全速力で

場面変わって。会食の後、ドン・カジェターノは心地よい眠気におそわれ、みずからの崇高な務めをひと休みし、食堂の肘掛け椅子で穏やかに午睡していた。ドニャ・ペルフェクタは家事を切り盛りするため家中を歩き回っている。ロサリートは果樹園に出るガラス扉のそばに腰を下ろし、従兄を見つめ、時に口よりも雄弁な目を使いながら、話しかけていた――「ぺぺ、どうかわたしの隣に座って、あなたがわたしに話すべきことを話して。」

ぺぺは堅物の数学者ではあったが、「ロサリート」と、彼女の求めに応じた。「今日、私たちが引き起こした口論に、君はきっと退屈したことでしょう！　神はご存じですが、私は好んであのように学者ぶったわけではありません。非はドン・イノセンシオさまにある……　私にはあの司祭さまが変わった方だと思えるのですが？……」

「素晴らしい方ですよ！」ロサリートは、従兄に必要なあらゆる資料や情報を提供しようと、嬉々として答えた。

「そうですか！　そう、素晴らしいお方なのですね。なるほど。」

「お付き合いしていくうちにわかりますよ。」

「かけがえのない方なのですね。君と君のお母さんの友人というだけで満足なさらず、私の友人にもなってくだされればありがたいのですが」青年ははっきりと言った。「こちらにはよくいらっしゃるのですか?」

「毎日いらしてくださいます。なんて親切で、善良なお方でしょう！　それに、わたしのことをどんなに愛してくださっているか！」

「確かに、私にもあの司祭さまが好ましいお方に思えてきました。」

「夜もトランプ《トレシージョ》をやりにいらっしゃいます」彼女が付け加えた。「日暮れどきになると、ここには町のお歴々がお集まりになるのですよ。第一審判事さま、調査検事さま、主任司祭さま、司教秘書さま、市長さま、収税吏さま、ドン・イノセンシオの甥御さん……」

「ああ！　弁護士のハシントですね。」

「そうです。純朴な、パンよりも人の良い方で、叔父である司祭さまは彼のことを心から愛しておられます。彼が博士の飾り房をつけて大学から戻って来てからというもの……　なんでも二、三の学部で博士号を優の成績で修めたとのこと……　どう思われます?　戻ってからは、司祭さまが頻繁にここに連れていらっしゃいます。母も彼のことをとても気に入っているようで……　勉強家で、礼儀正しく、早い時間に司祭さまと退席します。夜、倶楽部《カシノ》に足を向けることもなく、賭け事も無駄づかいもしない。オルバホッサ随一の弁護士ドン・ロレンソ・ルイスの事務所で働いていらっしゃいます。町の人はハシントがすごい弁護士になると噂しているのですよ。」

「ということは、彼に対する司祭さまの賛辞が大げさというわけではなかったのですね」とペペが言った。「弁護士について、あのように馬鹿げたコメントをしたこと、本当に申し訳なく思っています……　ロサリート、先ほどの私の振舞いはぶしつけでしたよね?」

「そんなことありません。わたしはあなたが言ったことが理にかなっていると思います。」

「でも、実際、私は少し礼を失してはいませんでしたか?」

「そんなこと、まったくありません。」

「そうですか?　おかげでほっとしました。実際、自分でも何だかわからないうちに、あの敬愛すべき司祭さまと対立せざるをえないような状況に陥ってしまったもので。本当に申し訳ありません。」

「わたしが思うに」ロサリートは、愛情に満ちた表情で彼を見つめながら言った。「あなたはわたしたちと違うのです。」

「どういう意味でしょう?」

「ペペ、うまく説明できるか自信がありませんが。わたしが言いたかったのは、あなたがオルバホッサの人びとの会話や考えに馴染むのは簡単なことではない、そんな気がしたのです。憶測にすぎませんが……」

「まさか。思いすごしですよ。」

「あなたはまったく違う場所からやって来た人。頭の切れるインテリたち、洗練された振舞いで機知の利いた話し方の人びとが集う別世界からやって来た。つまり、ふさわしい言葉かどうかわかりませんが、名士なのです。あなたは社会の選り抜きの人びとに囲まれて暮らすことに慣れている。でも、ここには博識のあなたが必要とするものは何もありません。この町には知識人もいなければ、それほど洗練されたものもない。素朴なものばかり。ぺぺ、わたしはあなたが退屈し、堪えがたいほど嫌気がさして、結局立ち去らざるをえなくなるのでは、と心配しているのです。」

いつも悲しげなロサリートであったが、ぺぺ・レイは彼女の表情がいっそう曇るのを見て、深く感動していた。

「大丈夫ですよ、ロサリート。君が懸念を抱くような思想を、私はここに持ち込むつもりはないし、私の性格や判断がここに住む人びととかけ離れているわけでもない。仮に、相容れないとしても。」

「もし、そうだとしたら……」

「その場合でも、君と私、私たち二人は、ロサリート、完璧に釣り合いがとれていると、私は固く信じています。これについては、私は判断を誤っていない、思い違いでないと、心が訴えるのです。」

ロサリートは顔を赤らめた。そして、あちこちに視線を向け微笑することで、赤面をごまかそうと努めた。

「いま、おもねるようなことを言って喜ばせるのはよして。でも、わたしがどんなときも必ずあなたの考えのすべてを支えるという意味でしたら、そのとおりですけど。」

「ロサリオ」青年は声を上げた。「君を目にしたときから、私の心は活気と喜びに満ちあふれています……　と同時に、後悔もしている。どうしてもっと早くにオルバホッサを訪れなかったのかと。」

「そんな言葉、とうてい信じられません」彼女は感情の高ぶりをどうにか覆い隠そうと、快活をよそおって言った。「もっと早くだなんて？…… そんな含みのある言い方をしないで下さい…… ご覧のとおり、ぺぺ、わたしは田舎娘で、ありきたりのことしか話せません。フランス語はできないし、エレガントな服も着ない。ピアノもほとんど弾けませんし……」

「おお、ロサリオ！」ホセが激しく叫んだ。「私は君が完璧《ペルフェクタ》な女性かどうか疑っていた。でもいま、それは杞憂にすぎなかったと確信しました。」

そのとき突然、母親《ドニャ・ペルフェクタ》が部屋に入ってきた。ロサリートは、従兄の最後の言葉に何と返答していいかわからず、とにかく何か言わなければと、母親の方を振り向いた。

「あっ！ オウムに餌をあげるのを忘れていました。」

「いまそんなこと気にしなくてもいいのよ。二人でこんなところに居座って、どうしたの？ あなたの従兄を果樹園へ、散歩に連れて出しておあげなさい。」

夫人は、母親らしい優しい表情で微笑みかけながら、ガラス越しに見える葉の茂った木立を指し示した。

「行きましょう」と、ぺぺは立ち上がった。

ロサリートは、自由に解き放たれた鳥のようにガラス扉の方へ駆け出した。

「学識豊かなぺぺのことですから、樹木にも詳しいはずです」と、ドニャ・ペルフェクタはきっぱりとした口調で言った。「どうやって接ぎ木をしたらいいか教えてもらえるでしょう。これから植え替えをする梨の若木について、意見を訊いてごらんなさい。」

「さあ来て、来て」ロサリートが外から声をかけ、もどかしそうに従兄を誘った。そして二人は、枝葉のかげに消えた。ドニャ・ペルフェクタは遠ざかる二人を見送った後オウムの世話をした。餌を替えながら、考え深げな表情で声をひそめてつぶやいた。

「なんて冷たい人だこと！　いたいけな鳥を可愛がりもしない。」

続いて、義兄に聞かれたかもしれないと思い、大きな声で言い添えた。

「カジェターノ、甥のことをどう思いますか？……　カジェターノ！」

寝入っていた古物愛好家カジェターノは、もごもごとくぐもった声を発し、この辛い世に意識を取り戻そうとしていた。

「カジェターノ……」

「そのとおり……そのとおりだ……」学者は間抜けな声でぶつぶつ言った。「あの青年は皆と同様、大世界《ムンド・グランデ》の彫像がフェニキアからの最初の移民のものだという説を、誤って支持することだろう。私が説得しなければ……」

「そうではなくて、カジェターノ……」

「いや、ペルフェクタ……　まさか！　私がいま眠っていたと言うのか？」

「ちがいます、そんなでたらめをどうしてわたくしが言いましょうか！……　それよりあの男のこ《こ》とをどう思いますか？」

ドン・カジェターノは口元を掌で覆い、思いっきり欠伸をした。それから、夫人と長らく話し合った。この物語を書くために必要な情報をわれわれに伝えてくれた人たちは、二人のやりとりを省略している。あまりにも密やかに交わされたので、知りようがなかったにちがいない。他方、その午後に技師とロサリートが果樹園で話した内容が省略されたのは、単にそれが取るに足りない会話だったからにほかならない。

しかし、翌日の午後、事の重大さから言及せずには済まされないことが起きた。従兄妹たちは、果樹園をあちこち歩き回ったあと、午後のかなり遅い時間に二人きりになった。魂と感覚を研ぎ澄まし、互いをしっかりと見つめ、相手が何を口にするか耳を凝らしていた。

「ぺぺ」と、ロサリオが話しかけた。「あなたがわたしに話したことはすべて、空想の産物、利口な男性が巧妙にあやつる常套句でしょう。わたしが田舎娘だから、どんな話でも信じると考えたのね。」

「私が君を理解していると思っているのと同じくらい、君が私を知ってくれたなら、私が実際に思っていることしか口にしない人間だとわかるはずです。とにかく、本当の気持ちを歪める、意味のない微妙な言い回しや、恋人たちだけに通じるような理屈はやめにします。これから君には真実の言葉でしか話しません。よもや君は、私が君のことを散歩道や談話会《テルトゥリア》で出会い、一緒に楽しいひとときを過ごすためだけのお嬢さんと見なしている、などとは言わないでしょう？　とんでもない。君は私の従妹であり、それ以上の存在です……　ロサリオ、話をあるべき場所へ戻しましょう。持って回った言い方はやめにして。そう、私はこの地に君と結婚するためにやって来たのです。」

ロサリオは顔がほてり、心臓が抑えがたいほど激しく鼓動するのを感じた。

「わかって下さい、ロサリート」と青年は続けた。「誓ってもいいが、もし君を気に入っていなかったら、私は今頃すでにここから遠くへ立ち去っていた。礼儀と心遣いから表情に出さないよう努めたとしても、失望を覆い隠すのは容易ではなかったはず。私はこういう男ですから。」

「ぺぺ、まだここに着いたばかりだというのに」ロサリートは笑みを絶やさぬよう努めながら軽く応じた。

「やって来たばかりですが、もう既に、知るべきことはすべてわかりました。自分が君のことを愛しているとわかったのです。まさに君は、心がずっと前から昼夜を問わず……《お前を焦がす女性がじきにやって来る、もう間近だ》と告げ知らせてきた女性その人です。」

この文句は、ロサリオが口元に浮かべていた笑みを解き放つきっかけとなった。破顔一笑、歓喜に包まれ、彼女は喜びのあまり、気を失いそうになっていた。

「君は何の価値もない女だと言い張りますが」とぺぺが続けた。「君は素晴らしい女性です。君は周囲のものすべてを、君の魂が発する神々しい光でたえず照らすことができる、類いまれな資質を備えています。君と出会い、君を目にした瞬間から、誰であれ、君の高貴な心と純粋さをはっきり感じとる。君を見ていると、神の不注意から地上に落とされた天上の存在だと思えてくる。君は天使で、私はただ崇めることしかできない。」

これらの言葉を言い終えたとき、ぺぺは重大な任務を果たしたかのようだった。他方ロサリートは、突如、感受性が鋭く刺激され、彼女の元来とぼしい肉体の活力が、高揚した精神に対応しきれなくなった。そのため気が遠くなり、心地よい果樹園でベンチ代わりとなっている切石に座り込んだ。ぺぺが彼女の方に体をかがめると、彼女は目を閉じ、額を掌に当てていた。しばらく後、ドニャ・ペルフェクタ・ポレンティーノスの娘は、甘美な涙に濡れた優しいまなざしで従兄を見上げ、次の言葉を口にした。

「知り合う前からあなたのことを愛していました。」

ロサリオは両手を青年の手にあずけ立ち上がり、その後二人の姿は散歩道を覆うように茂った夾竹桃の枝葉の中に見えなくなった。午後の陽は傾き、果樹園の低地に穏やかな日陰が拡がっていく。そして、落日の最後の陽光は、樹木の梢を輝く王冠でつつんでいた。梢では、小鳥の一群がすさまじい喧噪を引き起こしている。果てしない天空を陽気に飛びまわった鳥たちが、寝所に使う枝を奪い合う時刻だったのだ。そのさえずりは時に非難や口論、時にからかいや洒落のように聞こえた。弁舌巧みな鳴き声で、ひどく無礼なことを言い合いながら、ならず者たちは互いを小突いたり翼をばたつかせたりしている。まるで演説者が口から繰り出す嘘を信じ込ませようと、腕を振り上げているようだ。ところで、辺りには愛の言葉も響いていた。穏やかな時間と美しい場所がその気にさせたのだろう。耳の鋭い人なら次のような言葉を聞き分けたにちがいない——

「知り合う前からあなたを愛していました。もしあなたが訪ねて来てくれなかったら、わたしは悲しみのあまり死んでしまっていたことでしょう。母がよくあなたのお父さまの手紙を読んでくれたのですが、その中で度々あなたのことが褒め言葉とともにしたためられていたので、わたしは思いました——《この男性がわたしの夫になるにちがいない》。長い間あなたのお父さまが、あなたとわたしの結婚について触れなかったため、わたしはずいぶん放っておかれるものだと思っていました。こうしたことにどう対処すべきか、わたしにはわからなかったのです……　叔父のカジェターノは、あなたの名を口にするたびによく言ったものです ―― 《これだけの男は世界にそうはいない。彼を射止めた女は幸せ者だ……》。そしてやっと、あなたのお父さまがおっしゃるべきことをおっしゃった……　そう、おっしゃるべきこと、わたしが日々待ち望んでいたことを……」

この言葉の直後、同じ声が不安げにつぶやいた。

「誰かが後ろから来るわ。」

二人が夾竹桃の茂みから出ると、ぺぺは二人の人間が近付いてくるのに気付いた。そこで、手近に植わっていた若い樹木の葉に触れながら、横にいたロサリオに大きな声で説明をはじめた。

「こういった若木の場合、完全に根付くまでは最初の刈り込みをしない方がよいのです。植えたばかりの樹木は、そうした作業に耐えられるほどの力がありませんから。よくご存じのように、茂った葉の助けがないと根は張らないもの。だからこそ、葉を刈ってしまっては……」

「これは、これは！　ドン・ホセ殿」聴罪司祭が満面に笑みをたたえながら声を上げ、二人に近付き深々とお辞儀をした。「園芸法を教授なさっていたのでしょうか？　《梨の木を接げ、親愛なるメリボエウスよ、きちんと葡萄の木を植えよ》と、畑仕事の偉大な賛美者ウェルギリウスが謳ったように。で、ご機嫌いかがですか、ドン・ホセ殿？」

技師と司祭は握手を交わした。その後、司祭は振り返り、彼の後を付いて来た若者を指さして微笑んだ。

「貴君に私の愛するハシントを紹介できることを、うれしく思います…… なかなかの若造ですよ…… 向こう見ずなところはありますが、ドン・ホセ殿。」

第九章　諍いが増長し続け、反目へ変わる兆しを見せる

黒い司祭服のわきに、血色の良い、溌剌とした顔が際立って見えた。ハシントは少々どぎまぎした様子で、われわれの青年《ホセ・レイ》に挨拶した。

いわゆるいまどきの早熟な若者、博士となったからには一人前の大人だと、寛大な大学によって信じ込ませられ、世の厳しい争いのなかに早くから投げ込まれた若者の一人だった。ハシントは、はち切れんばかりの愛想のいい顔に、少女のようなバラ色の頬、背の低いずんぐりした体型で —— むしろ、ちびとも言える ——、顎ひげとも呼べない柔らかな薄ひげしか生えていない、二十歳をわずかに超えたばかりの若者だった。分別ある卓越した叔父の指導のもとで幼少より養育されたおかげで、若木は成長の過程で道を踏みはずしたことなど一度もなかった。叔父からたまわった厳格な道徳観によって彼は常にまっすぐに育ち、その道徳観が強いる学識ばった義務を怠ることはほとんどなかっ

た。大学の授業を十二分に活用し――つまり、すべての科目で飛び抜けた成績を修め――修了したあと、弁護士として働きはじめたのだが、そのひたむきさと適切な判断力は、彼が大学の教室で讃えられた若々しい活力を、法廷でもいかんなく発揮することを予見させるものだった。

彼はやんちゃな少年の顔を見せることもあれば、礼儀正しい大人の顔を見せることもあった。実のところ、もしハシントが美しい娘たちに多少、いや、かなり関心を抱く傾向がなかったとしたら、善良な叔父《ドン・イノセンシオ》は甥を完璧《ペルフェクト》な人間と認めただろう。司祭は大胆に飛翔したがる甥の翼を切り取ろうと躍起になり、四六時中説教をやめなかった。だからと言って、若人のそういった世俗的な嗜好のせいで、可愛がっている姪マリア・レメディオスのそのまた大切な息子ハシントに対する愛情が半減するものではなかった。若弁護士《ハシント》のこととなると、司祭はすべてを譲歩したのだ。早熟な甥に何か起きたときには、善良な司祭にとって重要な定例慣行さえ変更された。惑星と同じくらい安定し、規則正しく営まれていた司祭の生活は、ハシンティートが病気になったり、彼が旅に出なければならなくなったとき、軌道を外れるのを常とした。聖職者の独身制など、なんと無用な制度であろうか！　トレント公会議が子息を持つのを禁じたとしても、聖職者に《悪魔ではなく神が甥を授け》、父としての甘美な苦労を与えるのだから。

ハシントの持つ勤勉な資質を偏見なく吟味するなら、その値打ちを否定することはできない。誠実な性格から、彼は他人の気高い振舞いを目にすると、素直に賞賛の拍手を送った。知性と社会的見識からすれば、彼は将来、スペインの多士済々たる著名人の一人となるのに十分な資質を有していた。

われわれが日々《比類なき名士殿》だの《著名な公徳の士殿》だのと、誇張してお呼びする人物となる可能性を持っていたのだ。ただ、そうした人物はおびただしい数に上るため、正当に評価されることはほとんどないのだが。また彼は、大学の学位が少年期と壮年期を溶接するかのような、未成熟な年齢にいる多くの若者と同様、他人をうんざりさせる学者ぶった態度を免れることはなかった。自分の師匠から甘やかされて育った若者の場合、なおさらである。彼らは母親の傍らにいるときにはたいそう評判がいいが、責任ある大人たちの中に入ると、その学者ぶった態度がひどく滑稽に見えてしまう。ハシントもそういった欠点を持っていた。だが、それは若いからというだけでなく、善良な叔父が安易に誉めたたえることで彼の幼稚な虚栄心を煽っていたせいでもあり、彼に罪はない。

とにかく、合流した四人は散歩を続けた。ハシントは黙っていた。司祭は接ぎ木すべき《梨の木《ピロス》》ときちんと手入れすべき《葡萄の木《ウィティス》》という、さきほど中断したテーマに立ち返り言った。

「ドン・ホセ殿は傑出した農学者ですね。」

「とんでもない。まったくの門外漢で」と応じ、青年《ホセ》は自分をあらゆる学問に精通していると見なしたがる偏屈な司祭を、苛立たしげに見た。

「いやいや、偉大な農学者ですとも」聴罪司祭は繰り返した。「ただ農学のテーマにおいては、どうか最新の研究を引き合いに出さぬよう願います。私にとって農学は、《田園のバイブル》と私がたたえる不朽のラテン詩人ウェルギリウスの『農耕詩』に集約されます。称賛に値する詩行ばかりですよ。あの偉大な警句《すべての大地は、あらゆる種類を生み出すことはできない》にはじまり、ドン・ホセ殿、蜜蜂についての詳細な記述まであるのです。その箇所では詩人がこの博識の生き物について解説し、雄蜂を次のように特徴づけています――《怠惰のため醜い姿で、大きく下品な腹を引きずる》。ドン・ホセ殿……」

「私のために翻訳してくださりありがとうございます」とペペは言った、「私はラテン語がほとんどわかりませんので。」

「そうでしょうね！　いまどきの若者がどうして時代後れのものを習得するのに時間を浪費する必要がありましょう？」司祭は皮肉をこめて答えた。「その上、ラテン語の作品を残したのは、いずれもウェルギリウス、キケロ、ティトゥス・リウィウスといった尻に敷かれた作家たちだけですから。もっとも、私は別の考えを持っておりまして、甥がその証拠となります。といいますのも彼にこの崇高な言語を教授したのは私でして、いまではこやつの方ができるくらいです。ただ残念なことに、甥は昨今の書物を読みあさるうちにラテン語を忘れかけており、いずれふと気付くと教養のない人間に成り下がっていることでしょう。なぜなら、ドン・ホセ殿、甥は最新の研究や突飛な理論にはまっており、寝ても覚めてもフラマリオンだ、星々は人びとで一杯だといってきかない。こんな具合ですから、二人は話が合うにちがいありません。ハシント、こちらの紳士にお願いして、崇高な数学をご教授いただいたり、ドイツ哲学について教えを請うたりなさい。そうすれば立派な大人になれるのですから。」

善良な聖職者は内心、自分の思いつきにほくそ笑んだ。ハシントはといえば、会話がお気に入りの領域に入ったのを見てとると、嬉しそうに「申し訳ありませんが」とペペ・レイに話しかけ、出し抜けに次の質問を投げかけた。

「ドン・ホセ殿、ダーウィン説についてどうお考えですか?」

その場に似つかわしくない賢《さか》しらな質問を向けられ、技師は微笑んだ。若いハシントが稚拙な虚栄心の小道を進むよう仕向けるのも悪くない、と気持ちがくすぐられたのだ。しかし、甥ともその叔父ともあまり打ち解けない方が賢明だと考え直し、簡単に答えた。

「ダーウィン理論について意見を述べるようなことはできかねます。ほとんど存じませんので。仕事がたいへんで、そうした研究に当てる時間がなかったもので。」

「まあ」と、司祭が笑いながら口をはさんだ。「私たちがサルの子孫だという説に尽きるでしょう……私が存じ上げる何人かの方々については、サルの子孫だと断定してもかまわないでしょうが。」

「自然淘汰の理論は」ハシントが強く言い足した。「ドイツに多くの信奉者がいるとのことですが。」

「間違いなく」と司祭は続けた。「ドイツでなら、ダーウィン理論が正しく、人がサルの子孫であることを嘆く人はいないにちがいありません。とくに、宰相ビスマルクに限っては。」

そこへドニャ・ペルフェクタとドン・カジェターノが四人の前に現れた。

「なんと美しい午後でしょう!」と夫人が言った。「どうですか、ペペ、たいそう退屈しているのではないですか?……」

「いいえまったく」と青年は応じた。

「我慢しなくていいですよ。そのことをカジェターノと話しながら来たのですから。あなたは退屈しきっていながら、どうにかそれを見せまいと努めている。今日びの若者が皆ハシントのように、王立劇場もイタリア風喜歌劇《オペラ・ブッファ》もない、踊り子も哲学者もいない、文芸協会《アテネオ》も雑誌も議会も、楽しみや気晴らしのいっさいない村で、自分を抑えて青年期を過ごせるわけがありません。」

「私はここで、とても快適に過ごしています」ペペは答えた。「まさにいまロサリオに、この町と邸があまりにも心地よいので、この地に居を構え死を迎えたいと思っている、と話していたところです。」

ロサリオは頬を真っ赤に染め、ほかの者たちは口をつぐんだ。一同あずま屋に腰を下ろしたが、そのときハシントは慌ててロサリオの左の場所を占めた。

「さて、ペペ、あなたに注意しなければならないことがあります」ドニャ・ペルフェクタは、花が匂い立つように、魂から湧き出る優しさに満ちあふれた、朗らかな表情で続けた。「でも、あなたを咎めるつもりも戒めるつもりもありません。あなたは子どもではないのですから、わたくしの思いをすぐにくみ取ってくれるでしょう。」

「どうぞ叱ってください、親愛なる叔母さま、きっと叱られて当然の行いをしたのでしょうから」父親の妹が見せる優しさに慣れはじめたペペが答えた。

「いいえ、ちょっとした注意にすぎません。ここにおいでの方々も、いかにわたくしが正しいかおわかりでしょう。」

ロサリートは熱心に耳を傾けた。

「一つだけ」と夫人は続けた。「この次わたくしたちの美しい大聖堂を訪れるときは、いささかの慎みを持って振る舞うよう注意してください。」

「しかし……私が何をしたというのですか?」

「あなたが自分の過ちに気付いていないのは、不思議でも何でもありません」夫人は一見愛想よく指摘した。「当然です。何のためらいもなく文芸協会《アテネオ》やらクラブやら、アカデミーやら議会やらに足を踏み入れることに慣れているあなたは、荘厳な神がお住まいの教会堂にも同様に立入ることができると考えたのですよね。」

「ですが、叔母さま、失礼ながら」とぺぺは深刻な顔つきで言った。「私は最大に礼を尽くして大聖堂に入りました。」

「叱っているわけではありませんよ、ぺぺ、叱っているのではありません。そう取らないでくださ い。さもないと、わたくしは口をつぐまねばなりません。どうか皆さん、甥をお赦しください。不注意で軽率だったにすぎませんから。いったいあなたは何年前から聖なる場所に足を踏み入れていないのですか?……」

「叔母さま、誓ってもいいですが……　確かに私の宗教的な考えは、皆さんが指摘なさるようなものなのかもしれません。しかし、教会堂の中では絶えず失礼のないようにしています。」

「確かなことは……　あなたが気を悪くするのであればやめますが……　確かに言えるのは、今朝多くの方々が、そのことに気を留めたということです。それに気付いたのは、ゴンサレス夫妻に、ドニャ・ロブスティアーナ、それにセラフィニータ……　司教さまの注意まで引いたのですよ……　猊下は今日の午後、わたくしのいとこの家で不平をもらされました。司教さまは、わたくしの甥だと聞いたからあなたを通りに放り出すよう命じなかったとおっしゃったのです。」

ロサリオは従兄が返答する前に彼が何を言うか察知しようと努めながら、その顔を苦しげに見つめていた。

「ほかの人と見間違えたのでは？」

「いいえ……そんなことはありません……　あなたでした……　気を悪くしないでください。ここにいるのは友人と信頼できる人たちですから。あなたでした。わたくし自身があなただと認めたのですから。」

「あなたご自身が！」

「そうです。ミサに出席していた信者一同の間を通り抜けるや、絵画の鑑賞をはじめたことを、あなたは否定しますか？……　誓って言えますが、あなたが行き来することで、わたくしも相当気が散ったものです……　とにかく……決して二度とこうしたことがないように。その後、あなたは聖グレゴリウスの礼拝堂に踏入りましたね。中央祭壇で聖体が高く捧げられていたにもかかわらず、あなたは振り返ってお辞儀さえしなかった。続いてあなたは、教会堂を端から端まで横切り総督の墓に近付き、祭壇に手を置いた。それからすぐに信者一同の間を通り抜け、再び皆の注目を集めたのです。

娘たちは例外なくあなたに視線を向け、善良な人びとの模範的な信仰心を見事にかき乱してくれました。おまけに、あなたはそのことに満足しているかに見えました。」

「主よっ！　私はなんとひどい振舞いを！……」ぺぺは腹を立てたのか楽しんでいるのかわからないような声を上げた。「私は魔物です。そうとは、疑ってもみなかった。」

「いいえ、わたくしにはあなたが善良な人間だとわかっています」ぶ厚い仮面をかぶったかのような、深刻さと冷静さを貼りつけた司祭の表情を見つめながら、ドニャ・ペルフェクタは続けた。「だとしても、あなたがいろんな考えを持つことと、誰にも遠慮なく態度に示すことの間には、もし慎重で慎み深い人でしたら、決して超えてはならない大きな壁があることがわかるはずです。わたくしもあなたの考えが……怒らないでください。怒るのでしたらわたくしは口をつぐむしかありません……　反宗教的だということは承知しています。ただ、あなたに言いたいのは、反宗教的な考えを持つことと、それを態度で示すことは別だということ……　神が御自身をかたどって人を創造されたのではなく、わたくしたちがサルの子孫だと、あなたが信じているからといって……　魂が薬局に売っている包みに入ったマグネシアやダイオウのような薬にすぎない、とあなたが主張し、魂の存在を否定しようとも……、わたくしはあなたを非難するのを控えていたのに。」

「叔母さま、それほどまでおっしゃいますか！……」ぺぺは気分を害し、声を荒げた。「どうもオルバホッサでは私の評判は極めて悪いようですね。」

ほかの者たちは引き続き沈黙を保っていた。

「そのような思想を信じているからといって、あなたを非難したりはしないと言ったでしょう……ましてわたくしにそんな権利はありません。もしあなたと議論をはじめたなら、わたくしはあなたの並外れた才によって何度も困惑させられるでしょうから……　非難などするつもりはありません。わたくしが言いたいのは、オルバホッサの凡庸で哀れな住人たちは、確かにドイツ哲学に疎いかもしれませんが、信心深い善良なキリスト教徒だということ。ですから、わたくしたちの信仰を大っぴらに蔑んだりして下さいますな、ということです。」

「親愛なる叔母さま」と、技師は深刻な表情で申し開きをした。「私は誰かの信仰を蔑んだことも、あなたがおっしゃるような思想を抱いたこともありません。確かに教会堂でやや敬意を欠いた行動をとったのかもしれません。しかしそれは、私がどこかぼんやりした人間なせいで、教会堂という建造物に思考と関心が釘付けになり、率直に言って、何も気付かなかったのです……　といっても、司教さまが私を外に放り出そうとなさったり、私が魂の働きを薬局の包みと同一だと考えているとあなたに思われるほどの理由にはならないでしょう。こうした言いようは冗談としてなら我慢できますが、我慢できるのは冗談としてだけです。」

ペペ・レイは、たいそう慎重で節度ある性格にもかかわらず、精神が激しく高揚し、興奮をつつみ隠すことができなくなっていた。

「どうも怒らせてしまったようですね」ドニャ・ペルフェクタは視線を落とし、両手を合わせながら言った。「すべては神の思し召しのまま！　このようにあなたが受け止めるとわかっていたら、何も言わなかったのですが。ぺぺ、どうかわたくしを赦してくださいね。」

叔母の優しい言葉を耳にし、そのしおらしい態度を目にしたぺぺは、先ほど辛辣な言葉を口にしたのを恥じ、気を落ち着けようと努めた。そのとき、尊ぶべき聴罪司祭が、いつもの慈悲深い微笑を浮かべながらぺぺに次のように話しかけ、彼を厄介な状況から救い出してくれた。

「ドニャ・ペルフェクタ奥さま、芸術家に対しては寛容な態度を示さねば…… おお！ 私はなんと多くの芸術家と知り合ったことか。こうした方々は、目の前に彫像だの錆びた甲冑だの、かび臭い絵画だの古びた壁だのが現れましたら、すべてを忘れてしまう人たちです。芸術家であるドン・ホセ殿は、英国人と同じように私どもの大聖堂を訪問なさった。ちなみに、彼らは大聖堂の敷石を自国の博物館へ、最後の一枚まで嬉々として持ち去るような輩ですが…… 信者がお祈りを捧げていたとしても、司祭が聖餅《ホスチア》を掲げていたとしても、最高の信仰心と慎みの瞬間が訪れていたとしても、芸術家になんの関係があるでしょう？ 表現する心から遊離してしまった芸術というものが、いかなる価値を持つのか、実は私には皆目わかりませんが…… 結局のところ今日では、概念よりも形を崇めるのが主流ですから。ただし、このテーマについてドン・ホセ殿と議論するのは、どうかご勘弁いただきたい。学識豊かな彼は、現代人特有の巧みで隙のない意見を述べ、議論なさるでしょうから、信仰心しか持ち合わせのない私はすぐさま精神的に参ってしまい、言葉に詰まるにちがいありません。」

「皆さんに地上でもっとも学識高い人間であるかのように繰り返し言われるのは、私にとってたいへんな苦痛です」と、ぺぺが悲痛な声を上げた。「どうか私を愚か者だと思ってください。この町でサタンの科学の信奉者だと噂されるより、馬鹿者だという名声を得る方がましです。」

ロサリートは笑いだし、ハシントは自分の博識をひけらかす好機と見てとった。

「汎神論やクラウゼの万有在神論は、ショーペンハウアーや今日のハルトマンの学説同様、教会によって有罪だと宣告されています。」

「皆さん」司祭は厳粛さを装って意見を述べた。「芸術を熱く崇拝する人間は、たとえ形状にのみ関心を抱いていたとしても、最大の尊敬に値します。たとえ裸体の妖精《ニンフ》によって表現された美だったとしても、その美を前にして快楽を覚える芸術家の方が、あらゆるものに無関心で懐疑的な人びとよりましです。美の鑑賞に身をささげる精神には悪が入り込む余地はないのですから。《神はわれわれに宿る《エスト・デウス・イン・ノビス》……》。《神《デウス》》を正しく理解せよ。よってドン・ホセ殿、私らの比類なき教会堂を、どうかこれからも変わりなくご鑑賞ください。私としては貴君の非礼を心からお赦しします。司教さまがどうお考えになるかは別ですが。」

「感謝いたします、ドン・イノセンシオさま」ペペは、狡猾な司祭に対して敵意という、御しがたい鋭利な感情を抱き、どうにか彼を辱めてやれないものかという思いを抑えきれず続けた。「それはそれとして皆さん、あなた方が教会堂にあふれているとおっしゃる芸術的な美が、私の関心を惹いたなどとは思わないでください。実のところ、建物のわずかな一角にすぎない威圧的な建築物と、内陣の礼拝堂内にある三つの墓、それに聖歌隊席のいくつかの彫刻のほか、私はまるで美を認めることはできませんでした。むしろ、私は宗教芸術の痛々しいほどの退廃を観察することに興味を抱いたのです。大聖堂を満たす醜悪な芸術品の数々に、私は驚嘆というより怒りを覚えました。」

その場に居合わせた者たちの驚きは、尋常ではなかった。

「私には我慢なりませんね」ぺぺは続けた。「ああいった、ぴかぴかした朱色の彫像は。神よ、喩えをお赦しください。大人になりきれないお嬢さんたちが遊ぶ人形そのものです。その彫像が身に付けている大げさな衣装については何と言っていいか？　マントをはおった聖ヨセフ像が目に留まったのですが、聖ヨセフをありがたく崇めるローマ教皇と教会に配慮し、彼の容姿について評するのは控えておきます。どの祭壇にも、とてつもなく嘆かわしい芸術的趣向の彫像が立ち並び、無数の冠や花束、金属とか紙の星や月で飾られていましたが、それはがらくた以外の何物でもありません。人びとの信仰心をそこない、失神させるのではないかと思わせるほどひどい。宗教的瞑想へ導くどころか、精神を疲弊させ、錯乱させるほど滑稽なものでした。偉大な芸術作品には、概念、教義、信仰、神秘的高揚といったものに、人が知覚可能な形状を与えるという、極めて高尚な使命があります。他方、がらくたや常軌を逸した趣味の、グロテスクな作品――こうした作品で大聖堂を満たすのは、誤った信仰心です――にも効用はありますが、それは迷信をあおり、本来の宗教的情熱を冷ましてしまう労《いたわ》しいもの。信者の目を、そして、目と一緒に、深く堅固な信仰をまだ持ちえていない魂を、祭壇から遠ざけてしまうのです。」

「聖像破壊者《イコノクラスム》の思想です」とハシントが言った。「これもまたドイツでかなり流布しているとのこと。」

「私は聖像破壊者ではありません。ただ、いま指摘したような品位の欠けた装飾を施すくらいなら、すべての聖像を破壊する方がましだとは思いますが」ペペは重ねて言った。「これらの状況を眼前に突きつけられると、古き時代の厳かで簡素な信仰に立ち返るべきだ、という主張が正しいのではないかと思えてきます。とはいっても、人と神の交流に供する、詩歌にはじまり楽曲にいたるすべての芸術の手助けが、放棄されるようなことのなきよう、芸術を讃えたい。どうか宗教儀式が絢爛豪華なものでありますように。私は華やかであること……には賛同しますので。」

「ドン・ホセ殿は芸術家、真の芸術家ですな！」司祭は、ペペを憐れむかのように頭を揺らしつつ唸った。「素晴らしい絵画、見事な彫像、美しい音楽……まさに、感覚の享楽を第一とするわけですな。悪魔よ、魂を持ち去ってしまうがいい。」

「ところで、音楽といえば」自分の発言が叔母とその娘に悲しむべき効果をもたらしたことに気付くこともなく、ペペ・レイはなおも続けた。「皆さん、ご想像ください。大聖堂を訪れたとき、私の精神がどれほど宗教的瞑想にふさわしい状況に置かれたのか。大ミサの最中《さなか》、聖餐奉献の儀式になった瞬間、オルガン奏者がいきなりヴェルディの《ラ・トラヴィアータ》の一節を弾きはじめたのですよ。」

「これについてはレイさんのご指摘どおり」若弁護士が強い調子で弁護した。「オルガン奏者は先日、まさに同オペラの乾杯の歌とワルツのパートを、続いて、オッフェンバックの《ジェロルスタン大公妃》のロンドを弾きました。」

「とくに興ざめだったのは」技師は容赦なく言い募った。「聖母マリア像を目にしたときです。聖像の前に立ち止まっていた信者と聖像を照らすロウソクのおびただしい数からすると、この地でたいそう崇め奉られている聖像だとお見受けします。聖母像には金糸で刺繍されたビロード織物の、ゆったりとしたガウンが着せられていました。しかし、それはいま流行している奇抜きわまりないスタイルさえしのぐ不可解なもの。マリアさまの顔は、ヘアアイロンでカールされ、幾重にも重ねられたレースの、たっぷりしたひだ飾りに埋もれ、見えなくなっているのです。頭の冠は、高さ半バーラもある金色の突起物に囲まれ、まるで頭の上に不格好な棺台が設置されているかのよう。幼子イエスのズボンも、聖母と同じビロード布地と金糸の刺繍でできていて……これ以上続けるのはやめましょう。母子がどのように見えたかを述べたなら、私は神聖なものを汚すことになるかもしれませんから。聖母像を前に、私は笑いをこらえることができず、《聖母マリアよ、なんて格好をさせられてしまって！》と心の内で叫び、しばらくの間唖然として冒瀆された像を見つめていた、と述べるにとどめておきます。」

話し終えたペペは、聴衆を見回した。陽が陰っており、彼らの表情をはっきりと読み取ることはできなかったが、何人かの顔に打ちのめされたような沈痛さが浮かんでいるような気がした。

「実は、ドン・ホセ殿」司祭は勝利の笑みを浮かべながら、してやったりと話しはじめた。「貴君の価値観と汎神論の観点から滑稽に見えた御聖像は、オルバホッサの守護聖女、庇護者である《救いの聖母》にほかなりません。この地の住民でしたら聖女の悪口をたたく者を通りに引きずり出しかねないほど、たいそう崇め奉られている聖母なのです。年代記と歴史書は、ドン・ホセ殿、聖母が起こされた奇跡の記述で満たされ、今日でも否定できない、聖母による庇護の証を日々目にすることができます。また、ご存じおきいただきたいのは、貴君の叔母ドニャ・ペルフェクタ奥さまは聖なる《救いの聖母》に仕える侍女であること。貴君にグロテスクに見えた服……つまり、貴君の不信心な目にはグロテスクに映った服は、この家で縫製され、幼子イエスのズボンにいたっては、貴君の従妹、いま私たちの話を聞いているロサリートの、巧みな針仕事と穢れのない信仰心の賜だということです。」

ペペ・レイは少なからず狼狽した。次の瞬間、ドニャ・ペルフェクタが突如立ち上がり、一言も発せず家に向かった。聴罪司祭もその後に続き、残された者たちも立ち上がった。ペペは当惑顔で、敬意を欠いた発言の赦しを求めようとロサリートに目を移したとき初めて、彼女が涙しているのに気付いた。ロサリートは従兄に、愛情をこめて優しくとがめるような視線を向け、声をふり絞った。

「なんということを……！」

そのとき、興奮した調子で叫ぶ、ドニャ・ペルフェクタの声が響いた――《ロサリオ！　ロサリオ！》

娘は家に向かって駆け出した。

第十章　反目は確かに存在する

ぺぺ・レイは動揺し呆然としていた。ほかの者に、そして自分自身に対し腹を立て、どうして望みもしないのに叔母の友人たちと考えが衝突してしまうのだろう、と心の内で原因を探ろうとした。行く末を思うと気が重くなるばかりで、手を組んだまま眉を寄せてうつむき、悲嘆にくれ、しばらくの間東屋《あずまや》のベンチに座り込んでいた。当然、自分は一人きりだと思っていたのだが、不意に喜歌劇《サルスエラ》の歌の折返しをハミングする、陽気な声が聞こえた。振り返ると、東屋の向かいの角にハシントがいた。

「あー、レイさん」と若造《ハシント》が唐突に話しだした。「何の咎めも受けずに、一国家の大多数が抱く宗教心を傷つけることはできない……　フランス革命で起きたことを思い返してくだされば、ご納得いくでしょう……」

その昆虫《ハシント》が発するうなり声を耳にしたとき、ぺぺの苛立ちはいっそう増した。だが実のところ、この青臭い博士を憎んでいたわけではなかった。こいつはハエと同じで自分を悩ますが、それだけにすぎない。煩わしい虫がたてる雑音に不快さを覚えたレイは、雄の蜜蜂を追い払うかのごとく次のように答えた。

「フランス革命が聖母マリアのガウンとどんな関係があるのでしょうか?」

ぺぺは立ち上がり、家の方に向かった。しかし、四歩も進まないうちに再び蚊のうなり声が聞こえた。

「ドン・ホセさん、あなたが無関心ではいられない、何らかの争いの種となるかもしれない要件についてお伝えしたいのですが……」

「要件?」ハシントの方へ戻りながらぺぺは訊いた。「何でしょうか?」

「おそらく何のことかおわかりなのでは」若造は、実業家が重要案件について話すときに見せる笑みを浮かべながらぺぺに近付き言った。「訴訟について、お話ししたいのです……」

「何の訴訟でしょうか?……　有能な弁護士でいらっしゃるあなたは、どこにいても訴訟のことがちらつき、印紙貼付の書類が眼前にあるような気がするのでは。」

「何の訴訟、ですって?……　ご自身の訴訟のことをお聞きになっていらっしゃらない?」若造は驚いたように訊きかえした。

「私の訴訟!……　はっきり申しますが、私は訴訟を起こしたことなど一度もありません。」

「ご存じなかったとすると、お知らせすることができて良かった、心のご準備をなさるよう……そうです、レイさん、法廷で争うことになるのです。」

「しかし、誰と争うのでしょう?」

「リクルゴ親爺さんや、《ポプラ林《アラミーリョ》》と称される耕地に隣接する土地の所有者たちとです。」

ぺぺ・レイは呆気にとられた。

「そうです」若弁護士は続けた。「今日リクルゴさんと延々と協議してきました。ただ、このお宅で懇意にしていただいているので、あなたにご進言申し上げないわけにはいかない、必要とあらば急いですべてに片を付けてしまった方がよいのでは、と思いまして。」

「片を付ける？　私は、何に片を付けなければならないのでしょう？　あの親爺は私から何を手に入れようと企んでいるのですか？」

「あなたの地所に源がある小川が流れを変え、いまでは水がリクルゴさんの瓦場と、別の者の粉引き場に流れ込み、相当な損害を引き起こしているとのことです。僕の依頼者……親爺さんからどうにかこの窮状を救ってほしいと頼まれまして……　僕の依頼者は、まず第一に、新たな被害を食い止めるため、以前の川の流れを回復すること、次に、高地所有者の義務の不履行によって彼がこうむった損失の賠償を望んでいます。」

「つまり高地所有者が私というわけだ！……　訴訟になったら、かの有名なポプラ林《アラミーリョ》がもたらしてくれる初めての恵みとなります。ただ、ポプラ林《アラミーリョ》は、以前は私が所有していたわけですが、聞いたところによると、いまでは皆の所有地となっているはず。当のリクルゴと隣接地の農夫たちが毎年私の土地を少しずつくすね、元の境界を回復するのが極めて困難な状況となっている、とのことですから。」

「それは別の問題です。」

「別の問題ではありません。実際」と技師は怒りを抑えることができずに言った。「真の訴訟は、これから私があの連中に対して起こすものです。おそらく連中は私をうんざりさせ、あきらめさせようと思っているのでしょう。私がすべてを放棄して、連中が盗んだ土地を取り戻そうとせず、このまま目をつぶってしまうのを期待している。あいつらは訴訟で生活の糧をかせぐ、他人の所有地をむしばむ輩なのです。田舎法律家もどきの、こうした馬鹿げた計略を支える弁護士や裁判官がいるものかどうか、拝見させていただきましょう。ハシントさん、こそ泥《カークス》よりよこしまな田舎者たちの、あくどい目論見を教えてくださり感謝いたします。そもそもリクルゴがみずからの権利の根拠とする、瓦場だの粉引き場だのそれら自体が私の所有物だとお伝えするだけで……」

「不動産権利証書を見直して、この案件について消滅時効が成立したのかどうか確認しなければなりません」とハシントが答えた。

「消滅時効が何だと言うんだ……！　あの悪党どもを笑わせておくわけにはいかない。オルバホッサの司法は公正で誠実な判断をくだしてくれるでしょうから……」

「ええ、もちろんです！」若弁護士《ハシント》が誇らしげに声を上げた。「判事は素晴らしいお方です。こちらにも毎晩顔を出されますし……　それにしても、おかしいですね。リクルゴさんの訴えをご存じなかったとは。調停のために出廷するよう、命じられていないのですか？」

「いいえ。」

「明日開かれるのですよ……　とにかく僕としては、リクルゴさんに急かされてしまい、あなたを弁護する喜ばしい名誉を奪われたことが、残念でなりません。致し方ないとは言え……　リクルゴさんがどうしても僕に頼みたいと言い張ったもので。案件をできるだけ慎重に検討してみましょう。こうしたきわどい地役権は、法学においてもっとも厄介なものですから。」

ペペはひどく憂鬱な気分で食堂に入っていった。そこではドニャ・ペルフェクタが聴罪司祭と話しこんでおり、ロサリートはただひとり扉を見つめていた。むろん、従兄が入ってくるのを待っていたのだ。

「さあ、こちらにいらっしゃい」と夫人が貼り付けたような笑みを浮かべながら言った。「偉大な無神論者さん、さんざん言ってくれましたね。でも赦してあげます。娘とわたくしが、あなたの住む数学の領域に立ち入ることのできない田舎者だというのは自覚していますから。もっともいつか、あなたがわたくしたちの前に跪き、キリスト教の教義を教授してくれるよう懇願する日が来るかもしれませんが。」

ぺぺは自分の発言を悔いる、曖昧でありきたりの美辞麗句を並べた。

「私としましては」両の瞳に謙虚さと穏やかさを浮かべ、ドン・イノセンシオが口を開いた。「先ほどのとりとめのない論争の流れのなかで、私がドン・ホセ殿の心証を害するようなことを口にしたのであれば、どうぞお赦しくださるよう懇願いたします。この邸では皆が友人ですので。」

「ありがとうございます。案ずるには及びません……」

「どうであっても」今回はより自然な微笑みとともに、ドニャ・ペルフェクタが言った。「どれほど常軌を逸した反宗教的な考えを持っていたとしても、大切な甥なのですから、あなたへの接し方を変えるつもりはありません…… 今晩わたくしが何に時間を割くつもりなのか、あなたにわかりますか？ リクルゴ親爺の頭から、あなたが迷惑をこうむっている頑固な思いを取り払おうと考えているのですよ。彼に家に来るよう命じておいたので、いま廊下で待ってくれています。心配しないで、わたくしが解決してあげます。確かに、彼に道理がないわけではありませんが……」

「親愛なる叔母さま、ありがとうございます」ペペは胸の内の頑な思いがあっけなく解け、寛容の精神が波のように押し寄せるのを感じた。

その後ペペ・レイは従妹に近付こうと、彼女に視線を向けた。しかし、司祭が続けざまにいくつか鋭い質問を彼に投げかけ、自分とドニャ・ペルフェクタの傍らに彼を引き留めた。ロサリオは淋しげな、心ここにあらずといった表情で若弁護士の話を聞いていた。彼女のわきに陣取ったハシントが、その場に似つかわしくない悪趣味で愚かなジョークを次々に飛ばしうんざりさせていたのだ。

「あなたにとって問題なのは」ドニャ・ペルフェクタは、甥がロサリオとハシントというちぐはぐなカップルを見つめているのに気付き言った。「ロサリオの気持ちを傷つけたことです。彼女の怒りをしずめるためにできるだけのことをしなければなりませんよ。かわいそうに、良い娘《こ》なのですから！……」

「おっしゃるとおり、とても良い娘です！」司祭が口をはさんだ。「きっと従兄であるあなたを赦してくれるでしょう。」

「私が思うに、ロサリオはすでに赦してくれています」レイはきっぱりと言った。

「当然です、天使の心にそれほど遺恨が続くはずがありません」ドン・イノセンシオは優しげに申し出た。「私ならあの娘をなんとか取りなすことができます。貴君への偏見を彼女の寛容な魂から一掃するよう努めてみましょう。私が一言申せばただちに……」

ペペ・レイは脳裏に一抹の不安がよぎるのを感じ、あえてその申し出を断った。

「おそらくその必要はないと思います。」

「そうですね。いま声をかけるのは止しておきましょう」司祭もうなずいた。「ハシンティーリョの馬鹿な話を聞いて、あの娘は愉しんでいるようです……　いやはや若者というのは！　ひとたび話しはじめると、彼らを止めることはできませんな。」

時を置かずして、談話会《テルトゥリア》に第一審判事、市長夫人、そして大聖堂の主任司祭が加わった。皆が代わる代わる技師と挨拶を交わしたが、その様子は彼と会うことで激しい好奇心を満たそうとしているかのようだった。判事は情け容赦のない青二才の若造で、日々エリート飼育場に誕生する、孵化したばかりの雛にすぎないのに、はやくも行政や政治の上位ポストを志すタイプの男だった。自分が一目置かれるのは当然とばかりに振る舞い、話が自分のことや若くして法服を羽織ったことに及ぶと、この時とばかり、自分が一気に最高裁判所長に任命されなかったことを憤慨して見せた。政府はこうした未熟な者の手と、虚栄にふくらみ、愚かにも思い上がった彼らの頭脳に、人を裁くというもっとも繊細で困難な役を委ねているのだ。一見すると、その立ち居振舞いはまさに完璧《ペルフェクト》な宮廷人のもので、一分の隙もないほど身だしなみに細心の注意を払っていた。金縁の眼鏡をしきりにかけたり外したりするのを習慣としているようだったが、端からすれば見苦しい癖以外の何ものでもない。その話しぶりには、是が非でも早く《マドリッツ》《マドリード》に転任し、司法省の要職に就きたいという思いがありありと現れていた。

市長夫人は人柄の良い婦人だった。唯一欠点を挙げるとすれば、首都で顔が広いと自惚れがすぎる点であろう。モロッコとのアフリカ戦争のころは首都まで行ってケープやスカートを作ってもらったのと、工房の名を挙げながら、ペペ・レイに昨今の流行についてしきりに尋ねた。また、公爵や侯爵夫人の名を一ダースほども挙げ、彼女たちのことをまるで旧知の学友であるかのように親しみを込めて話すのだった。（有名な談話会《テルトゥリア》を主催する）M伯爵夫人はわたくしの友人で、六十年に彼女を訪ねたときには、王立劇場の彼女のボックス席に招かれ、そこでモーロの服を着てモーロ人の随行員を伴ったモロッコ大使ムレイ・アバにお会いしたのよ、といった話までしてくれた。つまり、市長夫人は、ぺらぺらとしゃべりまくるタイプで、面白い話題に事欠かなかった。

主任司祭は肉づきの良い高齢の老人で、感情の浮き沈みが激しく、多血症のせいかいまにも卒中を起こしそうな体型。みずからの体皮に収まりきれず、中身が外にはみ出してしまうほど太く、豚の腸詰め《モルシージャ》を連想させた。修道会廃止令をこうむった彼は、宗教的なテーマについてしか話をせず、ペペ・レイには当初からひどい蔑みの眼差しを向けていた。そのためペペにはますます、この、自分とかけ離れた好みを持つ人びとの輪に溶け込むのが困難なように思われた。彼はそもそもまったく融通が利かない堅物で、柔軟性に欠けており、たとえ上べだけでも他人に同調したり、妥協した物言いをしたりできない性格だったのだ。談話会《テルトゥリア》に嫌気がさしていたペペは、その間中むっつりと無愛想な顔で、市長夫人の激しい弁舌に堪えていた。夫人はローマ神話の噂の女神ファーマではなかったが、人の耳をうんざりさせる百枚舌の能力を有していたのだ。ペペ・レイは、夫人が口を休めたわずかな隙を突いてその場を離れ、従妹に近付こうとした。すると今度は、聴罪司祭が岩にはりつく軟体動物のように彼にまとわりついてきた。意味ありげな顔をして彼を傍らに連れ出すと、ドン・カジェターノに案内してもらって大世界《ムンド・グランデ》の散策や澄んだナアラ河での釣りを愉しんでみては、などとしきりに勧めてくれた。

この現世において何事も終わりを迎えるように、ようやく談話会《テルトゥリア》が終わった。主任司祭の退席を合図に、人びとは邸を後にした。市長夫人は、嵐が過ぎ去った直後のざわめきに似た響きだけを人の耳に残し、またたく間に消えていった。判事も引き上げ、ついにはドン・イノセンシオも甥に退座する合図を送った。

「さあ、ハシンティート、遅くなりました。帰ることにしましょう」微笑みながら言った。「おまえは、ロサリートをどんなに困らせたことか！　かわいそうに……　そうでしょう、お嬢さん？　さあ、若造よ、ただちに家に帰りましょう。」

「ベッドに入る時間ですね」ドニャ・ペルフェクタが言った。

「仕事の時間ですよ」若弁護士《ハシント》は答えた。

「仕事は昼間の内に終わらせるよう、どんなに言い聞かせても」司祭は言い足した。「こいつは言うことを聞かない。」

「たくさん仕事がたまっているもので……、本当にあまりにも！……」

「いや。仕事というのは、おまえがいま取り組んでいる厄介な本のことだろう……　彼は言いたいがりませんが。ドン・ホセ殿、彼は『キリスト教社会における女性の影響』という本を一冊、どこかの国における『キリスト教運動の概観』という本を一冊したためておるのです。おまえが一体、《概観》や《影響》についてどんな見識を持っておるというのだ?……　今日びの若造は怖いもの知らず。若者という輩は!……　とにかく家に帰りますよ。お休みなさいませ、ドニャ・ペルフェクタ奥さま……　ごきげんよう、ドン・ホセ殿……ロサリート……」

「僕はドン・カジェターノ殿をお待ちします」ハシントが言い返した。「オーギュスト・ニコラの『キリスト教主義に関する哲学的考察』をお貸しいただけるように。」

「たえず本を持ち歩いておる!……　おまえはロバのようにたくさんの本を担いで、帰ってくることもあるからの。わかった、待つことにしよう。」

「ドン・ハシントさんは」ペペ・レイが言った。「軽々しく執筆なさらず、御著が学識の宝となるよう、十分に下調べなさるわけですね。」

「でもこの子は頭を病んでしまいますよ、ドン・イノセンシオさま」ドニャ・ペルフェクタが心配した。「お願いですから、十分に注意なさって。彼の読書に限度枠を設けてさし上げましょうか。」

しかし、若博士《ハシント》はあきらかに自惚れを強くしてこれに応じた。「待つからには、『宗教会議史』第三巻もお借りしたい。いかがでしょう、叔父さま?……」

「無論、よろしい。その本を忘れぬよう。」

幸い、ドン・カジェターノ(いつもドン・ロレンソ・ルイス宅の談話会《テルトゥリア》に出席している)がほどなく帰宅し、叔父と甥は本を借りて帰っていった。

レイは従妹の悲しげな表情から、自分と話したがっていることがわかった。そこで、ドニャ・ペルフェクタとドン・カジェターノが二人で家のことを話している好機をとらえ、どうにか彼女に近付いた。

「母を怒らせましたね」ロサリオが言った。

彼女は怯えたような顔をしていた。

「確かに」と、青年が答えた。「君のお母さんを怒らせてしまいました。そして君も……」

「いいえ、わたしは怒っていません。わたしも幼子イエスはズボンをはくべきではない、と考えていましたから。」

「ともかく、できればちゃんとお二人にお赦しいただきたい。君のお母さんは先ほど、とても優しい態度を見せてくれましたし……」

「ロサリオ、自分の部屋に行って休みなさい！」――突如、命令口調の声が飛んだ。ドニャ・ペルフェクタの声は食堂の空気を切り裂くように響き、ぺぺは急を知らせる叫び声を聞いたかのように跳び上がった。

娘は動揺し、どうしていいかわからず、部屋の中をぐるぐると歩きはじめ、何か物を探すふりをしていた。そして、従兄のそばを通る際、くぐもった声でそっと耳打ちした――

「母は腹を立てています……」

「でも……」

「怒っています……　信じないように、母の言葉を鵜呑みにしてはダメよ。」

そして彼女は立ち去った。続いてドニャ・ペルフェクタが出ていき、外に待っていたリクルゴ親爺と何やら親しげに話し合う声が聞こえた。ペペはドン・カジェターノと二人、居残った。すると学者は明かりを手にしながら、彼に話しかけた。

「お休みなさい、ペペ。ただ、私はまだ寝るわけではありませんが。仕事をするのです……　どうしました、貴君は何やら考え込んだご様子で？　何かございましたか？……　では、ひと仕事とまいりましょう。『オルバホッサの家系』に関する『講演・論文』のためにメモを取っておるのです。第一級の価値を持つ資料と情報を見つけたもので。これ以上検討の余地はありません。あらゆる時代においてオルバホッサの者たちは、紳士らしさや高貴さ、勇猛さや分別において抜きん出ておったのです。疑問に思われるのであれば、メキシコ征服やカルロス皇帝の戦い、そしてフェリペ国王の異端者との戦いを思い起こすがよろしい……。おや、貴君は体調が芳しくないのでは？　どうかなさいましたか？……　そのとおり、著名な神学者、勇猛な戦士、征服者、聖人、司教、詩人、政治家と枚挙に暇のない、傑出した者たちが、この貧相なニンニクの産地で花咲いた……　キリスト教世界に私たちの町にまさる高名な町など存在しないのです。その美徳と栄光は祖国のあらゆる歴史を覆いつくし、なおあまりある……　どうも貴君はお疲れのようだ。お休みください……　そう、この高貴な地に生を受けた栄光とは、世界のすべての金をもってしても代え難いもの。古代の人びとは《荘厳なる》と称したが、私なら《森厳なる》と形容しよう。なぜなら今日でも当時と変わらず、紳士的な振舞いと寛容さ、勇猛さと気品が町の財産だと言えるからで…… さあ、お休みなさい、親愛なるペペ…… どうも貴君は体調がすぐれないようですね。夕食が合わなかったのでしょうか？…… アロンソ・ゴンサレス・デ・ブスタマンテが『心地よい森』という書物の中で、オルバホッサの者はその住人というだけで王国に威厳と名誉をもたらしうる存在だ、と述べたのはもっともである。そう思われませんか？」

「もちろん、そうですね、間違いなく」ペペ・レイは答え、すみやかに自分の部屋に向かった。

第十一章　反目が増していく

その後の数日間に、レイは町のさまざまな人びとと知り合った。倶楽部《カシノ》に足を踏み入れ、この娯楽場の各部屋で時を過ごす数人の男性と親交を結んだのだ。

だが、意地の悪い人びとが推し量るほど、オルバホッサの若者が絶えず倶楽部に入り浸っていたわけではない。午後になるといつも大聖堂の角や、総司令官通り《コンデスタープレ》と贓物屋通り《トゥリペリーア》とが交差する小広場に、数人の紳士を目にすることができた。彼らは颯爽とマントを肩にかけ、まさしく歩哨のように道行く人を眺めていた。《荘厳なる都市《ウルブス・アウグスタ》》の文化を担う著名人たちは、天気の良い日には必ず相応のマントに身をつつみ、跣足修道会《デスカルサス》と名付けられた散歩道に足を向けた。それは肺結核にかかったような楡の木と色の落ちた数本のエニシダとが両脇に植わった並木道だった。町の花形集団はそこで、同じように散歩にやって来た誰それの、あるいは誰かれの娘たちをそっと窺いながら、規則正しく午後を過ごした。他方、倶楽部の方は、日が暮れると再び人で一杯になった。理知的にトランプゲーム《モンテ》に興じる会員もいれば、新聞を読み耽る者もいたが、大多数の会員たちは喫茶室で、政治や馬、牛などの話題から土地のうわさ話にいたる、ありとあらゆるテーマについて議論を交わした。ただしこれらの議論を要約すると、一つの例外もなく、地上のどの民族よりもオルバホッサとその住人たちは優れているという点に行き着いたのだった。

　この比類なき町の華ともいえる倶楽部の名士たちの中には、裕福な地主もいればひどく貧しい者もいた。ただ皆一様に野心とは無縁で、空腹を紛らわすことのできるパンのかけらと、身体を温めてくれる陽光さえあればほかに何も欲しないという、物乞いに特有の揺るぎない平静心を秘めていた。そして、倶楽部に集うオルバホッサの男たちのもう一つの顕著な特徴は、どんなことであれ外部の者と張り合おうとする敵愾心だった。たとえば、その古びたホールに優秀なよそ者が顔を出すと、彼らは決まって「あいつはニンニクの里の素晴らしさをいぶかりに来たのではないか」、あるいは「自然の恩恵によってもたらされた世に類のない特権をうらやみ、われらからそれを奪いにやって来たのではないか」などと考えたのだ。

　ペペ・レイが姿を現したときも、ある種の疑惑の目によって迎え入れられた。倶楽部には戯け者たちが多くいたため、新会員はそこに来て十五分も経たないうちにあらゆる類いのからかいを受けることになったのだ。会員たちから繰り返し、オルバホッサにやって来た目的を訊かれたが、彼はその都度、ナアラの石炭鉱床の調査と道路の測量という任務のために来たのだと返答した。すると皆は異口同音に、ドン・ホセ殿ははったり屋だ、石炭鉱床や鉄道の話をでっちあげて、さも要人であるかのように振る舞いたいだけだろう、と噂した。ある者はこうも言った。

「うまい場所にもぐり込んだものだ。あのように学識豊かなお方は、この地に住むわれらが愚か者で、含みのある言葉を使って簡単にだませると思っていらっしゃる……　あいつはドニャ・ペルフェクタの娘と結婚するためにやって来たくせに。石炭鉱床やら何やらと持ち出すのはすべて体面を繕うためだ。」

「まさに今朝」別の、破産したばかりの商人が指摘した。「ドミンゲス家で耳にしたところによると、あの男は一文無しで、叔母に面倒をみてもらい、うまくいけばロサリートをものにしようとやって来た、ということだ。」

「技師とかいうのも、嘘っぱちのようだ」所有しているオリーブ畑を実際の価値の二倍で抵当に入れた男も話に加わった。「わかっていると思うが……　マドリードの飢えた連中は地方の貧乏人をだまして楽しむんだ。いまだにおれたちが腰布をつけて歩き回っている部族だと思ってやがる……」

「あいつが一文無しというのは一目瞭然。」

「昨晩ふざけながらも半ば本気で、おれらが怠惰な野蛮人だと言いやがった。」

「遊牧民《ベドウィン》のように年がら年中日光浴をしながら暮らしているって。」

「おれたちが妄想を喰って生きていると吐《ぬ》かしやがった。」

「そのとおり。妄想で生きてるってさ。」

「その上、この町がモロッコの街と変わらないって言いやがる。」

「何だと、それは聞くに堪えんな。あいつは、パリ以外の一体どこで、先進通り《アデランタード》と張り合える街路を見たことがあるというんだ？　ドニャ・ペルフェクタ邸から高利貸しのニコラシート・エルナンデス邸まで、大豪邸が七軒も並んだ街路を？……　ああいう、ろくでもない奴は、ここには自分よりほかにパリを見たことのある者などいないと思ってやがるんだ……」

「オルバホッサは物乞いの町なぞとさりげなく吐かし、おれたちがここで、ひどく貧乏しているくせに、それに気付きもしないで暮らしている、とほのめかしやがった。」

「とんでもない奴だ！　俺にそんなこと言いやがったら、倶楽部でたいへんなことが起きるぜ」徴税人が声を上げた。「どうして去年オルバホッサで穫れた油の量を言ってやらなかったんだ？　あの間抜けは、オルバホッサで良い年には、スペイン中、それどころかヨーロッパ中をまかなえるほどの小麦が収穫されるってことを知らないのか？　確かにここ何年も凶作が続いているが、それがいつまでも続くってわけじゃない。ましてニンニクの生産は？　あいつはオルバホッサのニンニクが、ロンドン万博の審査員たちを仰天させたことを知らないんだろう？」

この時期、倶楽部の各部屋で似たような会話を耳にした。小さな町――このような町の住人たちは小人《こびと》とおなじく高慢であることが多い――に特徴的なその種のうわさ話が広まっていたが、それでも博識者の交流の場たる倶楽部で、レイはどうにか誠実な友を見つけることができた。口の悪い会員ばかりでなく、良識ある会員がいないわけではなかったのだ。ところが技師は、みずから抱いた印象をあまりにも率直に口にする性格が災いし（災いと呼べるだろう）、少なからざる反感を買うこともしばしばだった。

日々が流れた。司教座のある町の慣習は、レイをことあるごとに苛立たせ、それら不快な出来事は彼の心中を深いわびしさで満たしていった。中でも彼をもっとも不愉快にさせたのは、腹を空かせた狼の群れのごとく襲いかかってきた訴訟人の一群だった。リクルゴ親爺だけでなくその他大勢の隣地所有者たちが損害を主張したり、もしくは彼の祖父が管理していた耕地についても精算を求めたりしてきた。また、彼の母親が取り結んだが、どうも履行されなかったらしい、分益小作の何とかいう契約にもとづく支払も請求された。訳のわからない書類の中には、《ポプラ林《アラミーリヨ》》の耕地に対し彼の叔父が設定した抵当権を認めるよう求めるものまであった。まさにその一群は、訴訟を仕掛けるウジ虫たちの肥溜めさながら。さすがのレイも一度は、耕地の所有権を放棄しようと考えた。だが、ほかでもない自尊心がそれを許さなかった。抜け目のない田舎者たちの策略に屈するなど、とても我慢できるものではない。市役所からも、彼の地所と隣接する公有林との境界が不明瞭だ、との指摘を受け、気の毒な青年は、その都度みずからの権利にかけられた嫌疑を晴らす必要にせまられた。危機に瀕した名誉を守るには、訴訟を起こすか死ぬよりほかに選択肢のない状況に陥っていたのだ。

ドニャ・ペルフェクタは寛大にも、ペペがこれらの馬鹿げたゴタゴタから抜け出せるよう、和解の手助けをしましょうと約束してくれた。ところが何日待っても、模範的な夫人《ドニャ・ペルフェクタ》の働きかけの成果は見られなかった。訴訟は突然かかった病が急激に悪化していくかのように、恐ろしいほどの勢いで増加の一途をたどった。青年は毎日のように裁判所に出かけ、供述し、尋問と反対尋問に応じるのにかなりの時間を費やした。そして、憤慨しながらへとへとになって帰宅すると、今度は彼の前に公証人の細くとがった醜怪な顔が現れ、係争中の問題を検討するようにと、紋切り型の文句が書き連ねられた印紙貼付書類の分厚い束を差し出すのであった。

ペペ・レイという男は、町から逃げだせば避けられる、そういう類いの逆境を耐え抜くことのできる人間だと見なされていなかった。実際、彼の脳裏では、母親の高貴な町が残忍な爪を立て、自分の血を吸いつくそうとする恐ろしい怪物のように思われた。逃げれば怪物から解放される、ということは、彼にもわかっていた。そうしなかったのは、心にかかわる最大の関心事が彼を引き留め、堅固な絆で受難の岩山に縛り付けていたからだ。とはいえ、訴訟と古い慣習、羨望と中傷に満ちた暗鬱なこの町で、自分はあまりにも場違いな人間、言わば、よそ者にほかならない……　ついには、そう思いたり、ペペは即刻町を離れる意志を固めた。同時に、この町へ彼を導くことになった計画をすみやかに実行に移すことにした。そうしてある朝、頃合いを見てドニャ・ペルフェクタに自分の思いを打ち明けたのだ。

「ペペったら」夫人は普段と変わらず穏やかに答えた。「そんな唐突に。まるで炎のように興奮して、お父さんそっくり。なんて子でしょう！　稲妻のようね……あなたのことを喜んでわが息子と呼ぶと、すでに言ってあるでしょう。たとえあなたに、些細な欠点はともかくとして、とりたてて長所も才能もないとしても。たとえ最良の若者でなかったとしても、娘との結婚を認めるためには、あなたの父親から提案されたという事実だけで十分なのです。今日《こんにち》、娘とわたくしがあるのは兄のおかげなのですから。わたくしが望むからには、ロサリオも拒まないでしょう。それで何か不足ですか？　何もないでしょう。足りないとすれば、それはいくらかの時間だけ。あなたが望むように、慌てて結婚する人などおりません。そんなことをしたら、愛する娘の名誉に好ましからざる解釈が広まることになります……　本当にあなたは、機械のことしかわからないのね。何事も蒸気機関のように、素早くやってしまわなければ気が済まないのかしら。お待ちなさい、もう少し……　なぜそんなに慌てることがあるのでしょう？　オルバホッサをそんなにいやがるのは、身勝手というものです。やはりあなたは、公爵や侯爵、雄弁家や外交官……といった人たちに囲まれてしか生活していけないのですね。結婚したらそれでおしまい、娘をわたくしから永遠に引き離すつもりなのでしょう！」彼女は涙をぬぐいながら言い添えた。「だとしたら、せめてお願いですから、冷酷なあなたがお望みの結婚を、少しばかり先に延ばしていただけませんか……　なんて性急な！　なんと激しい愛！　娘のような単なる田舎娘が、それほど燃える情熱を掻き立てるとは思ってもみませんでした。」

ペペ・レイは叔母の論拠に納得できなかったが、口答えはしなかった。可能なかぎり待とうと心に決めた。だがやがて、これまで彼の日常を辛いものにしてきた数々の出来事に加え、新たな気がかりの種が生まれた。オルバホッサに来て二週間になるというのに、その間父親から一通の便りも受け取っていなかったのだ。これはオルバホッサの郵便業務の怠慢から起きたとは考えられなかった。というのも、その業務を担う官員はドニャ・ペルフェクタの庇護を受ける友人で、叔母は彼に、甥宛の手紙が紛失しないよう十分気をつけてほしいと常々言ってあったからだ。その上、叔母の家にはクリストバル・ラモスという名の郵便配達人――別名カバリューコという、すでにわれわれも出会ったことのある人物――も頻繁に顔を出し、この男をドニャ・ペルフェクタはたびたび厳しく叱責しては、訓戒を垂れていた――

「なんとご立派な郵便サービスだこと!……　わたくしの甥がオルバホッサに着いてから一通の手紙も受け取らないなんてことがありますか?……　郵便の運搬をこんな粗忽《そこつ》者に任せたりするからです!　県知事にお目にかかったら、どんな人たちを業務に充てるのがいいかよく検討なさるよう、お話ししておきます。」

　カバリューコは肩をすくめ、まるで関心のない表情でレイを見つめた。その彼がある日、手に封書を持って入ってきた。

「ああ、よかったこと!」ドニャ・ペルフェクタは甥に言った。「あなたのお父さまから手紙が来ましたよ。うれしいでしょう。兄の筆無精には驚いてしまいます……　何と書いてありますか?　きっと元気ですよね」ペペ・レイがせっかちに封書を開けるのを見つめながら尋ねた。

　技師は最初の数行にさっと目を通すと、顔面が蒼白になった。

「どうしたのですか、ぺぺ……何があったんです！」夫人が心配して立ち上がり、声高に訊いた。「あなたのお父さまは具合が悪いのですか？」

「これは父からの手紙ではありません」顔にたいそう動揺の色を浮かべ、ぺぺは答えた。

「では何の手紙ですか？……」

「勧業省からの省令で、委任していた業務から私の任を解くという……」

「まさか、そんなこと！」

「まぎれもない罷免です。私にとってかなり好ましくないことが記されています。」

「こんな失礼なことがありましょうか！」驚きから立ち直り、夫人が声を上げた。

「なんという辱めだ！」青年はつぶやいた。「こんなに軽んじられたのは人生初めてです。」

「それにしても、なんて赦しがたい政府でしょう！　あなたをないがしろにするなんて！　マドリードに手紙を書いてあげましょうか？　あちらに良い人脈がありますから、政府にこのひどい過ちを撤回させ、あなたが満足するよう口添えできるかと思います。」

「ありがとうございます。しかしお気遣いは無用です」青年はすげなく返した。

「こんな不正！　権利の蹂躙がありましょうか！　優秀な若者を、傑出した科学の士をこんな風に罷免するなんて……！　わたくし、腹立ちを抑えかねます。」

「自分で突き止めてみせます」ぺぺはたいそう力強く言った。「いったい誰が私を傷つけようと動いているのか……」

「あの大臣は……　といっても政治家という忌まわしい人間たちに、何を望めるのでしょう?」

「この件には、私が失望のあまり命を落とすよう仕向ける、何者かが係わっています」青年は明らかに動揺した様子で断言した。「これは大臣の仕業ではありません。私がいま嘗めている辛酸は、何かの報復か和解不可能な敵意から、伺い知ることのできないほど入念に練られた計略の結果なのです。おまけに、その計略や敵意は、疑いなく、親愛なる叔母さま、このオルバホッサに端を発しています。」

「気でも狂れたのですか」ドニャ・ペルフェクタは哀れむような表情で答えた。「オルバホッサにあなたの敵がいるですって?　誰かがあなたに報復したいと考えている、とでも言うの?　ぺぺ、あなたは正気を失っています。わたくしたちの祖父母がサルやオウムだと主張する、くだらない本ばかり読んで、頭が錯乱してしまったのでしょう。」

夫人は最後のフレーズを口にすると、優しく微笑みかけ、続いて家族に対するのと同じように愛情のこもった口調でとがめた。

「ぺぺ、オルバホッサの住人は教養のない、洗練さも上品さも欠けた田舎者、がさつな農夫ばかりなのかもしれません。けれど誠実さや善意において、わたくしたちに勝る者などいません。どこの誰一人として。」

「誤解されると困るのですが」とレイは応じた。「この家の方々を非難しているわけではありません。ただこの町に、私に情け容赦のない、冷徹な敵がいる、と考えているだけです。」

「そんなメロドラマの裏切り者が誰なのか、教えて欲しいものです」再び微笑みかけ、夫人が続けた。「まさか、リクルゴや訴訟を起こしている者たちが犯人だと考えているわけじゃありませんよね。哀れな彼らはただ、自分の権利を守りたいだけなのです。ついでに言っておくと、この件について彼らに道理がないわけではないのですよ。まして、リクルゴ親爺はあなたのことをたいそう好いてくれているのですから。彼みずからわたくしにそう言ったのです。知りあって以来あなたを好ましく思って、愛情さえ抱いている……」

「そう……深い愛情を、ね！」ペペはつぶやいた。

「皮肉を言うもんじゃありません」夫人はペペの肩に手をおき、間近で顔を見つめながら続けた。「馬鹿なことを考えないで。あなたに敵がいるとしたら、マドリードに。堕落と羨望、そして敵対心のはびこる大都市にであって、穏やかで平和な片隅、すべてが善意と協調のもとに保たれているこの町にではありません……　きっとあなたの功績を嫉妬する誰かが……　言っておきますが、もしあなたを辱めた原因を調べ、政府に説明を求めにマドリードに行きたいのであれば、どうぞわたくしたちに遠慮なく、そうしてください。」

ペペ・レイは叔母の顔を、隠された魂の深奥まで詮索するかのように凝視した。

「つまり、もし行きたいと思うなら、それを止めたりはしません」夫人は、自然な、まったく偽りのない表情で、驚くほど穏やかに繰り返した。

「いいえ、叔母さま。あちらに行くつもりはありません。」

「行かない方がいいでしょう、わたくしもそう思います。ここに残る方が、たとえくよくよ考え悩むことはあっても、落ち着いていられますからね。かわいそうなぺぺ！　あなたの頭脳、あなたの並外れた頭脳が不幸のもとなのですよ。オルバホッサの、哀れな田舎者のわたくしたちは無知ですが、幸せに暮らしています。とにかく、わたくしが気がかりなのは、あなたがここで満足していないことです。ただ、理由もなくあなたがこの地で退屈し、失望してしまうのは、わたくしのせいでしょうか？実の息子のようにあなたを迎えていないとでも？　わが家の希望の星として受け入れていませんか？あなたのためにわたくしにできることが、もっとほかにあるのでしょうか？　こんなにも尽くしているわたくしたちのことを、あなたは好いてくれない。冷たい態度を見せ、わたくしたちの信仰心を愚弄し、友人たちまでも蔑む。もしかして、あなたに対するわたくしたちの接し方が何か間違っているのでしょうか？」

ドニャ・ペルフェクタは目を潤ませた。

「親愛なる叔母さま」レイは自分の中の恨みがましい思いが消えていくのを感じた。「この家でお世話になりはじめてから、私が誤った言動を取ったことがあるのは、事実です。」

「そんなこと言うものじゃありません……　誤った言動だなんて！　家族の間では互いにすべて赦しあうものです。」

「ところでロサリオは、どこにいますか？」青年は立ち上がりながら訊いた。「今日も会えないのでしょうか？」

「体調は良くなったのですが、降りてこようとしないのです。」

「では私が見てきましょう。」

「それはいけません。あの娘はとても強情ですから……！　今日はどうしても部屋から出てこようとしません。中から鍵をかけてしまって。」

「おかしいですね！」

「じきに気が変わるでしょう、きっと。今晩は、彼女の頭から塞ぎの虫を取り除けるかしら。そう、彼女が楽しめるよう、談話会《テルトゥリア》を開きましょう。ではあなた、ドン・イノセンシオさまのお宅にうかがって、今晩こちらに来てくださるよう、ハシンティーリョを連れて来てくださるよう伝言をお願いします。」

「ハシンティーリョを！」

「そうです。ロサリオが今回のように発作的にふさぎ込んだとき、頼りになるのはあの若者。彼しか娘の気を紛らわすことができませんから……」

「では私が彼女を見てきます……」

「あなたはダメです。」

「この家にも流儀があるのですね。」

「わたくしたちを愚弄するのですか。言うとおりになさい。」

「でも彼女に一目会いたいんです。」

「いけません。娘のことがまるでわかってないのですね！」

「彼女を十分に理解したと思っていたのですが……　ではここに留まります……　しかし寂しいですね、とても。」

「あなたにはあちらに公証人がいらしてますよ。」

「いまいましい。」

「検事さんもいらっしゃったようです……優秀なお方ですよ。」

「そんな奴、絞首刑になればいいんだ。」

「おやまあ、皆が関心のある事柄は、とくにみずからの利益になるのであれば、気晴らしとして役立ちますよ。また誰かやって来ましたね……　農業技師ではないかしら。これで気慰みのひとときが持てますよ。」

「地獄のひとときです！」

「いらっしゃい。わたくしの思い違いでなければ、リクルゴとパソラルゴ親爺さん方の到着です。もしかしてあなたに和解を申し出に来たのかもしれませんよ。」

「ため池に身を投げて、死んでやる。」

「なんて薄情な人でしょう！　皆があなたを好いてくれているのに！……　あら、まるで町中の人がこぞって来たかのように、執行官の方までいらっしゃってます。あなたに出廷を伝えに来られたのでしょう。」

「私を十字架にかけるために、だ。」

名指しされた一同がそろって、応接間に入ってきた。

「では、ペペ、楽しんで」と、ドニャ・ペルフェクタが言った。

「大地よ、私を飲み込みたまえ！」絶望した青年は声を上げた。

「ドン・ホセ殿……」

「わが親愛なるドン・ホセ殿……」

「わたしの敬愛すべきドン・ホセ殿……」

「心から愛するドン・ホセ殿……」

「わしの尊敬すべき友ドン・ホセ殿……」

これら慇懃を極めた挨拶を受けながら、ペペ・レイは深いため息をつき、そして投降した。おそろしい印紙貼付書類の束を振り回す死刑執行人たちに、身も心も委ねたのだ。生け贄となった彼は天を見上げ、キリスト教徒らしい従順な面持ちで心の中で問いかけた――「わが神よ、なぜ私をお見捨てになったのですか？」

第十二章　ここがトロイアだったのだ！

愛や友情などの親愛の情に満ち、自分の考えや気持ちを気安く打ち明けられるような精神的に健全な環境、そして魂の安らぎを、ぺぺ・レイは早急に必要としていた。それを得られない彼の精神は、深い陰に覆われ、内面の暗闇のせいで彼の振舞いは投げやりで、無愛想なものとなっていた。前章で触れた場面の翌日も、レイは従妹《ロサリオ》があまりにも長い間閉じこもっており、その理由も皆目見当がつかないため苦悩していた。そもそも当初は、大したことのない病気だと言われたのに、次には説明しにくい気まぐれと神経過敏のため、とされた。

レイは、自分が抱いた印象と実際のロサリートの行動があまりに異なることに違和感を覚えていた。そして、彼女のそばにいたいという思いが片時も頭から離れぬまま、さらに四日が過ぎた。レイはついに、自分から率先して確固たる手を打たなければ、恥ずべき、ぶざまな結果を招いてしまうと悟った。

「今日もロサリオに会えないのですか?」食事を終えた彼は、不満そうに叔母に尋ねた。

「ええ。ほんとにごめんなさいね。今朝、こんこんと諭してみたのですが。午後にはもしかして……」

納得のいく理由が思い当たらないレイは、この閉じこもりは深く愛する従妹が自分から望んで行っている行動ではなく、むしろ彼女は身を護る手立てのない、犠牲者にすぎないのではないか、という疑念を抱いた。こうして疑うことで、どうにか自分を抑え、待つことができたのだ。もしこの疑念がなかったなら、その日のうちにすぐさまオルバホッサを発っていたにちがいない。彼は、自分がロサリオに愛されていることをまったく疑っていなかった。逆に、二人の仲を裂こうとする、何か得体の知れない圧力が作用していると確信していた。そこで、この悪質な圧力が誰に由来するものかを突きとめ、自分の意志が及ぶかぎりその重圧を跳ね返すことこそ、名誉ある男子の取るべき道だと考えるにいたった。

「ロサリオの強情さが、早く音を上げてくれるといいのですが」と彼は本心を隠しながら、ドニャ・ペルフェクタに答えた。

その日ようやく父親から書簡が届いた。だが書中、父はオルバホッサから一通も便りが届いていないと嘆いていた——この事実は技師の不安をさらにかきたて、より一層彼を当惑させた。その日の夕方、ペペ・レイはしばらくの間独りで果樹園を歩き回ったあと、邸を出て倶楽部《カシノ》に向かった。あたかも絶望して海に身投げするかのごとく、倶楽部に足を踏み入れたのだ。

各部屋では数人が、お喋りや討論に興じていた。優雅な論理を展開させ闘牛という難題に挑む集団もあれば、オルバホッサとビリャオレンダのロバでは、どちらが最良の品種かを論じている者たちもいた。ほとほと嫌気がさしたペペ・レイは、これらの人びとから離れ、新聞閲覧室へ向かい、そこで雑誌を数冊めくってみた。だが、少しの気晴らしにもならない。しかたなく倶楽部内を部屋から部屋へ渡り歩いた末、知らず知らずのうちに遊戯室に入っていった。そして黄色の恐ろしい悪魔――その黄金に輝く目が人を惑わせ、悩ませる――の鉤爪にかかり、二時間ほど囚われの身となった。しかし、賭事による感情の高揚さえ、魂の陰鬱を消し去ることはなかった。先ほど彼の足をルーレット台へ向かわせたのと同じ倦怠感が再び彼をそこから遠ざけた。遊戯室の喧噪を抜け出した彼は、誰もいない談話室に入り込み、何気なく窓辺に腰を下ろして、通りを眺めはじめた。

それは狭く、家々よりもごつごつと張り出した建物の角ばかりが目につく小路だった。突き当たりは、威圧的にそびえ立つ大聖堂の、黒く傷んだ側壁にさえぎられ、まったく陽がささない。ペペ・レイは上に下にあらゆる方向を見回してみたが、墓地のような穏やかな静寂のほかには、人の行き来も、声も、視線さえも感じられなかった。すると不意に、女性の口唇から漏れる、ひそひそ話のような不可解なざわめきが耳に入った。続いてカーテンを引くぎいぎいという音と、ふた言、み言。最後に、軽やかなハミングと子犬の鳴き声という、こうした小路にはまるで似つかわしくない、生活感あふれる音が聞こえてきた。目を凝らすと、ざわめきは、彼のいる窓の真向かいに立っているがっしりとした建物の、格子窓が付いた巨大なバルコニーから漏れ出していることがわかった。……と、そのとき、いきなり倶楽部会員の一人が彼のわきに姿を現し、笑いながら彼に声をかけた。

「おや、ドン・ホセ殿、なんと抜け目ない！　こんなところに隠れて、娘たちに合図でも送っていらっしゃったのでしょうか？」

声をかけたのはドン・フアン・タフェタンという、たいそう人好きのする男だった。彼は倶楽部でレイに心から親しく接し、深い敬意を表してくれた数少ない会員の一人だ。さくらんぼ色の小顔、黒く染めた小振りの口ひげ、快活な小さい瞳、とりたてて高くもない背丈、はげを隠そうと試行錯誤のうえ完成された髪型――つまりドン・フアン・タフェタンは、伝説の美男子アンティノオスにはほど遠い容姿をしていた。だが、愛想が良いうえに、ユーモアのセンスがあり、機知を縦横に働かせ、額から顎まで顔中を奇怪な皺だらけにして大笑いしながら、面白おかしく色恋沙汰を語った。彼はこうした性格と、たえず猥談じみた冗談を飛ばすことで人びとの喝采を浴びていたが、他人の悪口を言うことはなかった。そのため皆に愛され、ペペ・レイも彼とは気持ちよく時を過ごすことができたのだ。タフェタンは以前、県庁の民政局の役人であったが、いまは市の福祉局の給料で慎ましく生活している。そして聖体行列や大聖堂の儀式、あるいは、追い詰められた役者の一座がオルバホッサの劇場で無謀な芝居をうつときなどに飛び入り参加し、クラリネットを颯爽と吹いては楽しんでいた。

また、ドン・フアン・タフェタンは、美しい女性に目がないことでも広く知られていた。いまほど歳を意識していなかったころの彼は、六本の頭髪をポマードで固めてはげを隠すことも、口ひげを染めることもなく、堂々と背すじを伸ばして街を闊歩する、恐るべき女たらし《ドン・ファン》だったのだ。彼がどうやって女を口説いたかという話を聞いた人は誰もが、可笑しさに笑い転げたものだ。というのも、女たらしにもいろいろあるが、彼はとにかく個性的な女たらしだったからだ。

「娘たちとは？　どこにも見あたりませんが」ペペ・レイが応じた。

「隠者のふりでもしていたいのなら、どうぞお好きなように。」

そのとき、バルコニーの格子窓が一つ開き、若々しく明るい、魅惑的な顔がのぞいた。しかしそれは、風で灯りが消えるように瞬く間に消えて見えなくなった。

「ああ、あそこにいたのですね。」

「彼女たちをご存じないのですか？」

「まったく存じません。」

「トロイア家の娘たちです。貴方は本当に価値あるものを、まるでご存じないのですね……　美しく魅力的な三姉妹ですよ。広場警備の参謀部付き大佐の娘さんたちです。大佐は一八五四年マドリード市街で起きた暴動で亡くなりましたが。」

格子窓が再び開き、二つの顔が現れた。

「私たちをからかっているのです」タフェタンは、娘たちに親しみのこもった合図を送りながら言った。

「彼女たちとお知り合いですか？」

「知らないなんてことがありましょうか？　かわいそうなあの娘たちは貧困のなかで生きています。どうやって糊口をしのいでいるのか見当もつきません。ドン・フランシスコ・トロイアが亡くなった際、彼女たちを支えようと定期募金を募ったのですが、長続きしませんでした。」

「哀れな娘たちだ！　きっと貞淑の鏡だとは見なされていないのでしょう。」

「どうしてまた？……　町での噂など私は信じておりません。」

もう一度格子窓が開いた。

「こんにちは、お嬢さんたち」ドン・ファアン・タフェタンが、重なるようにして美しい姿を現した三人娘に声をかけた。「この紳士が、素晴らしきものは隠しておくべきではない、格子窓を全開するようにとおっしゃっています。」

しかし、格子窓は閉じられ、快活な笑いのコンチェルトがわびしい街路を、不思議な陽気さでつつんだ。人は鳥の一群が飛び去ったと勘違いしたことだろう。

「あちらに、いらっしゃりたくありませんか?」ふいに、タフェタンが誘った。

その瞳は輝き、紫色の口元にいたずらっぽい笑みが込み上げていた。

「しかし、どんな娘さんたちなのですか?」

「レイさん、怖れることはありません……　淑やかな娘たちですから。確かに、彼女たちはカメレオンのように食うや食わずの生活を送ってはいます。そして、食に困ると人は罪を犯すと言われますが、果たしてどうでしょう?　不幸ではありますが、たいそう貞淑な娘たちです。もし仮に、彼女たちが罪を犯したとしても、日々堪えしのぶ断食によって良心が清められることでしょう。」

「では、ご一緒します。」

わずかの後、ドン・ファアン・タフェタンとペペ・レイは娘たちの居間に足を踏み入れた。なんとか貧しさを隠そうと苦心している様子が、かえって若いペペの心を悲しませた。三人はたいそうな美人――とくに下の二人は――で、褐色の肌に青白い顔、黒い瞳にほっそりとした体つきは、きっと仕立ての良い服を着せ、サイズの合った靴を履かせたなら、王子の花嫁候補となる公爵家ご令嬢の誕生と噂されたことだろう。

客たちが足を踏み入れると、三人はしきりにはにかんだ。が、直ぐさま浅はかながら快活な様子を見せた。牢屋で飼われている鳥のような極貧のなかで生活しているにもかかわらず、緑豊かな森に住んでいるかのように鉄格子の後ろで歌うのをやめなかった。日々針仕事で生計を立てている様子がうかがえ、まさにこうした生活が彼女らが貞淑であることを示していた。ところが、オルバホッサで相応の地位をしめる住人は誰も、彼女たちに係わろうとはしなかった。ある意味、彼女たちは、禁じられ、品位を落としめられ、周囲との交際も遮断されていたため、このことがまた、人びとが彼女たちを破廉恥な存在だと見なす要因となっていたのだ。だが、真実に敬意を払って言うなら、トロイアの娘たちに悪評をもたらしていたのは、彼女たちが町に名だたる無頓着なうわさ好き、いたずら好きだったためで、周囲とのもめごとが絶えなかったからだ。オルバホッサの有力者宛に匿名の手紙を書いたり、司教から浮浪者にいたるまですべての住人にあだ名をつけたり。通行人に小石を投げたり、格子窓の後ろに隠れてチィーッと呼びかけ、その人がうろたえ動転するのを見てあざ笑ったり。家の上部についている採光窓や隙間から、近隣で起こるあらゆる出来事の情報を仕入れたり、夜間にバルコニーで歌ったり。カーニバルの時期には仮面をかぶって由緒ある家柄の屋敷に入り込んだりといった、小さな町にありがちな、はた迷惑で奔放な言動の数々をしでかしていたのだ。つまり、トロイアの魅力的な三人娘には、理由はどうあれ、いったん怒りっぽい隣人に付けられてしまうと墓の向こうにまで容赦なく付きまとう、汚名というものが着せられていたと言えよう。

「こちらの紳士が金鉱を掘り当てにやって来た方なの?」娘の一人が訊いた。

「大聖堂を取り壊し、その石材で靴工場を建てにやって来た方?」別の一人が続いた。

「オルバホッサからニンニク栽培を一掃し、代わりに綿かシナモンの樹を植え付けるよう指導に来た方よ。」

ペペはこれらふざけた質問を前に笑いを堪えることができなかった。

「ほかでもない、美しい娘たちをかき集め、マドリードに連れていくためにいらしたのです」とタフェタンが答えた。

「あぁ! あたしだったら喜んで付いていく!」一人が声を上げた。

「三人とも、三人一緒に私がお連れしましょう」とペペが同意した。「ただ一つ知りたいことが。私が倶楽部の窓辺にいたとき、どうして私のことを笑ったのですか?」

この問いは新たな笑いの引き金となった。

「この娘《こ》たち、お馬鹿さんなんです」と長女が答えた。

「あなたにはドニャ・ペルフェクタの娘よりもっとふさわしい娘《こ》がいるって話してたの。」

「この娘《こ》が、あなたは時間を無駄にしてる、ロサリートが気になっているのは教会関係の男ばかりって、言ったからなの。」

「何を言うの? そんなこと言ってないわ。この紳士はルター派の無神論者で、大聖堂に入るとき口に葉巻をくわえ、帽子も取らないって言ったのは、あんたじゃない。」

「でも、嘘じゃないわ」と末娘が主張した。「昨日嘆き屋《ススピリートス》さんから聞いたの。」

「私に関してそんな馬鹿げたことを言う嘆き屋《ススピリートス》さんとは、どこのどなたでしょう？」

「嘆き屋さんは……嘆き屋さん。」

「お嬢さんたち」甘ったるい表情でタフェタンが口を開いた。「その辺りにオレンジ売りがいるようです。呼び止めなさい。オレンジをごちそうしますから。」

娘のひとりが売り子を呼び止めた。

彼女たちの会話はペペ・レイを少なからず不快にさせ、打ち解けた陽気な仲間の中に身を置いたという安堵感をかき消してしまった。しかし、ドン・ファアン・タフェタンが掛けてあったギターを外して、若いころのようにおどけて器用にかき鳴らしはじめると、再び笑いが込み上げてきた。

「貴女がたの歌は素晴らしいそうですね」レイが促した。

「ドン・ファアン・タフェタン、歌って。」

「私は歌えません。」

「あたしもダメ」次女が技師に剥いたばかりのオレンジの実を差し出しながら言った。

「マリア・ファアナ、縫い物の手を止めないで」とトロイアの長女が注意した。「もういい時間なのだから。今晩中に司祭服を終えなければいけないのよ。」

「今日は、仕事はやめ。針仕事なんて、どうにでもなれ」タフェタンが叫び、続いて一曲熱唱しはじめた。

「通りに人が集まっている」バルコニーから外をのぞいていたトロイアの次女が言った。「ドン・ファン・タフェタンの大声が広場からも聞こえるんだわ……　ファナ、ファナ！」

「通りを嘆き屋さんが行くわ。」

一番下の娘がバルコニーへ飛んでいった。

「オレンジの皮を投げつけてやりなさいよ。」

ペペ・レイが顔を出すと、通りを一人の婦人が歩いていくのが見えた。するとトロイアの末娘が婦人にうまくねらいを付け、彼女の髪を束ねた頭にオレンジの皮を投げ当てた。そのあと大慌てで格子窓を閉じた三人娘は、通りから声を聞かれないよう、引きつけを起こしそうなほど、必死に笑いを抑えていた。

「今日は、仕事はやめ！」娘の一人が裁縫かごを蹴り、ひっくり返して叫んだ。

「それは《明日は食事抜き》と言うのと同じよ」長女が裁縫道具を拾い集めながら言い返した。

そのときペペ・レイは無意識に手でポケットを探った。無性に施しがしたくなったのだ。世間からふしだらだと責め立てられる不幸な孤児たちを思い、彼は心底悲しい気持ちになっていた。孤独と貧困のうちに見棄てられたトロイア家の娘たちにとって、その埋め合わせをしてくれる唯一の気晴らし、つまり唯一の罪が、通行人にオレンジの皮を投げつけることだとしたら、あの娘らは当然赦免されるべきだ。おそらく彼女たちは、この町の禁欲的な慣習のおかげで、悪徳から護られたのかもしれない。羞恥心の物差しとも言える品位や礼儀までもが欠けている不幸な娘たちは、もしかすると窓からオレンジの皮以上のものを投げ捨てていたかもしれない。ペペ・レイは彼女たちに深い哀れみを抱き、新品に見せようと懸命に繕い、手入れされた、継ぎはぎだらけの着古しのドレスを見つめた。くたびれた靴に目をやり……再度ポケットに手をやる。

「この家に悪徳がはびこることだってあり得ただろう」心中つぶやいた。「だが、彼女たちの容姿や家具をはじめとするあらゆるものが疑いなく、彼女たちが高潔な一家の不幸な生き残りであると物語っている。もしこの哀れな娘たちが噂どおりあるまじき行いをしていたとしたら、働きながらこんな貧困に甘んじているはずはない。オルバホッサにも裕福な男たちはいるのだから！」

三人の娘たちは代わる代わる彼の近くにやって来た。皮肉めいた軽い話をしながら彼とバルコニーの間を行ったり来たりしていたのだが、その内容は（これは言うべきだろう）、浅はかで頓着のない、ある種のあどけなさが感じられるものだった。

「ドン・ホセさん、ドニャ・ペルフェクタはなんて素敵な奥さまなのでしょう！」

「オルバホッサの住人でただ一人、あだ名を持たない、悪口をたたかれない方なんです。」

「皆が彼女に敬意を抱いています。」

「皆が彼女を敬愛しています。」

こうした娘たちの賛辞に、青年も叔母を賞賛して応じた。ただし、ポケットから金貨を取り出し、次のように声をかける意欲は失ってしまった ―― 《マリア・ファアナ、ブーツのためにこれをどうぞ。

ペパ、どうかこれで服を買ってください。フロレンティーナ、これを一週間分の食事代に……》。もう少しで考えを実行に移すところだったのだが。小路を歩いているのが誰なのか確認しようと、三人がそろってバルコニーに走り寄ると、その間にドン・ファン・タフェタンが彼に近付いてきてささやいた。

「可愛らしい娘たちでしょう！　そう思いませんか？……　しかし、かわいそうに！　今日もまだ何も口にしていないはずなのに……、あんなに陽気でいられるなんて嘘のようだ。」

「ドン・ファン、ドン・ファン」ペパが声を上げた。「あちらからお友だちのニコラシート・エルナンデス、《復活祭のロウソク《シリオ・パスクアル》》が三階建ての帽子をかぶってやって来るわよ。小声でお祈りを唱えながら歩いているようだけど、高利で貸して墓に追いやった人たちの魂の冥福でも祈っているにちがいないわ。」

「彼をあだ名で呼ぶなんて、きっとできないでしょう？」

「あら、できますとも！」

「ファナ、格子窓を閉じて。通り過ぎるのを待って、彼が角を曲がったところで、あたし叫んでみせるわ、《ロウソク、復活祭のロウソク！》って……」

ドン・ファン・タフェタンはバルコニーへ駆け寄った。

「ドン・ホセ殿もこちらにいらっしゃい。どんな奴か教えてあげましょう。」

三人娘とドン・ファンがバルコニーではしゃぎながら、ニコラシート・エルナンデスを激怒させるあだ名で呼ぼうとしていたすきに、ペペ・レイはさりげなく居間の裁縫箱の一つに近付き、賭で残った半オンス金貨を箱の中に置いた。

その後急いでバルコニーに行くと、ちょうど下の二人の娘が笑い転げながら、《シリオ・パスクアル！　復活祭のロウソク！》と声を上げたところだった。

第十三章　一つの《開戦事由《カースス・ベルリー》》

いたずらの後、三人娘と紳士たちは町の人や出来事についてたわいのない会話を交わした。技師は自分が娘たちの家にいる間に、さきほどの悪行が明るみに出るのではないかと気が気ではなかったのだが、トロイアの娘たちがたいそう残念がるので、立ち去るきっかけをつかめずにいた。居間の外にいた一人が戻ってきて言った。

「嘆き屋《スピリートス》さんが活動開始、洗濯物を干してるわ。」

「ドン・ホセさんは彼女がどんな人か見たいんじゃないの？」と、別の娘が気をきかせた。

「とてもきれいな婦人よ。いまは髪をマドリード風に束ねてるの。どうぞ殿方、ご覧あそばせ。」

彼らはほとんど使用されていないにちがいない食堂をとおって、平屋根に出た。そこには数個の植木鉢があり、少なからぬ数の家具が捨て置かれボロボロになっていた。平屋根からは隣家の低い中庭と、緑色のツル植物や丹精された美しい花鉢で覆われたガラス張りの廊下が見下ろせた。その様子から慎ましくはあるが、まめできれい好きの人たちが住まう家だとわかる。

平屋根の縁までたどり着き、トロイアの娘たちは隣家を注意深く観察した。そして、男性方に沈黙を強いると、そこから何も見えない、よって見られる危険もない平屋根の片隅に彼らを手招きした。

「いま彼女、鍋にひよこ豆《ガルバンソ》を入れて、食料置き場から出てきたわ」マリア・ファナが首を伸ばし、のぞき見て言った。

「さっ！」別の娘が小石を投げつけた。

弾が廊下のガラスに当たる音が聞こえ、怒声が続いた――

「隣の娘たちが、またうちのガラスを割った……」

三人は、平屋根の隅にいる二人の紳士のわきに身を隠し、笑い声を押し殺した。

「嘆き屋《ススピリートス》さんがたいへんご立腹ですよ」と、レイが言った。「でもなぜ《嘆き屋さん》なのですか？」

「だって話をするときいつも、言葉と次の言葉の合間にため息をつくんです。何不自由ない生活を送っているのに、たえず嘆いているんですもの。」

下の家が一瞬静まりかえった。ペピータ・トロイアが慎重に下をうかがう。

「あっちから戻って来るわ」口をつぐむように合図しながらささやいた。「マリア、小石を一つ渡して……　どうかしら……　さっ！……やったわよ。」

「当たってないわ。地面に落ちたのよ。」

「さて……今度はどうかしら……　もう一度食料置き場から出てくるのを待ちましょう。」

「いま出てくるわ。用意はいい？　フロレンティーナ。」

「一、二の、三！　さっ！……」

直後、下の家から苦痛の嘆きが上がり、悪態をつく男性の叫び声が聞こえた。小石が当たったのは男性なのだ。ペペ・レイは次の言葉をはっきりと聞きわけることができた――

「何だ、これは！　あの小娘ら、わしの頭に穴を開けやがった……　ハシント、ハシント！　しかし、なんてろくでもない隣人だ？……」

「あら、まあ、たいへん、あたしなんてことしたの！」フロレンティーナが愕然とし、声を上げた。

「ドン・イノセンシオさまの頭に当てちゃった。」

「聴罪司祭のですか？」ペペ・レイが訊いた。

「そう。」

「下の家にお住まいなのですか？」

「ほかのどの家にお住まいとでも？」

「あの嘆き屋の夫人とは……」

「姪だか、家政婦だか、何だかわからない女よ。とっても小うるさい人で、あたしたち、彼女をからかって楽しむの。でも聴罪司祭さまにいたずらすることは、めったにないんだけど。」

このような会話を口早に交わしていた最中に、ペペ・レイは平屋根の真向かい、つまり爆撃を受けた邸宅の、自分から一番近い窓ガラスが開くのに気付いた。そしてその窓に、にこにこと笑いかける、見知った顔が現れたとき、彼は驚き呆然とした。顔面は蒼白になり、体が震えた。なぜなら、それはハシントだったからだ。厳かな研究を中断し書斎の窓を開けた彼が、ペンを耳にはさみ窓辺に立っていた。彼の、慎み深いが溌剌とした血色の良い顔の出現は、夜明けの太陽を思わせた。

「こんにちは、ドン・ホセさん」ハシントは陽気に挨拶した。

下から再び叫び声が聞こえた。

「ハシント！　どうかしたのかい、ハシント！」

「いま下ります。友人に挨拶していたもので……」

「さあ、引き上げましょう」フロレンティーナが心配そうに呼びかけた。「聴罪司祭さまが《ドン・ノミナウィート《主格》》の部屋に上がってきます。そしたらあたしたち、お咎めを受けることになるわ。」

「さ、中に入って、食堂のドアを閉めましょう。」

一同、転がるように平屋根を後にした。

「貴女方、智の殿堂にいるハシントに見られることを、予測すべきでしたね」とタフェタンが言った。

「《ドン・ノミナウィート》はあたしたちの友だちだから」娘の一人が言い返した。「科学の殿堂から甘い言葉をいっぱい、そっとささやいてくれるのよ。投げキッスまで。」

「ハシントが？」技師が訊いた。「ところで、またとんでもない名前を付けたものですね？」

「《ドン・ノミナウィート》……」

三人は吹き出した。

「とても頭のいい人なので、こう呼ぶの。」

「違うわ。あたしたちが小さかったとき、彼も小さくて。そう、あたしたちがよく平屋根で遊んでいると、彼が大声で課題を暗誦しているのが聞こえたんです。」

「そのとおり、一日中歌っていました。」

「そうじゃないでしょう。ラテン語の格変化を暗誦していたのよ。こんなふうに――《バラの主格、属格、与格、対格》。」

「すると私にもあだ名が付いているんでしょう?」ペペ・レイが訊いた。

「マリア・フアナに教えてもらってね」フロレンティーナが後ろに隠れながら答えた。

「あたしが?　ペパ、あなたがおっしゃい。」

「貴男にはまだあだ名がありません、ドン・ホセ。」

「でも付けるのでしょう。必ず教えてもらいに、あだ名を確認しに参りますからね」青年《ホセ・レイ》は辞去の意を示しながら言った。

「お帰りになるの?」

「そう。貴女方は相当時間を無駄にしてしまいましたよ。さあ、働いて。隣人や通行人に石を投げつけるのは、こんなにお美しく、素敵なお嬢さん方に相応しい振舞いではありません……　では、さようなら……」

娘たちの言葉を待つまでもなく、別れの儀礼に応えることもなく、ホセはドン・フアン・タフェタンを残し、大急ぎでその家を後にした。

居合わせてしまった場面 —— 聴罪司祭《ドン・イノセンシオ》がこうむった屈辱と若博士《ハシント》の思いがけない出現を思い返し、哀れな技師《ホセ・レイ》は狼狽していた。不安と不吉な予感はつのる一方で、彼の胸中を激しくかき乱した。そこで、トロイアの娘たちの家に足を踏み入れたことを心底悔やみながら、憂鬱な気分が晴れるまで時間をつぶそうと、町のあちこちをさまよい歩いた。

市場と大きな店舗が立ち並ぶ臓物屋通り《トゥリペリーア》では、偉大なるオルバホッサの商工業のありさまを眺めてみた。だが、新しい退屈の種のほか何も見つからず、彼は跣足修道会散歩道《デスカルサス》へ足を向けた。しかしそこで目に留まったのは、数匹の野良犬だけ。というのもその日は、ほこりが巻き上がるほどの強風が吹き荒れており、普段なら散歩に出掛ける紳士淑女も家中に引きこもっていたからだった。しかたなく今度は、党派はバラバラなのに、同じテーマについて際限なく論じている、つまり反芻するばかりで進歩のない進歩主義者たちが集う薬局を訪ねてみた。……が、なお一層退屈しただけ。そうこうしながら彼は、大聖堂のあたりまでやって来て、オルガンと聖歌隊の美しい歌声に導かれるままに堂内へ足を踏み入れた。叔母から受けた教会堂内での振舞いについての注意を思い起こし、主祭壇の前でひざまずく。続いて礼拝堂の一つに入り、さらに別の礼拝堂に移ろうとしたとき、一人の侍祭、門番か犬追出し係が彼に近付いて来た。そして、はなはだ礼儀を欠いた、粗野な口調で彼に伝えた。

「猊下があんたに、通りに出ていけとお命じだよ。」

技師《ホセ・レイ》は頭の中で血がたぎるのを感じたが、無言でしたがった。結局、自分より上位者の権威や、みずからの厭気がもとであらゆる場所を追われたレイには、叔母の家に帰るほかなかった。ところが、その家には次に挙げる者たちが彼を待ち構えていたのだ――

第一に、二つめの訴訟を伝えるリクルゴ親爺が。第二に、オルバホッサの家系に関する講演の新しい一節を読み上げようとドン・カジェターノが。第三に、まだ明かされていない用向きでカバリューコが。第四に、次の章で明らかになる話をしようと、ドニャ・ペルフェクタとその優しい微笑みが。

第十四章　反目が増長し続ける

従妹ロサリオに会おうと再度試みたペペであったが、日暮れ時、それも失敗に終わった。ペペ・レイは自室に閉じこもり数通の手紙を書いていたが、その間一つの揺るがぬ思いが彼の脳裏を去ることはなかった。

「今晩か明日」と心の内でつぶやいた。「この状況を終わらせてやる、どんなやり方であれ。」

夕食に呼ばれ食堂に行くと、ドニャ・ペルフェクタが出し抜けに彼に向かって話しはじめた。

「親愛なるペペ、何も心配することはありません。わたくしがドン・イノセンシオさまとの間に入って執り成してあげますから……　もう知っていますよ。たったいま、ここを立ち去ったマリア・レメディオスがわたくしにすべてを話してくれました。」

夫人の顔は、自分の作品を誇りに思う芸術家と同じ満足感に満ちていた。

「何のことでしょうか?」

「安心なさい。倶楽部でお酒を数杯飲んだでしょう、違いますか?　結果、悪い仲間ができてしまった。ドン・ファン・タフェタン、トロイア家の娘たち!……　まったくもって嘆かわしいことです。よく考えたうえで行動したのですか……?」

「すべて熟慮のうえです」叔母と議論するまいと意を固め、ペペが答えた。

「お父さまにあなたがやったことを書き送るのは控えておいて上げます。」

「どうぞお好きなように書いてくださってかまいません。」

「どちらにせよ、わたくしが書いたことをあなたは打ち消して、自己弁護するつもりでしょう。」

「否定しませんよ。」

「では、あの娘たちの家にいた、と白状するのですね……」

「はい、いました。」

「そのうえ、彼女たちに半オンス金貨をあげたのでしょう?　マリア・レメディオスの話によると、今日の午後フロレンティーナがエストレマドゥーラ人の商店に下りてきて、半オンス金貨の両替を頼んだそうですから。そんなお金、彼女たちが裁縫で稼げたはずがありません。あなたは今日彼女たちの家にいたにちがいない。そして……」

「そして、娘たちに金貨をあげた。間違いありません。」

「否定しないのですか?」

「どうして否定する必要がありましょう！　自分のお金で自分がより適切だと思うことをやったとしても、問題はないと思います。」

「ところで、あなたは聴罪司祭さまに石をぶつけたりしなかった、と言い張るにちがいありません。」

「私は石など投げていませんよ。」

「わたくしが言いたかったのは、あなたの目の前で彼女たちが……」

「それは別の話です。」

「そのうえ、彼女たちはマリア・レメディオスを侮辱した。」

「そのことも否定しません。」

「どうやって自分の行動を正当化するつもりですか?　ぺぺ……お願いです。あなたは何も語らず、悔やむこともなく、抗議もしない……」

「しません、まったく何もしません、叔母さま。」

「わたくしに謝罪するつもりさえない。」

「私は何も貴女に悪いことはしていませんが……」

「わかりました。あなたに唯一望めることは……　では、その棒を手に取って、わたくしを打ち据えてください。」

「私は人を打つことなどしません。」

「なんて敬意にもとる！　なんて！……　夕食はいらないのですか？」

「夕食はいただきましょう。」

十五分以上の間があいた。ドン・カジェターノとドニャ・ペルフェクタ、そしてペペ・レイは黙って食事をしていた。だが、その沈黙はドン・イノセンシオが食堂へ入って来たことで破られた。

「敬愛するドン・ホセ殿、誠に申し訳ありません！……　偽りではございません。心から申し訳ないと思っております」司祭は青年《ホセ・レイ》の手を取り、同情の面持ちで彼に謝罪した。

技師《ホセ・レイ》は何と応えていいのかわからなかった。それほど当惑したのだ。

「今日の午後の件です。」

「ああ！　なるほど。」

「貴君が大聖堂という神聖な場から追放されてしまった件です。」

「司教さまは」と、ペペ・レイが返した。「教会から一人のキリスト教徒を追い出す前に、もっとお考えになるべきでした。」

「おっしゃるとおり。誰かが猊下に、貴君は邪悪な慣習の男だと吹き込んだのです。貴君が至るところで無神論を吹聴し、神聖なる人や物を愚弄した。その上、よりによって大聖堂を取り壊し、その石材を活用して巨大なタール工場の建設を計画している……。いったい誰が入れ知恵したのか、私にはわかりかねます。私としては、猊下を思いとどまらせようと努めたのですが、わずかばかり頑固な方ですので。」

「ご親切、ありがとうございます。」

「聴罪司祭さまには、あなたのことを思いやる理由などないにもかかわらず、そんなご配慮を。もう少しで今日の午後、永眠なさるところでしたのに。」

「えっ！……　どうしてまた？」笑いながら司祭が訊いた。「こちらにまでもう、悪ふざけの知らせが届いているのですか？……　賭けてもよろしいが、マリア・レメディオスが話しに来たのでしょう。彼女には他言無用と、口止めしておいたのですが。おふざけ自体は、大したことではありません。そうですよね、レイ殿？」

「そう判断していただけるのでしたら……」

「私はそう思います。若者の戯れにすぎないと……　青春時代は、いまの輩が何と言おうと、道徳観に欠けた行動や悪習に染まるものです。ドン・ホセ殿も、たとえ素晴らしい資質に恵まれたお方であろうと、完璧《ペルフェクト》ではありえない……　あの愛嬌たっぷりの娘たちに誘惑され、お金を奪われたうえ、隣人に対する無礼で犯罪的な侮辱の共犯に仕立て上げられたとしても、何ら不思議はありません。親愛なる友よ、ただ今日の午後の戯れにおいては、たまたま私に痛みを伴う役が当たってしまったわけで」傷跡に手をやりながら話し続けた。「私は怒っていません。まして、貴君に不愉快な事件のことを思い起こさせ、苦しめるつもりもありません。マリア・レメディオスがお邪魔して、すべてをお話ししたと知ったとき、本当に心痛んだ次第です……　姪はうわさ好きなもので……！　賭けてもよろしいが、半オンス金貨のことやら、屋根の上で貴君と娘たちがふざけあい、つねったり走り回ったりしていたことやら、ドン・フアン・タフェタンが踊り狂ったことやら、話したのではありませんか？……とんでもない！　こうしたことは言いふらすべきではないのに。」

ペペ・レイには、どちらがより自分を苦しめるのか、叔母の厳格さなのか、それとも司祭の偽善的な寛大さなのか判断しかねた。

「口にすべきでないなんてことがありましょうか？」夫人が強調した。「彼自身が、自分の行動を恥じていないようなのです。皆さん、よろしくお願いします。このことはどうか、わたくしの愛する娘には内緒にしておいてください。神経過敏の状態ですので、かっとなったらたいへんです。」

「まあ、それほどのことではありませぬ、奥さま」聴罪司祭は続けた。「私の意見では、この件は二度と話題にすべきではない。石をぶつけられた本人がこう言うのですから、ほかの方々も納得いただけるでしょう……　ただし、ドン・ホセ殿、あれは冗談でなく、強烈な一撃でしたぞ。頭蓋が裂け、脳みそがはみ出るかと思ったくらいですから……」

「その件については本当に申し訳ありません！……」ペペ・レイはつぶやいた。「私がやったわけではありませんが、実に心痛みます……」

「貴君がトロイアのお嬢さん方を訪問なさったことは、町の人びとの注目の的ですぞ」司祭が忠告した。「ここはマドリードではありません。私どもはあのような堕落と醜聞の坩堝《るつぼ》にいるわけではございませんから……」

「あちらでは、もっと汚らわしい場所に足を踏み入れることもあるでしょうが」ドニャ・ペルフェクタも同調した。「誰に知られることもなく。」

「この町ではお互いにしっかり目を向け合う」ドン・イノセンシオが再び口を開き、引き継いだ。「隣人たちの行いにたえず目を留めるのです。こうして監視し合うことで、公衆の道徳が然るべき水準に保持されているわけです……　私の言うことを信じてください、友よ、お願いです。貴君を苦しめようと申し上げているわけではありませんから。貴君は相応の地位の紳士として初めて陽の光のもと……初めて、まさにアエネアスのごとく……《トロイアの岸から初めてたどり着いた者》なのです。」

ドン・イノセンシオは笑い出し、親しみと情け深さを誇示するかのように技師の背中を数回軽く叩いた。

「なんともったいない！」青年《ホセ・レイ》は対話相手の陰険な皮肉にもっとも見合う言葉を口にすることで、怒りを覆い隠した。「心の広い、寛容な態度をお示しくださって。みずからの罪深い行動に対し、当然の報いを受けねばならないのは私ですのに……！」

「それほどのことではありません。同じ血、同じ姓を分かち合う同族の者を」ドニャ・ペルフェクタも慈悲をかけた。「ほかの誰彼と同じように扱えると思いますか？　あなたがわたくしの甥、この上なく敬愛する兄ファンの息子というだけで十分です。昨日の午後、司教さまの秘書官がこちらを訪ねてこられ、わたくしがあなたを家に置いていることを、猊下がきわめて不快に思し召しだ、と伺いました。」

「それほどまで？」司祭がつぶやいた。

「それほどまでもです。わたくしはお応えしました。司教さまには相応の敬意、そして大いなる愛と畏怖を抱いております。ですが、甥はわたくしの甥であって、家から追い出すわけには参りません、と。」

「それはまた、ここは変わったところですね」怒りで顔面蒼白になりながらぺペ・レイが言った。「他人の家まで司教が統治なさっているとは。」

「善良なお方で、わたくしのことをたいそう気にかけてくださっているがゆえに、わたくしがあなたに無神論やら無信仰やら、変わった考えを吹き込まれてしまうのでは、と心配なさったのでしょう。あなたが心根は素晴らしい青年だと何度も申し上げたのですが。」

「類いまれな才能を持つ人物に対しては、常に何らかの譲歩をすべきなのです」ドン・イノセンシオが意見を述べた。

「今朝、シルヘーダ家にうかがった際、わたくしがどんなに当惑したか想像がつきますか……あなたが大聖堂を取り壊しにやって来ただの、英国プロテスタントから委任されスペインで異端を説いて回るために来ただの、倶楽部で一晩中賭事に興じており、そのうえ酔っぱらって出てきただの、あることないこと、さんざん言われたのですよ。《でも皆さん》――わたくしは言ったんです――《わたくしに甥を宿屋にでも追い出せとおっしゃりたいのですか？》しかも、泥酔というのは事実ではありませんよね。賭事に関しては、賭けたのかどうか、わたくしは知りませんが。」

ペペ・レイは、眼前の相手の首を絞め、顔に平手打ちを食らわせ、頭蓋を砕き、その骨を粉々にしてしまいたいほどの、無分別で激しい、そして残虐な情念を胸中に覚えた。たとえどんなに慎重な人間であったとしても同じ思いを抱いたに違いない。だが、ドニャ・ペルフェクタは婦人で、まして自分の叔母。ドン・イノセンシオは年老いた司祭だ。おまけに、肉体的な暴力をふるうのは、教養あるキリスト教徒にふさわしい趣味の良い行いとは言えない。言葉を使って、自分に合った慎みのある言い方で、これまで堪えてきた恨みを晴らす手がある。しかし、この最後の手はまだ時期尚早。この家を、そしてオルバホッサを実際に立ち去る瞬間まで用いるべきではない、と彼には思えた。そこで怒りの発作をこらえ、その時を待った。

夕食の終わるころ、ハシントがやって来た。

「こんばんは、ドン・ホセさん……」ホセと握手しながら恨みごとを言った。「あなたと女友だちのおかげで、今日の午後は仕事をさせてもらえませんでした。一行も書けなかった。やらねばならないことがたくさんあるのに！……」

「申し訳ありません、ハシントさん！　ですが聞くところによると、あなたも彼女たちの戯れやおふざけに付き合うことがあるそうで。」

「僕が！」若造《ハシント》は顔を赤らめながら声を上げた。「とんでもない！　ご存じのように、タフェタンが本当のことを言うわけがありません……　それより、レイさん、この地を出立なさるというのは本当ですか？」

「どこかで話題になっていたのですか？……」

「はい、倶楽部とドン・ロレンソ・ルイス宅で耳にしました。」

レイは少しの間《ドン・ノミナウィート》《主格》の若々しい目鼻立ちを見つめていたが、その後、口を開いた。

「出ていくなんて、そんなことはありません。叔母は私にたいそう満足して下さっていますし、オルバホッサの人びとから私がたまわっている中傷を、意に介されることもない……　たとえ司教さまが無理強いしても、叔母が私を家から追い出すことなどないでしょう。」

「追い出すなんて……決して。そんなことをしたら、あなたのお父さまに何と言われることか！……」

「ですが、愛情あふれるおもてなしを受けているにもかかわらず、親愛なる叔母さま、また司祭さまにも親しくお付き合いいただいているにもかかわらず、私は出立を決意しようと思います。」

「帰ってしまう！」

「出立なさる！」

ドニャ・ペルフェクタの目に異様な光が輝いた。感情を表に出さない司祭さえ喜びを隠すことができなかった。

「はい、たぶん今夜にも。」

「でも、なんてせっかちなの！……　せめて明日の早朝まで待てないのですか？……　では、ファン、リクルゴ親爺に使いをやって、馬を用意するようにと伝えてください……　何か軽食が必要でしょう……　ニコラサ！……戸棚に仔牛肉の残りがあったでしょう……　リブラダ、甥の服を……」

「いやはや、貴君がこれほど唐突に決意なさるとは、思いもよりませんでした」自分もこの問題に何か関与すべきだと考えたドン・カジェターノが言った。

「しかしまたお越しになりますな……そうではありませんか？」司祭が訊いた。

「午前の列車は何時に通りますか？」と尋ねたドニャ・ペルフェクタの目には、心からもどかしがっている思いが垣間見えた。

「やはり、今晩出立することにします。」

「でも、そんな強情をはって、月も出ていませんよ……」

《今晩》という言葉は、実のところドニャ・ペルフェクタと聴罪司祭の胸中に、そして若博士《ハシント》の若い胸中に、天空の調べのごとく響き渡った。

「もちろん、愛するぺぺ、またいらっしゃい……　今日あなたのお父さん、素晴らしいお父さまに手紙を書いたのですよ……」ドニャ・ペルフェクタはまさに涙がこぼれ落ちそうな顔をしていた。

「ご迷惑でしょうが、貴君に所望したい用件がいくつかあります」賢者ドン・カジェターノが高らかに言った。

「フランスの司祭ゴームの著作で、僕に足りない巻をお願いするのに良い機会です」弁護士もどきのハシントが言った。

「ほんとに、ぺぺ、あなたは衝動のまま、思いつきで行動するんですから！」夫人は微笑みながらつぶやいた後、視線を食堂のドアに向けた。「そういえば、あなたに伝えるのを忘れていましたが、カバリューコが待っているのですよ。あなたに話したいことがあるとか。」

第十五章　反目が増長し続け、ついに宣戦布告

食堂にいた一同の視線が釘づけになった入口に、ケンタウロスのごとき、人を威圧する肢体が現れた。カバリューコは強ばった渋面で、なんとか愛想よく挨拶しようとまごついている。美しき野蛮人と呼べる彼であったが、無理に上品な笑みを浮かべ、歩をそっと進め、ヘラクレスのような両腕を礼儀正しい位置に保とうとするせいで、不恰好この上なかった。

「ラモス殿、どうぞお話しください」ぺぺ・レイが促した。

「いや、いけません」とドニャ・ペルフェクタが制した。「この男があなたに言おうとしているのは、馬鹿げたことですから。」

「どうぞおっしゃってください。」

「わたくしの家で、そういった愚かな件が問題とされるのを、認めるわけにはまいりません……」

「ラモス殿はいったい私に何のご用でしょうか？」

カバリューコが二、三言葉を発した。

「もう十分……」ドニャ・ペルフェクタが笑みを浮かべながら言った。「これ以上わたくしの甥の手間を取らせないで。ぺぺも、はた迷惑な人の言うことなど放っておきなさい……　それとも皆さんに、偉大なカバリューコの怒りがどこから来るのか、お話しした方がよろしいかしら？」

「怒り？　ああ、なるほど」聴罪司祭は肘掛け椅子にもたれかかったまま、節操のないけたたましい笑い声をあげた。

「おれはドン・ホセさんに、言いてぇことがあるんだ……」馬乗りが巨体を震わせうなり声を発した。

「お願いだからお黙りなさい、わたくしたちの耳をつんざくような声を出さないで。」

「カバリューコ殿」司祭は言葉をかけた。「都からやって来た紳士方が、野蛮な土地生まれの粗野な馬乗りのものを横取りする、これは珍しいことではありませんな……」

「端的に言いますと、ぺぺ、こういうことです。カバリューコは、その……あれですよ。」

夫人は笑いを堪えきれず、言葉が途切れた。

「何というか……」とドン・イノセンシオが話を継いだ。「トロイアの娘の一人、私の見当違いでなければ、マリア・ファアナにあれなわけです。」

「この男は嫉妬しておるんです！　彼にとって愛馬のつぎに大事な被造物がマリキーリャ・トロイ

アというわけで。」

「なんてこと！」夫人が声を上げた。「かわいそうなクリストバル！　思い込んでしまったのね。でも、まさか、わたくしの甥のような男が？……　さあ、甥に何と言いたいの？　言ってごらんなさい。」

「後でドン・ホセさんと、おれで話をつける」地元の荒くれ男はぶっきらぼうに答えた。

そして挨拶もせず退室した。

その後すぐ、ペペ・レイも部屋に戻ろうと食堂を出た。廊下でトロイアの敵と向かい合った彼は、侮辱された求愛者の真剣な険しい顔を目のあたりにし、思わず噴き出してしまった。

「一つ訊くが」カバリューコが無礼にも技師に立ちはだかり言った。「おれが誰か、ご存じだか？」

カバリューコはこう言いながらどっしりとした手を青年の肩に置いた。レイは遠慮のない横柄な態度に我慢できず、その手を激しく振り払った。

「そんなことを訊くのに、人を叩きつぶす必要などないだろう。」

強がっていた男は多少うろたえた。が、すぐに立ち直り、レイを不敵な面構えで睨みつけ、挑発するかのように同じ言葉を繰り返した。

「おれが誰か、ご存じだか？」

「ええ、もちろん存じておりますよ。貴男が野獣だとね。」

レイはだしぬけに彼をわきに押しのけ、自分の部屋に入った。われらの不幸な友人《ホセ・レイ》の、その瞬間の精神状態から察するに、以後の行動は、次のような簡潔かつ最終的な手順を踏むはずだった――間髪を容れずカバリューコの頭をかち割る、叔母にその心を打つような丁重でありながら厳然たる断りを入れすぐさま暇《いとま》を告げる、司祭には冷ややかに別れの挨拶をする、無害なドン・カジェターノを抱擁する、最後にリクルゴ親爺に一発お見舞いしてお別れ会を締めくくる、そして、その夜のうちにオルバホッサを発ち、イエスの教えどおり《町を出ていくときには、靴についた埃を払い落とす》。

ただ、このような苦悩の最中にあっても、迫害される青年《ホセ・レイ》の脳裏から、自分より痛ましい苦境に置かれているにちがいない別の不幸な存在のことが消え去ることはなかった。技師の後から女召使いが部屋に入ってきた。

「私の言《こと》付けを渡してくれましたか？」彼は訊いた。

「はい、旦那さま、それでこれをお預かりしてまいりました。」

レイは娘の手から新聞の切れ端を受け取ったが、その欄外に次の言葉を読み取ることができた――《あなたが立ち去ってしまうと伝え聞きました。わたしは死んでしまいます》。

食堂に戻ると、リクルゴ親爺がドアから顔をのぞかせ訊いてきた。

「馬は何時にご入り用でしょうか？」

「何時にもいりません」と、レイは活力がみなぎった表情で切り返した。

「では、今晩は出立しないということですか？」とドニャ・ペルフェクタが言った。「明日にした方がよいでしょう。」

「明日も発ちません。」

「では、いつ?」

「考えておきます」青年は冷たく答え、沈着冷静に叔母を見つめた。「いまのところ出立するつもりはありません。」

彼の目が激しい戦いを挑むかのように輝いた。最初赤らんだドニャ・ペルフェクタの顔は、その後蒼白になり、まず司祭に目を向けた。司祭は金縁の眼鏡をはずし、拭きはじめる。続いて夫人は部屋にいる面々を順番に見つめていった。少し前に入ってきて椅子の縁に腰を下ろしたばかりのカバリューコまでも。ドニャ・ペルフェクタは彼らを、将軍が自分の親愛なる軍団を閲兵するかのように見つめた。最後に、ペペ・レイの穏やかだが何か企んでいるかのような表情を観察する。辱めを受け逃亡するものだと思い込ませておいて、不意に手の裏をかえした戦略家の顔を。

ああ! 血が流れ、悲惨な荒廃をもたらす……大きな戦いがはじまろうとしていた。

第十六章 夜

オルバホッサは眠りに就いていた。十字路や路地では、街灯のしおれたカンテラが眠気に勝てない疲労した目のように、風前の灯《ともしび》を放っていた。そのかすかな灯火の下を、放浪者やら、恋人の家の窓辺で歌い練り歩く若者やら、賭け事好きの男やらが、マントに身をつつみ、通り抜けていく。歴史ある町の平穏を乱すのは、酔っぱらいのだみ声か愛を捧げる歌声のみ。そうしたなか突然、飲んだくれた夜警が唱えた《アヴェ、マリア、恵みに満ちたお方》という祈りが、まどろむ町があげる病んだうめき声のように鳴り響いた。

ドニャ・ペルフェクタ邸も静まり返っていた。唯一、その静寂を乱しているのは、ドン・カジェターノの図書室で主《あるじ》とペペ・レイが交わす会話だけだった。博識者は、注釈やメモや出典を書き込んだ数え切れない紙片に覆われた仕事机の前で、肘掛け椅子にゆったりと身をしずめていた。レイは膨大な文書の山に目を留めてはいたが、彼の思いはそういった学問から遠く離れた領域を飛び回っていたにちがいない。

「ペルフェクタは」古物研究家《ドン・カジェターノ》が口を開いた。「良くできた女性だ。ただ、どんな些細なことにも騒ぎ立てるという欠点を持っている。友《ドン・ホセ》よ、ここのような田舎町では、いかなるしくじりも高くつくのだ。貴君がトロイアの娘の家を訪れたこと自体、何ら取り沙汰されるようなことではない、と私は思う。またドン・イノセンシオは、私には、善人というマントの下で不和の種をまき散らす人のように思える。トロイアの娘の家に足を踏み入れたからと言って、なにが問題だと言うのか。」

「ドン・カジェターノ殿、私たちは即座に毅然たる態度で臨まねばならない状況にあります。私はロサリオに会い、話をする必要に迫られているのです。」

「だったらお会いになればよかろう。」

「許してもらえないのです」技師は机を拳で打ち据え、答えた。「ロサリオは囚われている……」

「囚われの身と！」賢人は疑念の声をあげた。「確かに、あの娘《こ》は顔色も表情も、ましてその美しい瞳に垣間見える虚ろさも、好ましい症状ではない。悲しみに打ち沈み、言葉数も少なくなり、泣いてばかりで……　友《ドン・ホセ》よ、あの娘は私の一族に多くの犠牲を強いてきた、恐ろしい病を患っているのでないか、と私はたいそう心配しているのだ。」

「恐ろしい病！　何でしょう？」

「狂気……　正確には、妄想狂だ。一族でこの病を免れた者は一人もいない。私、私が唯一、どうにか逃げのびているだけだ。」

「あなたが！……　妄想狂のことはひとまず置いておいて」レイは堪らず核心に入った。「私はロサリオに会いたいのです。」

「当然だ。だが、母親があの娘を隔離しているのは、衛生学的なやり方なのだ。親愛なるペペ、私の一族全員に対し、唯一成功を収めた対処法なのだよ。よくお考えなさい。ロサリーリョの繊細な精神にもっとも強い衝撃を与えるであろう存在と声は、ほかならぬ、彼女の心が選んだ男性のものだということを。」

「そうだとしても」ペペは食い下がった。「私は彼女に会いたい。」

「ペルフェクタもおそらく、これ以上、貴君が会うことに反対しないだろう」賢人は机の注釈や文書に目を落としながら言った。「お節介を焼くのは、私は遠慮しよう。」

善良なポレンティーノス《ドン・カジェターノ》をこれ以上利用することはできないと悟った技師は、席を立ち、退室しようとした。

「これからお仕事をなさるのでしょう。お邪魔してはいけませんので。」

「いや、時間はまだある。これらは今日集めたもろもろの貴重な資料だ。よく聞いていらっしゃい……《一五三七年、バルトロメ・デル・オジョという名のオルバホッサの住人が、カステル・ロドリーゴ侯爵のガレー船でチヴィタヴェッキアへ旅立った》。ほかに――《同年、オルバホッサ生まれの、ゴンサレス・デル・アルコ家の兄弟二人ファンとロドリーゴが六隻の船に乗り込み、マーストリヒトから二月二十日に出帆、ドーバー海峡でヴァン・オーエン率いる英国船とフランドルの艦隊に出くわし……》。結果、我が海軍における偉業の一つをなしえた。私は発見したのだよ、オルバホッサ出身のマテオ・ディアス・コロネルとかいう名の護衛隊少尉こそ、『韻文による天使の女王礼賛、葬送歌、叙情的賞賛、数的描写、栄光の苦難、苦悩の栄光』を一七〇九年に脱稿、バレンシアで上梓《じょうし》した作者だということを。本作の見事な装幀本を私は蔵しているが、とんでもない値がついている……もう一人のオルバホッサ出身者が、昨日貴君に見せて差し上げた、かの有名な『騎馬スタイルの本』の作者。つまるところ、著名な同郷人に出くわすことなく、オルバホッサの数奇な歴史の迷宮を旅することはできないわけだ。私はこうした偉人たちを、彼らが眠る不当な暗闇と忘却から救い出すつもりだ。私たちが生を受けた地の、時に叙事詩的な、時に文学的な栄光に、本来あるべき輝きを取り戻すのは、親愛なるペペよ、なんという純粋な喜びであろうか！　こうした作業に費やすより有効に、天から享受した取るに足りない知性と相続した財産、そしてどんなに長生きしようとこの世ではかぎりあるわずかばかりの日々を、ひとりの人間が使うことなどできはしない……　私のおかげで、オルバホッサがスペインの才人数多《あまた》を産み出した、類いまれな揺籃の地であることが明らかになるのだから。しかし、どうだろう？　いまの世代の《荘厳なる都市《ウルブス・アウグスタ》》では貴族や郷士の中に、生粋の傑出した血筋をはっきりと認めることはできないのだろうか？　いや、私の知るかぎり、この地ほど、あらゆる美徳の草木が、悪習という有害な雑草をまぬがれ、青々と茂っている場所はほかにない。この地はすべてが平穏で、互いに敬い、キリスト教的な慎み深さに満ちている。この地では慈善が、福音の時代と変わりなく実践され、この地の人びとは嫉妬することすら知らない。この地には、犯罪を行おうとする者などいない。貴君が窃盗や殺人といった話を耳にしたとしても、犯人はこの高貴な地の生まれでないか、もしくは扇動的な教えによって身を持ちくずした不幸な者たちの仕業だと考えて間違いない。この地で、貴君は生粋のスペイン人的性格をご覧になることだろう――実直、高潔、清廉、純粋、純朴、家父長的、友好的、寛容……　だからこそ私は、虚偽と悪習のはびこる都市の迷宮から身を遠ざけ、ここで平和な孤独のなか暮らすことを望むのだ。マドリードにいる大勢の友人たちでさえ、私をここから引き離すことはできない。信頼のおける同郷人と書物という心地よい同伴者とともに、健康に良い高潔な空気を日々吸いながら生活しているのだ。高潔な空気は、わがスペインにおいても次第に薄くなってしまい、キリスト教本来の教えを守り慎ましく人びとが暮らす町にだけ、その美しい徳を示すことによって保持されている。その上、信じられないだろうが、親愛なるペペ、この地での平穏な隠遁のおかげで、私は一族生来の恐ろしい病魔から逃れられているのだ。若かりしころ、私も嘆かわしいことに、兄弟や父同様に、きわめて馬鹿げた妄想癖を患っていた。しかし、この地に来て、ご覧のように仰天するほど完全に治った。この病のことを思い出すのは、ほかの者にかつての私と同じ症状を見つけたときぐらいなもの。だから、若い姪《ロサリオ》のことを私は、本当に心配しているのだ。」

「オルバホッサの空気のおかげで健康を保ってらっしゃるとのこと、嬉しく思います」レイは、悲しみに打ち沈む自分の心に、相手を嘲笑ってやりたいような、わけのわからない思いが込み上げてくるのを抑えきれなくなり言った。「オルバホッサの空気は、私にはどうも合いません。これ以上こちらにおりましたら、すぐにでも妄想狂になってしまいそうです。では、お休みなさい。どうぞ仕事をお続けください。」

「お休み。」

彼は自分の部屋に向かった。しかし、眠気もなく体を休める必要も感じなかった。逆に、じりじりと激しい興奮が彼を駆り立て、あれこれ考えながら部屋の中をあちこちうろついた。やがて果樹園に面した窓を開け、出窓に肘をついて夜の広大な闇をじっと見つめた。何も見えない。だが、物思いにふける者には何もかもが見えてくるものだ。視線を暗闇に集中させると、闇にみずからの雑多な不幸が走馬燈のように浮かんできた。闇は、大地に咲く花々も天空の花と呼べる星々も見せてはくれない。ただ、明かりがほとんどないために、眼前に広がる木々の塊が、まるで動いているかのごとく幻想的な光景をかもし出す。闇の中で海が波打つように、木々がけだるく遠ざかっては、とぐろを巻いて戻ってくる。激しい満ち潮と引き潮が、正体不明の勢力どうしの争いが、天地の静寂をかき乱す。暗黒のスクリーンに投影されたみずからの魂の映像を観ながら、数学者《ホセ・レイ》は心の中でつぶやいた――「凄まじい戦いとなるだろう。いったい誰が勝利を収めることになるのか。」

夜行性の虫が彼の耳に神秘的な言葉を投げかけてきた――こちらからは耳障りなキーキーいう音、そちらからは人が舌を打つようなチッという音、あちらからは哀れなささやき、もっと遠くからはさまよう家畜の首につるされた鈴の音《ね》のように震える音…… 不意に、レイは虫の音とは明らかに違う、ほかならぬ人間の舌と唇によって発せられた素早い音を感じとった。その音は彼の脳裏を稲妻のように横切った。「スッー」というはかない音は、最初、蛇のようにくねり彼の内部を進んでいったが、その後何度となく繰り返し聞こえ、その度に音量が増していく。ペペはあらゆる方向に目を走らせ、最後に家の上方に目を向けた。すると一つの窓に、羽を動かす白い鳥のような物体が見えた気がした。興奮するペペ・レイの心に一瞬、それは不死鳥か鳩、あるいはアオサギではないかという思いがよぎった……だが、それは鳥ではなく、ハンカチだった。

技師は窓から果樹園に飛び下りた。目を凝らすと、従妹《ロサリオ》の手と顔が見える。指を唇に当て、相手に沈黙を求めるお馴染みの動作が確認できた。続いて、愛らしい人影は下の方へ腕を伸ばした後、姿を消した。ペペ・レイはすばやく室内に戻り、音を立てないよう注意しながら廊下に出て、ゆっくりと進んだ。胸中、斧を打ちつけられたかのように心臓が鼓動するのを感じた。しばらく待つ…… すると階段のステップを踏みしめるかすかな音がはっきりと聞こえてきた。一歩、二歩、三歩…… それは靴音だった。

漆黒の闇の中、音のする方へ歩を進め、階段を降りてくる人を支えようと両手を差し出した。高揚した深い愛情が彼の魂を支配する。しかし、認めないわけにはいかないだろう。その甘い感情に続いて、地獄のきらめきのごとく突然、別の感情が、恐るべき復讐欲が湧き出してきた。足音が下りてきて、より近付く。ペペ・レイが足を踏み出すと、空《くう》を探る両手が彼の両手に触れた。そして四つの手は、そう！、しっかりと握りしめ合った。

第十七章　闇の中の光

長く幅の広い廊下だった。一方の端には、技師が寝起きする部屋の扉。中央には食堂の扉。もう一方の端には階段と閉まったままの大きな扉があり、その扉口は一段高くなっていた。それは礼拝堂に通じる扉で、そこにはポレンティーノス家が代々崇拝してきた聖人たちが祀られており、ときおり聖なるミサが執り行われた。

ロサリオは従兄《ホセ・レイ》を礼拝堂の扉の方へ導き、踏み段に腰を下ろさせた。

「ここにですか?……」ペペ・レイはつぶやいた。

右手の動きから、ロサリオが十字を切るのがわかった。

「愛する従妹、ロサリオ……　君と会うのを許してくれてありがとう！」ぺぺは彼女を激しく腕の中に抱きしめ声を上げた。

すると娘の冷たい指先が彼の唇に触れ、沈黙を求めているのがわかった。その指に彼は狂ったように口づけをした。

「氷のように冷たい……　ロサリオ……　なぜこんなに震えているのですか？」

彼女は歯をガチガチ鳴らし、発熱のため全身を引き攣らせ、震わせていた。レイは額を従妹のそれに当てると、あまりの熱さに驚いた。

「まるで火山のようだ。熱がある。」

「とても。」

「本当に病気なんですね？」

「そう……」

「なのに部屋から出てきて……」

「あなたに会うために。」

技師は暖を与えようと、彼女を両腕の中に抱きすくめた。だが、十分ではなかった。

「待ってなさい」と、立ち上がりながら強く言った。「部屋に戻って旅行用の毛布を取ってきます。」

「灯りを消して、ぺぺ。」

レイは部屋の灯火を付けたまま出てきており、扉から淡い明かりが廊下に漏れ出していたのだ。彼が部屋にもどるとすぐ、廊下は真っ暗になった。ぺぺは手で壁を探りながらどうにか従妹のところまでたどり着いた。二人は体を合わせ、レイは彼女を足から頭まで入念に毛布でくるんであげた。

「これでいいでしょう、私の可愛い人！」

「ええ、大丈夫！……　あなたといれば。」

「私とともに……　生涯にわたって」青年は興奮し声を上げた。すると彼女が、自分の腕をほどいて立ち上がるのがわかった。

「どうしたのですか？」

カチリという金属音が聞こえた。ロサリオが暗闇で見えない穴に鍵を差し込み、二人がそれまで座っていた踏み段の奥の大扉をそっと開けた。長い間閉め切っていた部屋特有の、湿気を含んだかすかな臭いが、墓穴のような暗い空間から立ち上った。手を引っ張られるのを感じたぺぺ・レイの耳に、従妹のかすかな声が聞こえた。

「お入りなさい。」

二人は数歩前に踏み出した。彼には夜の天使によって未知の楽園《エリュシオン》へ手引きされているかのように思えた。彼女は手探りで進んだ。しばらくすると、彼女が再び優しくささやいた。

「お掛けなさい。」

彼らは木製のベンチのわきにいた。そこに並んで腰を下ろす。ぺぺ・レイは再び彼女を抱きしめたが、その瞬間、彼の頭は何かやけに固い物体にぶつかった。

「これは何ですか?」

「足です。」

「ロサリオ……　何を言っているんですか?」

「家で崇めている聖なるイエス、キリスト磔刑像の足です。」

ペペ・レイは槍による冷たい一撃が自分の心臓を貫くのを感じた。

「接吻なさい」娘《ロサリオ》は命令口調で言った。

数学者は聖像の凍えた足に口付けした。

「ペペ」彼女は、従兄の手をきつく握りしめながら訊いた。「神を信じますか?」

「ロサリオ!……　なんてことを言い出すんだ?　なんて馬鹿なことを考えているんだい?」従兄は当惑げに応じた。

「わたしの質問に答えなさい。」

ペペ・レイは両手が濡れるのを感じた。

「どうして泣いているんだい?」と、動揺して尋ねた。「ロサリオ、馬鹿げた疑いをかけて、私を苦しめないでくれ。私が神を信じるかだって!　君は疑っているのかい?」

「わたしは疑ってません。でも皆があなたは無神論者だと言うの。」

「そんなくだらない噂を信じるのなら、君は私にとって価値のない、輝く純粋さをなくした人になり果ててしまいますよ。」

「無神論者だとあなたを非難する声を耳にしながらも、わたしはそういった中傷に心の底から抵抗してきました……　そうではないという確信は持てなかったのですが……　でも、あなたが無神論者なんてありえない。胸の内であなたに、わたしと同じ激しく堅固な信仰心を感じるんです。」

「そう言ってくれてありがとう！　しかし、ではなぜ、私に神を信じるかと訊いたのですか？」

「そのことをあなたの口から直接聞きたかったのです。あなたがそう答えるのを聞いてすっきりしたかったから。ずっとあなたの声を聞いてなかったのですもの！……　こんなに長く会えなかった後で、もう一度あなたの声を、それも《私は神を信じる》と口にするのを聞くこと、これ以上の喜びがあるかしら？」

「ロサリオ、悪党でさえ神を信じるのですよ。もし無神論者がいるとしたら、ちなみに私はそもそも無神論者がいるかどうかさえ疑わしいと思っていますが、それはまさに世にはびこる人を中傷し陰謀を企てる人たちのことですよ……　ただ私は陰謀や中傷をそれほど気にしていません。というのも、君が陰謀や中傷に打ち勝ってくれるなら、君の信頼を裏切り、私に対する反目の芽を君に植えつけようとする人びとに心を閉ざしておいてくれるなら、私たちの幸福を妨げるものは何もないからです。」

「でもそれはどういうこと？　愛するぺぺ、あなたは悪魔がいると信じているの？」

技師は口をつぐんだ。従兄がその突飛な質問をどんな微笑みで受け止めたのか、礼拝堂の闇はロサリオがそれを目にするのを許さなかった。

「悪魔の存在を信じざるをえないでしょう」ぺぺがやっと口を開いた。

「どういうこと？　母はわたしがあなたと会うのを認めてくれません。でも、無神論者だという点を除けば、あなたのことを悪く話すわけではないの。少し待ちなさい、と言うだけ。オルバホッサから立ち去るか、ここに留まるかは、あなたが決めることだから、と……　お願い、隠さずに言って……　わたしの母のことを良く思っていないのでしょう？」

「とんでもない」レイは彼女の問いの鋭さに慌てた。

「母がわたしのことを、わたしたち二人のことをとても愛していて、二人の幸せだけを願い、最後にはわたしたちの望みを聞き入れてくれるにちがいないと、わたしのように思ってますか？」

「君がそう思うなら、私も……　君のお母さんは私たち双方を深く愛してくれているのですね……ただし、愛するロサリオ、悪魔がこの家に足を踏み入れたことは認めざるをえません」

「まさかそんなこと……」彼女は優しく返した。「誓って言いますが、母は好《い》い人です！　あなたがわたしの夫となるのに値しないなど、一度も言ったことはありません。無神論者だという件にだけはこだわるけれど……　人はわたしに妄想癖があって、今回はあなたのことを心から愛してしまうという躁状態になっている、と言います。わたしの一族では、先天的な妄想癖を患ってしまった場合は真正面から立ち向かわない、というのが大原則となっています。刃向かおうとすればするほど症状が悪化しますから」

「私は君の傍らに名医がついて治療にあたっている、だからすぐに、敬愛するロサリオ、君が全快するものとばかり思っていました。」

「いやよ、治るなんて絶対いや！」ロサリオは、額を恋人の胸にあずけながら頭をふった。「あなたのためなら正気を失ってもいい。あなたのためにわたしは苦しむの。あなたのために患うの。あなたのために命をないがしろにし、死の危険をおかすの……　見えてきたわ。明日わたしの容体は悪化し、重態におちいるでしょう……　死んでしまう。でも、かまわない！」

「君は病気なんかじゃない」彼は強く否定した。「単に精神が錯乱しているにすぎないんだ。それが結果的にごく軽い神経疾患を引き起こしている。君に無理を強いているすさまじい力のせいで、心の痛みを患っているだけだ。君の純真で寛大な心は、そのことに気付かずに折れてしまう。君の精神を蝕む人びとを赦してしまう。君は自分の不幸を超自然的な不吉な力のせいだと決めつけ、苦しむ。逆らうことなく苦悩する。罪のない自分の首を死刑執行人に差し出し、なされるがまま処刑されてしまう。君には自分の喉にあてがわれたナイフが、通りすがりに刺さった花の棘にしか見えないのでしょう。でもロサリオ、そんな思いは捨て去ってしまいなさい。私たちが置かれているいまの状況をよく考えるのです。抜き差しならない状況にいるのだから。実際に陥っている状況の原因を探らないといけない。ただ、怖じ気づくことはありません。君に課された、君の魂と体を傷つける苦行に屈してはなりません。君に欠けているもの、勇気こそが、君に健康を取り戻させてくれはずです。なぜなら、君は本当は病気ではないからだ、愛する可愛い人。君は……本当のことを言ってしまいましょう……怖がっている、怯えているだけ。昔の人がどう定義してよいかわからず、悪魔の呪いと名付けたことが起きているにすぎない。ロサリオ、勇気を持って！　私を信じなさい！　立ち上がり、私に付いて来るのです。これ以上何も言いません。」

「ああ、ペペ……　わたしの従兄！……　あなたの言うとおりだという気がしてきました」ロサリートは涙にむせびながら顔を上げた。「あなたの言葉は聖なる鐘のようにわたしの中で打ち響き、心を動かし、新たな生命を吹き込みます。互いに顔さえ見えないこの暗闇の中、あなたが発するえも言われぬ光が、わたしの魂を満たす。あなたはいったい何を持っているというの？　わたしをこのように変えてしまうほどの何を。あなたと出会った瞬間、わたしは別の人間になってしまった。あなたと会えなかった日々、わたしは元の無意味な自分に、生まれつきの臆病者に戻ってしまっていた。あなたなしでは、地獄の辺土《リンボ》に住むのと同じ、わたしのペペ……　あなたの言うとおりにするわ。立ち上がって、あなたに付いていく。一緒に、あなたが望むところへ行きましょう。わたし、元気になったわ、わかりますか？　もう熱も下がり、力が回復し、走り出し声を上げたい気持ちになっています。わたしの全存在が生まれ変わり、あなたを深く愛そうと、何百倍にも大きくなったことがわかりますか？　ペペ、あなたの言うとおり。わたしは病気なんかじゃない、臆病になっていただけ。もっと正確には、幻惑されていたんだわ。」

「そのとおり、幻惑されていたんです。」

「幻惑だわ。恐ろしい瞳がわたしを見つめ、口をきけなくし、震え上がらせる。わたし怖いわ、でも何を恐れているのかしら？……　あなただけがわたしに生命を取り戻させる不思議な力を持っているの。あなたの言葉を聞くとわたしは生き返る。たとえ死んでいても、あなたがわたしのお墓のわきを通るとき、わたしはあなたの足音を大地の底から感じ取るでしょう。ああ、もしあなたの姿を目にすることができたなら、と思いつつ……　でもいまあなたは、ここに、わたしの側《そば》にいてくれる。本当にあなたなのね……　なんて長い間あなたに会えなかったのでしょう！……　わたしは正気を失っていたのだわ。孤独な日々がわたしには一世紀もの長さに思えたの……　明日、明日になれば、と。何度も明日になれば、と言われて。わたし、日が暮れると窓から顔を出して、あなたの部屋の灯りを見つめて癒されたの。時折ガラスに映るあなたの影は、わたしにとって神が現れたかのようで。わたしは外に向かって両手を拡げ、涙しながら心の中で――声に出して叫ぶ勇気がなかったの――叫んだわ。あなたの伝言を召使いから受け取ったとき、あなたが立ち去るという手紙がもたらされたとき、わたしは悲嘆に暮れた。魂が体内から抜け出て、自分が次第に死んでいくかのように思えた。わたしは墜ちていった。傷ついた鳥が飛び立とうとして墜ちてしまう、墜ちながら息絶えてしまうように……　今夜、あなたがこんな時間まで起きているのに気付いたとき、わたしはあなたと話したいという衝動に抗《あらが》うことができなくなった。だから、下りてきたの。おそらくわたしに宛《あて》がわれた一生分の勇気を今回の、ただ一つの行動ですべて使い切ってしまった。もう二度と臆病な自分を捨て去ることができない気がする……　でも、あなたがわたしに力を、強さを与えてくれるでしょう、わたしを助けてくれますよね？……　ぺぺ、愛するわたしの従兄、強さを与える、と言ってください。わたしには力があると言って。そうすれば強さを持ち続けられますから。わたしは病気ではないと言って。

そうすればこれからも病気になりませんから。もう病気じゃないわ。とても体の調子がよくて、これまでの訳のわからない体調の悪さなど自分で笑い飛ばせるほど。」

これを言い終えるや、ロサリートは従兄の腕の中に激しく抱きすくめられるのを感じた。あっ！という声が聞こえた。しかし、それは彼女の唇ではなく、彼の唇からもれた音だった。ぺぺが、体を傾けた拍子にキリストの足に激しく頭をぶつけてしまったせいだ。暗闇の中でこそ、星はよく見える。そのとき自分が置かれた精神状態と、暗がりが見せる特有の幻覚のせいで、ぺぺには自分が聖なる足に頭をぶつけたのではなく、キリストの足そのものが動いて、もっとも手っとり早くわかりやすいやり方で、自分を窘《たしな》めたのではないかという気がした。そこで頭を上げ、真剣な面持ちでおどけて言った。

「主よ、私を打たないでください。何も罪深いことはいたしませんから。」

その瞬間、ロサリオは技師の手を取り、自分の胸に押しつけた。それと同時に、純真で天使のような声が、動揺しつつも厳かに次のように話すのが聞こえてきた――

「敬愛する主、この世の神であり、わたしの家と一族の後見人としての主、ぺぺも同じく敬愛する主、わたしたちの罪ゆえ十字架にて死にたもうたありがたき聖イエスよ。あなたを前に、あなたの傷ついた身体を前に、いばらの冠をいただいたあなたの額を前に、この人はわたしの夫であり、わたしの心があなたに次いでもっとも愛する人だと誓います。彼はわたしの男であり、他人のものになるくらいなら死んでもいいと誓います。わたしの心と魂は彼のものです。どうかこの世がわたしたちの幸せの妨げとなりませんよう、この絆がわたしの心にとってと同じく、世の人にとっても好ましき絆となりますよう、恩寵をお与えください。」

「ロサリオ、君は私のものだ」高揚したペペが叫んだ。「君の母親であろうと、誰であろうと妨げることはできない。」

従妹は、美しい上半身を力なく従兄の胸にあずけた。そして、鷲の鉤爪に捕らわれた鳩のように、愛する男性の腕の中で震えた。ペペの脳裏を、悪魔は存在するのでは、という思いが稲妻のように駈けぬけた。だが、その悪魔は彼だった。ロサリオは怯え、わずかに体を揺すった。危険を知らせる不意の戦慄が走ったのだ。

「君が屈することはない、と私に誓いなさい」うろたえたレイは彼女の動きを封じるように言った。

「ここに居する父の灰にかけて誓います……」

「どこにですか?」

「わたしたちの足下にです。」

数学者は一瞬、足下の敷石が持ち上がったような気がした……だが、そんなことはなかった。そう、彼は数学者であるにもかかわらず、幻想を見たのだ。

「あなたに誓います」ロサリオが繰り返した、「父の灰とわたしたちを見つめる神に誓って……　神がこの世からわたしたちを連れ去ろうとなさるときには、わたしたちの体をいま結ばれたそのままに、この敷石の下に横たえてくださりますように。」

「同じくお願い申し上げます」ペペ・レイは深く感激し、心の片隅に言いようのない動揺をおぼえながらも同意した。

二人はしばらく沈黙を保っていた。やがてロサリオが立ち上がった。

「もう行くのかい?」

彼女はもう一度座った。

「また震えているよ」とペペが言った。「ロサリオ、具合が悪いのでしょう。額が燃えるように熱い。」

「死んでしまいそう」力なく娘はささやいた。「わたし、どうしたのかしら。」

そう言うと突然意識を失い、従兄の腕に倒れこんだ。彼女をそっとなでたペペは、ロサリオの顔が冷たい汗に覆われているのに気付いた。

「本当に病気なのか」内心うろたえた。「部屋から出てくるなんてまさに無謀だ。」

ペペは彼女を腕の中で抱き起こし、意識が戻るよう試みた。だが、震えは止まらず意識が戻ることもなかった。そこで、彼女を礼拝堂から連れ出すことにした。新鮮な外気に触れれば意識を回復するかもしれないと考えたのだが、果たして、うまくいった。正気に返ったロサリオは、こんな時間に部屋の外にいる自分に気付き、そわそわしはじめた。大聖堂の時計が四時を打った。

「こんな時間になってしまったわ!」娘は慌てた。「ペペ、放して。歩けそうです。すごくふらついてしまうけれど。」

「部屋まで送ろう。」

「いいえ、それは絶対にやめて。だったら這いずってでも自分で部屋までたどり着きます……　何か音が聞こえませんか……?」

二人は口をつぐんで耳を澄ました。辺りはシンと静まり返っている。

「ぺぺ、何も聞こえませんか?」

「まったく何も。」

「もっと注意して聞いてみて……　ほら、いままた音がした。かすかな音、遠く、はるか遠くに、あるいは近く、とても近くに。母の寝息かしら、大聖堂の塔の風見鶏が回るときの、キーキーいう音かもしれません。ああ!　耳が過敏になっている。」

「そうですね。あまりにも……　愛しい従妹よ、部屋まで抱いて連れていこう。」

「では、階段の上までお願い。その先は一人で戻れますから。少し休めば、いつもと同じように元気になります……　でも、聞こえませんか?」

二人は階段の一段目で立ち止まった。

「金属音がします。」

「君のお母さんの寝息ですか?」

「違う、そうじゃありません。音はもっと遠くから聞こえます。鶏の鳴き声かしら?」

「そうかもしれません。」

「《そら行け、そら行け》と、聞こえた気が。」

「確かに……」ペペ・レイも気付いた。

「かん高い声です。」

「違う、ラッパだ。」

「そう、ラッパです！」

「そのとおり。急ごう。オルバホッサが目醒めてしまう……　もうはっきり聞こえる。トランペットじゃない。ラッパ《クラリン》だ。軍隊が行進しているんだ。」

「軍隊！」

「まだわかりませんが、この進軍は私に有利にはたらくような気がします……　ロサリオ、喜ばしいことだ。さあ上へ急いで。」

「わたしも嬉しいわ。さあ行きましょう。」

ペペは彼女を抱いて素早く階段をかけ上がった。愛し合う二人は、ほとんど聞きとれないほどの小声で互いに耳元でささやき、別れた。

「無事に部屋に着いたら、庭に面した窓から顔を出して、あなたに知らせるわ。お休みなさい。」

「お休み、ロサリオ。家具につまずかないよう気を付けて。」

「ここからなら完璧に航海できますから、ペペ。また会いましょう。わたしからの電報を受け取りたいときは、部屋の窓から顔を出して。」

ペペ・レイは命じられたとおりにした。ところが、しばらく待ってもロサリオは窓辺に姿を見せない。技師は二階から興奮したやりとりが聞こえたような気がした。

第十八章　軍隊

明け方、まだ心地よい眠りにしがみついていたオルバホッサの住人たちは、ラッパの音が響きわたるのをぼんやりと耳にし、目をこじ開けながら声を上げた ——

「軍隊だ！」

ある者は寝ぼけ顔で独りごちた ——

「ついに、ろくでもない連中を送り込んできやがった。」

ほかの者は急いで起き出し、息巻いた ——

「あの罪人どもの顔を拝んでやろうじゃないか。」

ののしる者もいた ——

「前払いを強要されるわけだ……　徴兵だ、税金だ、と要求してくるだろうが、俺らにとっちゃ、身を削ったうえに骨を削られるようなもんだ。」

別の家からは喜びの声が聞こえた ——

「息子が帰ってくる！…… 兄が帰ってくるわ！……」

町中の人びとがベッドから飛び起き、慌てて服を着込み、窓を開けた。連隊が静寂を破りながら夜明けの陽光とともに入場するのを見物しようとしたのだ。憂愁と静寂と老いに満ちた町とは裏腹に、軍隊には活気、喧噪、若さが漲っている。死んだような町への軍隊の入場は、魔術によってよみがえったミイラが、生命を得た喜びに浮かれ、湿気た石棺から飛び出し、周囲で踊り出すといった雰囲気を醸し出していた。なんという躍動感、歓喜、笑顔、陽気さだろう！ 軍隊ほど興味深いものはない。まさにそれは、祖国が持つ若さと活力あふれる一面である。役立たずなくせに反逆心ばかり旺盛で、時に迷信深く時に不敬をはたらくといった祖国の構成員各々《おのおの》の短所は、軍の規律という鉄則を前にするや、たちどころに消え去り、その規律のもと、取るに足りないちっぽけな個々人から、驚くべき力を持つ集団が作り上げられる。だが、そうした規則的で、時には崇高な生活を送っていた集団から、《解散》の一言で、兵士という微粒子は離れる。離れた兵士は、その後も軍隊特有の長所をいくらか保持し続けることもあるが、それは一般的ではない。たいていの場合、兵士たちは解散するや、またたく間にごろつきと化すのだ。軍隊という形では栄光と名誉ある存在だったものが、単なる兵士の群れとなったとたん、耐えがたい災いに転じてしまう。そのため、勝利を収めた大隊が自分たちの住む地区に入場するのを、感極まり涙して迎えた民衆でさえ、兵士殿たちが解散したと見るや、怯え嘆き、恐れおののくことになる。

オルバホッサの住人の反応もこれと同じだった。その当時、司教座のある町《オルバホッサ》には謳い上げるべき栄光も、花冠を編み勝利の碑文を刻んでわれらが勇者たちの偉業を讃える理由も、一切見当たらなかったため、住人たちはただただ恐怖と不信にとらわれた。貧しい町ではあったが、雌鶏や果実、金銭や乙女といった財宝がまったく無いというわけでもなく、軍神《マルス》の弟子として知られる兵士らが町に足を踏み入れたとあっては、それらの宝がたいへんな危機にさらされてしまうからだ。まして、このポレンティーノス家の郷士《オルバホッサ》で、交易や新聞、鉄道、その他、いま挙げる必要のないもろもろの要因が引き起こす変化と喧騒から遠く距離を置いて生きてきた住人は、平穏な生活を乱されるのを好まなかったのだ。

したがって折につけ、オルバホッサは、統治の善し悪しなど関係なく、中央政府に服従することに激しい反発を見せた。昔あった特権《フエロ》を思い起こし、ラクダが前日に食した草を反芻するかのように、その特権を再度噛みなおしては、独立を目指す不穏な動きを示威《じい》したのだ。まさしく自由都市時代の悪しき習慣であり、これはしばしば県知事の少なからぬ頭痛の種となった。

加えてオルバホッサには、反乱の前科を持つ先祖がいたことを、あらかじめお伝えしておくべきだろう。末裔たちの懐には、間違いなく遠き昔、彼らの先祖たちを、ドン・カジェターノ氏の情熱的な言によると、《前代未聞の叙事詩的行動に駆り立てた》激しい気性が息づいていた。多少衰えたとはいえ、ときおり、無茶で浅薄だと言われようと偉業をなしとげたいという激しい思いにかられるのだ。昔から多くの傑出した息子たちを世に送りだしてきたように、いまの子孫たち、カバリューコ家やメレンゲ家、ペロスマロス家の者たちが、昔日の栄光に満ちた《武勲》の再興を望んでいたことに疑いの余地はない。

というのも、スペインで反動的動向が強まるたびに、オルバホッサは地上に無駄に存しているわけではないことを世に知らしめたからだ。かといって、かつて一度も真の戦闘の舞台となったことはない。町の特性、立地、歴史の流れから、反動一派を立ち上げるという二次的な役に甘んじていた。一八二七年の使徒派《アポストリコ》の蜂起、一八三三年から七年間続いた第一次カルリスタ戦争、第二次カルリスタ戦争の最中の一八四八年、その他、祖国《スペイン》の歴史にさほどの影響を及ぼさなかった時期に、反動一派が蜂起し愛国的果実を献上したにすぎない。ちなみに、蜂起を企てた首謀者にせよ、その構成員にせよ、彼らはとにかく大衆の受けがよかった。こうした由々しき状況はナポレオンに対抗して戦った独立戦争に端を発しており、まさに一つの栄光に満ちた戦勝が、数多《あまた》の諍いの源泉となったわけである。《善行も誤たれば、悪極めり》という格言どおりだ。そして、首謀者や構成員の人気が高まるにつれ、年を追うごとに、派遣団、すなわち中央権力の手先といった様相でオルバホッサに入ってくるあらゆるものの人気が低下していった。とりわけ兵士の評判は悪く、老人たちが何らかの犯罪について、たとえば盗難や殺人、強姦、その他もろもろの恐ろしい不法行為について語るときは必ず《この事件は軍隊がやって来たときに起きたんじゃが》と付け加えるほどだった。

ここまで重要なことを述べたからには、われわれの物語の中でオルバホッサに派遣された大隊の目的が、通りの散策ではなかった、ということも付け加えておくべきだろう。確かに、詳細は後で明かすが、大隊は一つの任務を帯びていた。また、軽視すべきではない関心事として、次のことを付記しておこう。第一に、ここに語られているのは、いまからそれほど近くも遠くもないある年に、実際に起きた出来事だということ。同じく第二に、栄光の町オルバホッサは――ローマ人の間で《荘厳なる都市《ウルブス・アウグスタ》》と称されていたと説明しておいたが、今日の学者の中には、《アホサ》という語尾の分析にもとづき、この尻尾はこの世で最良のニンニク《アホ》の生産地であるがゆえに付いた、と指摘する人もいる――首都マドリードからそれほど遠くもなく近くもない町であり、その方角はマドリードの北方だとも南方だとも、東方だとも西方だとも断定すべきではない。つまり、オルバホッサはスペインの至るところ、スペイン人が大きな目玉を動かして辺りを窺い、ニンニクのつんとくる臭いを嗅ぐことのできるいかなる場所にも、見出しうるということだ。

兵士たちには市から宿泊証明書が配られ、各自、拝借する部屋を求めて町の全域へ散っていった。そんな彼らを住人はあからさまにいやな顔をして迎え入れ、各戸のとうてい寝起きできないようなひどい場所を宛がった。町の娘たちはと言えば、本当のところ、それほど不満というわけではなかった。しかし彼女たちには、厳重な監視の目が向けられ、ごろつきどもの来訪を喜ぶなど、はしたない振舞いだとされた。国王のような至れり尽くせりの待遇を受けたのは、この地方出身のわずかな兵士ばかり。ほかの者たちは外国人同様の扱いを受けたのだった。

その朝八時、騎馬隊の中佐が宿泊証明書をたずさえ、ドニャ・ペルフェクタ・ポレンティーノス家の玄関をくぐった。《奥さまはひどく意気消沈しておられ、将校さまにご挨拶に下りていらっしゃれません》と応対したのは、奥さまの命を受けた召使いだった。彼には見たところ屋敷で唯一寝所として提供できる部屋、すなわちペペ・レイが使っていた部屋が指定された。

「あの人たち同士で、どうにか融通しあってくれるでしょう」ドニャ・ペルフェクタは苛立った顔で苦々しげに言った。「狭いのなら外で寝ればいいのですから。」

彼女がこういったやり方で、目障りな甥にいやがらせをしようと目論んだのか、あるいは実際、邸宅に用意できる部屋がなかったのか？　われわれにそれを知る手立てはないし、この真実の物語が依拠する年代記の中にも、これほど重要な件に関する記述が一切見当たらない。ただ、われわれが間違いなく言えるのは、同じ檻に入れられた二人の宿泊客が、迷惑をこうむるどころか、相手が旧友であったことを知り、たいそう喜んだということだ。出会った二人は、たいへん驚くと同時に喜び合い、こんな場所でこうした機会に再会できた奇妙な偶然を讃え、いつまでも互いに質問したり感嘆の声を上げたりしていた。

「ピンソン……　君がこんな所に！……　でも、どうしたんだい？　こんな近くにいるとは思ってもみなかったよ……」

「ペペ・レイ、君がこの辺りをふらついていることは耳にしていた。でも、まさかこんなにひどい、野蛮なオルバホッサで出会うとは思ってもみなかった。」

「なんてうれしい偶然だ！……　こんなに幸運な、願ってもない偶然はない……　ピンソン、君と僕とで、この寂れた村で何かでかいことをやらかそうじゃないか。」

「僕らにはじっくり計画を練る時間があるよ」軍人《ピンソン》は技師《ホセ・レイ》が横たわるベッドに腰を下ろしながら

応じた。「どうもこの部屋で二人一緒に寝起きすることになったようだからね。ここは何て家なんだい？」

「おい、僕の叔母の家だ。もっと敬意を持って話してくれ。叔母には会っていないのか？……　ともかく起きるよ。」

「うれしいねぇ。これで僕が横になれる。とにかく休みたい……　まったく、ひどい道だよ、ぺぺ。なんて道で、なんて村なんだ！」

「教えてくれ、君たちは、オルバホッサに火を放ちに来たのかい？」

「火だって！」

「おそらく僕は君たちに協力できる、と言っているのさ。」

「ひどい村だ、ほんとに！　おまけに、なんという村人たちだ！」軍人は騎兵用の軍帽を投げ捨て、傍らに剣と吊革、旅行カバンと外套を置きながら声を荒げた。「ここに派遣されるのは今回で二度目だ。誓ってもいいが、三度目には除隊を願い出てやる。」

「ここの善良な人びとのことを、そんなに悪く言うんじゃない。でもなんていいタイミングで来てくれたんだ！　まるで僕を手伝うよう、神が君を送り込んだのかと思ったよ、ピンソン……　実は僕は、恐ろしい秘策を練っていたんだ。アバンチュールと言ってもいい、君がそう呼びたいなら。とにかく、友よ、この計画を君なしで進めるのは極めて困難だっただろう。ほんの少し前まで僕は、頭がおかしくなりそうなほどいろいろ考えをめぐらせ、気をもみつつ、独り言を言っていたんだ――《もしここに友人が、親友がいてくれたなら……》とね。」

「秘策に計画、それにアバンチュールだって……　数学者殿、二者択一にしてくれ。つまり、気球の進路といったことなのか、恋愛に関係することなのか……」

「真剣な、ほんとに真面目な話なんだ。まずは横になってひと眠りしろよ。後で話そう。」

「横にはなるが、寝るつもりはないよ。何でも好きなことを話してくれ。ただお願いだから、できるだけオルバホッサには触れないでくれ。」

「まさしくそのオルバホッサについて、君に話したかったんだ。ところで君も、数々の著名人を生み出したこの揺籃の地に反感でも抱いているのかい？」

「ここのニンニク野郎たちは……　僕らはここの住人をこう呼んでいるんだ。彼らのことを著名人だ、と君は好きなだけ讃えるがいいが、あいつらはこの地のニンニクと同じくらいヒリヒリと癇にさわりやがる。ここは、どんな人にとっても不信や迷信、嫌気とは何かを学ぶのにうってつけの村だからな。お望みなら、昨年僕の身に起きたこと……　滑稽でもあり悲惨でもある事件についてゆっくり話してあげるよ……　聞いたら君は笑うだろうが、僕にとっては怒り狂うような事件なんだ……　まあ、結局、終わったことだけどね。」

「僕に起きていることは、滑稽さなど微塵もないよ。」

「僕がこの貧しい村に嫌悪感を抱いているのには、いくつかの理由がある。まず知っておいて欲しいのは、僕の父がこの村で一八四八年、冷酷な反政府分子に殺害されたということだ。旅団長だったのだが、そのときは任務中ではなかった。政府に呼ばれ、マドリードに向かう途中ビリャオレンダに立ち寄ったところを、六人ほどのごろつきに捕まり……　ここにはゲリラの名家が幾つかあるんだ。アセロ一家、カバリューコ一家、ペロスマロス一家などなど……　鋭い物言いをする奴の言を借りれば、まさに《解き放たれた監獄》そのものなんだよ。」

「二連隊が騎兵隊をともなってやって来たのは、まさか、ここの魅力あふれる畑の訪問を楽しむためではないだろう？」

「無論、そうじゃない！　この地を視察して回るためさ。いたる所に火薬庫があるからな。政府はまず、この辺りの村々に中隊を展開させておかないことには、市役所の長の大半を解任する、なんて危険を冒すことができないのさ。この地では絶えず反政府的な騒動が起こっているし、近隣の二県もすでに同じ動きに染まっている。まして、このオルバホッサにはこれまでの内戦における輝かしい前歴があるから、ここらの強者《つわもの》たちが街道に繰り出して、手当たり次第強奪を働くのでは、という不安が広まっているんだ。」

「用心に越したことはないからな！　ただ僕が思うに、ここの住人が一人残らず一度死に絶えて生まれ変わらないかぎり、つまり、小石がその形状を変えないかぎり、オルバホッサに平和が訪れることはないよ。」

「僕もそう思う」軍人はタバコに火を付けながら言った。「この地方じゃ反政府分子が寵愛を受けているからな。一八四八年やほかの年にこの地域を壊滅させた輩、彼らが生きていなければその息子たちが、入市税関や市門、市役所や郵便運搬の仕事に就いているんだぜ。中には警吏や聖具保管係、執行官補佐役になっている者さえいる。人に恐れられる領袖《カシーケ》にのしあがり、選挙を巧妙に操作してマドリードで影響力を保ち、職を分配する奴までいるんだ……　とにかく嫌になるよ。」

「それで教えてくれないか、反乱分子が近々何か悪事をしでかす可能性はあるのかい？　そんな可能性があるのなら、君たちはこの村を叩きのめすだろうし、僕がその手助けをすることだってできる。」

「僕にそんな権限があったならねえ……！　あの輩は好きなようにろくでもないことをやらかすだけさ」とピンソンは答えた。「周囲の二県でも反乱分子が神へ悪態をつくかのように繁殖している。レイ、ここだけの話だが、僕はこの状況が長引くと考えているんだ。以前のような内戦が再び起きるはずがない、と笑って言い返す者もいる。だが、そんな奴はこの地方のことを、オルバホッサとここの住人たちのことを知らないんだ。いまは兆しにすぎないものが、重大な結末に行き着く。つまり、残虐で血みどろの戦いが勃発し、一体どれだけ続くのか神のみぞ知る、ということになりかねないと僕は考えているんだ。君はどう思う？」

「ピンソン、僕もマドリードにいるときは、七年続いたあの戦争のような、長期にわたるむごい内戦が起きるかもしれないと危惧する者たちを嘲笑したものだが、ここに来てからは……」

「どっちの足を引きずって歩いているか、つまり、実際何が問題なのかを知るには、この魅惑的な土地のただ中に入り込み、ここの人びとと直に接して、一言でもいい、彼らから直接話を聞かなくては無理だ。」

「そのとおり……　何を根拠にそう感じるのか自分でもよく説明がつかないが、僕はここに来てから物事を別の観点から見られるようになった。やはり、むごい戦争が勃発して長期化する可能性は大だね。」

「僕もそう思う。」

「ただ、いまのところ僕にとっては、公の戦争より、巻き込まれて宣戦布告したばかりの個人的な戦いの方が気になるが。」

「ここは君の叔母の家だと言ったね？　名前は？」

「ドニャ・ペルフェクタ・レイ＝デ＝ポレンティーノスだ。」

「ああ！　その人なら聞いたことがある。よくできた婦人で、《ニンニク野郎たち》が悪く言うのを聞いたことのない、唯一の住人だと。前回ここに滞在したとき、彼女がどんなに善良で慈悲深いか、その美徳が讃えられるのを、いたるところで耳にしたよ。」

「そのとおり、僕の叔母は善良で優しい人だ」とレイはつぶやき、その後口ごもったまま少しの間考えこんでいた。

「思い出したぞ……」突然ピンソンが叫んだ。「これまでの話を考え合わせると……！　そうだ、マドリードで君が従妹と結婚するって聞いた。なるほど、やっとわかった。神々しいほど美しい、あのロサリートと結婚するってことなんだろう？……」

「ピンソン、じっくり話そう。」

「想像するに、邪魔が入ったんだな?」

「邪魔どころじゃない。恐ろしい戦いが持ち上がっているんだ。まさに権力と機転を兼ねそなえ、難局にうまく対処できる経験豊かな、狡猾で勇猛な友を必要としていたところだった。」

「おい、それは決闘以上に深刻な問題のようだな。」

「はるかに深刻だよ。相手が男なら、決闘でたやすくけりが付く。しかし、御婦人と、影でうごめく目に見えない敵相手では手の出しようがない。」

「わかった、話してくれ。」

ピンソン中佐はベッドに長々と横になっていた。そこでペペ・レイは椅子を寄せ、ベッドの縁に頬杖をつき、軍事協議とも言える相談をはじめた。温めていた裏工作の筋書きを打ち明けたのだ。長い話になったが、その間ピンソンはいたく興味深げな顔で、時折質問して別の情報や不明瞭な点について説明を求める以外、黙って耳を傾けていた。レイが話し終えると、ピンソンは険しい面持ちで彼を見つめた。そして、まさに三日間眠っていなかった人らしく、気持ちよさそうに体を震わせベッドで伸びをした後、次のような感想を述べた。

「困難かつ無謀とも言える計画だな。」

「だが不可能ではない。」

「確かに! この世に不可能なことはない。ただ、よく考えた方がいいぞ。」

「すでに十分考えたよ。」

「やり遂げる決心はついているのか？　いまどきそんなことをする者はいないし、うまくいった試しもない。そのうえ、計画を企てた者は、評判を落とすことになる。」

「覚悟している。」

「危険で厳しい、非常に厳しい謀略だが、すべてにおいて手を貸すつもりだ。」

「君を当てにしていいかい？」

「僕が最期を遂げるまではな。」

第十九章　恐るべき戦い――戦術

最初の攻撃開始まで、時間はかからなかった。昼食時となり、実行する計画――第一の要件は友人同士が互いに知らないふりをすること――についてピンソンと合意した後、ペペ・レイは食堂に向かった。そこには、いつものように午前中を大聖堂で過ごし戻って来たばかりの叔母がいた。独り、何かとても気に病んでいる様子だった。ある種の美しさをたたえた大理石のように蒼白な彼女の顔に、神秘的な雲が影を差している。彼を見上げたときだけ一瞬、よこしまな明晰さを取り戻したかに見えた。だが、甥の顔をさして見るでもなく素早く一瞥すると、善良な婦人の面《おもて》は再び、計算された薄暗がりの中に沈んだ。

二人は静寂のなかで食事を待った。ドン・カジェターノは大世界《ムンド・グランデ》に行ったとのことだったので、彼を待たずに食事をはじめた。すると、ドニャ・ペルフェクタが口を開いた。

「今日、政府が授けてくれたあの威張った軍人は、食事に来ないのですか？」

「どうも空腹より眠気が勝っているようです」技師は叔母の方を見向きもせず答えた。

「彼と知り合いですか？」

「一度も会ったことはありません。」

「政府が派遣してくれた宿泊客のおかげで賑やかになりました。マドリードの放蕩者たちが必要とするときのために、わたくしたちはこの地にベッドと食事を用意しておくわけです。」

「反政府分子の蜂起が懸念されているようです」ペペ・レイは、稲妻が全身を駆けめぐるのを感じながら言った。「政府はオルバホッサを叩きつぶし、壊滅させ、粉々にする決定を下したとのこと。」

「まあ、やめて、お願いだから、粉々になどしないで」夫人が皮肉っぽく声を上げた。「哀れなわたくしたち！　どうかご慈悲を、幸うすい被造物を生かしておいてください。ではあなたが、わたくしたちを壊滅させるとかいう壮大な作戦を遂行する軍隊を手引きしているわけですか？」

「とんでもない、私は軍人ではありません。ただ、この地に残存している内戦や反乱、諍いや混乱、盗賊の横行や蛮行の芽が、完全に摘み取られるのを目にした暁には、きっと拍手喝采を送るでしょう。私たちが生きる時代と祖国の恥とも言えるものですから。」

「すべては神の思し召しどおりに。」

「オルバホッサにあるのは、親愛なる叔母さま、ニンニクとならず者ぐらいですからね。政治的、あるいは宗教的信条の名を借り、四年や五年ごとに傍若無人な振舞いをするような輩はならず者と呼ばずして、なんと呼びましょうか。」

「よくも、親愛なる甥よ、よくも言ってくれましたね」とドニャ・ペルフェクタが血の気が引いた顔で応じた。「オルバホッサにはニンニクとならず者以外に何もないと言うのですか？　ここには何かしらほかのものもあるのでは。あなたが持たない、だからこそ、わたくしどもの中に探しにやって来た何かが。」

レイは平手打ちを食らったかのように、魂が焼け付くのを感じた。叔母に対し、彼女の性別や戸籍上の身分、属する階層を配慮することなどとうてい不可能なほど苛立ちが募った。暴力の引き金を引くかどうかの瀬戸際に立った彼を、さらに抗いがたい衝動が突き動かし、対話者に立ち向かうよう駆り立てた。

「私がオルバホッサにやって来たのは」と、話しはじめた。「あなたが私を呼び寄せたから、あなたが私の父と申し合わせたからですよね……」

「ええ、それは本当です」と、夫人は彼の話をぴしゃりとさえぎり、普段の穏やかさを取り戻そうと努めつつ答えた。「そのことは否定しません。ここで実際悪いのはわたくしなわけです。わたくしのせいで、あなたは退屈し、わたくしたちにすげなく接し、ここへの来訪を機にあなたには多くの不快なことが起きたというわけですね。」

「それを認めてくださり、うれしく思います。」

「対して、あなたは聖人だと言いたいわけですね。では、完璧なあなたの前に、わたくしがひざまずき、赦しを請えば気が済むのですか？……」

「叔母さま」ペペ・レイは食事を中断し、改まって答えた。「お願いですから、そんな無慈悲な言い方で私を愚弄なさらないでください。私はあなたと対等の立場で話すわけにはいかないのですから……私が申したのは、あなたに呼ばれてオルバホッサにやって来た、という事実だけです。」

「確かにそうです。あなたの父親とわたくしは、あなたがロサリオと結婚することに合意しました。それで、あなたは娘に会いに来たわけです。わたくしはもちろん、あなたを息子として受け入れた……あなたがロサリオを愛するふりをしていたにもかかわらず……」

「お言葉を返すようですが」ペペは反論をはじめた。「私はロサリオを愛していたし、いまも愛しています。あなたこそ、私を息子として受け入れるふりをした。あなたこそ、惑わすほど丁重に私と接しながらも、初めて会ったときから私を苛立たせ、父と交わした約束の遂行を妨げるためにあらゆる狡猾な手段を駆使した。あなたこそ、最初の日から私が絶望し退屈するように仕向け、口元に笑みと優しい言葉を絶やさぬまま、真綿で首を絞めるようにじわじわと私を死に追いやろうした。あなたこそ、私に対し危険のない薄闇から訴訟の群れを送り込んだ。あなたこそ、私がオルバホッサに携えてきた公的任務から私を解任させた。あなたこそ、町における私の名声を失墜させた。あなたこそ、私を大聖堂から追放させた。あなたこそ、私の心が選んだ女性から私を長い間引き離した。あなたこそ、自分の娘を、神がその御手をお添えにならなければ、命を失うほどの異端審問的な幽閉によって責め苦しめた張本人なのです。」

ドニャ・ペルフェクタは顔を紅潮させた。しかし、みずからの企みを見抜かれ、自尊心を傷付けられたがためのその鮮やかな赤みは、すぐに消え去った。緑がかった青白い顔色に戻った彼女は、唇を震わせ、使っていたスプーンを投げ捨てると、突然立ち上がった。甥も同じく立ち上がった。

「なんてこと、救済の聖母マリアよ！」夫人は両手を頭上に掲げ、絶望したように頭を抱え込んで叫んだ。「わたくしがこんなひどい侮辱に値することをしたとでも言うの？　ぺぺ、わたくしの息子よ、いま話しているのは本当にあなたなのですか？……　あなたが言ったとおりのことをわたくしがやったのだとしたら、わたくしは真の罪人《つみびと》ですよ。」

ドニャ・ペルフェクタは長椅子に身を投げ出し、両手で顔を覆った。ぺぺはゆっくりと彼女に近付き、叔母が苦悩のあまりむせび泣き、止めどなく涙するのを見つめた。自分なりに確信があってのことだったが、叔母をいたわる気持ちを打ち負かすことができなくなった。怯んだ彼は、叔母にあまりにもきついことを言いすぎたと、わずかばかり心を痛めた。

「親愛なる叔母さま」その肩に手をおき言葉をかけた。「涙とため息を使って返答なさっても、私の心を動かすことはできますが、私を納得させることはできません。私が知りたいのは、心情的なことではなく理由なのです。どうぞ私に話してください。私が誤解しているとおっしゃってかまいません。

それを後で証明してくだされば、私もみずからの誤りを認めますので。」

「放っておいて。あなたは兄の息子ではありません。もしそうであれば、あなたがしたように、わたくしを罵ったりしないはず。わたくしが陰謀家で、女優で、性悪な偽善者で、家族間のもめごとを得意とする策士だとでも言うのですか？……」

こう言い放つと、夫人は手で覆っていた顔をあらわにし、甥を穏やかな表情で見つめた。ペペは当惑していた。父親の妹の涙は、その甘い声同様、技師《ホセ・レイ》の魂にとって無意味ではありえなかったのだ。彼の喉元に赦しを請う言葉が込み上げてきた。日ごろから気性の激しい男というのはたいてい、些細な情緒的な出来事や心に響く要因に出会うと、突如子どもに変貌してしまうものだ。数学者特有の弱点であり、ニュートンもこの弱点を免れえなかったと言われる。

「ではあなたが求める理由を教えて差し上げましょう」ドニャ・ペルフェクタは甥に横に座るよう指示しながら言った。「あなたを満足させて上げようじゃないですか。わたくしがいかに善良で寛大、謙虚な人間か、あなたがわかるように……！　わたくしがあなたに反論すると、わたくしが張本人だとあなたが訴えたさまざまなことを、完全に否定すると思っているのでしょう？……　いいえ、否定などしません。」

技師は呆気にとられた。

「わたくしは否定しませんよ」夫人は言葉を続けた。「否定するのは、あなたがすべての要因だと指摘する、わたくしの邪悪な意図についてです。いったいあなたは、何の権利があって兆しや推測でしか知らないことを断定できるのですか？　あなたはほかの人の行動を真正面から判定し、それを裁くために必要な崇高な知性を持ち合わせている、とでも言うのですか？　あなたは人の意図を探ることのできる神だ、とでも言いたいのですか？」

ぺぺはなおも目を見開き呆然としていた。

「人生においては時に、良き公正な目的を成し遂げるため、間接的な手法を採ることが許されるのではありませんか？　あなたはいったい何の権利があって、十分にわかりもしないわたくしの言動を裁くのですか？　愛する甥よ、あなたにはもったいないですが、誠実に告白してあげます。そうです、良き目的を達成するために、すなわち、あなたとわたくしの娘双方のためになるよう、さまざま手を回したのは、間違いなくわたくしです……　聞こえましたか？　ぼうっとしているようですが……ああ！　数学者でありドイツ哲学者でもあるあなたでも、慎重な母親が抱く繊細な気持ちに立ち入り、理解することはできないのですね。」

「私はあなたの本心を知って、とにかく愕然としているのです」とぺぺ・レイは言った。

「好きなだけ驚くがいいわ。ただし、みずからの言動の野蛮さを認めなさい」勢いづきながら婦人が畳みかけた。「わたくしのことをあんなふうに問いただすなんて、軽率で、野蛮なみずからの振舞いを認めなさい。あなたは経験の浅い、世のことや人の心のことを一切教えない書物の知識しか持ち合わせのない、青二才なの。あなたがわかるのは道路と埠頭のことだけでしょう。まあ、なんてお坊ちゃん！　人の心に鉄道のトンネルをくぐってたどり着くことはできないのよ。人の心の底知れぬ深淵に鉱山の坑道を通って下りることもできない。人の意識は自然主義者たちの顕微鏡を使っても解読できない。もちろん、隣人の考えを経緯儀で測って、その罪の度合いを判定することもできないのよ。」

「親愛なる叔母、神よ！……」

「信じてもいない神の名をなぜ口にするの？」ドニャ・ペルフェクタは厳しい口調でとがめた。「神を信じるのなら、良きキリスト教徒であるなら、わたくしの行動に対して悪意に満ちた裁きを下したりしないはず。わたくしは敬虔な女です、わかりますか？　安らかに意識を保っている、わかりますか？　わたくしは自分が何をなすべきか、なぜそうすべきか心得ている、わかりますか？」

「わかり……、わかります、理解しています。」

「あなたが信じない神は、あなたが見ようともしない、あなたには見えもしないものをご覧になっています。それはほかならぬ、意図です。これ以上申しません。長々と説明するつもりもありません。そんなことをしても無駄ですから。騒ぎになったり、あなたの父親を怒らせたり、あなたを傷つけたり、人の目の前で断りを入れて世間の噂の種になったりしないように、わたくしは目的を成し遂げたかった。こう告白しても、あなたには理解できないでしょう……ぺぺ、どうせ理解できないのですから、意図については一切触れません。数学者であるあなたには、目の前にあるものしか見えない。情け容赦ない自然が見えるだけ。斜線や角度や重さしかわからないのですから。結果しか目に入らず、その原因には目を向けない。神を信じない者に原因は見えないのです。神はこの世の崇高なる意図そのものです。よって、神を信じない者は必然的にすべてを、あなたのように愚かに裁かざるをえなくなります。たとえばあなたは、嵐に荒廃しか見ない。火災には被害、干魃には貧困、地震には破壊しか見出せない。けれど、高邁なお坊ちゃま、一見災難にしか見えないあらゆる出来事に、善良な神の意図を探し求めねばならないのです……　そうです、悪しきことを一切なさるはずのないお方の、絶対に正しき意図を。」

叔母の複雑で繊細、そのうえ神秘的な論理は、レイを納得させはしなかった。しかし彼は、そうした論法の荒れた小道をたどって叔母に付いていこうとはせず、単に次の言葉を口にした——

「もちろん、そうした意図は尊重します……」

「自分の過ちを認めるのですね」敬虔な夫人はより毅然とした態度で話を続けた。「では別のことを告白します。わたくしの目的自体はこの上なく善良なものだったのですが、こうしたやり方を取ったのは誤りだった、とわたくしにもわかってきました。あなたの激しい気性とわたくしのことを理解する能力に欠けている点を考慮に入れ、真正面から問題に取り組み、こうあなたに言うべきでした——《甥よ、わたくしはあなたに娘の夫となって欲しくない》。」

「まさにその言葉を、一日目に私にかけるべきだったのです」技師は、何か重しから解放されたかのように、ほっとひと息つきながら答えた。「おっしゃってくださり、心から感謝いたします。暗闇で斬り付けられた後、太陽の光のもとで平手打ちを受けることほどすっきりするものはありません。」

「では、甥よ、もう一回平手を差し上げましょう」夫人はきつく、しかも冷淡に断言した。「わかったでしょう。わたくしはあなたとロサリオの結婚を望みません。」

ペペは何も言わなかった。小休止が続いたが、その間二人は双方の顔が自分にとってもっとも完璧《ペルフェクタ》な芸術作品であるかのように、注意深く見つめ合っていた。

「わたくしが言ったことが理解できないのですか？」彼女は繰り返した。「すべてが終わったのです。婚礼はありません。」

「失礼ですが、親愛なる叔母さま」青年は意を決して言った。「どうかそのような通達で人をおどかさないでください。事態がここまで来てしまった以上、あなたにご承認いただけるかどうかは、もはや私にとって問題ではありません。」

「何ですって？」ドニャ・ペルフェクタは威嚇するように叫んだ。

「お聞きになったとおりです。私はロサリオと結婚します。」

ドニャ・ペルフェクタは怒りのあまり、恐ろしい形相で仁王立ちになった。女ながら、まさに、憎悪の権化といった様相を呈していた。レイは、強い信念と揺るぎない決意からどうにか勇気を奮い起こし、虚勢をはって静かに座ったままでいた。叔母はすべての怒りを彼にぶつけ威圧しようとしたが、彼の方は瞬きさえしなかった。彼はこういう人間なのだ。

「気が狂ったのですか。娘と結婚すると、わたくしの意に反して娘と結婚すると、あなたは言い張るのですか！……」

夫人は唇を震わせ、痛ましい声でレイを問いつめた。

「あなたが望まなくても！……　彼女は別の考えを持っていますから。」

「わたくしが望まなくても、ですって!……」夫人は繰り返した。「はっきり言います。もう一度繰り返します。わたくしは望みません。結婚など、とんでもない。」

「彼女と私は結婚したいと考えています。」

「見下げはてた人ですね。この世に娘とあなたしかいないとでも言うの？　親はいないの、社会は存在しないの。道義などどうでもいい、神も存在しないとでも言うの？」

「まさに社会が存在し、道義を重んじ、神が存在するがゆえに」レイは、一語一語かみしめるように口にしながら立ち上がり、手を上げ天を指さした。「私は繰り返しはっきり申し上げます、彼女と結婚すると。」

「なんとあきれたうぬぼれ屋でしょう!　すべてを踏みにじろうとするあなたの暴虐を妨げる法がないとでも思っているのですか？」

「私は法にもとづき彼女と結婚する、と宣言します。」

「あなたは何も尊重しないつもりですね。」

「尊重するに値しないものは何も。」

「ではわたくしの権威や意向はどうですか？　わたくしは……　いないも同然なのですか？」

「私にとってはあなたの娘がすべてであって、ほかの人は存在しないに等しい。」

ペペ・レイは、完璧《ペルフエクタ》な自意識と不屈の精神力を併せ持っていることを誇示するかのように凛然と言い放った。彼は一切手加減なしの乾いた強烈な打撃を彼女に加えた。彼の発した言葉は、喩えて言えば、非情な砲弾と化したのだ。ドニャ・ペルフェクタは再び長椅子に崩れ落ちた。しかし、涙を流すことなく、神経性の痙攣のため四肢を震わせていた。

「では、さもしい無神論者のあなたにとって」彼女は怒りをあらわに声を張り上げた。「社会的しきたりなど関係ない、重要なのは気まぐれな想いだけ、と言いたいのですね！　それはいやしい強欲にほかなりません。わたくしの娘が裕福だからです。」

「そんなふうに曲解して、私がロサリオを愛するのは何か下心があるからと勘ぐり、巧妙な武器で私を傷つけるおつもりなら、親愛なる叔母よ、あなたは間違っておいでです。私の自尊心を傷つけることなどできませんよ。あなたに欲深い男だと蔑まれてもかまいません。神は私が本当はどんな男かご存じですので。」

「あなたには自尊心の欠片もないのね。」

「ほかの人が述べる意見と同様、一意見として受け止めておきます。世の人はあなたを無謬《むびゅう》の存在だと見ているかもしれませんが、私は違います。あなたによる宣告が神に上訴不可能なものだとは、とうてい思えないからです。」

「……あなたは、本当にそんなことができると考えているのですか？……《ノー》というわたくしの回答の後でも、結婚すると言い張るのですか？……あなたはすべてを踏みにじる怪物で、盗賊です。」

「私はただの男です。」

「卑劣な男です！　これで終止符を打ちましょう。わたくしはあなたに娘を与えるのを断ります。娘との結婚を許しません。」

「私は彼女を妻として迎えます。すでに自分のものを迎え入れるにすぎないのですから。」

「わたくしの前から姿を消しなさい」突然立ち上がりながら、夫人は命じた。「うぬぼれの強い人ね、娘があなたのことを気にかけているとでも思っているの？」

「私が彼女を愛するのと同様に、彼女も私のことを愛してくれています。」

「嘘、そんなことはありえません！」

「彼女自身が私にそう言ったのですから。この点に関して、申し訳ございませんが、私は彼女の母親より彼女自身の意見を尊重します。」

「でも娘が一体いつ、あなたにそんなことを告げたというの。長らく会っていないというのに？」

「昨夜、彼女と会いました。礼拝堂のキリスト像を前に、私の妻になると誓ってくれたのです。」

「まあ、なんてふしだらな！……　何ですって？　神よ、なんて恥知らずな！」ドニャ・ペルフェクタは叫ぶと、再び両の手で頭を抱え込み、部屋を歩き回りはじめた。「ロサリオが昨晩自分の部屋から抜け出したですって？」

「私に会いたくて抜け出して来てくれた。もう我慢ならなかったのです。」

「なんて卑劣なことを！　あなたはまさしく盗人《ぬすっと》やドン・ファンさながらに振る舞ったのね。」

「私はあなたの教えに倣って、行動しただけです。正しき意図にもとづいて。」

「つまり、娘は部屋を出て下りていった!……　ああ、おかしいと思ったのです。明け方にあの子、部屋で服を着ていましたから。何とかのために部屋を出たと弁解していましたが……　あなたのせいね、本当に悪いのはあなたです……　これで娘の名誉が汚されてしまった。ぺぺ、何でもやらかしてしまう男だと思ってはいたけれど、まさかこれほどの傍若無人を働くとは……　もう終わりです。消えなさい。わたくしにとってあなたは存在しないも同然。いますぐ立ち去るのなら、赦してあげます……このことはお父さまには一言も伝えませんから……　でも、なんてひどいことをする利己主義者なの!　あなたに愛などない。あなたは娘を愛してなどいません!」

「神は私が彼女のことを真に愛していることをご存じのはず、それで十分です。」

「神を冒涜するろくでもない者が、神の名を口にするんじゃありません、お黙り」ドニャ・ペルフェクタはぴしゃりと言った。「神の名において ―― 神を信じるわたくしなら御名を引き合いに出してかまわないでしょう ―― 、あなたに言い渡します。娘は決してあなたの妻とはなりません。娘は救済されます。ぺぺ、娘は生きながらにして地獄を宣告されることはない。あなたとの結婚など地獄そのものですから。」

「ロサリオは私の妻となります」数学者《ホセ・レイ》は悲壮に見えるほど落ち着いて繰り返した。

甥の力強い冷静な態度に、敬虔な夫人はいっそう苛立ち、途切れ途切れに言葉を継いだ。

「あなたの脅しにわたくしが怯えるなどとは思わないように。わたくしは落ち着いています。つまり、何ですか?　あなたは一つの家庭を、一つの家族を踏みにじることができると?　人や神の権威を踏みにじってもかまわないと考えているのですか？」

「すべてを踏みにじってみせましょう」技師は、心を乱され、いくらか興奮して答えた。

「すべてを踏みにじるですって！　なんと！　あなたが野蛮で残忍な、力ずくで生きていく男だとつくづくわかりました。」

「いいえ、親愛なる叔母さま。私は穏和で真っ正直、誠実な性格の、暴力を憎む男です。しかし、あなたと私との間で、この家の掟といえるあなたと、その掟を遵守するよう運命づけられていた私との狭間で、哀れにも人がひとり苦しんでいる。神の天使が不当な殉難にさらされている。この光景が、これまで味わったことのない不正な暴力が、真っ正直な私を野蛮人に変貌させたのです。理ではなく力に訴える者に、高潔な私を殺人者や盗人同然の乱暴者に変えてしまった。まさに眼前の光景が、叔母さま、あなたの掟を破るよう私を仕向けた。掟を無視し、すべてを踏みにじるよう私を駆り立てたのです。私が分別を失ったとお思いになるかもしれませんが、やむにやまれぬ法則にしたがっただけです。あまりにも理屈に合わない腹立たしい蛮行が行く手を遮ったとき、世の誰もがするのと同じ行動を取ったまで。すなわち、遮るものを踏み越え、情け容赦なくすべてを打ち砕く。私はこの瞬間まさにそういった人間になってしまい、自分でも自分のことがわからないほどです。理性的だった私が野獣に、人と丁重に接してきた私が無礼者に、教養のあった私が野蛮人になり果ててしまった。そして、私を苛立たせ、これまで平穏に過ごしていた正しき道から遠ざけ、こうしたひどい極限まで追い詰めたのは、ほかならぬあなたです。違いますか？……　誰のせいです？　私ですか、それともあなたですか？」

「あなたの、あなたのせいです！」

「あなたも私も、その答えは出せない。おそらく私たちは二人とも分別を失っている。あなたには暴力と不正がはびこり、私にも不正と暴力がはびこった。つまり、互いに変わりない野蛮人となり果てた。私たちは戦った、結果、双方互いを容赦なく傷つけ合った。神がそれを認めたわけです。私の血はあなたの良心のうえにしたたり、あなたの血は私のうえにしたたり落ちている。もう十分ですね、叔母さま。これ以上無駄に言葉を費やし、あなたを煩わせたくありません。では、行動に移るとしましょう。」

「よろしい、行動に！」ドニャ・ペルフェクタは、吠えるように言葉を投げつけた。「オルバホッサにも治安警備隊がいることをお忘れなきように。」

「さようなら、叔母さま。この家を出ます。おそらく再会の機会があるでしょう。」

「さあ早く！　行ってしまいなさい、とっとと出ておいきなさい」彼女は険しい顔つきでドアを指さした。

ペペ・レイは出ていった。ドニャ・ペルフェクタは、怒りのあまり支離滅裂な言葉を口走った後、疲れきった様子で、あるいは神経的発作を起こしたかのように肘掛け椅子に倒れこんだ。召使いたちが駆けつける。

「ドン・イノセンシオさまを呼びにやって！」彼女は叫んだ。「直ちに！……　すぐに！……　来ていただくように！……」

その後ドニャ・ペルフェクタは、ハンカチを咬んだのだった。

第二十章　噂と恐れ

この心痛む口論の翌日、ペペ・レイとその言動について、オルバホッサ中の家から家へ、集会から集会へ、倶楽部《カシノ》から薬局へ、跣足修道会《デスカルサス》散歩道からバイデッホス門まで、さまざまな噂が広がった。繰り返し皆の口にのぼり、あまりにも多く取り沙汰されたため、もしドン・カジェターノがそれらの噂をかき集め編纂したなら、オルバホッサ住民の博愛に関する優れた《類語辞典《シソーラス》》ができ上がったことだろう。このように広まった多種多様な噂は、幾つかの重要な点で一致していた。その一つが次の点だった——ドニャ・ペルフェクタに、ロサリートを無神論者と結婚させるわけにはいかない、と拒絶され激昂した技師《ホセ・レイ》が、叔母に《手を挙げた》。

青年はクスコ未亡人の宿屋に滞在していたが、宿はその国の後進性の最高水準に、率直に言えば、最低の水準に合わせて、（近頃の言い方では）《設備を整えられた《モンタード》》建物だった。ピンソン中佐は頻繁に彼を訪ね、二人で企てた陰謀について調整をはかった。中佐は、陰謀の片棒かつぎにうってつけの人物だった。毎回悪知恵をしぼって新たな計略を考えついては、それを極めて楽しそうに素早く実行に移した。もっとも時折、友人《ホセ・レイ》にぼやくことはあったが――

「僕がいま果たしている役目は、親愛なるペペ、それほど誉められたものじゃない。が、オルバホッサとその住人たちを苛立たせるためなら、四つん這いになって歩き回ってもかまわない。」

世事の策略に長けた狡猾な軍人がどんな巧妙な手段を用いたのか、われわれには知る由もない。確かなことは、中佐がドニャ・ペルフェクタ邸に宿泊しはじめて三日目には、邸の人びとから好感をもって受け入れられていたということだ。ドニャ・ペルフェクタは彼を気に入るあまり、本当に偉大で敬虔深い、高貴で素晴らしいお方だ、と自分を誉めそやすピンソンの甘言を、落ち着いて聞いていられなかった。ドン・イノセンシオにいたっては、砂糖菓子を二人で分け合うほどの仲になった。おかげで母親も聴罪司祭も、ピンソンがロサリオ（恐ろしい従兄が出ていったあと解放された）と話していても警戒することはなかった。ピンソンは口のうまい、洗練された好青年で、その上如才ない――こういった好人物としてポレンティーノス家でもてはやされ、信頼を得たのだ。実は、彼はあらゆる術策を用いて、リブラーダという名の召使いを丸めこんでいた。ロサリオに恋したふりをして、伝言や手紙を運んでもらうため、彼女を（貞節な意味で）誘惑したのだ。召使いの娘はむろん、彼の甘い言葉とかなりな金銭による買収に抗うことはなかった。渡されたメッセージの出所も、このように面倒なことをしている真の意図も知らなかったからだ。もしすべてがドン・ホセの新たな、悪魔的な企ての一つだと知っていたなら、たとえ彼を憎からず思っていたとしても、また仮に世界中の金を積まれたとしても、彼女が奥さまを裏切るようなことはなかっただろう。

ある日、ドニャ・ペルフェクタ、ドン・イノセンシオ、ハシント、そしてピンソンが果樹園に集まっていたときのこと、軍隊と、それがオルバホッサに派遣された任務のことが話題になった。その際、聴罪司祭が中央政府の専制的な振舞いを糾弾する好機と見て話をすすめるなか、理由はわからないが、ペペ・レイの名前が出た。

「まだ宿屋にいらっしゃいますよ」若弁護士《ハシント》が言った。「昨日お会いしたとき、ドニャ・ペルフェクタ叔母にどうぞよろしく、と奥様への伝言を頼まれました。」

「こんな失礼なことってありますか？……　ああ！　ピンソンさん、実の甥に対してわたくしがこういう口の利き方をするのを驚かないでください。覚えておいででしょう……　あなたが使っていらっしゃる部屋で寝起きしていた男のことです。」

「ええ、覚えております！　付き合いはありませんが、お会いしたことがありましたし、噂で聞いたこともあります。我らが旅団長の親友ですよね。」

「旅団長の親友ですって？」

「はい、奥さま、この地方に派遣されて近郊の村々に分営している旅団の指揮官です。」

「それで、その方はいま、どちらにいらっしゃるのですか？」と婦人が訊いた。

「オルバホッサです。」

「たしかポラビエハ宅に宿泊しています」とハシントが言い添えた。

「あなたの甥御さんと」ピンソンが続けた、「バターリャ旅団長は親友なのです。心を許し合った仲で、常日頃、通りで一緒にいらっしゃるのを見かけます。」

「ということは、あなたの上官について芳しくないイメージを持ってしまいますね」とドニャ・ペルフェクタは応じた。

「かわいそうなお方なのです……」ピンソンは、上官への尊敬の念からどうにも厳しい評価を口にできない苦しさを言外ににじませた。

「あなたのお許しを得たうえで、ピンソンさん、敬意を持って、あなたを栄えある例外と認めつつ」夫人は言った。「スペインの軍隊にいろんな方がいらっしゃることは否めませんね。」

「我らが旅団長は交霊術にはまる前は、優れた軍人だったのですが……」

「交霊術に！」

「テーブルの脚を使って幽霊やら小悪魔やらを呼び集める宗派ですね！……」司祭は笑いながら説明した。

「好奇心から、単なる好奇心からですが」と強調しながらハシントが言った。「マドリードにアラン・カルデックの『霊の書』を注文しました。何事も知識を広めるのはいいことですから。」

「まさか、そんな馬鹿げたことが……？　天よ！　ピンソンさん、教えてください、わたくしの甥もベンチの脚をあやつる宗派に属しているのですか？」

「ほかならぬ彼こそ、我らが勇猛な旅団長バターリャにそれを吹き込んだ張本人だという話です。」

「しかし、神よ！」

「そういうことなら、いつでも好きなときに」ドン・イノセンシオは笑いを堪えることができない様子だった。「レイ氏はソクラテスや聖パウロ、セルバンテスやデカルトと話をすることができるわけですな。私がいまマッチを頼むためにリブラーダに声をかけるように。哀れな男だ！　私が申し上げたとおり、彼の頭はよろしくありませんな。」

「この点をのぞけば」ピンソンが続けた。「我らが旅団長は立派な軍人です。あえて難点を挙げるとすれば、過度に厳しく任務にあたる点でしょうか。政府の命令に逐一、忠実な方なので、この地で激しい妨害にあったとしたら、オルバホッサを石ころさえ遺らないほど徹底的に破壊し尽くすでしょう。前もって警告いたします。どうぞご用心なさってください。」

「けれども、その怪物がわたくしたちの頭を切り取ろうとしているのでしょ。ああ！　ドン・イノセンシオさま、軍隊の来訪はわたくしに、読み親しんだ殉教者の生涯を思い起こさせます。ローマ総督がキリスト教徒の村に姿を見せたときの話です。」

「その喩えはあながち、的外れではありませんな」聴罪司祭は眼鏡の奥から上目づかいに軍人を見つめながら言った。

「嘆かわしいことですが、事実をお伝えすべきでしょう」ピンソンが同情の言葉とともに明かした。「いま、親愛なる皆さん、あなた方の運命は我らの手中にあります。」

「この地方の諸機関は」ハシントが反論した、「変わらず正常に機能しています。」

「私が思うに、あなたはおわかりになっていない」反論する兵士の表情を、夫人と聴罪司祭が食い入るように見守る。「オルバホッサ市長は一時間前に罷免されました。」

「県知事によってですか？」

「県知事はすでに政府代表に取って代わられ、その代表は午前中に到着予定です。県下の全市長が今日の内に任を解かれます。大臣の命令ということですが、根拠はわかりません。ただ、大臣が中央政府への不支持を危惧したようです。」

「これはなんと、困ったものじゃ」司祭は眉をひそめ、下唇を突き出しながらつぶやいた。

ドニャ・ペルフェクタは考えこんでいた。

「それから、第一審判事が数人、職を剥奪されましたが、その内の一人はオルバホッサの判事です。」

「判事までが！　ペリキート！……　ペリキートはもう判事ではないと言うの！」ドニャ・ペルフェクタは運悪く毒蛇に咬まれたかのように顔をゆがめ、金切り声を上げた。

「もうオルバホッサの判事は前のお方ではありません」とピンソンが言った。「明日新しい判事が来るとのこと。」

「よそ者が！」

「よそ者です！」

「おそらく、ろくでもない人でしょう……　前任者は本当に誠実な方だったのに！……」夫人は不安そうに言った。「わたくしが依頼すれば、どんな案件も、直ぐさま認可してくださいました。あなたは誰が新しい市長になるのかご存じですか？」

「行政長官《コレヒドール》がやって来るという話です。」

「後生だからこの際、大洪水がやって来て、すべてが終わりを迎える、と言ってくだされ。その方がまだしもましじゃ」司祭は立ち上がりながら声を上げた。

「ということは、わたくしたちの運命はいま、旅団長の手中にあるわけですね。軍服は着ておりますが、私は
「ほんの数日の辛抱です。どうか私にご立腹なさらないでください。軍服は着ておりますが、私は軍国主義を快く思っておりません。ただし、人を殴れと命じられれば……殴るしかないのが軍人というもの。われらの勤め以上にろくでもない職業はありません。」

「そのとおり、おっしゃるとおりです」夫人は、激しい怒りをうまくごまかすことができずに賛同した。「軍人のあなたがそれを認めるのですから……　とにかく市長も判事もいない……」

「県知事もいない。」

「いっそわたくしたちから司教さまも奪い取って、代わりに侍祭でも送り込めばいいのに。」

「そのとおり……　もしこのままマドリードの輩を放っておいたら」ドン・イノセンシオは伏し目がちにつぶやいた、「些細なことには気にも留めず、好き勝手やらかすことじゃろう。」

「こうしたことすべて、オルバホッサで反政府分子が蜂起するのを危惧するが故なのですね」夫人は両手を組み、それを顎から膝へ上下に激しく揺り動かしながら念を押した。「正直申しますと、ピンソンさん、どうして世の中のすべての人が腹を立てて蜂起しないのか、わたくしにはわかりません。

あなた方軍人の、どなたの不幸も望んではおりません。けれどこれでは、あなた方が口にする水が泥水に変わってしまえ、と呪いをかけることさえ許されるのではないでしょうか……　わたくしの甥が旅団長の親友だとおっしゃいましたね？」

「一日中そばを離れることがないほどの親しい友人です。レイ氏は学校の級友だったとか。バターリャ旅団長は彼のことを兄弟のように慕い、彼が気に入るように何くれと取り計らっていると聞いています。私があなたの立場でしたら、奥さま、落ち着いていられないでしょう。」

「まあ！　なんてこと！　わたくしは足蹴にされるのかしら！……」ドニャ・ペルフェクタがひどく取り乱して叫んだ。

「奥さま」と司祭は強い口調で宣言した。「この名誉ある家が踏み荒らされるのを許すくらいなら、このオルバホッサでもっとも高貴な一族が愚弄されるのを認めるくらいならむしろ、私が……　私の甥が……　隣人たちすべてが……」

ドン・イノセンシオは話し終えることができなかった。怒りのあまり言葉が口許で絡まったのだ。司祭は兵士の行進のように数歩歩いた後、再び腰を下ろした。

「私には、そうした危惧が無用とは思えません」とピンソンが言った。「必要とあらば、私が……」

「そして、僕も……」ハシントが同調した。

ドニャ・ペルフェクタは食堂のガラス扉をじっと見つめていた。扉の向こうに愛らしい姿が見えたからだ。娘を見つめる夫人の顔には、不安の薄暗い雲がかかり、その色はますます濃くなっていくようだった。

「ロサリオ、こちらにいらっしゃい、ロサリオ」夫人は迎えに立ちながら言った。「今日は顔色もよく、とても楽しそうに見えますよ、そうでしょう……　皆さん、ロサリオは顔色がよくなったと思いません？　まるで別人みたい！」

一同、ロサリオの顔に最高の幸せが描き出されている、と口をそろえて讃えた。

第二十一章《剣よ、目醒めよ》

そのころ、マドリードの新聞各紙に、次のような記事が掲載された――

《オルバホッサ周辺における反政府集団の蜂起は不確定情報である。かの地の通信員が知らせるところによると、町にはそうした行動に出る気配などまるで見受けられないとのこと、かの地へのバターリャ旅団の駐留は無用だと考えられる》。

《バターリャ旅団がオルバホッサを離れるとのこと。かの地に軍隊は不要なため、反政府的動静が散見されるビリャフアン・デ・ナアラに向かうことになる》。

《確実な情報として、アセロ一族が馬で、オルバホッサ司法区近くのビリャフアン区域を彷徨しているとのこと。X県知事が政府に打電したところによれば、フランシスコ・アセロはロケータの店舗に姿を現し、半年分の支払いを徴収し食料を要求した。ドミンゴ・アセロ、またの名〈腰巾着《ファルトゥリケーラ》〉は治安警察の厳しい追跡を受け、仲間を一人殺害され、一人を逮捕されながらも、フビレオ山脈へ逃走。バルトロメ・アセロにいたっては、〈高貴な土地《ルガルノブレ》〉の戸籍台帳を焼き捨て、市長と大地主二人を人質に取って逃走した》。

《投書によると、オルバホッサはいたって平穏で、もっぱらの話題は畑仕事、それも今期の豊作が期待されるニンニクの収穫に関するものである。確かに近隣地域には反政府的動きがはびこっているが、これら反乱分子についてはバターリャ旅団が速やかに一掃してくれることだろう》。

事実、オルバホッサは平穏を保っていた。ゲリラの名家、アセロ一族——一部の人の言を借りれば、ロマンセ集に名を連ねるにふさわしい一族とされる——は近隣の県を配下におさめたが、反乱が司教座のある都市区域にまで拡がることはなかった。今日の文化が、かつて隆盛を誇った中世自由都市時代の穏やかならざる慣習をついに打ち破り、おかげでオルバホッサはこれから長らく平和の恩恵を享受するものと思われる。これは、あながち信憑性のとぼしい情報ではなく、カバリューコ——オルバホッサの反乱の歴史において、もっとも名の知れた人物の一人——本人が、《政府と喧嘩する》のも《厄介なことに係わり合う》のもまっぴらだ、高くつくだけだから、と公言していた。いろいろ言う者はいるが、実際、ラモス《カバリューコ》の気性の荒さは歳とともに落ち着き、この世に生を受けて以来カバリューコ一族——その地方を壊滅させた反乱の首謀者たちの中でも傑出した家系——

の祖父や父から受け継いだ、激しやすい性格もわずかではあるが穏やかになった。また、ここ数日の間に、新しい県知事はこの重要人物と《会談を持ち》、ラモスが町の平穏のために協力し、騒動となりうるあらゆる芽を摘む、との《重大な確約を彼の口から取り付けた》という話だった。信頼のおける筋によれば、ラモスは居酒屋で軍曹の誰それと松の実を分け合うなど、軍人たちと《仲むつまじく》酒を交わす姿が見受けられた。さらに、ラモスが県都の市役所に良い働き口を斡旋してもらったとの噂もある。ああ！　公平を自負する歴史家にとって、この世に名をとどろかせた高名な人物たちの発言や考えを、正確に記すことがいかに難しいか！　何に依拠すべきか迷い、信頼のおける情報が不足して、嘆かわしい誤記を犯してしまうのだ。ブリュメールのクーデターとか、ブルボン公によるローマ劫掠《ごうりゃく》とか、エルサレム陥落といった世紀の事件を目の当たりにした心理学者や歴史家が、ルイ・ボナパルトなり皇帝カール五世なりローマ皇帝ティトゥスなりがそういった事を起こす前、あるいは起こした後に彼らの脳裏に浮かんだ想いを言い当てることなどできるだろうか？　われわれは後の世まで際限のない責任を負うことになる！　そこでわずかでもその責任を免れるため、オルバホッサの皇帝みずからが口にした言葉と文章、談話を引用することにしよう。こうすれば読者各位に判断を委ねることができるであろうから。

　クリストバル・ラモス《カバリューコ》が日没後、自宅を出たことに疑いの余地はない。総司令官《コンデスタープレ》通りを歩いているとき、三人の農夫が各々《おのおの》ロバに乗り、彼の方に向かって来るのに出くわした。どこに行くのかと尋ねると、ドニャ・ペルフェクタ奥さまのお宅へ果樹園で穫れた初物の果物と、期限がきた賃貸料の一部を納めに行くところだ、と農夫たちは答えた。彼らはパソラルゴ親爺、フラスキート・ゴンサーレスと呼ばれる若者、本名をホセ・エステーバン・ロメーロというがっしりとした体格の中年男ベハルーコの三人だった。カバリューコは古くからの気の置けない仲間に請われ、来た道を引き返し、彼らとともに夫人の邸宅に足を踏み入れた。もっとも信頼できる筋によると、これが起きたのは読者が前章で知り得たことについて、ドニャ・ペルフェクタとピンソンが話し合った日から二日後の、日暮れ時のことだった。偉大なるラモスは隣家の女が彼の明晰な頭に託した、取るに足りない伝言をリブラーダに伝えるのに手間取った。そのため彼が食堂に入ったとき、前述の農民三人とリクルゴ親爺——同じくたまたまその場に居合わせた——はすでに収穫や借家の件について報告を済ませた後だった。夫人はひどく不機嫌ですべてに難癖をつけ、天の日照りや耕地がやせているといった、哀れな農民に何の責任もない事柄について、彼らを厳しく叱り飛ばした。その場には聴罪司祭も居合わせたが、カバリューコが部屋に入ると、司祭は彼に愛想よく挨拶をし、自分の横の席を勧めた。

「ここに大物がいらっしゃいましたね」軽蔑を込めて夫人がなじった。「大した価値のない男がこれほど話題になるとは嘘のよう！　教えてくださいな、カバリューコ、今朝兵士たちから平手打ちを受けたというのは本当ですか？」

「おれを！　おれを殴っただとぉ！」ケンタウロス《カバリューコ》は立ち上がり、失礼千万な侮辱を受けたかのように憤慨した。

「そんな話を耳にしましたけど」夫人が続けた。「事実じゃないのですか？　てっきり本当かと思いました。自分をちっぽけな存在だと卑下するお前のこと……　軍人たちにつばを吐きかけられても、光栄だと思うのでしょう。」

「奥さま！」ラモスは語気を荒くして怒鳴った。「おれの母親、いや母親以上の奥さまに、おれの女王ともいえる奥さまに示すべき敬意を払いつつも……　おれが持っているものすべてをくださった方に礼を失するつもりはございませんが……　敬意をひとまず……」

「何ですか？……　何かたくさん言いたそうですが、お前は結局何も言えないのですね。」

「つまり、敬意をわきに置いて言わせてもらいますと、平手打ちされた、とかいうのは根拠のねぇ悪口だってことだ」極めて言いにくそうに答えた。「おれのやることをいちいち人が噂する。おれが町に入ったとか町を出たとか、おれが行ったとか戻ったとか……　それはなぜだ？　おれのことをみんなで、国をひっくり返すための喜劇役者にしたがっているからだ。だがよ、紳士淑女の皆さんよ、《聖ペテロは自分の家でこそ落ち着く》だ。軍隊が来たって？……　いやだねぇ。だがよ、一体おれらに何ができるんだい？……　市長に事務官、それに判事まで辞めさせられたって？……　そりぁ、たいへんだ。オルバホッサの小石までも立ち上がって、兵士どもを懲らしめてやりぁいいって、おれも願った。だがよ、知事と約束したからには、いまおれは動けねぇ……」

頭をかき、眉をいかめしくひそめ、ぎこちない言葉を並べて話し続けた。

「乱暴者だの、面倒な奴だの、物知らずの、郷士にしがみつく頑固者だの、おれは何と言われてもかまわねぇ。ただ、正真正銘の騎士、という点に関しちゃ誰にも引けを取らねぇつもりだ。」

「勇者シッドも哀れなものね」これまでになく蔑んだ調子でドニャ・ペルフェクタが言い放った。「聴罪司祭さま、わたくしと同様、オルバホッサに恥を知る男はもはや一人も残っていないとお思いになりませんか？」

「厳しいご意見ですな」思案顔の司祭は、夫人に視線を向けるでもなく、頬杖をついたまま応じた。「どうも私には、こちらの隣人が軍による支配を重いくびきとして、犬のように従順に受け入れていらっしゃるように思えますな。」

リクルゴ親爺と三人の農民は心の底から大笑いした。

「兵士と中央政府の役人たちが」と夫人が言った。「わたくしたちから最後のレアル銀貨まで奪い取り、村の人びとを辱めた暁には、オルバホッサの勇者たち一同を水晶の骨壺につめてマドリードに送りつけてやりましょう。博物館に陳列されるか、街路で見世物になることでしょうよ。」

「奥さま、万歳！」ベハルーコと呼ばれる男が活気に満ちた表情で叫んだ。「奥さまがおっしゃったのは金のようにとてつもねぇことだ。俺のせいでオルバホッサに勇ましい奴がいねぇなんて言わせねぇ。俺がアセロ一族に与しねぇのは、三人の子どもと女房がいるせいで、ていへんなことが起きねぇとも限らねぇからだ。さもなけりゃ……」

「ところで、お前は県知事と約束を交わさなかったのですか？」夫人が若者《フラスキート》に訊いた。

「県知事と？」名指しされたフラスキート・ゴンサーレスは声を上げた。「国中探したって一発ぶちこむのにあいつよりふさわしい、くず野郎はいねぇ。県知事も政府も同じ穴のむじなだ。日曜の説教で神父さんに、マドリードの奴らは異端やら冒涜やらとんでもねぇことばかりやっているって聞いたよ……　ああ！　いい説教だったなぁ……　最後に神父さん、説教壇で声を荒げて、もはや宗教の守護者はいないって叫んでたよ。」

「ここに偉大なるクリストバル・ラモスがいるじゃありませんか」夫人はケンタウロス《カバリューコ》の肩を強くぽんぽんと叩きながら言った。「馬を乗り回し、広場や国王通りを歩くだけで、兵士らの注意を引くような男が。彼を目にするや兵士は、この勇者の冷酷な顔つきに吃驚し、死ぬほど怯え、皆逃げまどうそうですから。」

夫人は陽気に笑いながら話し終えたが、その乾いた笑い声は彼女の話に耳を傾けていた男たちの深い沈黙のせいで、より耳障りに響いた。カバリューコは顔面蒼白だった。

「パソラルゴさん」婦人は真面目な顔にもどり話し続けた。「今晩息子さんのバルトロメを寄こして、ここに泊まるように伝えてください。家内に勇ましい男を置いておかなくては。どれほど用心していても、ある日娘とわたくしが殺害されて、夜明けを迎えるなんてことが起きないともかぎりません。」

「奥さま！」一同が叫んだ。

「奥さま！」カバリューコが立ち上がった。「ご冗談を。まさか本気で？」

「ベハルーコに、パソラルゴさん」夫人は郷士の勇者に目もくれず話し続けた。「実のところ、わたくしは家の中にいても安全とは思えないのです。オルバホッサの住民は誰一人安全とは言えませんが、わたくしはなおさらです。家にいても気が気ではありません。一晩中一睡もできないほど不安で。」

「しかし、いったい誰が好き好んで奥さまの邸を……?」

「さぁてね」と熱くなったリクルゴ親爺が口を出した。「わっしは老いぼれの病人じゃが、奥さまの服に指一本でも触れやがったら、スペイン中の軍隊を叩きのめしてやる……」

「カバリューコ殿だけで」とフラスキート・ゴンサーレスが指摘した。「お釣りがくる。」

「あら! それはどうかしら」ドニャ・ペルフェクタはとげのある言葉で反論した。「ラモスが県知事と交わした約束を、皆さんお忘れですか……?」

カバリューコは再び腰を下ろし、組んだ脚の上で腕組みした。

「臆病者でもラモスよりは十分に役立ちますよ」女主人は無慈悲にたたみかけた。「その者が誰とも約束を交わしてないのであれば十分です。そうでないと、わたくしは家に押し入られ、腕の中から愛する娘を奪い取られてしまう。このような実に忌まわしいやり方で、わたくしは名誉を踏みにじられ、侮辱されることに……」

夫人は話し続けることができなくなった。その声は喉元でかき消え、さめざめとした涙に変わった。

「奥さま! どうか落ち着いて!…… さあ…… ご心配には及びません……」ドン・イノセンシオが慌てて、苦悩に満ちた表情と声で夫人をなだめた。「また、神が私たちにお与えになった苦難を甘受し、なんとか耐えしのぶことも必要なのです。」

「しかし、いったい誰が……奥さま……そんな非道な仕打ちに及ぶとお考えで?」と一人が訊いた。

「奥さまをお守りするためなら、オルバホッサ中の奴が何でもしやすよ。」

「誰なんだ？　いったい誰が？」一同が問いかけた。

「これこれ、しつこく質問して奥さまを困らせないように」聴罪司祭が差し出がましく言った。「そろそろ引き上げたらどうかね。」

「いや、どうかお前たち、残ってください」涙を拭きながら夫人が強く懇願した。「忠実な僕《しもべ》に付き添ってもらうことほど、わたくしにとって大きな慰めはありません。」

「わっしの家系が天罰を受けてもいい」ルーカス《リクルゴ》親爺がげんこつで膝を打ちつけながら果断に言った。「いっさいの悪だくみが奥さまの甥の仕業でないとしたなら。」

「ドン・ファン・レイの息子の仕業だって？」

「ビリャオレンダの駅でちらっと見て、甘ったりぃ声と都会人ぶった調子で話しかけられたときから」リクルゴ親爺が言った。「ていへんな奴が来たと思ったんだ……　奥さまの手前、これ以上は申しませんが……　とにかく、わっしにはすぐわかった……　一目見たときから、こいつはうさん臭ぇ奴だと感づいたが、思い違いじゃねぇな。どこそこの誰かが言っとったように、《糸をたぐって糸玉を引き寄せる》、《見本で布地はわかる》、《ライオンを出すときは爪から》ってことを、わっしは重々承知してたんでね。」

「わたくしの前であの不幸な青年のことを悪く言わないで」ポレンティーノス家の女主《ドニャ・ペルフェクタ》がたしなめた。「彼がどんなに赦しがたい過ちを犯したとしても、慈悲心がわたくしたちにそれを口外し世に広めることを禁じます。」

「ただし慈悲の心は」ドン・イノセンシオが少し語気を強めて主張した。「悪しき者に対して抱く警戒心をとがめることはない。ここが重要な点です。不幸にもオルバホッサにおいて、気骨や勇気といったものが衰え果ててしまい、住人たちみずからが、少数の兵士たちの面前に顔を差し出し、唾を吐きかけてもらう順番を待つような状況にある以上、私らが力を合わせ、身を護る術を探すしかないのじゃ。」

「わたくしもできるかぎり、自分で自分の身を護ってみせましょう」ドニャ・ペルフェクタは、観念したように両手を組んで祈った。「神のご意志がかないますように！」

「理由もなくうろたえやがって……　命を賭けてもいい……！　この家《うち》は恐怖の皮に覆われたみたいに、みんなが怯えきってやがる！……」カバリューコが半ばおどけた調子で一喝した。「ドン・ペピート《ホセ》とかいう男が、悪魔の《一地方《レヒオン》》（正しくは《一　群《レヒオン》》）かのように、うろたえやがって。奥さま、怯える必要などありませんよ。おれの甥っ子、十三才のファンが家を守ってみせますから。甥と甥で、どっちが勝つか見物といきやしょう。」

「お前の度胸だの、勇猛さだのがどんなものか、わたくしたち皆、もう十分知っていますから」奥さまが答えた。「哀れなラモス、お前が何の役にも立たないことは、誰の目にも明らかなのに、強がってみせるなんて！」

ラモスはわずかに白ばんで、畏怖と敬意が入り混じった独特の目顔で夫人の方に向き直った。

「また、そんな目でわたくしを見て。そのような虚勢にわたくしが怖じ気づいたりしないとわかっているでしょう。一度にきっぱりと言って欲しいのですか？　お前は臆病者だと。」

ラモスは全身に我慢ならない痒みを覚えたかのように体をゆり動かし、ひどく平静を失った様子だった。鼻から馬のように空気を吸っては吐き出す。動揺した気持ち、情熱、野蛮な思いが、頑強な図体の内でせめぎ合い外に噴き出そうとし、うめき声を上げ、ごちゃ混ぜになっている。口をもごもごさせながら、中途半端な抑揚をつけていくつか言葉を口走ったかと思うと、やおら立ち上がり、次のように咆哮を上げた。

「レイ氏の頭を掻き切ってやる！」

「なんてばかなことを！　お前は臆病なのと同じくらい野蛮なのね」ドニャ・ペルフェクタは青ざめて言った。「どうして殺すなんて話になるの？　わたくしは誰も殺して欲しくなどありません。悪行を働いたといっても、愛する甥を殺すなんてとんでもない。」

「人殺しなんて！　残忍な！」ドン・イノセンシオが眉をひそめ声を上げた。「こいつは気が狂っておる。」

「殺すなんて！……　カバリューコ、人を殺すなんて、考えただけでぞっとします」夫人は柔和な目を閉じながら声をかけた。「哀れな男！　度胸があるところを見せつけようと、獰猛な狼のように吠えるなんて。ここから出ていきなさい、ラモス。お前にはぞっとさせられるわ。」

「奥さまは怯えているとおっしゃりませんでしたっけ？　家に押し入られ、娘さんを奪い取られてしまうとか？」

「そのとおり、恐れています。」

「そうしたことをたった一人の男が企んでやってのける、とおっしゃるんで」ラモスは座り直しながら、不遜にも続けた。「ドン・ペペのような小粒な男が、算術を駆使してそうしたことをやってのけると。首根っこを掻き切ってやる、と言ったのは間違い。そういった程度の人形なら、耳をつかんで川に投げ込み、濡れ鼠にしてやるだけで十分だ。」

「そうやって笑っていられるのはいまだけよ、野獣。お前が言ったような、そしてわたくしが危惧する乱暴狼藉をはたらくのは、甥一人じゃないの。彼一人なら恐れることはない。リブラーダに箒を持たせ戸口に立たせておけば……それで十分……　彼一人じゃないのよ。」

「じゃ、いってぇ誰が？」

「ロバみたいに間抜けな男ね。お前は知らないんですか、甥があのいまいましい軍隊を指揮する旅団長と共謀《コンファブラール》していることを……？」

「共謀《コンファブラール》している！」いかにもその言葉の意味がわからないように、カバリューコが大きな声で繰り返した。

「二人は共犯《コンピンチェ》だと言っとるんじゃ」リクルゴ親爺が助け舟を出した。「《創作する《ファブレアールセ》》とは《共犯である《コンピンチェ》》を意味するんじゃ。奥さまがおっしゃりたいことを、わっしはもう嗅ぎ付けておったがの。」

「つまり、旅団長と将校たちはドン・ホセと切っても切れない仲ってわけだ。あいつが望めば、あの威張りちらす兵士らも望む。人を踏みつけたり残虐のかぎりを尽くすのさ。奴らの仕事だからな。」

「そいで、俺らを守ってくれる市長はいないってことだ。」

「判事もな。」

「県知事も、いない。つまるところ、俺らはあの悪名高い連中の掌の上に乗っかってるってわけだ。」

「昨日」とベハルーコが言った。「兵士たちがフリアン親爺んとこの末娘をたぶらかして連れ去ったってよ。娘はかわいそうなこった、家にも帰れず、古い泉のわきで見つかったときは、靴も履かず泣いていたってさ。壊れた壺の破片を拾いながらな。」

「かわいそうなのは、ナアリーリャ・アルタの書記ドン・グレゴリオ・パロメーケだって同じさ！」と若いフラスキートが言った。「あの荒くれ野郎どもは書記の家にあった金を残らず奪い取ったんだ。しかも、報告を受けた旅団長は、それを作り話だと答えたそうな。」

「奴らほどの暴君はいままで見たこともねぇ」別の男が断言した。「俺は本当《ほんと》のとこ、アセロ一族に加わりたかったんだよ……！」

「それで、フランシスコ・アセロについて何か知らせはありますか？」ドニャ・ペルフェクタは穏やかに訊いた。「彼に何も災難がなければいいのですが。ドン・イノセンシオさま、教えてください。フランシスコ・アセロはオルバホッサの生まれですか？」

「いや、彼とその弟はビリャフアンの出身ですな。」

「オルバホッサにとっては残念ですね」とドニャ・ペルフェクタが声を落とした。「運に見放されたなんて憐れな町でしょう。では、汚らわしい兵士どもが乙女を強奪し、冒涜やら卑劣な悪行やらを働く邪魔をしない、とフランシスコ・アセロが県知事に約束したかどうかご存じですか？」

カバリューコは跳び上がった。刺すような、というより、まさにサーベルの鋭い一撃を受けたかのような痛みを感じたのだ。顔を火照らせ双眸からめらめらと炎を発しながら叫んだ。

「おれは県知事と約束した。だが、それは軍隊がいい目的でやって来たって、県知事が言ったからだ。」

「野蛮人、声を荒立てるんじゃありません。人間らしくお話しなさい。聞いて上げますから。」

「県知事に、オルバホッサの地では、おれや仲間の誰も蜂起したりしないって約束したよ……だから、戦いたくって体がうずうずする、武器を手に取りてぇ、って言う奴らに言ってやったんだ——《ここではおれらは動かない。やりたけりゃ、アセロ一族に加わって行け……》。だが、おれには忠実な手下が大勢いる、そうだよ、奥さま。腕のいい奴らなんだ、奥さま。その上、勇猛ときてる、奥さま。ふだんは町の集落や村落、郊外や山林に散らばってそれぞれ寝起きしている。ただおれが一言、言うか言い終わらないうちに、わかるかい、皆が銃をたずさえ、おれが命じた場所に馬や徒歩で駆けつけてくるんだ……　だから、おれにまどろっこしい言い方をしないでくれ。約束したと言ったら、おれは約束した。戦いに出ないと言ったら、おれは出ない。蜂起すると言ったら、蜂起する。おれが戦わないと言ったら、戦わない。あんたたち皆よく知っているように、おれはあるがままの、どんなときも変わらない男だ……　もう一回言う。ご託を並べるのは止してくれ、いいか……？　おれに逆のことを言うのもやめてくれ、いいか……？　おれに蜂起して欲しけりゃ、口を大きく開け、はっきりと言うんだ、いいか？　だって、あれこれ言えるよう、神さまが舌をくださったんだろう。奥さまはおれがどんな男か、よくご存じだ。同じくおれもよく承知している。奥さまのおかげでいまシャツを着ていられるってことを。今日パンを口にできるのも、乳離れしたときに初めて口に入れてもらったひよこ豆《ガルバンソ》も、親父が死んだときに納めてもらった棺も、おれが病気になったときに治してもらった薬や医者も、みんな奥さまのおかげだってことを忘れちゃいない。奥さまはよくご存じのように、奥さまが《カバリューコ、頭をかち割りなさい》とお命じになったら、おれはあの角に行って頭を壁に打ちつけるよ。奥さまはよくご存じのように、奥さまに《いまは昼間ですよ》と言われたら、たとえ夜に見えても、おれは自分が間違えている、いまは真っ昼間なんだと信じるよ。奥さまはよくご存じのように、おれにとって奥さまとその財産は、おれの命以上のもの。もし奥さまがおれの前で蚊に刺されたとしたら、まあ、蚊なら赦してやるが……　奥さまはよくご存じのように、おれは奥さまのことを、お天道さまの下で暮らす誰よりも慕っている……　こうした意気に燃える男には、こう言うだけで十分なんだ――　《カバリューコ、このけだものめ、これとあれをやっておきなさい》。回りくでぇ言いようは、たくさんだ。馴染みのない言葉を出したり入れたり、小言を逆に言ったり、ここを突いてあそこをつねるなんてのは、まっぴらだ。」

「まあ、落ち着きなさい」ドニャ・ペルフェクタは今度は優しく声をかけた。「ここにやって来る共和派の弁士が宗教の自由とか自由愛とか、なにやかんやの自由を広めるときのように熱くなって……　水を一杯持って来てもらいましょう。」

カバリューコは雑巾のような手拭いをボールのように丸め、汗まみれの広い額と首筋をぬぐった。水が運ばれてくると、聴罪司祭は、司祭らしい流れるように穏やかな動作で召使いの手からコップを受け取り、カバリューコに差し出して、彼が飲む間受け皿を支えていた。水はカバリューコの喉を、ゴクゴクと音を立てて勢いよく流れていった。

「リブラディータ、今度は私にも水を一杯持って来ておくれ」とドン・イノセンシオが言った。「私の中でも、ちろちろと燠《おき》が燃えておるからの。」

第二十二章 《目醒めよ！》

「蜂起に関しては」二人が水を飲み終えると、ドニャ・ペルフェクタは話しはじめた。「お前の良心が命ずるままに、としか言えません。」

「おれには良心の導きってのがわからねぇ」ラモスが声を上げた。「おれは奥さまが気に入るようにやるだけだ。」

「わたくしにはそうした重いテーマについて助言できることは何もありません」ドニャ・ペルフェクタはいかにも彼女らしい用心深さと慎重さで応じた。「それは極めて重大で、深刻な問題ですから、わたくしは何も手ほどきできないのです。」

「ただ、奥さまのお考えを……」

「わたくしが言えることは、とにかく目を開けてよく見るように、耳をそばだててよく聞くように……ということだけです。お前の心に相談なさい……　お前が立派な心の持ち主だということは認めていますから……　心という判事に、よく物事をご存じのお前の顧問に相談するのです。そして心の命ずるがままに行動すればいい。」

カバリューコは心の声を聞こうと頑張った。一本の剣が考え得る、あらゆることを考えたのだ。

「ナアリーリャ・アルタの仲間は」とベハルーコは言った。「昨日数ぇたら全部で十三人、どんなでかいことでもやらかせる人数になっとった……　ただ、奥さまがお怒りになるのを恐れて何もしやせんでした。もう羊毛を刈る時期なもんで。」

「刈り込みのことなど気にしなくていいのよ」と夫人は言った。「暇はあるでしょう。事を起こすからといって、やれないわけじゃありません。」

「わっしのせがれ二人は」リクルゴが言い出した。「昨日喧嘩しましただぁ。一人はフランシスコ・アセロと一緒に戦うって言いやがるし、もう一人はいやだっと申しまして。わっしは言ってやりました――「おまえたち、慌てることはねぇ。《いずれその時機が来る》って。待つんだ、《ここだって、フランスに負けねぇうまいパンを焼ける》って言うじゃねぇか。」

「昨晩ロケ・ペロスマロスが俺に言ったんだぁ」パソラルゴ親爺が口を開いた。「ラモス殿が一言おっしゃれば、一同武器を手に集まる覚悟だ、と。惜しくも、ブルギーリョス兄弟は高貴な土地《ルガルノブレ》の農地を耕しにいっちまったがなぁ！」

「あの人たちを探しに行ってらっしゃい」女主人《ドニャ・ペルフェクタ》は生き生きとした口調で命じた。「ルーカス《リクルゴ親爺》、パソラルゴ親爺に馬を一頭用意なさい。」

「俺は奥さまがお命じになり、ラモス殿が同意なさるなら」フラスキート・ゴンサーレスが続いた。「ビリャオレンダまで行って来ますぜ。山の番人をしてるロブスティアーノとその弟ペドロも加わりてぇかどうか訊きに……」

「いい考えですね。ロブスティアーノがオルバホッサに近付かないのは、わたくしに少しばかり借金があるからです。彼に六ドゥーロ半は免除してあげる、と伝えてください……この土地の人は、正義のためなら自分の命を犠牲にするのも惜しまないのに、哀れにも、ほんの少しのことで満足してくれる……そう思われませんか、ドン・イノセンシオさま？」

「こちらにいらっしゃる我らが善良なラモス殿によれば」司祭が応じた。「お仲間たちは彼の煮え切らない態度に不満を抱いていらっしゃるとのこと。ただし、一度《ひとたび》彼が決意を固めたなら、弾薬帯を腰に付け一同馳せ参じるそうです。」

「では、お前は反乱を起こすと、決意したのですか？」夫人がラモスに訊いた。「わたくしはお前にそんな助言を与えた覚えはありませんよ。ただ、お前がそうしたいと言うなら、自分の意志にしたがってそうすることです。ドン・イノセンシオさまもご同様、そういう趣旨のことは一切口になさっていない。ただ、お前がそのように意を固めたというのなら、動かしがたい理由があるのでしょう……　どうですか、クリストバル、夕食でも取りますか？　それとも何か飲み物でも？　遠慮なく言ってごらん……」

「私がラモス殿に行動に出るようお勧めするかどうかに関しては」ドン・イノセンシオが、眼鏡から上目遣いに見つめながら言った。「奥さまがおっしゃるとおり。私は聖職者として、そうした助言をするわけにはいかぬ。示唆を与え、その上みずから武器を取る聖職者がいることは存じておる。が、私にはこれは不適切な、聖職者にあるまじき言動だと思われるのじゃ。そんな者どもを真似ようとは思わん。よって、武装蜂起という厄介な問題について、ラモス殿に何か申し上げるのは差し控えたい。ただ私は、オルバホッサがそれを望んでいることを重々承知しておる。この高貴な町の住民が残らずそれを祝福することも承知しておる。それがこの地の歴史に名を遺す偉業となることも承知しておる。にもかかわらず、私が慎んで沈黙を守ることをお許し下され。」

「おっしゃるとおりです」ドニャ・ペルフェクタが言い添えた。「わたくしも司祭さまがそうした件に係わりを持つことを望みません。博識な聖職者は慎みを持って振る舞うべきです。崇高で深刻な状況に、たとえば祖国が、あるいは信仰が危機に瀕したときには、司祭さまたちがお務めの範囲で人びとを戦闘に駆り立て、さらにみずから戦いに参加してくださることを、わたくしたちは十分承知しておりますから。神ご自身が天使や聖人のお姿で著名な戦闘に参加なさったことがある以上、その僕《しもべ》たる神父さま方が戦いになることに、何ら問題はないはずです。異教徒に対する戦いにおいて、いったいどれほどの司教さま方がカスティーリャの軍隊を統率なさったことでしょうか？」

「多くの司教さまが先頭に立った。そして、高名な戦士となられた司教がおられたことも事実。ただし、いまはあの時代とはちがいますから、奥さま。状況を見据えますと、信仰がいままさに危機に瀕していることは間違いありませぬ……　たとえば、我らの町と近郊の村々を占領しているあの軍隊が何を意味しているのでしょう？　何を表しているのか？　あれは忌まわしい道具、マドリードに巣くっている無神論者と新教徒《プロテスタント》が、背信的な征服とカトリック信仰の根絶をめざし送り込んだものにほかなりません。堕落と醜聞、反宗教と反信仰の巣窟において、邪悪な者たちが、外国の金貨を餌に買収され、我らがスペインにおける信仰の芽を根こそぎ摘んでやろうとうごめいている……　皆さんはどうお考えですか？　彼らはいまのところ私たちがミサを行い、あなたがたがミサに出ることを許しています。しかしそれは、辛うじて彼らの心に残った良心、もしくは羞恥心からにすぎません……ですから思わぬときに……　ただ私は平静を保っていられます。一時的な世俗の利害に右往左往する人間ではありませんから。そのことはドニャ・ペルフェクタ奥さまがよくご存じ、私と面識のある方なら誰もがよくわかって下さっているでしょう。邪悪な人びとが勝利を収めようとも驚きません。落ち着いていられます。恐ろしい日々が私たちを待ち構えていること、聖職者の服をまとう私たちが絶体絶命の危機に瀕していることを、私ははっきり承知しています。というのもスペインは、皆さん、嘘ではありませんよ、たった一日の内に何千人という敬虔な司祭が非業の死を遂げたフランス革命と同じ光景に直面するからです。しかし私は、窮しません。打ち首の順番が回ってきたら、自分の首を差し出すだけですから。私はもう十分に生きました、私が何の役に立つというのでしょうか？　何ら、お役に立てることはありません。」

「おれは、野犬に食われちまってもいい」ベハルーコが、金槌に劣らず固く力強い拳を掲げながら叫んだ。「あの盗人のごろつき兵士どもをさっさと始末できなかったときはぁ。」

「来週には大聖堂の取り壊しをはじめるそうだぞ」フラスキートが言った。

「つるはしと金槌で取り壊すのでしょうが」司祭は微笑みを浮かべた。「そんな道具の持ち合わせがないにもかかわらず、大聖堂が取り壊される前《さき》から建て直していく職人たちがいらっしゃいます。皆さんよくご存じのように、聖なる言い伝えによると、モーロ人によって一ヶ月かけて取り壊された我らの美しい聖櫃礼拝堂は、天使の手で瞬く間に、わずか一晩で再建されたとのこと……　奴らが取り壊すがままに放っておけばいいのです。」

「ナアリーリャの神父が先日の夜語ったところによりゃ、マドリードでは」とベハルーコが話した。「教会がもう数えるほどしか残ってないせいで、通りのまっただ中でミサを行う司祭がいるってことだ。通りがかりの人に叩かれたり、罵詈雑言を浴びせられたり、唾を吐きかけられたりで、多くの司祭はミサを挙げたがらないって話でしたぜ。」

「幸運にもここでは、息子たちよ」とドン・イノセンシオが一同に語りかけた。「そうした類いの光景には出会っておらぬ。なぜか？　それはおまえたちがどんな者なのか、奴らがわかっているからじゃ。おまえたちの燃えるような信仰心と勇ましさについて聞き及んでいるからじゃ……　私たち聖職者、そして私たちの信仰に初めて手をかけた奴は、思い知ることになろう…… もちろん、折よく阻止することができなければ、奴らが悪辣な所行に及ぶのは言うまでもない。哀れなスペイン、あれほど敬虔で謙虚、善良な国であったのに！ いったい誰がこれほどの窮地に陥ることを予測しえただろうか！…… しかし、私はあえて断言しよう、瀆神が勝利を収めることは決してない、と。なぜなら、今日でも勇気ある者が、昔と変わらず勇敢な者が生き残っているから。そうではありませんかな、ラモス殿？」

「おっしゃるとおり、ちゃんと生き残ってる」と、問われた男が応じた。

「私は神の律法の勝利をただひたすら信じておる。何者かが立ち現れ、律法を庇護してくれるはずだと。ある者たちが立ち上がらないとしたら、ほかの者たちが立ち上がり、勝利の栄光を、永遠の栄光を勝ち取ってくれるはずだと。邪悪な者は死に絶える、今日でないなら明日。神の律法に背く者は、間違いなく倒れる。いかなる手段であれ、倒されることだろう。どんな詭弁も、いかなる隠れ家も、どのような計略もその者を救うことはありえない。その者の上に神の手が掲げられ、必ずや苦痛を与えられることだろう。私たちはその者を憐れみ、改悛を望むことになろう…… どうかお前たちは、我が息子たちは、必ずや選ぶであろう道について、私からの助言を期待しないで欲しい。私はお前たちが善良な人間であることを知っている。よって、お前たちがたとえ血に染まり罪深く汚れたとしても、お前たちの高潔な決意と、お前たちを導く高貴な目的が、あらゆる汚れを洗い流してくれることを、私は知っているのだ。神によって祝福された、おまえたちの勝利は、あるいは同様におまえたちの死は、人ばかりか神の面前でおまえたちを昇華してくれる。つまり、おまえたちが拍手なり賞賛なりといったあらゆる名誉を授かる、と知っている。しかし、こうしたことを知っているにもかかわらず、我が息子たちよ、戦いにゆけ、と私の唇がお前たちをけしかけることはない。これまで一度もなかったし、これからも決してないだろう。お前たちは、みずからの高貴な心が強く命ずるがままに行動しなさい。自分の家に留まるよう、心がおまえたちに命じるなら、留まるがよい。行動しろと命じるなら、折を見て行動を起こすのだ。あの卑劣な軍隊がこの地に留まり続けることになれば、私は死刑執行人の前に首を差し出し、殉教に甘んじよう。ただ、オルバホッサの息子たちが、高潔で敬虔な激しい衝動に駆られ、祖国の不幸を一掃するという偉大な事業に寄与することになった暁には、私はお前たちの同胞というだけで自分を最高の幸せ者だと見なすだろう。そして天国に行くには、学業や贖罪、忍従に捧げてきたこれまでの私の全生涯など、おまえたちの栄光ある行為のわずか一日の価値もない、と思うにちがいない。」

「司祭さまより的確に、わたくしたちの思いを言い表すことができますでしょうか！」ドニャ・ペルフェクタの高揚した声が響いた。

カバリューコは椅子に座り、体を前のめりにし両肘を膝についていたが、司祭が話し終えるやその手を取り、熱狂的に自分の口元に押し当てた。

「これほどの方はかつて生まれた例《ためし》はねぇ」リクルゴ親爺が涙を拭いながら、あるいは拭う振りだけだったのかもしれないが、言った。

「聴罪司祭さま、万歳！」若いフラスキート・ゴンサーレスは立ち上がり、天井へひさし帽を投げた。

「落ち着いて」ドニャ・ペルフェクタが制した。「フラスキート、座ってちょうだい。お前は《音のわりにクルミの実入りが少ない》という性質《たち》ですからね。」

「神に祝福あれ、奥さまも実にうまいことおっしゃる！」興奮したクリストバル・ラモスが感嘆の声を上げた。「おれの目の前になんというお二方がいらっしゃるんだ！　お二人が生きておられるなら、これ以上の世界は必要ねぇな……　スペイン中の人がお二人のようであったなら……　だが、そんなことあり得るもんか。人をだます輩しかいないのに！　法律と官僚を送り込んでくるマドリードの宮廷では、盗みとインチキが横行してるって話だ。宗教も哀れなもんだ、なんというざまだ！……　罪人しか見当たらねぇ……　ドニャ・ペルフェクタ奥さま、ドン・イノセンシオさま、親父《おやじ》と祖父《じい》さんの魂にかけ、自分の魂の救済をかけて誓って言う、おれは死んでしまいてぇんだ。」

「死ぬですって！」

「あの下劣な犬どもに殺されてぇんです。おれが奴らを八つ裂きにできないなら、おれを殺してくれって懇願してるんだ。おれはちっぽけな男だから。」

「ラモス、お前は大人物ですよ」と夫人が応じた。

「おれが大物？　大人物だって？……　揺るぎねぇ度胸はある。だが、おれに強固な陣地だの騎馬隊だの、砲兵隊だのがあるってのかい？」

「ラモス、それは別の問題で」ドニャ・ペルフェクタは微笑んだ。「わたくしが世話して上げるわけにはいきません。ところで、お前が必要とする物を敵は持っていないのですか？」

「持ってる。」

「では、奪いなさい……」

「奪ってやります、わかりました、奥さま。奪うと言ったからには……」

「親愛なるラモス」ドン・イノセンシオが高らかに呼び、語りかけた。「貴男は人が羨むべき立場にいるのです……　貴男は価値のない群衆の中から傑出し、その上にそびえ立つ。世の高名な英雄たちと肩を並べる……　神の手があなたの手を取り、導いてくださるでしょう！　ああ、なんという崇高な名誉であることか！　友よ、これはお世辞ではないぞ。貴男はなんと気高く、なんと優雅で、なんと凜々しい！……　いや、これほど度胸の据わった人間たちが死ぬはずがない。神があなた方に付き添い、敵の弾だろうと刃先だろうと止めて下さるはず……　弾や刃があなた方に触れるのを許さない……　異教徒の大砲の弾や剣の刃が、どうしてあなた方に触れることができようか？……親愛なるカバリューコよ、貴男を前にすると、貴男の勇猛で堂々とした態度を目にすると、私の脳裏に無意識のうちに、トラピソンダ帝国の征服を詠ったロマンセの詩行が浮かんできます――」

勇猛なロルダンが到着した
あらゆる武器を携え
力強き彼の愛馬

強靱なブリアドールにまたがり
無敵の剣ドゥルリンダナを
わきにしっかりと帯び
槍を帆桁のように構え
堅固な盾に腕をとおし……
兜の面頬から
炎を放ちながらやって来た。
かぼそい藺草《いぐさ》のように
槍とともに揺れながらも
集結した全軍勢を
猛々しく脅かしゆく。

「素晴らしいのぉ」リクルゴ親爺が甲高い声を上げ、拍手した。「わっしもドン・レニアルドス（正しくは、レナルドス）にならって詠おうかのぉ――」

五体満足で放免されたくば
何人たりとドン・レニアルドスに手出しするでない！

他の所業に及ぶ者は
法外な報いを受けることになろう。
彼ならず他の同志までも
われの手から逃れることかなわず、
ずたずたに切り裂かれ
もしくは厳しい懲らしめを受けることなしに。

「ラモス、夕食はいかがですか、それとも何か飲みたいのではないですか？」奥さまが再度訊いた。

「いや、けっこう」ケンタウロスは答えた。「何かくださるとおっしゃるのなら、弾薬を一皿お願いしましょうかね。」

こう言うと、けたたましい笑い声を上げ、部屋の中を縫うように歩き回った。一同はその彼を注意深く目で追っていたが、彼は観客の傍に立ち止まると、ドニャ・ペルフェクタに視線を向け、やおら、耳をつんざくような大声で叫んだ。

「おれが言うのはこれだけだ。オルバホッサ万歳、死せよマドリード！」

言い終わるや、床が揺れるほどの勢いで、頭に掲げた拳《こぶし》をテーブルに振り下ろした。

「まったく意気軒昂たるもの！」ドン・イノセンシオがつぶやいた。

「いやはや、すごい拳だ……」

一同、じっとテーブルを見つめた。それは真っ二つに裂けていたのだ。

引き続き一同の視線は、これまでそれほど賞賛を浴びたことのないレニアルドス、すなわちカバリューコに釘付けになっていた。間違いなく、彼の美しい容貌と緑色の双眸――猫のような奇妙な輝きが彩りを添えている――、黒髪とヘラクレスのような姿態は、観る者に彼の偉大さを印象づけるのに十分すぎるものだった。世を支配した選ばれし一族の血の痕跡、記憶のようなものが刻まれていたのだ。ただ、全体的に退化が著しく、実のところ、眼前の猛者のうちに気高い英雄の血筋を見出すのはそれほど容易なことではなかった。カバリューコは、郷土史家ドン・カジェターノが讃える偉大な男たちを思わせはしたが、それはラバと馬を見紛うほどの、似て非なるものだった。

第二十三章　秘密

われわれがすでに語った出来事のあとも、集会は長く続いた。しかしその続きは、この物語を理解するのに必ずしも必要ではないため、割愛する。ようやく一同が退出した後、いつものごとくドン・イノセンシオが最後まで居残っていた。夫人と司祭がまだ一言も言葉を交わしていないところへ、年配の召使いが食堂に入ってきた。ドニャ・ペルフェクタは、信頼する右腕の召使いがそわそわと動揺しているのを見て、不安にかられ、何かあったのですか、と尋ねた。

「お嬢さまがどこにも見あたりません」召使いが夫人の質問に応えて言った。

「何ですって！　ロサリオが！……　娘はどこにいるの？」

「ああ、救済の聖母マリアよ、われらを救いたまえ！」聴罪司祭は嘆き、帽子を手に夫人と一緒に探そうと立ち上がった。

「よく探しなさい……　お前と一緒に部屋にいたんじゃなかったの？」

「はい、奥さま」老召使いは震えながら答えた。「悪魔の誘惑に負け、眠り込んだもので。」

「いまいましい眠気だこと！……　何があったのかしら？　ロサリオ、ロサリオ！　リブラーダ！」

皆で二階に上がったり下りたり、灯りを持ってまた上がったり下りたりして、すべての部屋をくまなく見て回った。すると階段から、いかにもホッとした聴罪司祭の声が聞こえた。

「ここに、ここにいました！　いらっしゃいましたよ。」

そのすぐ後、母と娘は廊下で顔を合わせた。

「どこにいたのですか？」ドニャ・ペルフェクタが娘の顔色を確かめながら、厳しく咎めた。

「果樹園に」娘は生きた心地もしない様子で、小さく答えた。

「こんな時間に果樹園ですか？　ロサリオ！……」

「暑かったので窓から顔を出していたら、ハンカチを落としてしまって。探しに下りたのです。」

「どうしてリブラーダに取ってくるように言わなかったのですか？……　リブラーダ！……　あの

娘、どこにいるのかしら？　まさか、あの娘もうたた寝しているんじゃないかしら？」

ようやくリブラーダが姿を現した。その青白い顔には、罪を犯した者が見せる落胆と不安の色が浮かんでいた。

「どうしたの？　どこにいたのですか？」苛立たしげに婦人が詰問した。

「えっと、奥さま……　通り側の部屋に服を探しに下りたのですが……　そこで眠り込んでしまって。」

「今晩、まるでこの家は眠りの館ね。きっと明日は、眠れない人がいることでしょう。ロサリオ、部屋に引き上げていいですよ。」

夫人と司祭は、迅速に確固たる行動に出なければと考え、すぐさま取り調べにかかった。質問、脅迫、懇願、取り引きを巧妙に使い分け、あの手この手で実際に何が起きたのかを詮索した。その結果、年老いた召使いには罪の影さえ見あたらなかった。しかし、リブラーダは……涙をこぼし、ため息をつきながら、洗いざらい罪を告白した。その悪事は大まかに言うと次のような話だった――

ピンソンは邸宅に宿泊しはじめてすぐ、ロサリオに気がありそうな素振りを見せた。リブラーダにお金をくれたが、それは（彼女の話によれば）伝言や恋文の使者に彼女を仕立てるためだったという。ロサリオは腹を立てるというより、むしろ嬉しそうな様子で、数日間こうした遣り取りが続けられた。最後に打ち明けた話によると、その夜、ロサリオとピンソンは果樹園に面した彼の部屋の窓辺で顔を合わせ、言葉を交わす約束をした。二人はそのことを召使い《リブラーダ》に打ち明け、彼女の方も一定の額を即金でもらうことで手助けを請け負った。取り決めは、まず、ピンソンがいつもの時間に邸を出て、九時に帰宅し、人に気付かれずに部屋に入る。その後、もっと遅い時間に部屋と家を秘密裏に抜けだし、いつもどおり夜もかなり更けた時間に堂々と帰宅する、というものだった。こうすればピンソンが疑われることはない、と考えたわけだ。リブラーダはピンソンを待ち受け、彼の方はと言えば、外套にすっぽり身をつつみ一言も口をきかずに帰宅した。その後、ロサリオが果樹園に下りるのと同時に、彼は部屋に入った。召使い《リブラーダ》は二人の逢瀬（それに立ち会うことはなかった）の間廊下にいて、何か危ういことが起きたときにはピンソンに知らせる歩哨役を務めた。一時間後、ピンソンは来たとき同様、外套にすっぽり身をつつみ一言も発せずに出ていった、ということだった。ドン・イノセンシオは、告白を終えた哀れな娘に尋ねた。

「部屋に入って出てきた男がピンソン氏だったというのは、確かですか？」

容疑者は何も返答しなかったが、その表情から見ると、彼女はとても狼狽しているようだった。夫人は苛立ちを隠さなかった。

「お前は彼の顔を見ましたか？」

「でも、彼でないとしたら誰だとおっしゃるのですか？」と召使いは答えた。「あたしは確かに彼だったと思います。真っ直ぐ自分の部屋にいらっしゃったし……　部屋までの行き方もよくご存じでしたから。」

「不可解ですな」と司祭が言った。「同じ家に住んでいるピンソン氏が、それほどまで顔を隠して振る舞うというのは……　病気を口実に家に留まることだってできたはず……　そう思われませんか、奥さま？」

「リブラーダ！」夫人は怒り心頭に発した。「神に誓って、お前は牢獄行きよ。」

引導を渡し終えると夫人は両手を組んだ。片方の手の指をあまりにもきつくもう片方に突き立てたため、血がにじむほどだった。

「ドン・イノセンシオさま……」とかすれた声が聞こえた。「わたくしたち、もう死ぬしかありません……　死ぬよりほかに道がない。」

夫人は悲嘆に暮れ、涙をこぼしはじめた。

「勇気をお持ちください、奥さま」司祭は悲痛な声で慰めた。「大いなる勇気を……　とにかくいまは、勇気を奮い起こすしかありません。こうした状況では平静を保ち、大いなる心を持つことが必要とされますので。」

「わたくしは大きな心を持ち合わせております」すすり泣きながらポレンティーノス家の女は言った。

「私のは、ちっぽけなものですが……、さて、これからどうなりますか。」

第二十四章　告白

二人がそうこうしている間、ロサリオは自室にいた。夜も更け、静まり返った暗闇のなかで独り、裸足で床にひざまずき、手を合わせ、ベッドの縁に燃えるように熱いこめかみをもたせ掛けていた。心は千々《ちぢ》に乱れ、涙を流すことも気持ちを落ち着かせ平静を保つこともかなわない。冷徹な剣に突き抜かれ、途方もない苦痛とともに、その想いはこの世から神の世へ、神の世からこの世へと目まぐるしく往来を繰り返し、呆然と、半ば狂ったような状態だった。微かな音さえ立てないよう気を配っていた。それは隣室で寝《やす》んでいる、あるいは寝たふりをしている母親の注意を引かないためだった。興奮した彼女は天に向かってみずからの思考を高揚させた――

「神よ、昔嘘をつけなかったわたしが、いまはなぜ嘘をつけるのでしょうか？　昔隠しごとのできなかったわたしが、いまはなぜ隠せるのでしょう？　わたしは卑しむべき女となったのでしょうか……？　わたしが感じている、このわたしに起きている変化は、二度と抜け出すことのできない堕落なのでしょうか？　わたしは誠実で善良な女でなくなったのでしょうか……？　自分で自分のことがわからないのです。わたしは以前と同じわたしなのでしょうか、それともこの場にいるのは別の女なのでしょうか……？　このわずか数日の間に、なんて恐ろしい出来事が起きたのかしら！　なんてさまざまなことを味わったのかしら！　わたしの心はあまりに色々なことがありすぎて、疲れ果ててしまった……！　神よ、わたしの声を聞いていらっしゃいますか？　それともわたしは、聞き入れられることのない祈りを、永遠に唱えるよう宣告されたのでしょうか……？　わたしは善良な女です。善良でなくなったなど、わたしは決して納得できません。もしや、愛することが、熱烈に誰かを想うことが悪しき行いだというのでしょうか……？　いいえ、そんなことはない……　これは幻想、錯覚なのかしら。わたしはこの世でもっとも卑しい女たちよりも悪しき女になってしまった。わたしの中に大蛇が居着き、わたしにかみ付き、心を毒している……。わたしは何を感じているの？　神よ、どうしてわたしの命を奪ってくださらないのですか？　どうしてわたしを永遠に地獄へ追いやってくださらないのですか……　口にすることさえ憚られますが、告白します。耳を傾けてくださる神にだけは告白いたします。司祭さまの前でも告白しましょう。そうです、わたしは母を嫌悪しているのです。何が理由で憎むのか、自分自身わかりません。彼は母を否定するようなことは一言も言いません。わたしはなぜこう思うようになったのでしょうか……　わたしはなんてひどい娘なのでしょう！　悪魔の虜になってしまった。神よ、どうかわたしをお救いください。わたしには自分に打ち勝つ力がない……　この家を出ていきたいという抑えがたい衝動に駆られています。逃げたい、ここから走り出したい。もし彼がわたしを連れ出してくれないのなら、地を這ってでも彼の後を追っていくにちがいありません……　胸の奥に、にがい苦しみと混じり合って感じる、この喜びがなんて気高く感じられることでしょう……？　聖なる父よ、わたしの道を照らし出してください。わたしは単に愛したいだけなのです。いまわたしを貪るこの憎悪のために生まれたのではありません。人に隠しごとをし、嘘をつき、欺すために生まれてきたわけではないのです。明日外に出て、通りの真ん中で叫んでみせます。通りすがりの人に言います――《わたしは愛している！　そして激しく憎んでいる！》。こうすることができれば、わたしもどんなに気が楽になるでしょう……　すべてを両立させることができれば、皆を愛し尊ぶことができれば、なんて幸せでしょう！　聖なるマリアさま、どうかわたしにご加護を……　また恐ろしい想いが脳裏に浮かんできます。もう考えたくないのに考えてしまう。感じたくないのに感じてしまう。ああ！　このことで自分をごまかすことはできない。その想いを消し去ることも和らげることもできない……　でも、告白することはできます。そう、わたしは告白するわ――《神よ、わたしは母を心底、憎んでいます！》。」

ようやく彼女は寝入った。不確かな眠りのなか、脳裏に自分のその夜のあらゆる行動が浮かんできた。それは本質は変わらないまでも歪んだ再現となっていた。大聖堂の時計が九時を告げる音が聞こえる。老いた召使いが幸せそうに居眠りしているのを見て喜びを覚え、ひっそりと部屋を出る。階段をそっと、どんな小さな音も立てていないと確信できるまで次の一歩を踏み出さないほど、そっと下りる。召使い部屋と台所をまわり果樹園に出る。果樹園で一瞬立ち止まり空を見上げると、星々が一面にちりばめられている。風が和らぎ、夜のしじまを破る音もない。だが、暗闇に身を隠した何者かが、息をひそめ、じっと瞬きもせずにこちらを注視し、これから起こる大事を期待して聞き耳を立てているかのようだ……　そう、まさに夜が、見つめていたのだ。

その後、彼女は食堂のガラス扉に近付く。中の人びとに見られないよう、距離を置いて慎重に室内をのぞき見る。と、食堂の灯光の下、背を向けた母親が目に入った。右側には聴罪司祭が、奇妙なほど変容した横顔を見せている。この世に存在しない鳥のくちばしほどに鼻が突き出ていたのだ。全体の容姿も、切り抜かれた影絵のように濃い黒色で、ごつごつと骨ばっており、滑稽なほど細い体形が顕わになっていた。二人の真向かいにはカバリューコが立っていたが、その姿は人間というよりまさにドラゴンそのもの。ロサリオには彼の緑の双眸が、凸状レンズが付いた二つの大カンテラに見えた。そして、その瞳の輝きと、人を威圧する動物のような図体に彼女は恐怖を覚えた。リクルゴ親爺とほかの三人は、彼女には醜怪な小さな人形に見えた。ロサリオはどこかで、きっと何かの祭りで、ああした愚かな笑いや粗野な顔立ち、ぼうっとした目付きの粘土人形を見たことがあった。ドラゴンは両腕を振り回していたが、それは身振り手振りで何かを伝えているというより、ただ二本の腕を風車の羽根のように回転させているだけ。それと同時に、薬局のガラスカバーそっくりの緑色の二つの球体を左右へせわしなく動かしていた。その眼力は相手の目を眩ますほど強かった……　居合わせた一同は、会話に興じているようだ。聴罪司祭は羽根をばたつかせていた。まさに、飛ぼうとしながら飛び立てない自惚れ屋の小鳥。くちばしはより長くなり、ますます捻れていく。怒ったかのように羽根を逆立てたり、落ち着きを取り戻して羽根を収め、翼の下に毛のない頭を隠したりしている……　かと思うと、突然、粘土人形たちは、人間になりたいとざわめき立つ。若造のフラスキート・ゴンサーレスは男だと認めてもらいたくて、興奮しながら何かわめいている。

ロサリオは、この親密な集会を目の当たりにし、言いようのない恐れを抱いた。急いでガラス扉から離れると、誰かに見られていないか、あらゆる方向を確認しながら、一歩一歩、歩を進めた。誰かがいたわけではない。にもかかわらず、何百万もの瞳が自分をじっと見つめているかのような気がする……しかし突然、何の前触れもなく、恐怖と羞恥心は彼女から消え失せた。ピンソンが寝起きする部屋の窓に、青い制服を着た男性が姿を現したからだ。その上体にはボタンが小さな光の鎖のようにつながり、輝いている。彼女は近付く。次の瞬間、金モールの付いた二本の腕が、彼女を羽根のように軽々と宙に持ち上げ、素早く部屋の中に引き入れた。目の前の光景が一転した。するといきなり、轟音が鳴り響き、乾いた衝撃が邸宅を揺るがした。二人は、その轟音の正体がわからず、口を固く結んだまま震え上がった。

ドラゴンが食堂のテーブルを叩き割った瞬間だった。

第二十五章　予期せぬ出来事 —— 束の間の混乱

舞台は変わる。読者の皆さんは、美しい部屋、質素だが明るく、心が晴れ晴れするような居心地のいい、驚くほど整頓された部屋を目にするだろう。床に藺草《いぐさ》の筵《むしろ》が敷かれ、白壁には聖人たちの美しい肖像画と、芸術的価値は疑わしい彫刻が飾られている。マホガニーの古家具は週末ごとに磨き上げられ輝きを放っている。青と銀色の服を華やかにまとい、この家の崇拝を一身に受けるマリア像が祀られた祭壇は、神聖なものと世俗のものが半々ぐらいの割合で、何千個もの微笑ましい飾りで覆われている。また、ビーズ細工の小さな絵、聖水盤、《神の子羊像》の付いた時計台、棕梠の主日に使われた葉の縮れたヤシの枝、香りのない造花のバラがささった花瓶もいくつか飾られていた。オーク材の巨大な書架には、選りすぐりの豪華本が並んでいる。快楽主義の遊蕩詩人ホラティウスの傍らを陣取っているのは、穏やかなウェルギリウス。そのウェルギリウスの詩行には、英雄アエネアスへの愛に燃えた女王ディドの心がじりじりと鼓動しているのがわかる。大鼻の詩人オウィディウスは、崇高な存在でありながら淫らで口がうまく、警句を好む口の悪い放浪詩人マルティアリスと肩を並べている。女性への愛を謳った情熱的なティブルスの横に、偉大なる弁論家キケロが。厳正な歴史家ティトゥス・リウィウスの横に、歴代ローマ皇帝の死刑執行人となった恐るべきタキトゥスが。そのほか、汎神論者ルクレティウス、ペンで社会に物申した風刺詩人ユウェナリス、粉屋で石臼を回しながら古代随一の喜劇を生み出したプラウトゥス、生涯における最良の行動がみずからの自死であったと言われる哲学者セネカ、弁論家のクウィンティリアヌス、美徳を雄弁に論じた抜け目のない歴史家サルスティウス、大小二人のプリニウス、伝記作家スエトニウス、広汎な知識を誇るウァッロ —— 要するにそこには、紀元前三世紀にリウィウス・アンドロニクスとともにローマ文学が誕生し、五世紀のルティリウス・ナマティアヌスとともに息を引き取るまでの、ラテン文学のすべてが並んでいた。

蔵書を手早く列挙している間《ま》に、あいにくわれわれは二人の女性が部屋に入ってくるのを見逃してしまった。朝の早い時間ではあったが、オルバホッサでは皆がたいへんな早起きなのだ。小鳥たちはかごの中で懸命に鳴きはじめ、教会の鐘が鳴り響きミサを知らせ、家々の戸口では山羊がカウベル鈴を陽気に鳴らし、乳を搾られていた。

先ほどご紹介した部屋でわれわれが目にする二人の夫人は、ミサから戻って来たばかり。黒い服を身に着け、各自右手に小さな祈祷書を持ち、指にロザリオの数珠を絡ませていた。

「あなたの叔父さまがお戻りになるのに、それほど時間はかからないはず」二人のうちの一人が言った。「ミサがはじまった時点でお暇しましたが、あの方はいつも手早くミサをお済ませになるから、今頃聖具保管室で上祭服を脱いでおられることでしょう。残ってミサに出席したかったけれど、今日はわたくしにとってたいへんな日ですから。」

「わたしも今日は説教師さまのミサにしか出ませんでした」ともう一人の女が言った。「説教師さまはミサをまたたく間にお挙げになりますし、それに、わたしたちに起きている恐ろしい出来事が頭から離れず、落ち着いて聞けませんでしたので、ミサの御利益はないと思います。」

「いまのところどうしようもないですね……　我慢するしかありません……　あなたの叔父さまがどんな助言をくださることか。」

「ああ！」もう一人の女が深いため息をもらしながら声を上げた。「わたし、血が煮えくりかえってしまいそうです。」

「神がわたくしたちをご加護くださるにちがいありません。」

「あなたさまのような奥さまが……に脅迫を受けるなんて、誰が想像できるでしょう！　あの男は頑として自分の考えを譲らない……　ドニャ・ペルフェクタ奥さま、お命じのとおり、昨夜わたし、もう一度クスコ未亡人の宿に行って、新しい情報を仕入れて参りました。ドン・ペピート《ホセ・レイ》と旅団長バターリャはいつも一緒にいて、何やら話し込んでいるそうです……　神よ！……　いまいましい計画について話し合っては、ブドウ酒の壜を空にしているようです。道楽者で酔っぱらいの二人のこと、どんな悪行をしでかそうかと頭をひねっているにちがいございません。あなたさまのことがすごく気にかかっていましたので、わたし、その後、ドン・ペピートが宿屋から出かけるのを見かけ、後をつけたんです……」

「それでどこに行ったのですか？」

「倶楽部《カシノ》です、奥さま。倶楽部にですよ」訊かれた女性は多少どぎまぎしながら答えた。「その後、ドン・ペピートは宿に戻りました。ああ！　深夜までこんなスパイのような真似をしたことで、叔父にどんなに叱られたことか……　でも、そうせずにいられなかったのです……　神聖なるイエスよ、わたしにご加護を！　そうせずにいられないんです。あなたさまのような方がこれほど危うい窮地に立たされているのを見るにつけ、わたしは気が変になりそうで……　何でもございません、大したことではございません。ですが、奥さま、わたしには、あのごろつきどもがお宅を襲って、わたしたちからロサリートを連れ去ってしまう光景が、ふと思い浮かぶんです……」

ドニャ・ペルフェクタは床に目を伏したまま、じっと考え込んでいたが、青白い顔をゆがめると、ようやく口を開いた。

「いまのところそれを妨ぐ手立てはありません。」

「わたしはあると思います」強い口調で答えたのは、聴罪司祭の姪、ハシントの母親だった。「とても簡単な方法があります。あなたさまにお伝えしましたが、お気に召していただけなかった、あの方法です。ああ！　奥さま、あなたさまはあまりにも善良でいらっしゃる。こうした状況においては少しばかり完璧《ペルフェクタ》でなくなることも必要なんです……　ためらいをわきに押しやることが。それで神が気を悪くされるとでもおっしゃるのですか？」

「マリア・レメディオス」夫人が諭した。「馬鹿げたことを口にするんじゃありません。」

「馬鹿げたこと！……　あなたさまの知恵をもってしても、あの甥っ子にお灸を据えることがかなわないじゃありませんか。わたしの提案よりもっと良い方法がございますか？　わたしたちを護ってくれる司直さえいなくなったいまとなっては、わたしたち自身が偉大なる裁きを執り行うしかありません。あなたさまのお宅には、どんなことにも役に立つ男たちがいるじゃありませんか？　呼び寄せて、彼らに告げればいいのです――　《さあ、カバリューコ、パソラルゴ、誰でもいいですから、今晩しっかり顔を隠し、誰だかわからないようにして、信頼のおける友人を連れて、キリストの顔《サンタ・ファス》通りの角に立ってらっしゃい。しばらく待っていれば、倶楽部へ向かうドン・ホセ・レイが臓物屋《トウリペリーア》通りからやって来ます。彼はきっと倶楽部に行くはずですから、わかりましたか？　彼がやって来たところを見計らって、道に飛び出して脅かすのです……》。」

「マリア・レメディオス、訳のわからないことばかり言わないで」夫人は、わざと重々しい口調でたしなめた。

「脅かすだけです、奥さま。わたしの話をよくお聞き下さい、ちょっと怖がらせてやるだけです。わたしが犯罪をそそのかすとでも……？　とんでもございません。そんなこと考えただけでぞっとしますし、目の前に血と弾丸《たま》の跡が見える気がします。そんなのじゃありません、奥さま……　威嚇です。少しばかり脅かして、わたしたちがしっかり守られていることを、あの悪党に知らしめてやるだけです。あいつは倶楽部に一人で、奥さま、たった一人で行き、あそこでサーベルや鉄兜を付けた友人たちと落ち合います。奥さま、あいつは肝をつぶし、ついでに骨を数本痛めることになるでしょうが、重い傷など何も受けません、おわかりですか……　まあ仮に傷ついたとしても、怖じ気づいてオルバホッサから逃げ出すか、もしくは半月ばかり床につく程度。確かに、彼らにはうまく脅かすよう忠告しておかなければなりませんが。絶対に殺したりしないように……　ここが肝心、ですが、しっかりお仕置きするように、と。」

「マリア」ドニャ・ペルフェクタは蔑むように言った。「あなたには高尚な考えとか、わたくしたちの救いとなる素晴らしい解決策を思いつくなんて、どだい無理なのね。あなたが奨めるのは卑劣で臆病な行為ばかり。」

「わかりました、では、わたし、黙っています……　わたしったら、ほんとに、馬鹿でしょうがない！」聴罪司祭の姪はへりくだりながらも、ぶつぶつと愚痴をこぼした。「わたしの馬鹿げた考えは、奥さまが娘さんを失われた後、お慰めするときまで取っておくことにします。」

「わたくしの娘！……　娘を失うですって！……」夫人は突如怒りが込み上げたかのように叫んだ。「そんな話、聞いただけで気が狂いそう。いいえ、わたくしから娘を奪うなど、できやしないわ。もし、ロサリオが、いまのところはあの放蕩者を嫌っていないとしても、わたくしが望む以上、必ずや彼を嫌悪するようになります。母の権威というものも、いくらか役に立つはずです……　娘の愛情、いいえ、単なる気まぐれよ、そんなもの根絶やしにしてやりましょう。若い雑草を根付く間もなく引き抜くのと同じです……　決して、娘を奪うなんてできやしません、レメディオス。どんなことが起きても、それはありえません！　あの血迷った男が、どれほどひどい手段に訴えようと、そんなことできやしません。娘が甥の妻となるのを目にするくらいなら、娘にいかなる災いが起きてもかまいません。それがたとえ死であったとしても。」

「……の手中に陥るより、死して埋葬され、うじの餌となる方がまし」レメディオスが、祈りを上げるかのように両手を組んでうなずいた。「ああ！　奥さま、どうかこんなことを申し上げて気分を悪くなさらないで下さい。ロサリートがあの不敵な男と密会したからといって譲歩なさるのは、たいへん気弱な対応だと思います。おとといの夜の出来事は、叔父から聞いたかぎり、騒動を起こして目的を達成しようという、ドン・ホセがめぐらせた忌まわしい計略だとわたしには思えるのです。男たちがよくやる手です……　ただ、聖なるイエスよ、司祭でもない男性と二人きりになる女性がいるなんて、わたしには信じられません！」

「お黙り、お黙りなさい」ドニャ・ペルフェクタは激しくその言葉をさえぎった。「わたくしの前でおとといの夜の話を持ち出さないで。なんて恐ろしい出来事でしょう！　マリア・レメディオス……怒りの虜になると人は心を失うことがある、ということが、いまやっとわかりました。わたくしの内では憤怒の炎が燃えています……　こうした状況に直面すると、自分が男でないことが本当に口惜しい！……　ところで、おとといの夜のことですが、実のところ、わたくしはどうも腑に落ちません。リブラーダは入ってきた男が誓ってピンソンだった、と断言します。娘は何もかも否定する、一度も嘘をついたことのない娘が！……　わたくしは、あくまでピンソンはずる賢い仲介者にすぎないのでは、と疑っています……」

「つまり、またいつもの話、あらゆる悪行の首謀者はいまいましい数学者《ホセ・レイ》というわけですね……ああ！　あの男と初めて会ったときから、そんな気がしたんです……　ということは、奥さま、何かもっと恐ろしいことに直面する覚悟をなさらなければなりません。もしカバリューコを呼び寄せて、《カバリューコ、わたしは……して欲しい》と申し渡す決意をなさらないのであれば。」

「振り出しに戻るのね。単純な人だこと……」

「まあ！　単純だってことは自分でもわかってます。これよりほかに考えが浮かばないわたしに、いったい何ができるって言うのですか？　知恵のないわたしは、思いついたことを口にするしかありませんから。」

「叩いたり脅かしたりという粗野で愚かな発想は、誰でも考えつくものなの。思慮の浅い人だこと、レメディオス。重大な問題を解決しようというときに、そんな馬鹿げたことばかり言い出して。わたくしなら、生まれの良い、高貴な人間にふさわしい手段を考え出します。殴るですって！　とんでもない！　わたくしの命令で甥がひっかき傷を負うことすら望まないのに。殴るなんて、決して許しません。彼には、神がお選びになった驚くべき何らかの方法で天罰が下されるでしょう。よって、わたくしたちの役割は、神の意図が妨げられることのなきよう努めるだけ。マリア・レメディオス、こうした問題に関しては、それを引き起こした原因に直接対処することが重要なのです。まあ、あなたには原因がわからないでしょうが……　つまらないことしか目に入らないあなたのことですから。」

「そうでしょうとも」司祭の姪は謙虚に認めた。「どうして神はわたしを、そうした崇高なことがまったく解せないお馬鹿さんになさったのでしょう！」

「核心です、問題の核心を衝くことが必要なのです、レメディオス。まだ理解できませんか？」

「まだ。」

「わたくしの甥は、単にわたくしの甥というわけではありません。冒涜、聖所侵犯、無神論、民衆煽動といった、もろもろの象徴です……　煽動とは何か知っていますか？」

「油でパリを燃やしたり、教会を打ち壊して聖像に火を放ったりした、あの民衆に関係する何かですよね……　ここまではよくわかりました。」

「つまり、わたくしの甥はそういったことすべてを意味しているのです……　ああ！　彼がオルバホッサに一人でいるのなら！……　けれど、彼は一人じゃないの。わたくしの甥は、宿命的な連鎖――それは神がわたくしたちを罰するために時折なさる、一時的な苦難の証以外の何ものでもない

――によって、一つの軍隊に匹敵する存在になってしまった。中央政府の権力に、市長に、裁判官に匹敵する存在。つまり、わたくしの甥であってもわたくしの甥ではない。彼は公的な国家なのです、レメディオス、わかりますか？　それはマドリードで統治している放蕩者たちから構成される、物質的な権力を占有する第二の国家のことです。もちろん、それは見せかけの国家。というのも、本当の国家は文句も言わず、苦労して税金を納める人たちからなる国のことだから。対して、法令の末尾に署名だけして、演説をぶっては、政府や当局といった数多《あまた》の茶番劇を演じる虚構の国家に属する人間。それがいまのわたくしの甥です。あなたも事の本質に目を向けるのに慣れなければなりません。わたくしの甥は、政府や旅団長、新市長や新裁判官と同格の存在です。なぜなら、同じ思想を信奉する彼らは、甥の肩を持つから。気の置けない仲間同士、同じ群れの狼だからです……　わたくしの言っていることがわかりますか？　わたくしたちは彼ら全員から身を護る必要があるということです。全員で一人、一人で全員なのですから。攻撃を仕掛けるなら、彼ら全員に対してでなければなりません。街角で一人を殴り付ける、といったやり方ではなく、わたくしたちのご先祖がモーロ人を、そうレメディオス、モーロ人たちを攻めたのと同じやり方で……　このことをしっかり理解なさい。意識を目覚めさせ、斬新な発想をするのです……　みずからの精神を高めなさい。気高い考えを抱くのです、レメディオス。」

ドン・イノセンシオの姪はこうした高尚なことを言われ、呆気にとられていた。夫人の崇高な考えに釣り合うような何かを言おうと口を開きかけたが、漏れたのはため息《ススピーロ》だけだった。

「モーロ人に対するように」ドニャ・ペルフェクタが繰り返した。「つまり、モーロ人対キリスト教徒という問題なのです。なのにあなたは、甥を脅かすだけで事がすべて済むと思っていたのでしょう！　なんて愚かな！　仲間たちが彼を支えているって、知らなかったの？　わたくしたちがろくでなしどもの言いなり状態だって、わからないの？　取るに足りない中尉さまでも、その気になればわたくしの家に火を放つことさえできるって、わからない？　あなたには、こういうことまで考えが及ばないのかしら？　物事の本質に迫るのが重要だって、理解できないの？　単なる一人の男ではなく、一派をなしているわたくしの敵の、途方もない大きさや恐るべき拡がりが理解できないの？……いまわたくしと対峙している甥は、ちょっとした災難どころか、群れとなって襲い来る大災難だって理解できないのですか？……　親愛なるレメディオス、大災難に立ち向かうには、この地に、マドリードから送られてきた地獄の軍隊を壊滅させることのできる神の旅団が必要なのです。間違いなくこれは、栄光に満ちた偉大なる戦いになりますよ……」

「栄光に満ちた偉大なる戦い……　そうなるとよろしいですね……！」

「あら、あなた疑っているの？　この町でまさに今日、恐るべき出来事を目にすることになるのよ……」たいそう待ち遠しそうな様子で夫人は言った。「今日、まさに今日！……　ところで、何時になるかしら？　七時ね。こんな時間なのに、何も起きていない！……」

「おそらく叔父が何か知っているのでは。あ、帰ってきました。階段を上るのが聞こえます。」

「ああ、ありがたいこと……」ドニャ・ペルフェクタは贖罪司祭を出迎えようと立ち上がりながらつぶやいた。「何かいい話をもたらしてくださるでしょう。」

入って来たとき、ドン・イノセンシオは慌てているようだった。変わり果てた形相は、信仰とラテン研究に身を捧げる彼の魂が、平素のとおり安らかでないことを示していた。

「悪い知らせじゃ」彼は椅子に帽子を置き、長マントのひもをほどきながら口を開いた。

ドニャ・ペルフェクタは青ざめた。

「男たちが捕縛されておる」ドン・イノセンシオが、椅子の下に兵士でも潜んでいるかのように声をひそめ、続けた。「自分らのきつい冗談に、オルバホッサの住人たちが我慢ならなくなったと疑ったのじゃろう。兵士が家々を回って、勇猛で名をはせた輩をしらみつぶしに捕まえておる。」

夫人は椅子に座り込み、その木製の肘掛けをきつく握りしめた。

「何の抵抗もせず捕まえられるなんて」レメディオスが歯がみした。

「彼らの多く……　いや、ほとんどの者たちは」、ドン・イノセンシオが夫人の方を向きながら誇らしげに言った。「逃げる間がありましたので、武器を持って馬でビリャオレンダへ向かいました。」

「それでラモスは?」

「大聖堂で耳にしたところによりますと、奴らがとりわけ熱心に行方を探しているのがラモスだとのこと……　おお、神よ!　まだ何もしでかしていない輩をこうやって召し捕るとは、かわいそうな……　私にはわかりません、善良なスペイン人たちがどうしてここまで辛抱できるのか。ドニャ・ペルフェクタ奥さま、捕縛のことに気を取られ、お伝えするのを忘れておりました。直ぐさまお宅にお戻りにならないといけません。」

「わかりました、いますぐ……　あの悪党どもがわたくしの家を捜索するのですか？」

「おそらく。奥さま、縁起の悪い日でございますから」ドン・イノセンシオは心痛に堪えながら、厳かな祈りを捧げた。「神よ、私どもを哀れみくだされ！」

「家には武装した男たちが五、六人ほどいます」ドニャ・ペルフェクタは激しく動揺して語調を荒げた。「そんな不当なことってありますか！　彼らまでも召し捕るなんてこと、あり得るかしら？……」

「まず間違いなく、ピンソン殿は彼らに関する通報を怠らなかったでしょう。奥さま、繰り返しますが、今日は縁起の悪い日でございますから。ただし、神が無実の人びとをご加護くださるはず。」

「わたくしは帰ります。ドン・イノセンシオさま、どうか必ず我が家にお立ち寄りください。」

「奥さま、授業を終え次第すぐに……　町中に不安が拡がっておりますので、子どもたちは今日は皆、登校して来ないかと思いますが。とにかく、授業があろうがなかろうが、後ほどお宅に伺います……ところで、奥さまは一人で帰宅なさらない方がよろしい。通りを無礼な兵隊の雄蜂どもがふらついておりますので……　ハシント、ハシント、ハシント！」

「そんな必要はありません。一人で帰れます。」

「ハシントがご一緒します」その母親《マリア・レメディオス》も同意した。「もう起きているはずです。」

二階から階段を下りてくる若博士《ハシント》の慌てた足音が聞こえた。顔を真っ赤にし、息を切らしながら部屋に飛び込んできた。

「何かありましたか？」と叔父が彼に訊いた。

「トロイアの娘たちの家に」と、若造《ハシント》が答えた。「あの娘たちの家に……ええっと……」

「さっさと言いなさい。」

「カバリューコがいます。」

「上の家に？……　トロイアの娘宅に？」

「はい、そうです……　カバリューコに平屋根から声をかけられました。あそこで捕まったらまずい、と。」

「ああ、なんてこと！……　あののろま、おめおめと捕まるつもりかしら」ドニャ・ペルフェクタは、地団駄踏みながら声を上げた。

「こちらに移って来たい、この家にかくまって欲しい、と言っています。」

「ここに？」

司祭と姪は顔を見合わせた。

「下りてくるように！」ドニャ・ペルフェクタが命令口調で言った。

「ここにですか？」ドン・イノセンシオは不快な顔をしながら繰り返した。

「ここにです」と夫人が応じた。「わたくしが知るかぎり、この家より安全な場所はありませんから。」

「僕の部屋の窓にならば容易に飛び移れます」とハシントが言った。

「どうしてもそうしなければならないと、おっしゃるのでしたら……」

「マリア・レメディオス」と夫人が言った。「あの男が捕まれば、すべて終わりです。」
「わたしは単純で愚かな女ですからわかりませんが」と司祭の姪《マリア・レメディオス》は応え、胸を手で押さえた。おそらく人前でため息が出そうになり、押しとどめたのだ。「でも、カバリューコは捕まりませんよ。」
夫人《ドニャ・ペルフェクタ》は足早に家を出ていった。そのすぐ後にはケンタウロス《カバリューコ》が、普段ドン・イノセンシオが説教を書き付けるときに座る安楽椅子に、どっかりと腰を下ろしていた。

彼らの企てがいかにしてバターリャ旅団長の耳に届いたのか、われわれには知る由もない。しかし、任務に精励するこの軍人が、オルバホッサの住人たちがこれまでの意向を翻した、という情報を得ていたことは間違いない。その日の午前、彼はわれわれの豊かな反乱用語で《著名な《カラクテリサード》》と称される者たちの拘留を命じたのだ。偉大なるカバリューコはトロイアの娘宅に身を隠し、奇跡的に捕縛をまぬがれた。しかし、そこでも身の安全が保障されないと考え、先ほど観たように、善良な司祭の聖なる、つまり決して疑いのかかることのないお宅へ移ったわけだ。

町中の数カ所に拠点を構えた軍は、夜間出入りする者たちに対し厳重な警戒をしいた。ところがラモスは軍の監視をかわし、あるいはかわす必要もなく逃げ果《おお》せた。その結果人びとは奮い立ち、多くの人間が夜になるとビリャオレンダ近郊の村落に集結し、昼間は散り散りになりながら、反乱という難事に備えるための謀議を重ねることができた。ラモスは近隣を駆けずり、人と武器を調達して回った。軍の遊撃部隊がビリャフアン・デ・ナアラの地でアセロ一族を追跡していたため、騎士《カバリューコ》と見まがうわれわれの英雄は瞬く間にことを大きく進められたのだ。

彼は陽が暮れると、大胆不敵にもあえてオルバホッサの町中に入り込むという危険を冒した。おそらくは賄賂などのあざとい手段を使ったのだろうが、町で得ていた絶大な人気と信頼がある意味、彼の援護役を果たした。その上、軍隊は果敢な戦士に対し、土地の取るに足りない男たちに対するほど厳格な対応を取らなかった、と言うこともできよう。スペインでは、とくに戦時中という必ず風紀が乱れる状況下では、下っ端には容赦せず、大物には卑しくも手心を加える、ということがよくあるのだ。よって、カバリューコは大胆さか賄賂か、あるいはわれわれが関知しない手段を用いてオルバホッサに入り込み、より多くの男たちを徴集し、武器を蓄え、資金をかき集めることができた。身の安全を考え、また必要最低限の用だけで済ますため、自宅には近付かず、ドニャ・ペルフェクタ邸にも重要案件を取り決めるときしか立ち寄らなかった。夕食を、時折、誰かの家でごちそうになることはあったが、常に、尊敬を集める聖職者の住まい、とりわけ一斉捕縛が実施された忌まわしい朝に庇護を受けた、ドン・イノセンシオ司祭の住まいでごちそうになるのを好んだ。

そうこうしている中、バターリャ旅団長は中央政府に打電した —— 反乱の企てが発覚したが、首謀者たちはすでに逮捕済み。逃げ果せた少数の者たちは《我らが遊撃隊による激しい追撃を受け》、散り散りになり逃亡中。

第二十六章　マリア・レメディオス

われわれを驚嘆させたり狼狽させたりする、興味ぶかい出来事の源を探ることは、何よりの気晴らしだ。その結果、源を探り当てることができたなら、どんなに愉快だろう。ほとばしる情念が時に包み隠されたまま、時にあからさまにせめぎ合う場面に出くわしたわれわれは、人びとを観察する際たえず抱く生来の帰納的衝動に突き動かされ、波打つ河の人目に付かない源を探る。そして、その源泉を発見することができたとき、地理学者や未開地の探索者とまったく同じ歓喜を覚えるのだ。

いままさに同じ喜びを、神がわれわれに与えて下さった。なぜなら、この物語の裏に脈打つさまざまな心の深奥を探索したところ、われわれは、ここに語られている極めて重要な出来事の要因にちがいない、ある事実を探り当てたからだ。われわれが観察している激流の最初の一滴……それは、一つの情念だった。

それについての話を続けるため、ひとまずポレンティーノス夫人《ドニャ・ペルフェクタ》がマリア・レメディオスと話し合った朝、夫人に起きたはずの出来事については、軽く触れておく——ドニャ・ペルフェクタは不安にかられながら、みずからの邸宅に足を踏み入れた。まずそこで、ピンソンの弁解と礼儀正しい応対に堪えなければならなかった。彼は自分が邸に逗留しているかぎり、奥さまの家が捜索されることなどありません、と請け合った。だが、そんな彼にドニャ・ペルフェクタは、視線さえ向けず尊大な口ぶりで応じた。すると彼は丁重な口調で、夫人の冷淡な態度の説明を求めた。そこで彼女はピンソンに、とにかくわたくしの家から出ていってください、もちろん適切な時期に家中におけるあなたの背信行為に関して釈明していただくことになりますが、と答えた。そこにドン・カジェターノが到着し、男同士言葉を交わした。しかし、いまのわれわれの関心事は別にある。そこで、ポレンティーノス家の人びとと中佐殿には、可能な範囲で折り合いを付けていただくことにして、われわれは前《さき》に言及した歴史的な源泉の調査に取りかかろう。

まずは、賞賛すべき女性マリア・レメディオスに焦点をあて、早急に数行を彼女に捧げることにする。彼女は夫人の中の夫人であった。というのも、きわめて下層の出身であるにもかかわらず、実の叔父ドン・イノセンシオ——同様に下層階級の出身だが、秘跡《サクラメント》や才知、そのほかの尊敬すべき資質によって崇められる存在となった——の美徳が、彼女を含むすべての家族に、この上ない栄光をもたらしたからだった。

さて、レメディオスがハシントに抱く愛は、母親の胸の内に収まりうる中で、もっとも激しい情念の一つだったと言える。熱烈に愛する息子の幸せを、人間界のあらゆるものに優先させたのだ。息子を、神が創造なさったもっとも完璧《ペルフェクト》な美と才能の典型だと見なしており、彼が幸せに暮らし、権力をふるうのを目にするためであったら、みずからの人生すべてを、さらには天上の栄光の一部までもなげうつほどの溺愛ぶりだった。母親の愛情というものは、たいそう貴く清らかなものであるため、強すぎても許される唯一の心情、激しすぎるために歪むことのない唯一の心情だと言える。しかしながら、この世でよくあることだが、高揚した母性愛は、純粋な汚れなき心と完璧な高潔さを伴わないとき、特異な現象を見せる。母性愛が、ときおり本来の道を踏みはずし盲目的な熱狂に変貌してしまうのだ。その結果、ほかのいかなる高揚した情念とたがわず、たいへんな過ちや破局を引き起こす要因となる。

オルバホッサでマリア・レメディオスは、美徳と姪の鏡として通っていた。実際、確かにそうだ、と言ってかまわないだろう。彼女は助けを必要とする人びと皆に優しく仕え、たちの悪い陰口や噂にのぼる口実を決して与えなかったし、まして陰謀に係わりを持つことなど決してなかった。彼女の偽善がすぎて、人の癇に障ることがなくもなかった。だが、信心深い女性であることは疑いなく、実際に慈善を実践していた。その上、とにかく巧妙に叔父宅の舵をとっていた。だからこそ、あらゆる場所で歓迎され、賞賛され、もてなしを受けたのだ。絶えずため息をつき、いつも愚痴をこぼすことで、人を息苦しくさせるにもかかわらず。

この素晴らしき夫人が、ドニャ・ペルフェクタの邸では一種の《身分剥奪》をこうむった。はるか昔、善良な聴罪司祭の一家がとても不遇だった時代、マリア・レメディオスは（なぜ事実を隠す必要があろうか？）ポレンティーノス家の洗濯女だったのだ。だからといって、これが理由でドニャ・ペルフェクタが彼女を蔑んだなどとは思わないでほしい。そんなことはない。ドニャ・ペルフェクタは彼女に偉ぶることなく接し、彼女に対して姉妹のような愛情を抱いていた。ともに食事を取り、ともに祈り、悩みを語り合った。慈善や礼拝においても、同様に家の切り盛りにおいても、互いに助け合った。しかし、言わざるをえないだろう！　急ごしらえの奥さまと由緒正しき奥さまとの間には、常に何か、目には見えないが超えることのできない境界が存在した。ドニャ・ペルフェクタはマリアにくだけた調子で話しかけた。逆に、マリアの方は奥さま《ドニャ・ペルフェクタ》に対し、ある程度の弁《わきま》えを忘れることは決してなかったのだ。ドン・イノセンシオの姪《マリア》は、叔父の友人《ドニャ・ペルフェクタ》の前で自分がどんなに取るに足りない人間なのかを日々噛みしめながら過ごしてきた結果、彼女が生まれつき持っていた慎み深い性格は、屈折した悲しみの色調を帯びることになった。彼女は善良な司祭である叔父が、ドニャ・ペルフェクタ邸で宮廷顧問のような不動の地位を占めているのを目にしていた。さらに、溺愛するハシンティーリョがお嬢さまと愛情とも取れるような親しい間柄にあるのもわかっていた。にもかかわらず、哀れな姪で母親のマリアは、ドニャ・ペルフェクタ邸に足を踏み入れるのを極力避けた。なぜか？　それは、マリア・レメディオスがドニャ・ペルフェクタのわきでは、《デセニョラールセ》（この単語には触れない方がいいかもしれない）、つまり奥さまとしての威厳をかなり損なってしまうからにほかならない。彼女にはこれが不快だった。当然ながら、ため息ばかりつく彼女の胸中にも、わずかばかりではあるが、ほかの生きし者と同じ自尊心が存在したから……　息子がロサリートと結婚するのを目にできたなら！　息子が裕福な権力者となり、ドニャ・ペルフェクタの、奥さまの親族となるのを目にすることができたなら！……　ああ！　これこそマリア・レメディオスにとって、天であり地、現世であり来世、現在であり未来、すなわち、望み得るもののすべてだった。彼女の思考と心は何年も前から、その甘美な希望の光で満たされていた。だからこそ、彼女は善人と悪人、双方の顔を持っていたのだ。だからこそ、信心深く謙虚なときもあれば、恐ろしく大胆なときもあった。だからこそ、彼女は必要に応じてあらゆるものになった。そうした願望に捕らわれていなかったなら、マリアは形振《なり》かまわずみずからの策を行動に移そうとすることもなかっただろう。

マリア・レメディオスは、外見的には、可もなく不可もない女性だった。あえて言えば、人が驚くほど若々しく、見た目に年齢を感じさせなかったのだが、未亡人になってもうかなりの年月がたっていたにもかかわらず、常々喪服をまとっていた。

カバリューコが聴罪司祭の家に落ち着いて五日後、夜の帳が下りたころ、レメディオスは灯したランプを手に、叔父の部屋に足を踏み入れた。ランプを机に置き、老人の真向かいに座った。ドン・イノセンシオの方は、午後が半ば過ぎたころから自分の肘掛け椅子に座り、まるで釘付けにされたかのように微動だにせず、考え込んでいた。手の上に顎を乗せ、三日ほどひげを剃っていない陽に焼けた肌には皺が刻まれていた。

「カバリューコは今晩うちで夕食を取るのか？」と姪に訊いた。

「ええ、来るでしょう。うちのような一目置かれた家であれば、あの哀れな男も安心していられますから。」

「まあ、わしの家に敬意が払われていることは別として、安全かどうかについては疑念が残るが」と、聴罪司祭が答えた。「ラモスはなんと勇猛に身を危険にさらしていることか！……　聞いた話では、ビリャオレンダとその近郊の平原に大勢の仲間が集結しているとのこと……　どれほどの数になるのか知らないが……　おまえは何か聞いたかね？」

「部隊が残虐な行為を働いていると……」

「あの野蛮人どもがわしの家を捜索しないとは、まさに奇跡！　誓ってもいいが、もし赤いズボンの輩が一人でも入ってくるのを目の当たりにしたら、わしは言葉を発することもできずひっくり返るだろうて。」

「とりあえずなんとか、わたしたちは安泰ですね！」と言ったレメディオスは、魂の半分を吐き出すかのようなため息をついた。「ドニャ・ペルフェクタ奥さまがどんな辛い目に遭っていらっしゃることか、わたしは心配でなりません……　ああ、叔父さま！　貴方はあちらにいらっしゃるべきです。」

「あちらに今晩？……　兵士たちが通りを行き来している中を？　考えてもみなさい、一人の兵士がその気になったら……　奥さまは十分に護られておる。先日邸宅が捜索された際、そこにいた武器を持った男六人が連行されたが、後に放免となったのだ。わしらこそ襲われたなら護ってくれる人間など誰もおらん。」

「わたしは、しばらく奥さまの傍にいるようハシントをお宅へ行かせました。カバリューコが来たら、彼にもあちらに向かうよう、言いましょう……　あのやくざ者たちがわたしたちの友人に対し、何かたいそうな悪事を企てているのでは、と気がかりで、どうしても頭から離れません。かわいそうな奥さま、哀れなロサリート！……　もしドニャ・ペルフェクタさまが二日前のわたしの提案を受け入れて下さっていたら、こんなことにはならなかったのにと、どうしても考えてしまう……」

「親愛なる姪よ」と、聴罪司祭が沈着冷静に諭した。「わしらは聖なる目的を果たそうと、人がなしうることすべてをやった……　もうこれ以上はできぬ。わしらは失敗に終わったのじゃ、レメディオス。強情を張らず、納得しなさい。ロサリートがわしらの愛するハシンティーリョの妻になることはありえない、と。おまえの黄金に輝く夢、おまえの幸福な理想は、いっとき実現するかに思えた。だからこそ、わしはよき叔父として力のかぎりを尽くしたのじゃが、それももはや夢想と化してしまった、雲散してしまったのじゃ。大きな妨害や一人の男の悪行、娘が抱く疑いようもない愛情、これ以上は申さぬが、とにかくその他多くの出来事のせいで、裏目に出てしまった。打ち負かそうとしていたところで、いきなりわしらの方が打ち負かされてしまったわけじゃ。おお、姪よ！　受け入れなさい。いまとなっては、ハシントは、あの気の狂った娘よりずっと価値ある男なのじゃから。」

「頑固で、気まぐれなご意見だこと」丁重とは言いがたい棘のある口ぶりでマリアが答えた。「いまになって何をおっしゃるんですか，叔父さま！　本当に、たいそう頭を役立てていらっしゃる……ドニャ・ペルフェクタさまは高貴なお考えによって、貴方さまはその深いご思案によっていかなることであれ解決できたでしょうに。神がわたしをこんなお馬鹿さんになさったことが、奥さまがおっしゃるようにレンガとモルタルの分別しかわたしにお与えにならなかったのが残念でなりません。そうでなければ、わたしがこの問題を解決したでしょうに。」

「おまえが？」

「奥さまと叔父さまがわたしにお任せになっていれば、今頃解決していたでしょう。」

「痛い目にあわせることでか？」

「それほど目をむいて驚くほどのことじゃありません。誰か人を殺すわけではないのですから……そんな、とんでもない！」

「痛い目にあわせるというのは」司祭が笑みを浮かべた。「肌を掻くようなもの……　掻きはじめると止まらないものなのじゃぞ。」

「まあ！……　わたしが冷酷で殺生を好む女とでもおっしゃりたいのですか……　虫も殺せない意気地のない人間だということは、十分ご存じでしょうに……　でしたら、わたしが一人の男の死を望むはずがないっていうのもおわかりでしょう。」

「結局のところ、マリア、どんなにあれこれ策をめぐらせようと、ドン・ペペ・レイ氏が娘を連れ去ることになる。それを阻むのはもう無理なのじゃ。彼の方はありとあらゆる手段を用いる、名誉を失う覚悟までしておるのじゃから。もしロサリートが……　あんなに思慮深そうな顔をし、天使のような瞳を持ちながら、わしらをあざむくとは！　もしロサリートが、彼奴《あやつ》に思いを寄せていないのなら……そうなら……手の施しようもあったのじゃが。しかし、罪人が悪魔を好むように、彼奴を愛しているとあっては！　あの娘《こ》は罪深い炎に身を焦がしておる。あの娘は陥った、姪よ、地獄の淫らな罠にはまったのじゃ。高潔で品行方正を旨とするわしらは、卑しい男女から目を背け、二人のことは二度と考えないようにするのじゃ。」

「叔父さま、貴方は女のことがおわかりになっていらっしゃらない」レメディオスが慇懃無礼に言い返した。「善人でいらっしゃる貴方は、ロサリートの気持ちがすぐに変わること、鼻先をしつこく擦るか、五、六回鞭打ってやればまたたく間に戻ってしまう移り気にすぎないってことがおわかりになれない。」

「姪よ」ドン・イノセンシオが重大な宣告をくだすように言った。「これほど由々しい事件が幾多も起きてしまった以上、移り気を単に移り気などと呼ぶことはできぬ。ほかの名で呼ぶべきなのじゃ。」

「叔父さま、いったい何を口になさっているのかおわかりになっていないのでしょう」突如、顔を真っ赤にして姪が答えた。「まさか、ロサリートに何かあった、とお考えになっているんですか……？なんてひどい！　わたしはあの娘の言うことを信じます、そう、あの娘を護りますとも……　天使のように純粋な娘なのですから……　叔父さま、そんなことは考えただけで恥ずかしくて、憤りを感じてしまいます。」

姪が声を上げると、善良な聖職者の顔は悲しみの陰に覆われ、一見して十歳ほど年を重ねたかのように見えた。

「親愛なるレメディオス」と話しはじめた。「わしらは人としてできることはすべて、良心にしたがってやれること、やるべきことはすべてやったのじゃ。ハシンティーリョがあの偉大な一族と、オルバホッサ随一の一族と縁故を結ぶのを見たい、というわしらの願いは人として当然のことじゃ。あの娘が所有しておる、市中の七つの家屋と大世界《ムンド・グランデ》の牧草地、三つの果樹園とアリーバの農園、さらにエンコミエンダの土地とそのほかの市内や郊外の地所――ハシンティーリョがこれらの持主になるのを目にしたい、とわしらが望むのもむべなるかな。おまえの息子は、皆が認めるよう、それだけの価値があるのじゃから。ロサリートがハシンティーリョを気に入り、あいつの方もロサリートのことがまんざらでもない、ということで話はまとまったかに見えておった。奥さまご自身も、それほど意気込みは感じられないまでも――間違いなく、それはわしらの素性のせいじゃ――、二人の関係を快くお受け入れくださるかに見えていた……　わしのことを聴罪師として、また友人として、たいそう尊敬し親愛の念を抱いてくださっておるからだろう。だが突然、あのいまいましい青年が登場した。奥さまの話では、お兄さまと約束を交わしており、お兄さまからなされた申し出をとうてい断ることはできないとのこと。深刻な争いじゃ！　ただ、こうした状況でわしに何ができる？　おお！よくわからんじゃろう。おまえには隠し立てせず話すことにしよう。もしレイ氏という人間に、正しい信条をそなえた、ロサリオを幸せにすることのできる男を見出していたなら、わしもこの件に手を出さなかったじゃろう。ところが、青年はわしには災難に思えた。そこでドニャ・ペルフェクタ家の精神的指導者として、この件に一役買うべきだと考え、乗り出したのじゃ。後はおまえも知ってのとおり、俗に言うように、彼奴《あやつ》を葬ることにしたのじゃ。彼奴の悪習を暴き、無神論者だと明るみにした。物質主義に染まったあの心がいかに腐敗しているかを、世間に広く知らしめたのじゃ。そして、奥さまは娘を悪徳に引き渡すことになると納得してくださった……　おお！　わしがどんなに遮二無二取り組んだことか！　奥さまが躊躇なさったときは、その決めかねる心を勇気づけた。奥さまに、甥っ子を穏便に遠ざけるために用いるべき合法的な手段を助言し、巧妙な案をほのめかしたのもわしじゃ。奥さまが良心の呵責を訴えられたときは、あの獰猛な敵から解放される戦いが、どこまで正当であるか、その境界をお教えすることによって奥さまを落ち着かせもした。暴力的な、流血をともなう手段を、残忍で悪質な行為をお勧めしたことは、一度たりともない。罪を伴わない工夫を凝らした策をお示ししただけ。だからこそ、マリア、わしは心穏やかでいられるのじゃ。だが、おまえも知っているように、わしは戦った、黒人のように動き回った。おお！　陽が暮れ帰宅して、《マリアよ、わしらはうまくいっている、とてもうまくいっているぞ》と話したとき、おまえは気も狂わんばかりに喜びきわまって、何百回とわしの手に口付けをし、この世で最高の叔父さま、と歓声を上げてくれたではないか。それなのになぜいまは、貴い性格と温和な気質を一変させ、憤慨しておるのじゃ？　なぜわしに小言を言うのじゃ？　なぜ、人を見下しながら、遠回しにわしを《腑抜け》《ファン・ラナス》と呼ぶのか？」

「なぜなら貴方が」苛立ちを隠そうともせず女は言った。「いきなり怖じ気づいたからです。」

「じゃが、すべての状況がわしらにとって不利となってしまった。あのいまいましい技師《ホセ・レイ》は、軍隊を味方につけ、何でもやらかす覚悟じゃ。娘は彼のことを愛しており、その上、娘は……　これ以上言うのは止そう。もうあり得ない、とにかく、もう可能性はないと言っておるのじゃ。」

「軍隊ですって！　ところで貴方は、ドニャ・ペルフェクタさま同様、戦争が起きる、と、ドン・ペペをここから追い出すには、国の半分がもう半分に抗して反乱を起こす必要がある、とでもお思いですか……　奥さまは気が狂れていらっしゃる。貴方も同類ですわ。」

「確かにわしも彼女と同じ考えじゃ。レイが軍人たちと昵懇《じっこん》の間柄という点を考慮すると、個人的な問題が大きな問題となる可能性は高い……　しかし、おお！　姪よ、わずか二日前までは、わしらの勇猛な者たちが軍隊をここから叩き出してくれるという希望を持っておったのに。状況が急転するや、ほとんどの者が戦う前に捕らえられ、カバリューコは身を隠し、ことごとく反乱が失敗していく様を目の当たりにしては、わしはもはや何も信じられん。正しき信条を抱く者たちは、過ちの僕《しもべ》と使者どもを打ち破るのに十分な物質的な力をまだ備えておらぬ……　おお！　わが姪よ、諦めるのじゃ、諦めるしかない。」

そう言ってドン・イノセンシオは、姪の常套表現をわが物にした。つまり、二、三度大きくため息をついた。対してマリアは、読者皆さんの予測に反し、深い沈黙を守った。彼女には、少なくとも外見上は、怒りも日ごろよく目につく感傷的な言動も見受けられなかった。彼女が見せたのは深く慎ましい悲しみだけ。善良な叔父が話を締めくくると、間をおかず二滴の涙が、姪の赤みを帯びた頬をつたった。それから、どうにも堪えきれなくなったのか、すすり泣きが聞こえてくるのに時間はかからなかった。少しずつだが海が荒れ波立ちはじめ、次第にうなりを上げ怒濤逆巻くように、マリア・レメディオスの悲嘆のうねりは激しさを増していった。そしてついに、彼女はわっと泣きくずれたのだった。

第二十七章　司教座聖堂参事会員《ドン・イノセンシオ》の苦悩

「諦めるのじゃ、諦めるしかない！」と、ドン・イノセンシオは繰り返した。

「あきらめる……　あきらめるしかないのですね！」マリア・レメディオスは涙をぬぐいながら反復した。「わたしの愛する息子が将来役立たずの仲間入りをするぐらいなら、ちょうどいい時機です。訴訟の件数も年々少なくなっていて、弁護士業が何の意味もなさない日が来るのも間近でしょうから。才能があったって何の足しになるのでしょう？　あんなに勉強し、頭を悩ませたって何の足しにもならない。ああ！　わたしたちは貧しい。ドン・イノセンシオさま、わたしの哀れな息子は頭を横たえる枕にも事欠く日が来るでしょう。」

「まさかそんなことは！」

「そうですとも！……　そんなことはないとおっしゃるのでしたら、貴方が永久に目を閉じられるとき、あの子にどんな遺産を残してあげるおつもりですか？　わずかのお金と六冊の大判本といった、二束三文のものばかり……　先々わたしたちにどんな日々が待ち受けていることか……　でも、どんな日か、想像つきますか、叔父さま！……　わたしの哀れな息子は、体が弱く、働くのもままならない……　本を読んでは、やれ頭がくらくらする、夜中勉強すると必ず、やれ吐き気が、やれ偏頭痛がと訴える……　こんな具合ですもの、あの子は、どんな勤め先でもかまいませんから、と言って頼んで回らざるをえないでしょう。わたしはと言えば、裁縫仕事にもどるしかない。そして、いったい誰が否定できるでしょう、わたしたちが通りで施しを求めざるをえない日がやって来ないともかぎらない、と……」

「まさか、そんなことは！」

「わたしは自分が口にしていることを十分、わかっています…… きっとたいそう幸せな日々が待ち受けているでしょうね」模範的な婦人は、いかにも恨みがましく泣き言を並べた。「ああ！ わたしたちはどうなってしまうのかしら？ 母親の心しか、こうした不安を抱かないのかしら…… 母親にしか息子の幸せを願い、これほど苦悩するってこと、ないのかしら。叔父さまは、どうしておわかりになれるでしょう？ 無理でしょうね。子を持ち、子のために辛い経験をするのと、大聖堂で《埋葬歌》《ゴリゴリ》を唱え、学校でラテン語を教えるのとは、まったく別のことですから…… 貴方の甥であることが、優秀な成績を収め、オルバホッサの誉れ、逸材と讃えられることが、わたしの息子にとって何の役に立つのか、ご覧になるといいわ。息子は空腹のあまり命絶えることでしょう。弁護士の稼ぎがどの程度のものか、わかりきってますから。もしくは、代議士たちに頼んでハバナで勤め口を探してもらうしかありません。あちらで黄熱病を患い命を落とすことになるでしょうが……」

「しかし、そんなことは！……」

「わたしはもう嘆いたりしません。口をつぐんで、今後貴方にご迷惑をおかけしません。わたしはひどくぶしつけで、ものすごく愚痴っぽい、ため息ばかりつく女、誰も我慢できない女です。でもそれは、なぜでしょう？　わたしが愛情深い母親だから、愛する息子の幸せを気にかけているからにほかなりません。わたしは死んでみせます、そう、叔父さま。人知れず命を絶ち、苦悩をかき消すことにします。涙をこらえ、司祭さまをこれ以上責め立てることのないように……　そんなことになっても、愛しい息子はわたしの思いをわかってくれるはず。いまの貴方のように、耳を覆ったりしないでしょう……　哀れなわたし！　でもかわいそうなハシントは、わたしが彼のために命を絶つこと、わたしが自分の命と引き換えに彼に幸福を与えようとしたことをわかってくれます。わたしの愛しい、哀れな子！　あれだけ価値のある人間なのに、平凡な、貧しい生活に甘んじるよう運命づけられているなんて。それというのも、叔父さま、お怒りにならないでください……　どんなにわたしたちがもったいぶっても、結局のところ貴方はサン・ベルナルドの聖具保管係ティニエブラス《暗闇》叔父さんの息子でしょう……　そして、わたしは貴方の弟、土鍋を売り歩いていたイルデフォンソ・ティニエブラスの娘にすぎない。とどのつまり、わたしの息子はティニエブラス家の孫……　つまりわたしたちの家系には、聖週間の暗闇の朝課《ティニエブラス》で使う十五本のロウソクを立てる三本枝付きの背の高い燭台が一つあるだけ。そして、わたしたちは決してその暗闇《ティニエブラス》から抜け出すことができない。《ここはわたしのもの》と言える土地を一区画も持たず、自分たちの羊の毛を刈ることも、山羊の乳を搾ることも決してできない。自分のとこの脱穀場で脱穀し、風で吹き分けた小麦の袋に両手を肘まで突っ込むこともかなわない……　これはすべて、叔父さまが意気地のないお人好しで、心優しいお方だからです……」

「しかし……しかし、そんなことは！」

同じ文句を復唱するたびに、司祭の声のトーンは上がった。両手で耳をふさぎ、苦悩のあまり絶望した表情で頭を左右に揺さぶるだけ。なぜなら、すでに当惑しきっていた不幸な聖職者の脳に、マリア・レメディオスのかん高い泣き声が鋭く響きわたり、矢のように突き刺さったからだ。すると突如、女の表情が急変した。嘆き悲しむすすり泣きが、険しいしわがれ声に変わった。顔面が蒼白になり、唇を震わせながら両拳を握りしめる。乱れた髪が額に幾筋も垂れかかり、先ほどまで涙をこぼしていた両の目は胸の内に渦巻く憤怒の熱ですっかり乾ききった。席を立ち上がると、彼女は単なる女ではなく、女面鷲身《ハルピュイア》の怪物と化したかのように怒鳴りはじめた。

「わたしはここを出ます、息子と一緒に出ていきます！……　二人でマドリードに行きます。息子がこんな貧村で腐っていくだけだなんて堪えられません。わたしのハシントが相も変わらず司祭服の庇護のもと、うだつが上がらずにいるのを見ているだけなんて、うんざりだわ。聞こえましたか、叔父さま？　息子とわたしは出ていきます！　貴方がわたしたちに会うことは二度とありません、決して。」

ドン・イノセンシオは、死刑執行人の登場ですべての望みを絶たれた罪人のように意気消沈した面持ちで両手を合わせ、姪が発する怒りの稲妻を浴びていた。

「お願いだから、レメディオス」と苦しげにつぶやき、天に助けを求めた。「聖なるマリアよ……」

ふだん温和な姪が見せたそうした変貌と恐ろしい噴火は、まれに見る激しさで、ドン・イノセンシオがそんな復讐《フリアイ》の女神に変貌するレメディオスを見たのは五、六年ぶりだった。

「わたしは母親なの！……　わたしは母親なのです！……　誰も息子の世話をしてくれないなら、

わたしが、わたし自身が面倒をみてあげないと」と、即席の雌ライオンが吠えた。

「聖なるマリアよ、どうか気を静めなさい……　おまえは憤怒という大罪を犯しておる……　ともにパーテル・ノステルとアベ・マリアの祈りを唱えよう。またたく間に気が晴れるはず。」

こう言いながらも聴罪司祭は身を震わせ、冷や汗をかいていた。ハゲワシの鉤爪に捕われた哀れなひな鳥のように！　変貌した女はとどめを刺そうと、次のような言葉で司祭をさらに締め上げた――

「貴方は何の役にも立たない、小心者です……　わたしは息子とここを出ていき、永遠に、二度と戻って来ません。わたしが息子に重要な地位を手に入れて上げます。いい働き口を探して上げます、おわかりですか？　息子のために食べ物を手に入れることができないなら、舌をつかって街路を掃いてでも手に入れる覚悟すらできています。同様に大地をひっくり返してでも、わたしの息子に重要な地位を見つけてみせます。息子が裕福なひとかどの人物、紳士や地主、お偉方や重鎮といった、彼が当然なるべきあらゆる身分にまで上り詰めることができるよう。」

「神よ、わしにご加護を！」声を上げたドン・イノセンシオは、肘掛け椅子に倒れこみ、顔を胸に落とした。

司祭の小休止の間も憤怒に燃える女の興奮したあえぎ声が聞こえた。

「おまえのせいで」やっとのことでドン・イノセンシオが口を開いた。「わしは十年も命を縮めたぞ。もどかしさのあまり、気が変になりそうであった……　神よ、どうかわれに、姪に堪えるのに必要な平静さをお恵みください。神よ、忍耐、忍耐こそ、われがいま望むものです。そして、姪よ、そのように鼻水とよだれを垂らしながら、十年間でも泣きじゃくり、ため息をつくがいい。煩わしくはあるが、すすり泣きというおまえのいまいましい方策の方が、先ほどの常軌を逸した憤怒よりましじゃ。おまえが根は良い人間だというのを、わしが知らなかったとしたら！……　今朝告解し、聖体を拝領したばかりの者が、こんな振舞いを見せるとは。」

「でも、それは貴方の、貴方のせいです。」

「ロサリオとハシントの件で、おまえに《諦め》るよう命じたからかの？」

「万事うまくいっていたにもかかわらず、いきなり及び腰になって、レイ氏がロサリートを我がものにするのを許したからです。」

「わしがどうしてそれを阻むことができるのじゃ？　奥さまがおっしゃるように、おまえはレンガの分別しか持ち合わせておらん。わしに、手に剣を持ってその辺りに出ていき、兵士に難癖をつけ、全部隊をこてんぱんにやっつけろとでも言うのか？　挙げ句の果てにはレイに立ち向かい、《貴君が娘をそっとしておくか、もしくは、わしが貴君の首根っこを叩っ切るかだ》と脅して欲しいのか？」

「ちがいます。ただ、貴方は、わたしが奥さまに甥を脅すべきだと進言したとき、わたしに合わせて奥さまに口添えするどころか、反対なさったじゃありませんか。」

「脅すとか脅さないとか、おまえは気が狂れておる。」

「だって《犬が死ねば、狂犬病が絶滅したも同じ》と言うじゃありませんか。」

「わしはおまえが言う、脅しの類いを勧めるわけにはいかん。どんな恐ろしい結末になるかわからんからの。」

「まさか、わたしが人殺しを望んでいるとでも、おっしゃりたいのですか、叔父さま？」

「おまえも知ってのとおり、《私物にいたずらするやつには腹が立つ》ってことだ。まして、あの男が脅されたままでいると思うのか？　彼の友人たちはどうだ？」

「彼は夜、一人で出かけます。」

「どうしてそんなこと、おまえが知っているのじゃ？」

「わたしは何でも知っているんです。あの男はわたしの耳に入ることなく、一歩も出歩いたりできない。クスコ未亡人が彼のことをあます所なく知らせてくれますから。」

「これ以上、わしを悩ませないでおくれ。それで、誰が彼を脅すというのじゃ？……　念のため、教えておいておくれ。」

「カバリューコです。」

「ではあの男に、覚悟ができていると……？」

「いいえ。でも貴方がお命じになれば、覚悟を決めるでしょう。」

「いい加減にしておくれ、頼む、わしのことは放っておいてもらえぬか。そんな蛮行を命じるなどわしにはできない。脅すとは！　一体それは何ごとぞ？　おまえはもうあの男に話したのか？」

「はい、叔父さま。でも、相手にしてくれないんです。はっきり言うと、断られました。彼に命令一つで決断させることのできる者は、オルバホッサには二人しかいません。貴方もしくはドニャ・ペルフェクタさまです。」

「ならば、奥さまに命じてもらおう。わしは、乱暴で残酷な手段を取ることは決して勧めんぞ。こんなことを言っても信じられんじゃろうが。カバリューコとその手下数人が武装蜂起を企てたときでさえ、あやつら、血を流すよう駆り立てる言葉をわしからは一言も引き出せなかったのじゃ。いや、命じるなんて、そんなこと、とんでもない……　ドニャ・ペルフェクタがそれをお望みなら……」

「奥さまも望んでおられません。今日の午後、奥さまと二時間ほどお話ししたのですが、戦争への決起を促すためなら、できるかぎり手を尽くしましょう、しかし、一人の男に別の男を剣で斬りつけるよう命じるなど、とんでもない、とおっしゃいました。大層なことをしでかすというのなら、奥さまが反対なさるのもごもっとも……　でも、わたしも怪我人がでることを望んでいるわけではありません。単に脅かすだけなんです。」

「ドニャ・ペルフェクタが技師《ホセ・レイ》を脅かすようお命じにならないのなら、わしなどとんでもない。わかったか？　何より大切なのは、わしの良心じゃからな。」

「わかりました」と、姪が答えた。「でしたらカバリューコに、今晩わたしに付き添うようおっしゃってください……　ほかには何もおっしゃらなくてかまいませんので。」

「今晩、外出するのかい？」

「ええ、出かけます。それがどうかしましたか？　昨夜もわたし、出かけませんでした？」

「昨夜？　知らんかった。知っていたならもちろん、叱っただろうに。」

「カバリューコには次のことだけおっしゃってくだされば結構です――《親愛なるラモス、姪が、今晩片付けねばならない用事を済ませに出かける。彼女に付き添ってもらえぬか。もし何らかの危険に遭遇したときには彼女を護ってもらえたら、本当にありがたい》。」

「それならかまわんが……おまえに付き添い……おまえを護るようにと。おお、なんというこざかしい女じゃ！　わしを欺して、愚にもつかない行動の共犯にするつもりじゃろ。」

「あら……　何を想像なさっておいでかしら?」マリア・レメディオスが当てつけがましく尋ねた。「ラモスとわたしとで今晩、大勢の首をはねるとでも?」

「冗談は止しておくれ。もう一度言うが、ラモスには悪事に係わるようなことは一切助言できぬからな。ラモスが帰ってきたのでは……」

通りに面した戸口で物音がした。その後、カバリューコが召使いと話す声が聞こえ、続いてオルバホッサの英雄が部屋に入ってきた。

「ニュース、そう、何かニュースはありますか、ラモス殿」司祭が声をかけた。「夕食と宿を提供しますからには、何か明るいニュースをいただけませんとな。ビリャオレンダの方は何か変わりはありませんかな?」

「大した変わりはねぇ」と答えた勇者は、疲れた様子で座り込んだ。「だが、しばらくすりゃ、おれらが何か役に立つ人間かどうか、わかるようなことがあるだろうよ。」

カバリューコは重要人物、あるいは重要な人物だと見せつけたい人の例にもれず、ひどく寡黙な男だった。

「今晩、友よ、お望みなら、……のためにいただいた金を持っていってくだされ。」

「干上がっておるのでな……　軍の奴らに嗅ぎ付けられたら、通してもらえんだろうが」ラモスは野蛮な笑みを浮かべながら言った。

「ご冗談を……　わしらは存じておりますぞ。あなたがその気になったら、お好きなときに軍の拠点をすり抜けられるってことを。もちろん、そうでしょうとも。軍人さんは懐の深い方々ですから……、厄介なことになったら二、三ドゥーロで、というところですかな？……　察するに、いまもしっかり武器を携えておられるようで……　現在、足りないのは八ミリ口径の大砲ですか。お持ちなのはピストルですな？……　短刀もお持ちのようで。」

「いざというときのために」カバリューコは応え、腰から短刀を抜き恐ろしい刃を披露した。

「神と聖母マリアの名にかけて！」と、マリア・レメディオスが声を上げ、目を閉じ、怯えたように顔をそむけた。「そんな物、仕舞っておいてくださいな。見るだけでぞっとします。」

「皆さん方がよろしければ」とラモスが短刀を収めながら言った。「夕食をはじめてはどうかな。」

マリア・レメディオスは英雄が苛立つことのないよう、大慌てですべてを整えた。

「ラモス殿、お話があるのですが」夕食をはじめるや、ドン・イノセンシオが泊まり客に話しかけた。

「今晩、お忙しいですかな？」

「ちょっとした、やらなきゃならんことはある」と、勇者が答えた。「オルバホッサにおれが来られるのも今晩が最後、最後の夜だからな。この辺りに居残ってる数人の若者をかき集めにゃいかんし、シルヘーダ宅に隠してある硝石と硫黄をどうやって運び出すか、考えなきゃならん。」

「ご都合をお訊きしたのは」司祭は、勇者の皿を満たしながら続けた。「姪があなたに少しばかり付き添ってもらいたいと言っておるのじゃ。なんとかという用件をすまさねばならんそうで、一人で行くにはちと遅くてな。」

「ドニャ・ペルフェクタ邸に行くのか？」とラモスが訊いた。「少し前まであっちにいたのだが、長居したくなかった。」

「奥さまはお元気かな？」

「怯えておいでで。今晩、邸にいた若者六人を連れ出したからな。」

「まあ、あそこに必要ないとでも？」とレメディオスは心配げに尋ねた。

「ビリャオレンダの方が必要に迫られとる。家の中にいては勇ましい男たちも腐ってしまうからな。そうだろう、司祭さま？」

「ラモス殿、ドニャ・ペルフェクタ邸の警護に抜かりがあってはなりませぬ」と聴罪司祭が言った。

「警護は召使いたちで十分、あまるほどだ。ドン・イノセンシオさま、旅団長が反乱と係わりのない家々の襲撃を命じるとお考えで？」

「さよう。あなたも知ってのとおり、四、五万もの悪魔に匹敵するあの技師《ホセ・レイ》のことだからの……」

「奴のためには……家にほうきがあるじゃないか」クリストバル・ラモスは笑った。「とどのつまり、二人を結婚させるしかないってことさ……！　ああいうことが起きたからにはな……」

「クリストバル」突如レメディオスが声を荒立てた。「あんたには人を結婚させるのがどういうことか、あまりわかってないようね。」

「おれがそう言ったのは、さっき奥さまとお嬢さんが仲直りをなさったようだったからさ。奥さまがロサリオに何度もキスをして、二人しきりに抱き合っては優しい言葉を交わしてらしたからだ。」

「仲直りですって！　武器を調達するのに頭が一杯で、あんた、おかしくなったんじゃないの……ところで、つまるところ、わたしに付き添ってくれるの、くれないの？」

「姪が行きたいのは奥さまの邸ではなく」と司祭が言った。「クスコ未亡人の宿なんじゃ。何か辱めを受けるのじゃないかと怖がって、一人で行く気がしないと言うんでな……」

「辱めって、誰からだ？」

「わかっておるじゃろ。四、五万の悪魔に匹敵する技師《ホセ・レイ》からじゃ。姪が昨夜宿で出くわした際、あいつに歯に衣着せぬ物言いをしてしまったとかで、今晩安心して行けそうもないと申すんじゃ。無礼で執念深い男じゃからな。」

「付き添えるかどうかわかりませんな……」とカバリューコが応じた。「このところ身を隠して出歩かなきゃならんせいで、たとえ相手が小者のドン・ホセであっても、向かい合うわけにはいかん。こんな具合に、顔を半分隠したような状況でなけりゃ、今頃、奴の背骨を三十回でもへし折ってやっただろうが。おれが通りで奴に飛びかかりでもしたら、どうなる？　正体がばれ、おれに兵士たちが躍りかかってきて、カバリューコよ、さようならだ。それに、奴をだまし討ちにするとかいうのは、おれにはできない相談だ。おれの性分に合わないし、ましてドニャ・ペルフェクタ奥さまもお認めにならん。闇討ちのような真似は、クリストバル・ラモスには向かない。」

「しかし、なんと、わけがわからん……　いったい、何を言っておるんじゃ？」聴罪司祭が、誰から見ても吃驚したとわかる表情をした。「あの紳士に手荒い真似をするよう助言するなど、わしは夢にも思っておらぬ。そんなたちの悪い行いを勧めるくらいなら、自分で舌をちょん切ってやるわい。悪人は確かに成敗されるべきじゃろう。しかし、その時期を定めるお方は、神であって、わしではない。まして、それは棒で打ちのめす、とかいう話ではない。同じキリスト教徒にそうした薬を処方するくらいなら、わしみずから百回でも、身を打ち付けられてかまわない。あなたにお願いしたいのは、ただ一つのことなんじゃ」と、眼鏡から上目づかいで勇者を凝視しながら続けた。「それは、姪があそこに行くからには、多分、おそらくは、レメディオス、行くつもりでおるのじゃろ？……　あの男にひとこと言わねば気が済まんのじゃろ。そこで、こいつが辱めを受けた折には、どうか彼女を見棄てることのなきようあなたにお願いしたいのじゃ……」

「今晩はやらねばならんことがある」カバリューコは一言、そっけなく答えた。

「聞いたじゃろ、レメディオス。用事は明日になさい。」

「それは絶対にできません。じゃ、わたし一人で行きます。」

「それは許さん、マリア、行ってはならん。ひとまずこの話は、これぐらいにしておかぬか。ラモス殿がおまえに付き添えぬとおっしゃるのじゃから。あの不作法者に辱めを受けるかもしれぬ、と想像してみるがいい……」

「辱められる……　一人のご婦人があの男に！……」とカバリューコが声を上げた。「とんでもない、そんなこと、あってはならん。」

「今晩あなたにすべきことがなければ……　おお！　わしも安心していられるのじゃが。」

「用事はある」席を立ちながらケンタウロス《カバリューコ》が応じた。「ただ、もし貴方がどうしてもとおっしゃるのであれば……」

小休止があった。聴罪司祭は目を閉じ、考えごとをしていた。

「それはわしの願いじゃ、ラモス」と司祭はついに口にした。

「そうなら、これ以上話すこたぁ、ねぇ。マリア奥さん、行きましょうや。」

「では、親愛なる姪よ」深刻さを振り払い、努めて陽気にドン・イノセンシオが言った、「夕食が終わったからには、洗面器を持って来てくれぬか。」

――

自分の姪に突き刺すような視線を向け、言葉の意味を身体で示しながら、司祭は声高に言い放った

「わしは手を洗うぞ。」

第二十八章　ペペ・レイからドン・フアン・レイへの手紙

四月十二日　オルバホッサにて

親愛なる父へ ―― あなたに背くのは初めてのことですが、この地を離れず、企ての実行をあきらめない私をお赦しください。あなたが私に助言したり哀願したりなさるのは、温厚で誠実な父親として当然。こだわってばかりの私は無分別な息子そのものだとわかっております。ですが、実は私に心境の変化があったのです。頑固さと名誉が分かち難いまでに絡み合い、周りに屈して自分の意志を曲げるのは、恥ずべきことだと思うようになった。以前の私とは大きく変わったわけです。これまで私は、身を焼かれるような怒りを覚えたことはありません。それどころか、情熱的な人たちが取る過激な行動や大げさな物言いを、悪漢がはたらく野蛮な行為と同列に捉え、嘲笑していました。しかしいまでは、そのような言動を目にしても、私はまったく驚かない。というのも、いまや日々自分自身の中に、そうした悪辣な行動をしかねない恐るべき可能性を見出すからです。あなたになら、神と、または自分の意識と言葉を交わすように告白することができます。あなたになら、自分を恥ずべき男だと認めることができます。やはり、自分を抑える強力な意志の力を欠いた人間は、恥ずべき存在だと言えるでしょう。みずからの情念を罰し、生《せい》を意識の厳しい支配下に置くことのできない人間なのですから。私は、敵や、その者たちから受けた侮辱を超越し、みずからの尊厳を傷付けられた人の精神を美しい高みに押しとどめる、キリスト教の堅固な美徳を失ってしまった。意志が弱くなった私は、常軌を逸した憤怒に身をまかせ、自分を中傷する者たちと同等の低俗なレベルまで身をおとしめ、自分が受けた痛み相応の苦痛を奴らに御返ししようとしている。奴らの学校で習った卑劣な手段を用いて、奴らを狼狽させてやろうとしています。あなたが自分の側《そば》におらず、私をこの道から引き離してもらえないことを、私はどんなに悔やんでいることか！しかし、もう遅い。情念は待てない。せっかちな情念は叫び声を上げ、すさまじい精神の乾きに身をよじりながら、自分の獲物を追い求める。私は屈してしまったのです。あなたが私に繰り返し忠告なさったことを思い出します。怒りは情念の中で最悪のものだ、なぜなら、不意に私たちの性格を変容させ、ほかのあらゆる悪しき感情を生み出し、それらの感情に地獄の怒りの炎を貸し与えるから、と。

ただ、私をこのように変貌させたのは怒りだけではありません。噴き出す激しい感情、すなわち、私が従妹《ロサリオ》に対し抱いている心からの深い愛もその一因です。この要因こそが唯一、私が罪を赦される事由になるかもしれません。もしあなたの恐るべき妹の憤怒と陰謀に立ち向かうよう私を突き動かした情念が愛でないとしたら、同情だったのかもしれません。というのも、哀れなロサリオは、自分ではどうにもならない愛と自分の母親との板挟みになり、今日この地に存するもっとも不幸な人間の一人だと言えるからです。彼女が私に抱く相思相愛の恋心は、私に権利を授けてくれないものでしょうか？　邸宅の戸口をこじ開け、法が有効な範囲においては法律を盾に、法が庇護してくれない範囲からは力を行使して、彼女を連れ出す権利を？　厳格さと道徳的ためらいゆえ、あなたがこの問いかけを肯定なさるとは思えません。しかし私は、科学的専門書の厳密さに慣れ親しんだ人間特有の、ものごとを理路整然と無心に考えることをやめました。ほぼ完璧といえる教育のおかげで、みずからの感情を驚くほど制御できていた私が、そういった人間であるのをやめた。いまでは私は、ほかの誰彼と変わらない人間となった。わずかひとまたぎで、不正と悪が共存する領域に足を踏み入れたのです。よって今後、私の所行、さまざまな野蛮な振舞いについてお耳に入るでしょうから、どうかその心積もりでいらして下さい。私の方からも、蛮行に踏み出す際には、父上にその都度ご連絡するよう気に留めておきます。

ところで、あなたに罪を告白することによって、これまで起きた、そしてこれから起きる数多の重大な出来事の責任を免れようとは考えておりません。私がどんなに主張しようと、すべての責任があなたの妹である叔母の上にのしかかるとも思えません。ドニャ・ペルフェクタに計り知れない責任があるのは確かです。だとして、私の責任はどの程度なのでしょうか？　ああ、親愛なる父よ！　私について耳に入ることを、どうか何も信じないで下さい。私が打ち明けることだけを真実だと受け止めて下さい。私が故意に卑劣なことをしでかした、と言う者がおりましたら、それは嘘だ、とどうか応えてください。いま自分が置かれている混乱した状況において、自分自身を判じるのは難しい、きわめて困難なことです。しかし私はあえて断言します、こうした騒動を意図して引き起こしたのではない、と。情念というものが、周囲の状況に流され恐ろしいほど止めどなく増大し、最後にどこまで行き着くものか、父上でしたらよくご存じでしょう。

私が苦々しく思うのは、作り話やいかさまという低俗なごまかしを自分が用いたことです。真実一路の私だったのに！　自分で自分だとわからないほど変わり果ててしまった…… これこそまさに魂が陥りうる、もっとも卑しい邪悪というものなのでしょうか？　私はいま邪悪な人間になりはじめているのか、もうそうなってしまったのか？　皆目わかりません。もしロサリオがその天使の手で、私を良心の地獄から救い出してくれないときは、どうか父上、救いに来ていただけますか。従妹は本物の天使です。私のために苦しみながら、彼女と出会うまで知らなかった多くのことを私に教えてくれるのですから。

支離滅裂なことばかり書き送っていますが、どうか変に思わないでください。胸の内に種々雑多な感情が燃え上がり、不滅の魂に真にふさわしい考えが浮かぶかと思えば、すぐにまた、気力が悲惨なまでに萎え、愚かで卑劣な人間のことで頭が一杯になる。そのような人間の下劣さについて、あなたが鮮明に描写し、彼らを嫌悪すべきだと私に教えてくださったにもかかわらず。こうした状況にある私は、悪しき者にも善き者にもなる用意ができています。神よ、どうか私を憐れんでください。やっと私にも祈りとは何か、わかってきました。それは崇高で思慮深い、きわめて個人的な心からの願いであり、暗記した決り文句とは相容れない。みずからの源を探求しようと努める魂の吐露なのですね。祈りは良心の呵責の反対に位置すると言えるかもしれません。というのも、良心の呵責とは、魂が人目につかないようみずからを隠すことに滑稽なほど執着し、魂そのものが萎縮してしまうことなのですから。私はあなたにたいそう優れたことを教えられてきました。そして、いま私は、技師たちが言うところの実践を行っているわけです。こうして現場で勉強することによって、私の知識は拡がり定着するでしょう……　手紙を書いていると、私は自分が自分で思っているほど悪い人間ではないという気がしてきました。いかがでしょうか？

この手紙を急いで書き終えねばなりません。ビリャオレンダ駅に向かう兵士たちに託さなければならないからです。こちらの郵便は信用できないものですから。

＊　＊　＊

四月十四日

親愛なる父よ、この寒村の人びとがどんなことを考えているのかお伝えできたなら、どんなにお楽しみいただけることか。もうご存じでしょうが、こちらの地方のほぼ全域が武装蜂起しました。予見された事態ですが、政治家たちが二、三日ですべて片付くと考えているのなら、その判断は誤りです。オルバホッサの住人たちの精神には、私たちに対する、つまり中央政府に対する敵意が、みずからの精神の一部をなす宗教的信条と同じように根付いているからです。叔母との個別の問題にかぎりますと、ちょっとした面白い話があるのでお伝えしましょう。哀れな叔母は、骨の髄まで封建制が染みついているからでしょうか。中世の時代、騎士が敵の城を攻略し、狼藉のかぎりを尽くしたように、私が彼女の邸を襲い、娘を強奪するものだと信じ込んでいます。お笑いにならないでください、本当なのですよ。こちらの住人は、そんなことばかり考えるのです。叔母が私を怪物だとか、異教徒のモーロ王と同列に捉えているのは言うに及びませんが、私がここで親しくなった軍人たちに対しても良い印象を抱いていない様子なのです。ドニャ・ペルフェクタの周囲では、軍と私が、悪魔の、反宗教的な連合を形成しており、私たちがオルバホッサからその宝石や信仰、娘たちまでも奪い取るものだと固く信じられています。あなたの妹は、邸が私の襲撃を受け、乗っ取られると確信している。戸口の向こうにバリケードが築かれるものだと信じて少しも疑わないのです。

しかし、それは仕方ありません。この地では社会や宗教、国家や所有に関して、きわめて時代遅れの考えがはびこっているからです。たとえば、信仰が誰かに攻撃を受けたわけでも、彼ら自身それほど深い信仰心を抱いているわけでもないのに、信仰を守るという謳い文句のもと、宗教的高揚が住人たちを中央政府に力で立ち向かうよう扇動し、彼らの精神に封建的な悪習を蘇らせたりするのです。また、彼らはこれまで、自分たちの問題を情け容赦なく力尽くで解決してきた。自分たちと同じ考えのできない人の首を次々にはねながらけりをつけてきた。それだから、ほかの手段に訴える人などこの世にいないと思うわけです。

私は叔母の家に対してドン・キホーテ的行動に出るどころか、隣人たちが避けて通れなかった面倒事のいくつかをそこから省いて差し上げたのですよ。私が旅団長と親密なおかげで、あの邸は蜂起に加わった雇い人全員のリストの提出を、命令どおり強制されることがなかった。邸内は捜索を受けたようですが、形だけのものだったと聞いています。邸に置いていた六人の男たちから武器が押収されたそうですが、その後、叔母がまた、同数の男たちを配したにもかかわらず、彼女には何のお咎めもなかった。ご覧のように、叔母に対する私の敵意が大したものではない、ということがおわかりいただけるでしょう。

実際、私が部隊長たちの支援を受けているのは事実です。しかし、私が軍の支援を利用するのは、ここの容赦ない住人たちから侮辱を受けたり、ひどい扱いを受けたりしないためにほかなりません。私の企てが成功を収める可能性が高いのは、旅団長によって最近任ぜられた市長や判事が皆、私の顔見知りだからです。彼らのおかげで精神的な後ろ盾を得た私は、敵対する人びとを威嚇できるわけです。何らかの暴力的行為に及ぶ状況に陥るかもしれません。しかし、どうか心配なさらないでください。叔母の邸を襲い、乗っ取るとかいうのは、あなたの妹の時代錯誤の馬鹿げた危惧にすぎないのですから。私はたまたま有利な状況に身を置くことになりました。そして、胸中に燃え上がる憤怒と情熱が、その状況を活用するよう私を促したわけです。自分がどこに行き着くのか、私にもわからないのですが。

四月十七日

父上の手紙のおかげで心がどんなに安らいだことか。承知しました。間違いなく有効な法的手段にだけ訴えることで、私の目的を達成できると思います。この地の官吏に問い合わせたところ、皆からあなたに示唆いただいた手続きの裏付けが取れました。これでほっとしました。従妹《ロサリオ》の心に不服従という考えを植え付けましたので、これで彼女はどうにか社会法の庇護の下に置かれるでしょう。よって、あなたから指示されたことを実行に移します。友人ピンソンとの少しばかり誤った協力関係を解消し、軍人たちと培ってきた、人を脅すための結束を破棄する。軍人の権力を笠に着るのを止め、冒険に終止符を打つということですね。次に、期を見計らって、冷静沈着に、可能なかぎり円満に事を進めようと思います。これが最善の方法でしょう。私が真面目半分、おふざけ半分で軍隊と連携したのは、オルバホッサの住人や叔母の召使いたち、そして近親者たちから乱暴な扱いを受けないよう護ってもらうため。そのほかの点では、終始私は、いわゆる《軍事介入》というやり方を拒絶してきたのです。

私の味方をしてくれていた友人が、ドニャ・ペルフェクタ邸を出なければならなくなりました。でも、従妹とのコミュニケーションが完全に絶たれたわけではありません。哀れなロサリオは、悩みつつも英雄的な気骨のあるところを見せ、私の指示どおりに行動してくれています。

私個人の安全については、どうか心配なさらないでください。私としては何も恐れていませんし、実に心安らかに過ごしておりますので。

四月二十日

今日のところは二行ほどしかお便りすることができません。すべき事がたくさんあるからです。

二、三日のうちに片が付くでしょう。このひどい場所宛には、どうかこれ以上手紙を書かないでください。間もなく、あなたと抱擁できることを楽しみにする息子、

ペペ

第二十九章　ペペ・レイからロサリオ・ポレンティーノスへの手紙

どうかエステバニーリョに果樹園の鍵を渡して、犬に気をつけるよう言い付けておいてくださ い。あの少年は身も心も私に買収されていますから、何も心配はいりません。先日の夜のように、君が庭に下りて来られないのはとても残念です。下りてこられるよう、どうにか頑張ってみてください。真夜中過ぎに果樹園で待っています。私が何を決意したのか、君が何をしなければならないか、を伝えるつもりです。私の愛しい人、どうか落ち着いて。無謀で野蛮な手法は、一切取りやめました。じき教えて上げます。手紙だと長くなりますので、口頭の方がいいでしょう。真横に私がいると気付いたとき、吃驚し、そして困惑する君の顔が目に浮かびます。しかし、もう八日も会っていません。君と会えないのも直に終わる、必ず終わらせてみせると誓います。実際、君に会える予感がしているのですよ。君に会えない自分が、なんといまいましいことか！

第三十章　獲物の狩り出し

一組の男女が、十時過ぎにクスコ未亡人の宿に入り、十一時半に出てきた。

「では、マリア奥さん」と男が言った。「お宅へお連れします。おれにはやらねばならんことがあるんで。」

「ラモス、お願いだから、ちょっと待って」と、彼女が答えた。「奴が出てくるかどうか、倶楽部《カシーノ》に立ち寄ってみない？　もう聞いたでしょう……　今日の午後、奴と果樹園番のエステバニーリョが話をしていたって。」

「奥さん、ドン・ホセをお探しなんで？」ケンタウロス《カバリューコ》がひどく不機嫌そうに訊いた。「もうおれらには関係ないでしょう？　ロサリオお嬢さんとの婚約は行き着くべきところに落ち着いたわけで。いまとなっては奥さまは、二人を結婚させるしかねぇ。おれの考えだがなぁ。」

「あんたは獣ね」気を悪くしたレメディオスが言い返した。

「奥さん、おれは行くよ。」

「何ですって、失礼な人ね、通りの真ん中でわたしを放り出すつもり？」

「もしあなたがお宅へ真っ直ぐお帰りにならんのなら、そういうことになりますな、奥さん。」

「つまり……　わたしを独りにして、侮辱されるがままに放って置くというのね……　ねえ、ラモス、ドン・ホセはいますぐ、いつものように倶楽部から出てくる。わたしは奴が自分の宿に戻るのか、それとも宿を通り過ぎてどこかに行くのか、確認したいの。気まぐれよ、ちょっとした気まぐれにね。」
「おれがわかっているのは、自分にはやるべきことがあり、まもなく十二時になるということだ。」

「しっ！」とレメディオスがさえぎった。「建物の陰に隠れましょう……　臓物屋通り《トゥリペリーア》から男が下って来る。奴よ。」

「ドン・ホセだ……　あの歩き方でわかる。」

二人は身を隠し、男が通り過ぎるのを待った。

「後ろをつけて」マリア・レメディオスが緊張に声を震わせた。「ラモス、あまり離されないようについていきましょう。」

「奥さん……」

「自分の宿に戻るかどうか確認するだけよ。」

「ほんの少しですぞ、レメディオスさん。その後、おれは行かねばならんので。」

二人は適度な距離をおいて男の後をつけながら、三十歩ほど進んだ。聴罪司祭の姪が不意に立ち止まり、ささやいた。

「宿に入らないわ。」

「旅団長宅に行くんだろ。」

「旅団長は通りを上ったところに住んでいるのに、ドン・ペペは下っている、奥さま宅の方に向かっているのよ。」

「奥さまの！」カバリューコが慌てて歩を速めた。

しかし、どうやら二人の思い違いだったようだ。前を行く男はポレンティーノス邸の前を通り過ぎ、さらに下っていった。

「違ったじゃないか」

「クリストバル、奴を追うわよ」レメディオスは衝動的にケンタウロスの手をつかみ言った。「胸騒ぎがするの。」

「どこに行くのか、すぐわかるさ。もうじき村はずれだからな。」

「そんなに慌てないで……　気付かれるわ……　わかったわ、ラモス。奴は果樹園のふさがれた戸口から入るつもりなんだわ。」

「奥さん、気でも狂ったのかい！」

「ついていけば、わかる。さあ。」

深い闇のため監視者たちには、レイがどこに入り込んだのか正確にはつかめなかった。ただ、錆びた蝶番の音が聞こえたことと、レンガ塀沿いの通りで青年《ホセ・レイ》の姿を見失ったという状況を考え合わせ、二人はレイが果樹園の中に入り込んだと確信した。カバリューコは目を剥いて面前の相手を見つめた。途方に暮れた様子だった。

「何を考えているの？……　まだ信じられないでいるの？」

「……で、おれは何をすべきなんだ？」当惑して勇者《カバリューコ》が訊いた。「奴を脅してやりやしょうか……？　ただ奥さまがどういうお考えなのか。今晩奥さまに会いにお邪魔したとき、母娘、仲直りなさっているように見えたんで。」

「ぐずぐずしないで……　入らないの？」

「ああ、そうだっ、思い出した。武器を持った若い衆は、いま、邸にいないんだった。さっき出ていくよう、おれが命じたんだ。」

「この間抜けはまだ、やらなきゃいけないことがわかってないのね。ラモス、尻込みしてないで果樹園に入り込みなさい。」

「どこから入ればいいんだ？　果樹園の戸口は閉じられてしまったが。」

「塀の上を飛び越えるのよ……　なんてのろまなの！　わたしが男だったら……」

「上からだな……　レンガがすり減ってるところがある。ここをつたって小僧たちが果物を盗みに入るわけだ。」

「さっさと上に登って。わたしは表に回り、玄関のドアを叩いて奥さまを起こすわ。もう休んでいらっしゃるかもしれないから。」

ケンタウロスはどうにかよじ登った。そうやって塀の上に少しの間馬乗りになっていたが、すぐに樹木の暗い茂みの中へ姿を消した。マリア・レメディオスはといえば、大慌てで総司令官通り《コンデスタープレ》へ回り、表玄関の大きなノッカーをつかみ、ドアに叩きつけた……全身全霊を込めて、三度も、力強く。

第三十一章　ドニャ・ペルフェクタ

皆さん、ドニャ・ペルフェクタ夫人がどんなに安らかな心持ちで書きものに勤《いそ》しんでいるか、気になりませんか。夜もかなり更けた時刻ですが、かまわず彼女の部屋に入り込んでごらんなさい。考えて考え、しっかりとした筆跡と正確な細描で、丹精を込めて長い手紙をしたためる、厳かな仕事にたずさわる彼女を見出すでしょう。夫人の顔と胸、そして両手には真正面から石油ランプの灯りが当たっているが、彼女のほかの部位と部屋のほぼ全体は、ランプ・シェードが落とす甘美な薄暗がりに沈んでいる。人を不安におとしめるぼんやりとした暗がりに身を置く夫人は、想像力が見せる光の物体のようだ。

奇妙なことにわれわれは、これまできわめて重要な事柄に触れてこなかった。そこで、いまから触れてみようと思う。ドニャ・ペルフェクタは美しい、正確には、依然として美しい女性で、その顔の造作は完璧な美の特徴を示していた。しかし、田舎での生活と気取りのない日々、着飾ったり化粧したりせず、流行を嫌悪し首都の虚栄をさげすんだせいで、彼女の生来の美しさが輝きを見せることはなかった、もしくはほんのわずかしか輝かなかった。その上、黄土のような顔色は彼女の美しさを損ね、胆汁分泌過多という彼女の体質を知らしめていた。

黒い切れ長の目に、優美なほっそりとした鼻梁《びりょう》、幅広の額に目を留めた人は誰もが、彼女の容貌は完璧だと認めた。だがその顔つきには、人に嫌悪感を抱かせるある種の厳格さと高慢さが感じ取れた。そのせいか、外見は醜くとも人を惹き付ける女性がいるのに対し、ドニャ・ペルフェクタは美しいが人を寄せつけないタイプだった。たとえ優しい言葉を口にしても、夫人の眼差しが、彼女と彼女に無縁の人びとの間に、信頼したりなれなれしくしたりできない、乗り越えがたい距離を生んだのだ。逆に、家の者たち、つまり、親族や信奉者や協力者の目には、彼女は並外れた魅力をそなえた女性と映った。人を御する達人で、各人の耳がもっとも聞きたいと望む言葉を投げかける技にかけては、彼女の右に出る者はいなかったからだ。

胆汁分泌過多を示す肌色と、彼女の想像をやみくもにかきたてる敬虔な人びとや物との過度な付き合いのせいで、彼女は早くから老け込み、歳のわりに若くは見えなかった。みずからの生活様式と習慣によって感受性を鈍くする樹皮、もしくは石の裏地を作り出し、その内側に閉じこもって暮らす彼女は、さながら移動式の家に住むカタツムリのようだと言えよう。そして、ドニャ・ペルフェクタは自分の殻からめったに出てこなかった。

彼女がわれわれの物語に登場してからこれまでの観察によって明らかなように、その非の打ち所のない素行と外面《そとづら》の良さが、オルバホッサで彼女が享受する威信の源となっていた。さらに、彼女はマドリードの上流の貴婦人たちと関係を持っており、まさにこうした人脈を使って甥《ホセ・レイ》の解任を成し遂げたのだ。冒頭で語ったように、いま彼女は書き物机の前に座っている。この机こそ、彼女から計画を打ち明けられた唯一の友人。また、村人への金銭の賃貸勘定と神と社会への道徳的な賃貸勘定の保管場所であった。この机でドニャ・ペルフェクタは、その兄が三ヶ月毎に受け取る書簡をしたためた。オルバホッサの判事と書記に、ペペ・レイの訴訟を紛糾させるようそそのかす短信を書いたのも、この机。計略をめぐらし、甥が政府の信頼を失うよう仕向けたのもこの机。ドン・イノセンシオと長い時間協議を行ったのもこの机でだった。ただし、われわれが目にしている結果に行き着くまでに、彼女が行った他の活動の現場を見るためには、司教館や親しい家族の家々にまで彼女を追いかける必要がある。

ドニャ・ペルフェクタが他人を愛せたとしたら、どんな女性になっていたか、われわれには知る由もない。ただ、人を嫌悪することに関しては、人間界における諍いの守護天使だと呼べるほどの、燃えさかる激しさを持っていたことは確かだ。これこそ、生まれつき情愛の薄い厳格な人間が、宗教によって刺激を受け高揚した結果である。彼女の宗教心が、良心や、単純であるがゆえに美しい原則において啓示される真理に糧を求めず、教会を潤すためだけの即物的な儀式に活力の源を求めたから。厚い信仰が人に無害であるためには、それが極めて純粋な心に宿ることが不可欠なのだ。実際、純粋な心に宿ったとしても、篤信が必ずしも善行を生むとは限らないのだが。ともかく、地上に時期尚早の地獄の辺土《リンボ》を築き上げるような人、あるいは天使のごとき清純さを持たずに生を受けた人は、教会の祭壇画や聖歌隊席、面会室や聖具室で目に入るものに過度に興奮することのなきよう、十分に気を付けるべきなのだ。自分の心の内に、祭壇や説教壇、あるいは告解室をまだ築いていないのなら。

夫人は、時折ペンを置き、娘のいる隣室に足を運んだ。ロサリートには就寝するようにと命じてあった。だが娘は、母親に服従すべきかどうかという崖っぷちに立たされ、眠れずにいた。

「どうして眠らないのですか？」母が娘に尋ねた。「わたくしは一晩中休むつもりはありませんから。わかっているでしょうが、カバリューコがここにいた男たちを連れ出してしまったからには、何が起きてもおかしくありません。わたくしが見張るしかないのです……　もし見張っていなかったら、あなたやわたくしはどうなることか？……」

「いま何時でしょうか？」娘が訊いた。

「間もなく真夜中です……　あなたは怖くはないのでしょうが……　わたくしは不安でたまりません。」

ロサリートは震えていた。彼女がひどく苦悩していることは一目瞭然。神に祈るかのように天を仰ぎ見、続いて母親の方を向いたが、その目には明らかに怯えの色が映っていた。

「どうかしたのですか？」

「真夜中だとおっしゃいましたか？」

「そのとおりです。」

「そうですか……　もう真夜中なのですね？」

ロサリオは口を開こうとした。しかし、世界が頭上からのしかかってきたかのように、頭を左右に振った。

「何かありますね……　あなたに何か起きたのでしょう」母は娘を食い入るように見つめ、問い質した。

「あの……　お母さまにお話ししたいことが」と娘は途切れ途切れに言った。「お話ししたかったのは……　何でもありません。わたし休みます。」

「ロサリオ、ロサリオ。あなたの母は、本を読むのと同じように、あなたの心を読むことができるのですよ」ドニャ・ペルフェクタは険しい口調で告げた。「動揺しているようですね。前にも言いましたが、あなたが悔い改め、善良で品行方正な娘に戻ってくれるのなら、わたくしはいつでもあなたを赦すつもりでいるのですよ……」

「では、お母さまはわたしが善良でないとおっしゃりたいのですか？　ああ、お母さま、わたしは死んでしまいます！」

ロサリオは突然、苦悩し悲嘆に暮れたようにわっと泣き出した。

「どうして泣くのですか？」母は娘を抱き寄せながら尋ねた。「もし後悔の涙なら、なんとありがたいことか。」

「わたしは後悔などしていませんし、後悔することもできません」娘は取り乱し絶望の叫びを上げたが、それはどことなく彼女を崇高に見せた。

頭を起こしたロサリオの顔は、突如呼び覚まされた活力にあふれていた。髪を背中に無造作に垂らした彼女の姿ほど美しい、反逆をいままさに起こさんとする天使像など存在しないのではないか。

「でもあなた、気でも狂ったの？　一体どうしたというの？」ドニャ・ペルフェクタは、娘の両肩に手を置きなだめようとした。

「わたし出ていきます、ここから出ていきます！」興奮し精神が錯乱した娘は叫び、ベッドの外に跳び出した。

「ロサリオ、ロサリオ……　愛する娘よ……　お願い、何があったの？」

「ああ！　お母さま」母親に抱きつきながら娘が続けた。「どうかわたしを縛ってください。」

「本当に、縛るに値することをやったと言うの……　そんな馬鹿なことを言って？」

「どうかわたしを縛ってください……　そうじゃないと、わたしは出て行ってしまう、彼と一緒に。」

ドニャ・ペルフェクタは、怒りの炎が胸の奥から唇に吹き出してくるのを感じた。自分を押し止め、暗い目、闇夜よりも暗い目だけを使って娘に応じた。

「お母さま、わたしのお母さま、わたしは彼以外のあらゆるものを嫌悪します！」ロサリオが声を上げた。「わたしの告白を聞いてください。皆に告白するつもりですが、まずはあなたに告白したくて。」

「あなた、わたくしを殺すつもりですか？　もう殺したのも同然ですが。」

「お母さまに告白し、赦してもらいたい……　この重し、頭上にのしかかるこの重しのせいで、わたしは息することさえできない……」

「罪の重しです！……　その重しに、神の呪いを付け足すといいわ。そんな重しを担いで、あなた、歩けるかどうか試してごらんなさい、恥知らずが……　その重しを取り除いてあげられるのは、わたくしだけなのよ。」

「いいえ、お母さまじゃダメなの」ロサリオは絶望の面持ちで懇願した。「でも、どうか聞いてください。すべて、すべてを告白したい……　その後、わたしをこの、生まれ育った家から追い出してください。」

「わたくしが追い出すですって?……」

「では、わたしが出ていきます。」

「とんでもない。わたくしが、あなたが忘れてしまった娘としての務めを教えてあげましょう。」

「それなら、わたし逃げます。彼がわたしを連れ去ってくれますから。」

「逃げるよう言われたのですか?　勧められたのですか?　命じられたのですか?」母親は娘の上にこれらの問いを、次々と稲妻のごとく投げかけた。

「彼が助言してくれました……　わたしたち二人で結婚することに決めたんです。お母さま、愛するお母さま、わたしたち結婚しなければならないんです。でも、わたしはあなたを愛し続けます……あなたを愛すべきだということもわかっています……　あなたを愛さなければ、わたしは自分を責め続けるでしょうから。」

両腕がねじれ、娘は膝から床に崩れ落ちて、母親の両足に口付けをした。

「ロサリオ!　ロサリオ!」ドニャ・ペルフェクタは恐ろしい口調で命じた。「立ちなさい。」

少しの間、沈黙が流れた。

「あの男が手紙を寄こしたのね?」

「はい。」

「先日の夜の後、また彼に会ったの?」

「はい。」

「わたしも手紙を書きました。ああ! お母さま、どうしてそんな目でわたしを見るのですか? あなたという人は……!」

「そんな人はわたしのお母さまじゃないわ。」

「あなたの親じゃなければよかったのに。あなた、親が苦しむのを楽しむがいいわ。あなたはわたくしを殺めているのよ。わたくしは死ぬしかない」夫人はなんとも表現できないほど動揺し叫んだ。「あの男がどうしたと言うの?……」

「わたしの夫です…… わたしは法の庇護のもと彼の妻になります…… あなたは女の気持ちがわからないのです…… どうしてそんな、人を怯えさせるような目付きでわたしを見つめるのですか? お母さま、わたしのお母さま、わたしを責めないでください。」

「もう自分で罪を認めているのでしたら、それで十分です。いまからわたくしの言うことを聞きなさい。そうすれば赦して上げます…… さあ、答えなさい、いつあの男の手紙を受け取ったのですか?」

「今日です。」

「なんという裏切り! なんて恥知らずな!」母親は、話すというより噛み付くように吠えた。「会う約束をしたのですか?」

「そうです。」

「いつですか?」

「今晩。」

「どこで?」

「ここ、この家でです。すべて、すべてを告白します。悪い行いだということはわかっています……　自分が恥知らずだということも。でも、お母さまなら、わたしをこの地獄から救い出してくださるでしょう。どうか救うとおっしゃってください……　どうかわたしに一言、たった一言。」

「あの男がここに、わたくしの家に!」と叫び、ドニャ・ペルフェクタは部屋の真ん中に跳び退くかのように数歩後ずさりした。

するとロサリオは、ひざまずいたまま母親に付き随った。まさにその瞬間、衝撃音が三回、爆弾が破裂したかのような轟音が三度聞こえた。それはまさに、ノッカーを振り下ろしドアを叩くマリア・レメディオスの心臓が打つ音。この衝撃で、邸全体がぞっと身震いするかのように揺れた。娘と母親は石のようにじっと立ちすくんだ。

使用人の一人がドアを開けに下りていき、やがてドニャ・ペルフェクタの部屋にマリア・レメディオスが現れた。その様子は女というより、ショールに身を包んだ爬虫動物《バシリスク》。焦燥の念にかられ紅潮した顔は、炎を噴き出さんばかりだった。

「そこにいます!　そこに!」と、入るなりマリアは叫んだ。「ふさがれた戸口から果樹園に入り込んだんです……」

マリアは一言発するごとに息継ぎをするほどあえいでいた。

「わかりました」と、ドニャ・ペルフェクタがピシャリと答えた。

ロサリオは床にぐったりと倒れこみ、意識を失った。

「下りますよ」ドニャ・ペルフェクタは気絶した娘に目もくれず、マリアに命じた。

二人の女は階段を、蛇のようにスルスルと滑り下りた。召使いたちと使用人はどうしていいかわからず、ただ廊下にたたずんでいた。ドニャ・ペルフェクタは、マリア・レメディオスを伴い、食堂から果樹園に出た。

「よかった、あそこにカ……カ……カバリューコがいます」と、司祭の姪《マリア・レメディオス》が指さした。

「どこに？」

「果樹園です……　塀を跳び……いま……跳び越えました。」

ドニャ・ペルフェクタは怒りのために血走った目で闇を探った。強い怨念を抱くあまり彼女の目は、ネコ科の動物並みの超人的な透視力を得たのだ。

「あそこに人影が！」「夾竹桃の方に向かう……。」

「奴です」と、レメディオスが叫んだ。「あっちにラモスが……　ラモス！」

ケンタウロスの巨体がはっきりと闇に浮き出て見えた。

「夾竹桃の方よ！　ラモス、夾竹桃の方に向かって！……」

ドニャ・ペルフェクタは数歩前に踏み出した。彼女のかすれ声が、人を恐怖に陥れるほど恐ろしく響いた――

「クリストバル、クリストバル……　奴をやっておしまい！」

銃声が聞こえた……　続いてもう一発。

第三十二章　終わりに――ドン・カジェターノ・ポレンティーノスからマドリードの友への手紙

四月二十一日　オルバホッサにて

親愛なる友へ――コルチュエロ氏の遺言執行によって売りに出た書籍の中に、あなたが見つけたという一五六二年版の本を、どうか速やかにご送付ください。その本にはいかなる値がついていてもかまいません。ずっと前から探し求めていたにもかかわらず、これまで入手が叶わずにきた本ですから。もし手に入ったら、自分をこの世でもっとも幸福な人間だと思うことでしょう。本の奥付に印字されている、「論考」という単語の上に、紋章付きの兜が印され、そこの発行年（ローマ数字ＭＤＬＸＩＩ）の文字Ｘの尻尾が歪んでいるのが確認できるはずです。件の本がこれらの特徴と本当に合致するなら、どうか電報をください。どうしてもその本が欲しいのです……　いま思い出しました。電報は、現在の煩わしく厄介な戦争のため機能していないのでした。つきましては、折り返しの郵便でのご返答をお待ちしております。

近々、友よ、待望の労作『オルバホッサの家系』の出版のため、マドリードに足を運びます。あなたの好意的な評言には感謝申し上げるが、お世辞については認めるわけに参りません。本当のところ私の本は、あなたが捧げてくださった慇懃な褒め言葉に値するものではありません。ただ、根気と探求の成果、簡素ではありますが確証に満ちた記念碑的大作となりました。私の愛する郷土の偉人たちに捧げた作品です。貧相で見栄えのしない出来ですが、それを執筆するにいたった着想はたいへん貴いものと自負しております。ほかでもない、信心に欠けた倨傲《きょごう》な世代の目を、私たちの先祖がなしえた偉業や純然たる美徳に向けようと著した本なのです。私が全力を振り絞って踏み出したこの第一歩を、わが国の若い研究者たちが引き継いでくれますように！　さらに、流行の哲学的潮流と誤った学説によって移入された、いまわしい研究と思考体系が、忘却の彼方に追いやられることを願っています。私は我が国の賢者たちにはあの栄光の時代の研究に専心してほしい。いまの世代があの時代の本質的で有益な活力を受け継いでくれたなら、変化を追い求める狂気じみた熱意や、外国の思想を我がものにしたいという滑稽なまでの執着心も消え失せるでしょう！　というのも、そうした異国の思想は私たちの繊細な国家組織に相容れないものだからです。恐れるのは、私の願いがかなわず、幼い精神錯乱者たちが引き起こす喧噪のなかで、空虚なユートピアと粗野で目新しいものばかりが追い求められ、過去の完璧さを見つめ直す研究が、今日のように狭い領域に限定されてしまうことです。友よ、こんなことがあっていいものでしょうか！　近いうちに私たちの哀れなスペインは、曇り一つない鏡のように澄んだ歴史におのれを映し見たとしても、自分のことが誰だかわからないほど、姿を変貌させてしまっているにちがいありません。

ある不快な出来事をあなたにお伝えせずに、この手紙を終えるわけにはまいりません。尊敬すべき青年であり、マドリードで広く名の知れた土木技師でもある、私の義妹の甥、ドン・ホセ・デ・レイの悲惨な死についてです。この悲しい出来事は昨夜、拙宅の果樹園で起きました。ただ、レイを、気の毒にもこうした恐るべき、そして罪深い決意に駆り立てた理由についてはまだ正しい判断を下すことができません。今朝、大世界《ムンド・グランデ》から戻り、ペルフェクタから聞いたところによると、ペペ・レイは深夜十二時ごろ果樹園に侵入。右のこめかみに銃で一発撃ち込み、即死だったとのこと。平穏で清廉潔白を旨とする我が邸に、いかなる落胆と不安がもたらされたか、想像できますでしょうか。ペルフェクタは哀れにも、私たちが驚くほど激しい衝撃を受けていました。でも、いまではもう快方に向かっています。今日の午後には、彼女にやっとのことで薄いスープを飲ませることができましたし、彼女を慰めようとあらゆる手段を講じております。よきキリスト教徒の彼女のこと、こうしたたいへんな不幸さえ模範的に甘受し、堪えしのぶことができるはずです。

友よ、二人の間だけということで話しますが、若きレイがみずから命を絶つという恐るべき行為に及んだのには、愛が阻まれたこと、おそらくは自分の行動への悔恨と、彼の精神が患っていた重い心気症が大きく影響したにちがいありません。私は彼を高く評価し、ずば抜けた才能を持った青年だと見なしていました。ところが、この地での彼の評判はあまり芳しくなく、彼への褒め言葉を一度も耳にしたことがありません。聞いたところによると、怪しげな思想や意見をひけらかしていたとのこと。宗教を愚弄し、教会にタバコを吸いながら帽子も取らずに足を踏み入れたとか。何事にも敬意を払わず、彼にとってはこの世に、慎みも美徳も、魂も理想も、信仰も存在しない、眼中にあるのは経緯儀と直角定規と物差し、機械と水準器、つるはしと鍬のみ、と伝え聞きました。どうお思いになりますか？　公平を期すため申し上げねばなりませんが、彼は私との会話の中では常々、そうした考えをさとられないようにしておりました。散弾のごとく飛び出す私の論理によって打ち負かされるのを恐れたにちがいありません。いずれにしろ、彼が異端だったとか、驚くべき狼藉を働いたとか、何千もの噂話が公然となされているのは事実です。

親愛なる友よ、これ以上書き続けることはできません。この瞬間、銃声が聞こえたからです。私は戦闘に興奮することなど一切ありませんし、もちろん兵士でもありませんので、脈が少しばかり弱ってきた気がします。しかるべき時が来ましたら、あなたにこの戦争の詳細をお伝えしたいと思っております。

敬具

四月二十二日

忘れがたき友よ――今日、オルバホッサ近郊で血なまぐさい小競り合いがありました。ビリャオレンダで蜂起した大勢の反乱分子が軍の部隊による激しい攻撃を受け、双方に多大な損害が生じたのです。勇猛なゲリラたちは散り散りに敗走しましたが、なお極めて高い士気を保っているとのこと。こうした立派な戦況があなたの耳にも届いていることでしょう。彼らを指揮するのは、腕に傷を負っているにもかかわらず——いつ、いかにして負傷したのかは不明です——、クリストバル・カバリューコ。あなたが前回の内乱の折、お会いになった著名なカバリューコの息子です。いまの頭領《クリストバル》は高い指揮能力をそなえ、その上、高潔で飾らない男です。結局のところ両派、友好的な決着に行き着くでしょうから、カバリューコはスペイン軍の将官に取り立てられるとにらんでおります。これで双方得するわけです。

私は憂慮すべき規模に膨らんでしまったこの戦いを悔やんでいます。とはいえ、明らかに、私たちの勇猛な農民たちに責任はない。なぜなら、彼らを残忍な反乱に駆り立てた原因は、政府の図々しい態度と、神を冒涜する腐敗した官吏たちにあるのですから。中央政府の代表たちが一致団結して執拗に、村人たちが心の内でもっとも敬うもの、すなわち、宗教心と真のスペイン人的特質——それらは幸運にも、国を荒廃させている疫病が伝染していない場所にのみ残存する——を攻撃したからなのです。村人が本来の魂を奪い取られ、別の魂を吹き込まれるとき。村人の心情や慣習、思想が変更を迫られることによって、言うなれば、彼らが根絶やしにされるとき。そういったときに、当人たちがみずからの身を守ろうとするのは至極あたりまえのこと。人気のない道で悪名高き追いはぎに襲われた場合と同じです。是非とも政府の面々に、私が著した『オルバホッサの家系』の精神とその本質とを教示して差し上げたい（どうか自惚れをお許しください）。そうすれば戦争もなくなるでしょうに。

今日、こちらで極めて不愉快な問題が持ち上がりました。友人でもある司祭が、不幸なレイを聖なる墓地に葬るのを拒んだのです。この件に関しては私が間にはいり、司教さまにあまりにも重い破門宣告を解いてくださるよう嘆願しました。しかし、徒労に終わりました。青年《ホセ・レイ》の遺体をどうにか、大世界《ムンド・グランデ》――私の実に忍耐強い調査によって、あなたもご存じの考古学的な宝が発見されたの平原に掘った墓穴に押し込んだ次第です。私はひとしきり悲嘆にくれ、いまでもそのときの痛ましい光景が目の前から消え去りません。葬列に加わったのは、ドン・ファアン・タフェタンと私だけでした。私たちが帰った後、どうした事情があってか、こちらでトロイアの娘と呼ばれる女たちがそこを訪ね、数学者《ホセ・レイ》の粗末な墓のわきでしばらくの間祈っていたそうです。町の人びとには出しゃばった振舞いに見えたかもしれませんが、私は彼女たちに感動しました。

レイの死について、殺害されたという噂が街中を駆け巡っています。誰にやられたのかはわかっていません。が、彼本人がそう訴えたとのこと。つまり、一時間半ほど息があったようなのです。誰に殺されたかについては口をつぐんだそうですが。この噂を、私は否定も肯定もせずお伝えします。ペルフェクタが事件のことを話題にするのを好まず、私がそれを口にするたび、ひどく嘆き悲しみますので。

ペルフェクタはかわいそうに、一つの不幸が降りかかったばかりだというのに、もう一つ、皆が深く同情する不幸をこうむりました。友よ、我が一族の血に流れる宿命的な忌まわしい病の、新たな犠牲者が出たのです。哀れなロサリオ、私たちの介護のかいあって快方に向かっていた彼女が、まったく正気を失ってしまいました。支離滅裂な言葉を口にし、ひどい妄想にとりつかれ、死人のように青白い肌をした彼女は、私に、母や姉のことを思い起こさせます。彼女の容態は、私が目にした家族の中でもっとも深刻です。単なる妄想症ではなく、真に精神の異常をきたしているようです。多くの親族の中で、健全な判断力を失わず、あの忌まわしい病魔から完全にまぬがれ生き延びたのが唯一、私だけとなってしまった。悲しい、本当に悲しいことです。

あなたからの挨拶の言葉をドン・イノセンシオさまに伝えることはできませんでした。というのも、あの哀れな司祭さまはいきなり体調を崩し、誰の来訪も受け入れなくなってしまったのです。もっとも親しい友人たちにさえ会うのを拒んでいます。ただきっとあなたには、挨拶のお返しをするでしょうし、そうなれば直ぐさま、あなたが依頼したラテン語のエピグラムの翻訳にも取りかかってくださるでしょう……　またもや銃声が。今日の午後、一戦交えるという噂です。たったいま、部隊が出撃しました。

六月一日　バルセローナにて

サン・ボイ・ダ・リュブラガートに姪のロサリオを預け、こちらに着いたところです。病院長からはっきり、治癒不能な症例だと診断されました。姪は、あの明るく広々とした精神科病院で、手厚い看護を受けることでしょう。親愛なる友よ、いつか私に同じ症状が出たときには、どうかサン・ボイに連れていってください。ところで、オルバホッサに戻るまでに、『家系』のゲラ刷りが届いているといいのですが。六ページほど書き加えようと考えています。なぜなら、『韻文の賞賛』の著者マテオ・ディエス・コロネルの母方が、ゲバラ家の子孫であり、『心地よい森』の著者が誤って指摘するようなブルギーリョ家の家系ではないと、私が主張する根拠を公表しないのは、大きな過ちだと考えるからです。

この手紙をしたためましたのは、あなたにことさら心に留めておいていただきたいことがあってのこと。この地で、さまざまな人物がペペ・レイの死を話題にし、それも事件が実際に起きたそのままに語られているのを耳にしました。マドリードでお目にかかった際、事件後しばらくして知り得たことを話し、秘密の真相をあなたに明かしたのは私です。しかし、きわめて妙なことではないでしょうか。あなた以外の誰にも話していないにもかかわらず、ペペがどのように果樹園に侵入し、ナイフで襲いかかってきたカバリューコに気付き、彼がどのように銃を発砲したか、対して、ラモスがいかに見事に撃ち返し、相手の息の根を止めたか――事件の詳細がこの地で語られている。つまり、親愛なる友よ、万一事件について迂闊にもどなたかに漏らしたのであれば、これが家族の秘密であることをお忘れなきようご留意ください。あなたは分別のある慎重な方ですから、一言お願い申し上げるだけで十分でしょう。

万歳！　万歳！　地方新聞に、カバリューコがバターリャ旅団長を打ち負かしたという記事が載っています。

十二月十二日　オルバホッサにて

あなたに悲しい知らせをお伝えしなければなりません。私たちにはもう聴罪司祭さまがいません。他界なさったわけではありません。哀れにも司祭さまは四月以来、苦悩のためめっきり鬱ぎ込んでしまい、寡黙になられ、あの方だとわからないほど変わってしまわれたのです。司祭さまを親しみやすい存在にしていた、品のある可笑しみや、昔気質の陽気さの片鱗さえ、もはや見受けられません。人付き合いを避け自宅に閉じこもり、誰の訪問もお受けにならない。ほとんど食事もなさらず、世間との関係を一切絶ってしまわれた。もしあなたがお会いになっても、司祭さまだとわからないほどやせ細り、骨だけになってしまわれた。何より以前とお変わりになった点は、ご自分の姪御さんと仲違いされ、いまではバイデッホス門の外れにあるあばら家に一人、たった一人でお住まいだということ。近頃では、大聖堂の共同祈祷の座を放棄し、ローマに行ってしまわれると噂されています。ああ！　ラテン語の碩学を失うのは、オルバホッサにとって多大なる損失です。幾多の歳月が流れようと、彼に代わる碩学が現れることはないでしょう。我らが栄光のスペインは終わりを告げ、消滅し、死してしまうのです。

十二月二十三日　オルバホッサにて

当人が持参した手紙の中で、あなたに推薦する若者は、我らの親愛なる聴罪司祭さまの甥で、作家の才を多少そなえた弁護士。叔父から入念に教育された、賢明な考えを持つ男です。もし彼が、マドリードという、えせ哲学と無信仰のぬかるみで堕落するとしたら、なんと痛ましいことか！　誠実で働き者の、よきカトリック教徒ですから、あなたの所のような弁護士事務所で必ずや立身出世を遂げるものと信じます……　彼も例にもれず野心家ですので、政治活動に手を出すでしょう。若き世代が《渋皮》、すなわち進歩的な思想にかぶれ退廃してしまった今日、彼は、秩序と伝統の大義にとって、それほど悪くない儲けものとなるにちがいありません。彼には母親が付き添います。平凡で垢抜けしない母親ですが、素晴らしい心持ちの、汚れなき敬虔な女です。彼女の場合、母性愛が、かなり常軌を逸した俗っぽい野心として現れ出るため、息子は大臣になるはずだ、などと公言します。現実にそうなるかもしれませんが。

ペルフェクタがあなたによろしく伝えて欲しいとのこと。彼女に何が起きたのか、判然としませんが。ただ、私たちを不安にさせているのは事実です。こちらが憂慮するほど食欲を無くしているのですから。私の診断が誤っていなければ、黄疸の初期症状だと思います。天使のような微笑と優しさによって家中を賑やかにしてくれていたロサリオがいなくなってからというもの、この家は深い悲しみに沈んでいます。いまでは私たちの頭上に常に暗雲が立ちこめているかのようです。哀れなペルフェクタは、この暗雲が日ごとに濃くなっていくとしきりに口にしますが、彼女自身は、日ごとに顔色が黄色くなっているのです。かわいそうな母親は、苦痛への安らぎを宗教と信仰の修業に求め、以前にもまして信者たちの模範となるよう実践に務めています。ほぼ一日中教会堂で過ごし、財産の大半を素晴らしい儀式、九日間の祈りや光り輝く聖体顕示などにつぎ込んでいます。彼女のおかげで、カトリック信仰はオルバホッサでかつての栄光を取り戻したと言えます。我らの国民性が退廃し、死に絶えていく最中《さなか》、ある種の慰めとなるに相違ありません……

明日、ゲラ刷りをお返しします……　今回、二ページ書き加えることになります。と言いますのも、オルバホッサ人の英傑をもうお一方《ひとかた》発掘したからです。ベルナルド・アマドール＝デ＝ソトという、オスーナ公爵がナポリ副王の時代に、御馬の口取りを務めた男です。が、ヴェネツィアに対する陰謀事件においては何も、まったく何の働きもしなかったという証拠まで残っている人物です。

第三十三章

結びに。一見すると良い人間だが、実はそうではない人びとについて、われわれがいまのところお話しできるのは、これですべてです。

『ドニャ・ペルフェクタ』完　一八七六年四月　マドリードにて

解説

大楠栄三

「きみは書く力はあるが、いかんせん趣味がよくないな、マルティン。古典をもっと読みなさい。せめてベニート・ペレス・ガルドスぐらいは読んで、文学的レベルを高めることだな」

（上巻、二四ページ）

スペインの現代作家カルロス・ルイス＝サフォン（一九六四－）のベストセラー『天使のゲーム』（二〇〇八）の一節である。一九一七年のバルセローナ、十七歳の主人公マルティンは、雑用係を務めていた新聞社で日曜版の穴を埋めるため短編を書くチャンスを与えられる。マルティンが仕上げたショート・ミステリーに、年老いた副編集長バシリオは彼の才能を認め、週ごとの連載を約束する。その際、ドン・バシリオが、物書きとして第一歩を踏み出した若造に注文をつける、という場面。老編集者は文学修行のアドバイスとして、ベニート・ペレス＝ガルドスの名を挙げている。ガルドスが当時のスペインで、小説家として揺るぎないポジションを占めていたことを示すエピソードだと言えるだろう。

この後、連載のヒットに気をよくしていたマルティンは、そのヒットゆえに、家族同然と慕っていた編集部の同僚たちから嫉みを買い、連載の打ち切りを宣告され、ドン・バシリオにすがる――「もっとちがうものを書いたほうがいいんでしょうか？　ガルドスふうのものとか？」（上巻、七五ページ）。

一九〇〇年生まれのマルティンの台詞には、当時の若い書き手たちが抱いていたであろう、一八四三年生まれの老小説家ガルドスへの思いが垣間見える。老いた世代にとって揺るぎない古典であったガルドスが、若い世代にとっては古くさく陳腐だ、といった。

『天使のゲーム』では、計四箇所、ガルドスおよびその代表作（『フォルトゥナータとハシンタ』と《国史挿話》）への言及があり、このこと自体が、ガルドスがいまのスペインでもなお、等閑視できない小説家であることを示している。

そして、今日においても、スペインならびにスペイン語圏の国々で、ガルドスに対してアンビバレントな評価が続いている。それはなぜか、また、どこに端を発するものなのか？　ここでは、スペインの国民的作家であったがゆえにガルドスがこうむった災難を突破口として、本作『ドニャ・ペルフェクタ』の今日的な面白さに迫ってみたいと思う。

まずは、日本の読者に馴染みの薄いこの作家の生涯を、彼が生きたスペインの歴史とともにたどり、国民作家たる所以を実感していただきたい。

ガルドス年譜

年号・年齢	ガルドス関係	政治・社会	文学・文化
１８４３年（０歳）	5月10日、カナリアス諸島ラス・パルマス島で10人兄姉の末っ子として生まれる。父セバスティアン・ペレス＝マシーアス（Sebastián Pérez Macías １７８４年生）は、独立戦争（１８０８～１４）に参加した退役軍人で、いくばくかの農地と漁船を所有し小売業も営んでいた。母マリア・デ・ドローレス・ガルドス＝イ＝メディーナ（María de los Dolores Galdós y Medina １８００年生）はバスク地方出身の役人の娘。穏やかな夫に代わって大家族を取り仕切った。ラス・パルマスは当時人口1万7千ほどの、大聖堂から病院まで公共施設のそろった漁業を主産業とした港町。プロテスタントも住む自由で開かれた雰囲気のなか、喘息もちの病弱で内気な少年ガルドスは、3人の兄と6人の姉に守られ育つ。トリニダ（キューバ）で管財人をしていた母方の伯父ホセ・マリア（José María Galdós）と、故軍司令官夫人アドゥリアナ・テート Adriana Tate（北米から移住したプロテスタントの娘）の間に、ガルドスと同じ年の女の子（María Josefa Washington de Galdós あだ名シシータ）が生まれる	【葛藤の時代】 43 イサベル２世（１８３０年生、在位33～68）の摂政に就いていた進歩派エスパルテーロ将軍が穏健派クーデタにより亡命、イサベル２世親政開始 44 「穏健派の10年間」 45 「１８４５年憲法」公布 46 「第２次カルリスタ戦争」（～49）	43 サンツ＝デル＝リオ、独へ留学しクラウゼ哲学を吸収 44 ソリーリャ『ドン・ファン・テノリオ』 45 メリメ『カルメン』
１８４７年（４歳）	19歳年上の兄ドミンゴ（Domingo）が母方の伯父２人のいるキューバへ軍人として赴任。翌年、アドゥリアナ・テートと前夫の娘であるマグダレーナ（Magdalena）と結婚。北米出身のアドゥリアナを軸に、複雑な親族関係が生じる	48 初の鉄道開通　バルセローナとマタロ間、51年マドリードでも	47 E・ブロンテ『嵐が丘』 48 デュマ『椿姫』 49 カバリェーロ『かもめ』
１８５０年（７歳）	兄ドミンゴ夫婦がキューバの財産を整理し、ラス・パルマスに戻る。その義母アドゥリアナ・テートも、夫ホセ・マリアを残し、娘シシータを連れて島へ。嫁マグダレーナの弟ホセ（José）も合流する	50 「王立劇場」創建	50 バルザック没

年号・年齢	ガルドス関係	政治・社会	文学・文化
1851年（8歳）	聖アウグスティヌス会の学校へ入学。自由主義者の教師から、古典やイギリス・ロマン主義文学、絵画の手ほどきを受ける		51 エミリア・パルド＝バサン誕生
1852年（9歳）	姉カルメン（Carmen）が、兄嫁マグダレーナの弟ホセと結婚。ペレス＝ガルドス一族と北米出身のテート一族はより密接な関係に	52 電報開始 54 クーデタによりエスパルテーロ政権掌握「進歩派の2年間」	57 フロベール『ボヴァリー夫人』、ボードレール『悪の華』
1858年（15歳）	従妹シシータに惹かれる。交際を認めるアドゥリアナ・テートに対して、母マリア・デ・ドローレスは猛反対する	56 ナルバエス政権掌握「穏健派の2年間」	59 ダーウィン『種の起源』
1860頃（17歳）	諷刺詩「新劇場」、短編「サンソン・カラスコ学士による世界旅行」、戯曲などを試作し、地元の月刊誌エル・オムニブス（*El Ómnibus*）に寄稿	58 オドンネル政権掌握。自由主義連合（穏健派と進歩派の中道志向グループ）による長期政権（〜63）	
1862年（19歳）	絵画展で入賞、高等学校課程を修了。9月9日、マドリードで法学の勉強をするために出帆。兄ドミンゴ夫婦の資金援助と、従妹シシータから息子を引き離そうという母の企みによる。マドリード旧市街に下宿し、中央大学の法学部予科へ入学。カナリア諸島出身者が集うカフェ・ウニベルサル（Café Universal）と王立劇場に入りびたり、授業は次第に休みがちになる。親からの送金を本代につぎ込み、下宿にこもって読書に励む		62 ツルゲーネフ『父と子』 63 ロサリア・デ・カストロ『ガリシアの歌』
1865年（22歳）	進歩派日刊紙ラ・ナシオン（*La Nación*）に無給で執筆をはじめる（68年までに130本以上の記事掲載）。4月、女王を諷刺した記事がもとで罷免されたマドリード大学教授カステラールの、罷免撤回を求める学生と官憲が衝突し3人	66 進歩派プリム将軍のクーデタと下士官蜂起（失敗）。イサベル2世と穏健派体制に反発する進歩派、民主主義派（民主主義を標榜）、共和派の陰謀	65 クロード・ベルナール『実験医学序説』、トルストイ『戦争と平和』（〜69）

	の死者を出した「聖ダニエルの夜」事件に遭遇。11月、マドリード文芸協会（Ateneo de Madrid）の会員となり足繁く通う。反政府的日刊紙ラス・ノベダッデス（*Las Novedades*）の日曜版（*Revista del Movimiento Intelectual de Europa*）の文芸欄を担当	【革命の6年間】	
1866年（23歳）	マドリード市内の兵営サン・ヒルの下士官蜂起と、銃殺に向けた移送に遭遇		66 ドストエフスキー『罪と罰』
1867年（24歳）	出席不足により落第、新聞社も閉鎖されたため、姉カルメン家族に同行しパリ万国博へ。小説『フォンターナ・デ・オロ』執筆開始		67 ゾラ『テレーズ・ラカン』、マルクス『資本論』
1868年（25歳）	兄ドミンゴ夫婦に同行しパリへ。帰路、バルセローナでクーデタに遭遇、マドリードに戻り革命の進行を追う	68 9月、進歩派将軍プリム、セラーノによるクーデタ。各地に「革命評議会」が結成。10月、「自由主義連合」を代表するセラーノと民主派のプリムによって臨時政府樹立、「9月革命」達成。イサベル2世、フランスへ亡命。連邦共和政を望む共和派が反政府的立場を明確化	68 ベッケル『叙情詩集』、ドーデ『プチ・ショーズ』
1869年（26歳）	政治情勢をラ・ギルナルダ（*La Guirnalda*）、ラス・コルテス（*Las Cortes*）などに寄稿、反共和政を表明。創刊されたプリム派アマデオ支持のレビスタ・デ・エスパーニャ（*Revista de España*）の編集にかかわる	69 1月、憲法制定議会議員選出のため男性普通選挙による投票。王政支持の政府側が過半数を獲得。6月、進歩派、自由主義連合、民主派によって、信教の自由と民主的王政を規定した「1869年憲法」公布。セラーノが摂政に、プリムを首相に指名	69 ボードレール『パリの憂鬱』、フロベール『感情教育論』
1870年（27歳）	「スペイン現代小説に関する所見」などの重要な評論をレビスタ・デ・エスパーニャ誌に寄稿し、社主・編集長（José Luis Albareda）の信任を得る。兄ドミンゴの死去。子のいない兄嫁マグダレーナは、弟家族（ホセ、義妹カルメン、子ども4人）、独身の義妹コンチャ（Concha）を引き連れ、マドリードに移住。義弟であるガルドスは新興住宅地（サラマンカ地区セラーノ通り）のアパートで、一族との同居をはじめる。兄嫁マグダレーナの援助を受け、処女小説『フォンターナ・デ・オロ』を出版（71年春刊、好評）	70 11月新国王決定。12月プリム首相が共和主義者によって暗殺される	70 ディケンズ没

年号・年齢	ガルドス関係	政治・社会	文学・文化
1871年（28歳）	創刊されたプリム派日刊紙エル・デバーテ（*El Debate*）の編集長へ。春、『影』をレビスタ・デ・エスパーニャ誌に連載。続いて同誌に10月から『勇者 —— 在りし日の急進主義者の物語』を連載。冬、中編『路線馬車の小説』をラ・イルストラシオン・デ・マドリード（*La Ilustración de Madrid*）に連載。避暑に訪れたサンタンデールでホセ・マリア・デ・ペレーダと識り合い、生涯つづく交際がはじまる。ラス・パルマスに住む父の死去	71 1月、アマデオ1世の即位。不安定な立憲王政。第1インターナショナル・スペイン連合の非合法化	71 ゾラ「ルゴン＝マッカール」双書開始、ジョージ・エリオット『ミドルマーチ』（〜72）、マドリードで路線馬車運行開始
1872年（29歳）	レビスタ・デ・エスパーニャ誌の編集長となり（〜73）、反アルフォンソ主義、反カルロス主義、反インターナショナルを掲げた時事評論を連載。歴史小説シリーズの構想を練り、ルイス・アルバレーダの助言で《国史挿話》と名付ける	72 「第3次カルリスタ戦争」（〜76）	
1873年（30歳）	レビスタ・デ・エスパーニャ誌は継続（社主ルイス・アルバレーダは亡命）するが、エル・デバーテ紙は閉刊。アマデオ体制支持を表明していたためジャーナリストとして活動する場を失い、《国史挿話》執筆に専念。2月、第1部第1巻『トラファルガー』を、カナリアス出身の女性誌 *La Guirnalda* の社主（Miguel H. de Cámara）の印刷所から刊行（翌年、全著作の出版契約を交わす）。好評を博し、4月第2巻『カルロス4世の宮廷』、7月第3巻『3月19日と5月2日』、11月第4巻『バイレーンの戦い』刊	73 2月、アマデオ1世王位放棄、「第1共和政」樹立。フィゲーラス、初代大統領に就任。6月、連邦共和政を宣言しピ＝イ＝マルガイ大統領就任。7月、レバンテとアンダルシア地方で「カントナリスタ」の蜂起。統一的共和主義者サルメロンが大統領に就任、カントナリスタを制圧。9月、カステラール、大統領に就任し、議会を閉会	73 ヴェルヌ『80日間世界1周』

年	事項	スペイン史	世界
1874年（31歳）	1月第5巻『チャマルティンのナポレオン』、4月第6巻『サラゴッサ』、6月第7巻『ジローナ』、10月第8巻『カディス』、12月第9巻『頑固者ファン・マルティン』刊。マドリードの主要紙エル・インパルシアル（*El Imparcial*）から週刊誌 *Revista semanal de Política Exterior* への寄稿を依頼される	74 1月、左傾化を危惧するパビア将軍のクーデタ。暫定政府長セラーノによる軍事独裁。12月マルティネス・カンポ将軍、サグントで王政復古を求めるクーデタ成功、第1共和政崩壊	74 バレーラ『ペピータ・ヒメーネス』、アラルコン『三角帽子』、第1回印象派展
1875年（32歳）	マドリードの生き字引と呼ばれたメソネーロ・ロマーノスと親交を結ぶ。3月、第10巻『アラピレスの戦い』刊――《国史挿話》第1部完結。ただちに第2部に着手、7月第1巻『国王ホセの荷物』、10月第2巻『1815年の宮廷人の手記』刊。夏、バスク地方を旅行。サント・ドミンゴ、キューバに赴任していた兄イグナシオ（*Ignacio*）が本国に戻り、ナバーラでカルリスタとの戦いを指揮	【王政復古・2大政党制】 75 1月、アルフォンソ12世（在位74～85）マドリード入り。首相カノバスのもと立憲君主制による政治的安定。カノバス、自由主義穏健派からカルリスタまで構成員とする保守党を結成	75 ケイロース『アマーロ師の罪』、トルストイ『アンナ・カレーニナ』
1876年（33歳）	1月、第2部第3巻『転向』刊。レビスタ・デ・エスパーニャ誌の依頼で『ドニャ・ペルフェクタ』を執筆、同誌に3月から5月まで5号にわたって連載される。好評のため5月末に単行本として刊行。夏に売切れ秋に再版。《国史挿話》に戻り、6月第4巻『フリーメーソン』、11月第5巻『7月7日』刊。12月『グロリア』第1部刊。親族一同でコロン広場へ転居	76 7月、「1876年憲法」――国王の権力は強大で、カトリックを国家宗教として明記――の公布	76 マーク・トウェイン『トム・ソーヤーの冒険』、マドリードに自由教育学院創立
1877年（34歳）	第2部第6巻『聖ルイの10万の息子たち』刊。『グロリア』についてペレーダと書簡で論争。『グロリア』第2部刊。第2部第7巻『1824年の恐怖』刊。定期的なジャーナリズム活動を止める		77 ゾラ『居酒屋』

年号・年齢	ガルドス関係	政治・社会	文学・文化
1878年（35歳）	『マリアネーラ』刊。第2部第8巻『王党派志願兵』刊。『レオン・ロッチの家族』刊	78 キューバとサンホン条約締結	78 ヘンリー・ジェイムズ『デイジー・ミラー』
1879年（36歳）	6月第9巻『使徒派』、12月第10巻『1人の叛徒と消された修道士たち』刊――《国史挿話》第2部完結。パラシオ・バルデスに招かれ、ペレーダと共にアストゥリアス地方を旅行。エル・インパルシアル紙の文芸特集刊 *Los Lunes* 担当編集者ホセ・オルテガ＝ムニーリャとの交際がはじまる	79 「スペイン社会労働党」（PSOE）創立。表現の自由を制限する出版法制定	
1880年（37歳）	義姉マグダレーナの援助で、《国史挿話》第1部と第2部を合わせた挿絵付き豪華本の刊行を準備。『廃嫡娘』の資料収集のためレガネスの精神科病院を訪問。夏、アストゥリアスへの旅でレオポルド・アラス「クラリン」と出会う	80 サガスタ、進歩派・民主派・共和派を包括する「合同自由党」結成。集会法制定	80 ゾラ『実験小説論』
1881年（38歳）	『廃嫡娘』刊、自然主義的傾向が不評。春、トレード訪問。9月、ライン川流域（マインツ）へ旅行	81 サガスタの自由党政権。「スペイン地方労働者連合」結成。マドリードとバルセローナで電気の街灯がつく	81 ピカソ誕生
1882年（39歳）	『友人マンソ』刊、後にウナムーノが絶賛	82 アナキスト秘密結社「黒い手」事件（〜83）	82 パルド＝バサン『今日的問題』
1883年（40歳）	『センテーノ博士』刊。若い作家（パラシオ・バルデス、クラリンなど）がガルドスの功績を讃える記念行事を開催（エチェガライ、カステラール、カノバスといった著名人が出席）。この行事を支持する電報をエミリア・パルド＝バサン（貴族夫人でありながら『今日的問題』で自然主義支持を表明し世論の反発にあい、夫と別居をはじめた女性作家）が送ったのをきっかけに、2人の交際がはじまる。ニューカッスル・アポン・タイン領事アルカラ＝ガリアー	83 自由党政権、社会改革委員会を創設、出版法の改革	83 モーパッサン『女の一生』、ガウディ聖家族教会の主任建築家に

	ノに誘われ英国へ旅行。ブエノス・アイレスの主要日刊紙ラ・プレンサ (*La Prensa*) に定期的な寄稿を契約		
1884年 (41歳)	『トルメント』、『ブリンガス夫人』、『禁じられたこと』(第2部は翌年) 刊。目の具合が悪くなる。絵のモデルをしていた田舎娘ロレンサ・コビアン (Lorenza Cobián González) と出会い、愛人関係に		84 ユイスマンス『さかしま』
1885年 (42歳)	ペレーダとポルトガル旅行。代表作『フォルトゥナータとハシンタ』の執筆開始	85 カノバスとサガスタ、「パルド協定」締結、保守党と自由党が輪番制で政権を担当。11月、アルフォンソ12世没、マリア・クリスティーナ王妃の摂政体制開始 (～1902)	85 クラリン『ラ・レヘンタ』、ペレーダ『ソティレサ』、ゾラ『ジェルミナール』、坪内逍遙『小説神髄』
1886年 (43歳)	『フォルトゥナータとハシンタ』第1部・第2部刊。カノバスに勧められ自由党下院議員 (プエルトリコ選出) 当選証書を受ける。パルド=バサンとの交際深まる	86 アルフォンソ13世誕生・即位	86 パルド=バサン『ウリョーアの館』
1887年 (44歳)	ラス・パルマスの母 (María de los Dolores) 死去。パルド=バサンの講演「革命とロシア小説」(Ateneo) に出席。『フォルトゥナータとハシンタ』第3部・第4部刊。アルカラ=ガリアーノと、オランダ、ドイツを旅し、パリでパルド=バサンと落ち合う。2人は恋愛関係に	87 結社法制定、労働運動の合法化	87 二葉亭四迷『浮雲』
1888年 (45歳)	『ミアウ』刊。議会に出席。5月、下院代表として訪問したバルセローナ万博にパルド=バサンを同伴、カタルーニャの作家たちと親交を深める。夏、アルカラ=ガリアーノとイタリア旅行。冬、ファン・バレーラやメネンデス=ペラーヨによって王立言語アカデミー会員に推挙されるが、投票で敗れる。兄 (Sebastián) ハバナで死去	88 「労働者総同盟」(UGT) 結成	88 モーパッサン『ピエールとジャン』

年号・年齢	ガルドス関係	政治・社会	文学・文化
1889年（46歳）	『謎』刊。パルド＝バサンから依頼を受け、ラサロ＝ガルディアーノが創刊した高級月刊誌ラ・エスパニャ・モデルナ（*La España Moderna*）に『火刑に処されるトルケマーダ』を寄稿。6月、王立言語アカデミー会員（座席〝H〟）に選ばれる。『現実』刊。9月、英国へ旅行し、シェイクスピアの故郷やウォルター・スコットの墓を訪れる。10月、パルド＝バサンと連れだってパリ万博を訪問。その後、一緒にドイツ周遊の旅		89 パルド＝バサン『日射病』、トルストイ『復活』（～99）
1890年（47歳）	避暑で訪れていたサンタンデールに土地を購入、館の建築を指揮する。トレード滞在、『アンヘル・ゲーラ』刊（～91）。愛人ロレンサ・コビアンとの関係深まる	90 普通選挙法制定　25歳以上の全男子に選挙権	90 森鴎外『舞姫』
1891年（48歳）	サンタンデールにてロレンサ・コビアンとの間に娘マリア（María）が生まれる（1月12日）。トレードで『アンヘル・ゲーラ』第3部を執筆。マドリードからサンタンデールへ一族で転居。女優を目指す29歳の美しい娘コンチャ（Concepción Morell）と識り合う。パルド＝バサンとの関係破局	91 「カタルーニャ主義連合」の創設	91 クラリン『彼の一人息子』、ワイルド『ドリアン・グレイの肖像』、コナン・ドイル『シャーロック・ホームズ』
1892年（49歳）	コンチャとその愛人をモデルにした『トゥリスターナ』刊。3月、『現実』上演（ラ・コメディア劇場）。『家の狂女』刊	92 アナキストの運動激化（ヘレス、バルセローナ）	
1893年（50歳）	1月、『家の狂女』上演（ラ・コメディア劇場）。2月、『ジローナ』（《国史挿話》第1部第7巻の翻案）上演（エスパニョール劇場）、端役コンチャが失態を演じる。『十字架のトルケマーダ』刊	93 北アフリカへ出兵	93 モーパッサン没

1894年（51歳）	1月、『サン・カンタン夫人』上演（ラ・コメディア劇場）、大絶賛を受ける。『煉獄のトルケマーダ』刊。夏、ピレネー山中の村を訪れ、『地獄に堕ちた人々』を執筆、12月上演（ラ・コメディア劇場）、大失敗。病気の義姉マグダレーナの財産整理のため、ラス・パルマスへ帰郷。間もなくマグダレーナ死去	94 テロリズム撲滅法　アナキスト弾圧	
1895年（52歳）	『トルケマーダとサン・ペドロ』、『ナサリン』、『アルマ』（前作の続編）刊。12月、『意志』上演（エスパニョール劇場）	95 キューバ独立運動の激化。「バスク・ナショナリスト党」（PNV）結成	95 ウナムーノ『生粋主義をめぐって』、樋口一葉『たけくらべ』
1896年（53歳）	1月、『ドニャ・ペルフェクタ』上演（エスパニョール劇場）、好評。経済的に困窮し、出版社（Miguel H. de Cámara）と結んだ出版契約（1874年）の破棄を求めて訴訟。12月、『残忍』上演（ラ・コメディア劇場）	96 フィリピンで独立反乱	96 スペイン国立図書館開館、マドリードで映画初興行
1897年（54歳）	2月7日、王立言語アカデミーへの入会講演「小説素材としての現代社会」をおこない、それに対してメネンデス＝イ＝ペラーヨが返答講演。同21日、ペレーダのアカデミー入会に際し、返答講演をおこなう。ユダヤ教に改宗したコンチャとの関係が悪化。『慈悲』刊。5月、出版社に勝訴、出版権を取り戻し自身の出版社（Obras de Pérez Galdós）を立ち上げるが、訴訟費用も含め莫大な負債を抱える。マドリードに別邸を借りる。姉2人はカルメンの次男、農業技師ホセの家へ転居。『祖父』刊	97 カノバス首相、アナキストにより暗殺	
1898年（55歳）	経済的困窮により、《国史挿話》第3部に着手。3月、ナバーラとバスク地方へカルロス主義についての調査旅行、母方祖父の故郷を訪ねる。第1巻『スマラカレギ将軍』、第2巻『メンディサバル』、第3巻『オニャーテからラ・グランハへ』刊。バリェ＝インクランと親交	98 2月ハバナ港で米国のメイン号爆破事件、4月米西戦争、スペイン軍惨敗。12月パリ講和条約。キューバの独立とフィリピン、グアム、プエルトリコの合衆国への割譲を承認。知識人「1898年の世代」誕生	98 ゾラ『われ弾劾す』、メネンデス＝イ＝ペラーヨ国立図書館長、ブラスコ＝イバーニェス『葦葺き屋根の家』、マドリードで路線電車運行開始

年号・年齢	ガルドス関係	政治・社会	文学・文化
1899年（56歳）	サンタンデールに留まり、第4巻『ルチャーナの戦い』、第5巻『マエストラスゴの戦闘』、第6巻『ロマンティックな外交書簡』、第7巻『ベルガラ』刊	【2大政党輪番制の麻痺】	
1900年（57歳）	第8巻『モンテス・デ・オカ将軍』、第9巻『アヤクーチョたち』、第10巻『王家の婚姻』刊 ――《国史挿話》第3部完結。翻訳の出版交渉のためパリへ。コンチャとの関係破局	00 公教育省創設、婦女子の労働制限・児童労働禁止法公布	
1901年（58歳）	1月、『エレクトラ』上演（エスパニョール劇場）、爆発的人気。ガルドスの意に反し社会の注目を集め、反教権（反イエズス会）の社会運動が巻き起こり、宗教界から攻撃を受ける。3月、ガルドスが巻頭を飾り、バリェ＝インクランやピオ・バロハらの若い作家が参加した週刊誌エレクトラ（*Electra*）創刊。クラリンの『ラ・レヘンタ』第2版に序文をつける。ブエノス・アイレスの日刊紙ラ・プレンサへ最後の寄稿	01 バルセローナで政党「リーガ」（地域主義連盟）結成	01 クラリン没、国木田独歩『武蔵野』
1902年（59歳）	経済的困窮により、《国史挿話》第4部に着手、第1巻『1848年の暴動』、第2巻『ナルバエス将軍』刊。コンチャとの関係を暴露する記事が発表される。4月、『魂と命』上演（エスパニョール劇場）。パリへ旅行。姉カルメンの夫（*José María Hermenegildo*）没	02 アルフォンソ13世の親政開始	02 ウナムーノ『愛と教育』、バリェ＝インクラン『秋のソナタ』、アソリン『意志』、ゾラ没、子規没
1903年（60歳）	第3巻『側近の魅惑』、第4巻『7月革命』刊。トレードに滞在。7月、『マリウチャ』上演（エル・ドラド劇場）のため、バルセローナを訪れる。11月、雑誌アルマ・エスパニョーラ（*Alma Española*）創刊号に、社会に蔓延するペシミズムを批判する評論「魂よ、夢想しようじゃないか」を掲載。出版オフィスを閉鎖	03 サガスタ没、カナレーハス自由党設立	03 アントニオ・マチャード『孤独』

1904年（61歳）	2月、『祖父』上演（エスパニョール劇場）、成功。第5巻『オドンネル将軍』刊		04 エチェガライ「ノーベル文学賞」受賞
1905年（62歳）	第6巻『テトゥアンのアイータ』刊。3月、『バルバラ』上演（エスパニョール劇場）。第7巻『ラ・ラピタのカルロス4世』刊。『カサンドラ』刊、大好評。11月、『愛と科学』上演（ラ・コメディア劇場）。創刊され編集委員を務める文芸誌ラ・レプブリカ・デ・ラス・レトラス（*La República de las Letras*）に寄稿。元愛人コンチャ、サンタンデールで結核が悪化。元愛人ロレンサ・コビアン、14歳の娘マリアとマドリードに居を移す。アソリンの訪問を受ける。軽い半身不随となり、以後鉛筆で執筆	05 バルセローナで下士官が軍を諷刺した新聞社を襲撃	05 バレーラ没、ウナムーノ『ドン・キホーテとサンチョの生涯』、漱石『吾輩は猫である』
1906年（63歳）	第8巻『ヌマンシア号での世界1周』、第9巻『プリム将軍』刊。コンチャ・モレル病死（4月22日）、ロレンサ・コビアン自殺（7月25日）。進歩派と共和派の政治家たちがガルドスの偉業を讃える国家的祝典の開催を画策（頓挫）	06 国王アルフォンソ13世をアナキストが襲撃	06 ペレーダ没、ヘッセ『車輪の下』、藤村『破戒』
1907年（64歳）	第10巻『悲しき運命の女』刊――《国史挿話》第4部完結。共和派政治家の説得を受け、共和派支持を表明。マドリード選出の下院議員候補となる。4月の総選挙、得票数第1位で当選。目の容態が悪化し、口述筆記のため秘書を採用（Pablo Nougués）。ラ・レプブリカ・デ・ラス・レトラス誌、ガルドスへ敬意を示す特集号刊行。《国史挿話》第5部着手。未亡人テオドシア（Teodosia Gandarias 44歳）との恋愛関係はじまる	07 マウラ保守党政権（～09）。リーガを中心とした選挙同盟「カタルーニャの連帯」、広範な勝利をえる 09 予備役の徴兵、バルセローナでモロッコ戦争反対のゼネストから反乱拡大「悲劇の1週間」。軍による鎮圧。アナキスト処刑の処置が非難を招き、マウラ辞任。自由党政権へ	07 ベナベンテ『作り上げた利害』
1908年（65歳）	第5部第1巻『国王不在のスペイン』刊。12月『ペドロ・ミニオ』上演（ララ劇場）。（出版社との裁判で弁護士を務めた）アントニオ・マウラ政権に対抗する活動を展開		08 ブラスコ＝イバーニェス『血と砂』

年号・年齢	ガルドス関係	政治・社会	文学・文化
1909年（66歳）	第2巻『悲劇のスペイン』刊。「悲劇の1週間」に衝撃を受け、「スペイン国民へ」を新聞各紙に発表。共和・社会主義者グループの代表になる。『魔法の紳士』刊。甥ホセの新宅に一族と共に住みはじめる		09 マリネッティ「未来派宣言」
1910年（67歳）	2月、『カサンドラ』（もっとも反教権的な戯曲）上演（エスパニョール劇場）。マドリード選出の共和・社会主義候補となり、5月の総選挙で最高得票数で当選。第3巻『アマデオ1世』刊。娘マリア結婚	10 カナレーハス自由党政権、社会労働党議員イグレシアス当選。「南京錠」法制定、修道会新設を制限。「全国労働連合」（CNT）結成	10 マドリードでグラン・ビーア建設開始、トルストイ没
1911年（68歳）	第4巻『第1共和政』、第5巻『カルタヘナからサグントへ』刊。共和・社会主義者グループの連携強化のため集会活動。白内障の手術を受けるが、ほとんど視力を失う。サンタンデールの別荘に政治家（パブロ・イグレシアスなど）や演劇関係者（マリア・ゲレーロなど）が見舞う。カナレーハス首相へ社会政策やモロッコへの介入に関し質問状を送る。経済的困窮	11 CNTゼネスト 12 カナレーハス首相暗殺	11 バロッハ『知恵の木』
1912年（69歳）	第6巻『カノバス』刊、第7巻『サガスタ』を構想――《国史挿話》第5部未完に終わる。アカデミー会員と作家たちが連署で、ガルドスをノーベル文学賞候補に推すキャンペーン。2回目の白内障手術の結果、盲目となる	14 「カタルーニャ4県連合体」設置。第1次世界大戦勃発、スペインは不参加	12 アントニオ・マチャード『カスティーリャの野』
1913年（70歳）	共和派支持の政治活動を止める。12月、『地獄のセリア』上演（エスパニョール劇場）、国王夫妻が観劇。エスパニョール劇場の支配人に就任、バリエ＝インクランと衝突	15 戦争特需、インフレと生活物資の不足により大衆生活が逼迫 16 UGTとCNTの共同ゼネスト（失敗）。	13 プルースト『失われた時を求めて』（〜27）

1914年（71歳）	一家を取り仕切っていた姉カルメンの死去。4月、『アルケスティス』上演（ラ・プリンセサ劇場）。ラス・パルマス選出の共和党候補にされ、当選。ガルドスの偉業をたたえ経済的援助をするため寄付を募る集会が開かれるが、反動勢力の抵抗を受ける。ノーベル文学賞候補擁立に反対する動きが高まる	17 不満を抱えた軍人たちが「軍防衛評議会」を各地に設置。労働争議の激化に対し非常事態宣言、「1876年憲法」の停止。バルセローナで、リーガが憲法制定議会開催を要求。UGTとCNTによる全国ゼネスト、軍が弾圧	14 ウナムーノ『霧』、ヒメネス『プラテーロとわたし』、オルテガ『ドン・キホーテをめぐる思索』、漱石『こゝろ』
1915年（72歳）	最後の小説『不正の理由』刊。12月、『シモーナ尼』上演（インファンタ・イサベル劇場）		
1916年（73歳）	2月、『吝嗇家ソロモン』上演（ララ劇場）。カラー挿絵高級誌ラ・エスフェラ（*La Esfera*）の依頼で唯一の自伝『記憶をなくした男の回顧録』を連載（15回）	18 カタルーニャとガリシアで地域主義運動激化。アンダルシアで農民が土地を要求する運動拡大（〜20）	16 パルド＝バサン、マドリード中央大学教授に就任、漱石没
1917年（74歳）	体調不良をおして、『マリアネーラ』（キンテーロ兄弟による翻案、女優 Margarita Xirgu の劇団）の地方公演に付きそう	19 バルセローナでゼネスト。1日8時間労働の法制化	
1918年（75歳）	5月、最後の劇『聖ファナ・デ・カスティーリャ』上演（ラ・プリンセサ劇場）。ガルドスと親しい若い彫刻家（Victoriano Macho）の発意により作家の彫像を製作することになり、寄付金が募られる	20 ダト保守党政権、労働運動の弾圧。「スペイン共産党」（PCE）創立	19 バリェ＝インクラン『聖なる言葉』、マドリードで地下鉄開通
1919年（76歳）	1月、マドリード市内レティーロ公園での座像除幕式、市長をはじめ、作家、役者が参加。『勇者』（ハシント・ベナベンテによる翻案）上演。体調悪化。愛人テオドシア・ガンダリアスが59歳で孤独死（12月31日）	21 ダト首相暗殺。モロッコでの部族反乱に対しスペイン敗北	20 バリェ＝インクラン『ボヘミアの光』
1920年	テオドシアの埋葬（1月2日）。1月4日未明、（告解も終油の秘跡も受けず）ガルドス死去、76歳。マドリードのアルムデナ墓地に埋葬	23 プリモ・デ・リベーラのクーデタ、戒厳令発令（〜25）、独裁開始（〜30）	21 パルド＝バサン没

1．ペレス＝ガルドスの評価

《大小説家》

年譜で確認できるように、ガルドスはほぼ半世紀にわたる創作活動で、長・中編小説三十一編、中編の歴史小説（《国史挿話》シリーズ）四十六編、戯曲二十六編を著している。そのほか、活発なジャーナリズム活動もおこない、数え切れないほどの短編や時評などを雑誌・新聞に発表した。

彼の著作数を同時代に活躍した各国の著名な小説家と比較してみよう。例えば日本では、夏目漱石（一八六七－一九一六）が小説を二十余編。ヨーロッパでは、仏のエミール・ゾラ（一八四〇－一九〇二）が長・中編を四十余編。英米では、ヘンリー・ジェイムズ（一八四三－一九一六）が長・中編を三十余編残している。もちろん、量によって作家の質が一義的に決まるわけではない。だが、少なくともペレス＝ガルドスが、世界文学史上名だたる文豪に勝るとも劣らない「大小説家」であることはまちがいない。

《ヒヨコ豆作家》

これは、次世代（九八年世代）の作家たちから彼が頂戴したあだ名である。とくに、バリエ＝インクラン（一八六六－一九三六）が戯曲『ボヘミアの光』（一九二〇）中で使ったことから、スペイン文学史のマニュアルにも登場するガルドスの通称となっている。

「ヒヨコ豆作家」では、ヒヨコ豆になじみのない日本の読者にはニュアンスが伝わりにくいかもしれない。ヒヨコ豆（ガルバンソ）は、スペインで古くからもっとも日常的に食されてきた豆で、今でも煮込み料理には欠かせない食材だ。たとえば、ガルドスと同世代のレオポルド・アラス《クラリン》（一八五二―一九〇一）の代表作『ラ・レヘンタ（裁判所長夫人）』（一八八五）には、次のように出てくる。

ベトゥスタにおいて〈ロマンチシズム〉ほど滑稽なものはない。この町では、俗っぽくなく、平凡でなく、散文的でなく、陳腐でないものをすべて〈ロマンチック〉と呼んでいた。ビシタシオンはいわば〈アンチ・ロマンチシズム〉の旗頭だった。彼女に言わせると、月を三十秒以上つづけて眺めることは純然たる〈ロマンチシズム〉であった。［……］「パエス家の娘はヒヨコ豆なんか口にしないのよ」と、ビシタシオンは言っていた。「だってそんなもの食べたら〈ロマンチック〉じゃなくなってしまうから」

（『ラ・レヘンタ』第十六章）

つまり、「ヒヨコ豆」はロマンチストを気取る娘が口にすべきではない、野暮ったい食べ物と目されていた。王立言語アカデミーの辞典にも「ありきたりで、平凡な人や物」という意味が記されている。これでガルドスに付けられたあだ名のイメージをご想像いただけるだろう。「ヒヨコ豆作家」は、陳腐で、まるで洗練されていない作風だという蔑み、若い作家たちが一世代前の大小説家に付けた、言わば蔑称なのだ。

バリェ＝インクランの本心

ここでバリェ＝インクランの『ボヘミアの光』を取り上げ、その蔑称が使用された文脈を確認してみよう。主役は、貧困にあえぎながらも詩人としての体面を重んじる盲目の老人マックス・エストレーリャ。彼を師と慕う脇役ドン・ラティーノを引き連れ、マドリードの街中——書店や居酒屋、牢獄や内務省、カフェや娼婦の立つ小路といった場所を一晩中徘徊する。そのあげく、未明に自宅の戸口で死んでいるのが見つかり、悲観した彼の妻と娘が自殺して幕となる。全編をとおし、退廃した当時のスペイン社会が描き出されているのだが、本作の成功はバリェ＝インクランが画家ゴヤから受け継いだという技法「エスペルペント」に負うところが大きい。

この技法について、バリェ＝インクランは作中マックスに次のような台詞を口にさせている。老詩人は、死の直前、朝まだき街路で寒さにふるえながら、光明を見たかのように叫ぶ。

> 凹面鏡に映し出された古典の英傑たちがエスペルペントを創出する。
> スペインはヨーロッパ文明のグロテスクな変形なのだから。
> わたしの今の美学は、古典の規範を凹面鏡によって正確に変容させることなんだ。
> ラティーノ、わたしたちの顔やスペインの悲惨な生活すべてを歪んで映し出す凹面鏡をつかって、表現を変形させようじゃないか！
>
> （『ボヘミアの光』第十二幕、傍点筆者）

この台詞から、『ボヘミアの光』ではエスペルペントによって、すべての現実が歪んだ形で描出されていることが分かるだろう。研究者サモーラ・ビセンテは、エスペルペントとは「論理体系と社会的慣習の破壊」を目指し、「相反し調和しない意味領域に属するさまざまなモデルを重ね合わせる」(p.24)ことによって成り立つ、歪みを特徴とする表現だと定義している。

例えば、第九幕、当時「モデルニスモ」という詩の新潮流の領袖として神格化されていたニカラグアの詩人ルベン・ダリーオ(一八六八―一九一六)が登場するが、彼は「悲しき豚」と喩えられている。

マックス　どこに着いたのかい？
ラティーノ　カフェ・コロンです。
マックス　ルベンがいるにちがいない。楽士たちの前に陣取っているはずだが。
ラティーノ　はい、あそこに悲しき豚のように座っています。
マックス　では、その脇に行くことにしよう、ラティーノ。わたしが死んだのち、詩の権杖はあの黒人にわたることになるのだから。

(『ボヘミアの光』第九幕、傍点筆者)

この比喩を、先の研究者は「人を動物になぞらえる」エスペルペントの好例として挙げ、ダリーオが、当時カフェにたむろしていたボヘミアンたちから実際、「悲しき豚」と呼ばれていたというエピソードを明かす。もちろん、だからといって作者バリェ＝インクランがダリーオを蔑んでいたと解する研究者は一人もいない。というのも、「悲しき豚」という異名を口にしたのは、作品内でダリーオの詩を評価しない虚構の作中人物ドン・ラティーノであり、実在の作者ではないからだ。

では、ガルドスはどんな文脈で「ヒヨコ豆作家」と呼ばれたのか。

ドリオ・デ・ガデックス　先生、どうかアカデミー会員に立候補なさってください

マックス　アカデミーはわたしを無視するが、わたしはスペイン一の詩人なのだ！　第一の、最高の詩人だ！　なのに冷や飯を喰わされている！　施しを乞うたり、へりくだったりするものか！　稲妻に負けないほど才気渙発なのだから。わたしは真の不朽の詩人、騒いでばかりいるアカデミーの輩とはちがうのだ！〔……〕

クラリニート　先生、われわれ若人が先生を王立アカデミーの席に推挙いたします。

ドリオ・デ・ガデックス　今ちょうど、ヒヨコ豆作家ドン・ベニートの席が空いているじゃないか。

（『ボヘミアの光』第四幕、傍点筆者）

ご覧のように、ガルドスを「ヒヨコ豆作家」と呼んだのは、主役のマックスではない。老詩人をおだてる取り巻きの一人ドリオ・デ・ガデックス。実は、彼にはモデル、同じペンネームを使った作家（Antonio Rey Moliné：？－一九三六）がおり、実際、小説や短編、戯曲を数編書き残しただけの凡庸な作

家だったという。マックスの取り巻きの中で、ドリオ・デ・ガデックスは口と態度の悪さが際立っている。師であるマックスを投獄の憂き目にあわせ、彼を牢屋から救い出すための記事掲載を掛け合いに行った新聞社でも、編集長の椅子に勝手に座り、デスクの上に足を投げだすといった傍若無人ぶりを見せ、逆に編集長を怒らせてしまう。このような設定の登場人物の口を借りて、バリェ＝インクランが大作家を蔑むことなどあり得るだろうか？

その上、この戯曲がエスパーニャ誌に掲載されたのはペレス＝ガルドスが没した一九二〇年の七月三十一日から十月二十三日にかけてで、「ヒヨコ豆作家」の箇所は八月二十一日。つまり、ガルドスが死去した一月四日のわずか八ヶ月後のことである。ガルドスの死去に際しては、政府が死亡広告を出し葬儀の費用も負担。マドリード市役所に遺体安置所が設けられ、首相や閣僚が弔問に訪れた。葬儀当日は約三万人の市民が長い葬列を作って墓地まで行進し，この国民作家の退場を悲しんだ。もちろん、雑誌・新聞各紙は追悼特集を組み、九八年世代の作家の多くが記事をよせている。こうした状況にあったスペインで、誌上堂々と国民的作家を卑しめたりするだろうか？

後代の作家が前世代の作家やその作品に言及したり、引用したりした場合、読者はどのように解釈すべきなのか？　例えば、アルゼンチンの小説家フリオ・コルタサル（一九一四－八四）の場合、彼を世界的な作家に押し上げた『石蹴り遊び』（一九六三）にガルドスへの特異な言及を見出せる。パリを彷徨するボヘミアン青年が、恋人のアパルトマンでナイト・テーブルの引き出しにガルドスの小説『禁じられたこと』（一八八五）を見つける（第三十一章）。第三十四章では、奇数行に『禁じられたこと』の書き出しが原典どおり引用され、偶数行には『石蹴り遊び』が続く。一冊の本の中に二冊の本を含む構成になっているのだ。これによって、主人公（オラシオ・オリベイラ）がガルドスの小説を手にとり読み進めている状況が描出されるわけだが、オラシオがつぶやく『禁じられたこと』に対する罵詈雑言――「下手くそな」、「三文小説じゃないか、どうしてこんなものが面白いんだろう」、「陳腐な定《きま》り文句で出来上がった文章」――について、研究者の評価は二つに分かれる。一方は、それをそのままコルタサルのガルドスへの非難ととり、もう一方は、その膨大な量の引用を根拠に、大作家ガルドスへのオマージュと受け止める。そして、この論争の決着はまだついていない。

近年の研究により、戯曲（*El embrujado*）をエスパニョール劇場の支配人だったガルドスが不採用としたことで、関係がこじれた時期（一九一三年頃）はあったものの、バリェ゠インクランもガルドスに対し終始変わらぬ敬愛の念を抱いていたことが明らかになっている。事実、晩年バリェ゠インクランは、新聞紙上のインタビューで次のように答えた――「ガルドスはある時期、新しい書き手、言語の創造者でした。この資質をあえて指摘するのは、多くの人が否定するからです」（*El Heraldo de Madrid* 一九三三年一月二十五日）。

コルタサルの例とバリェ゠インクランの言を考え合わせるなら、『ボヘミアの光』における「ヒヨコ豆作家」は、蔑みというよりも、むしろガルドスの偉業への敬愛の表現だと解釈してかまわないだろう。「ヒヨコ豆作家」が、人を無生物である食料に喩えた、エスペルペントの典型であることに疑いの余地はない。

「ヒヨコ豆作家」に、次世代の作家たちが抱いたガルドスへの蔑み、といった意味合いを読み取ったのは、作家たちの世代対立を楽しんだジャーナリズムと、新旧世代の作家たちが目指した美学の違いを分かりやすく伝えようとした文学史家たちだったのではないだろうか。

2.『ドニャ・ペルフェクタ』（一八七六）の評価

「傾向小説」

本小説は出版時から今日にいたるまで、「傾向小説」（«novela de tesis»、«novela tendenciosa»）と分類されてきた。これに続く『グロリア』（七六―七七）と『レオン・ロッチの家族』（七八）とともに、ガルドスの「初期小説＝傾向小説」とレッテル付けされたのだ。しかし、このレッテルが日本において、『ドニャ・ペルフェクタ』の初邦訳の読みを妨げてしまうのではないか、と筆者は危惧する。

「傾向小説」とは、比較文学者スーザン・シュレイマンの定義を援用すると、「リアリズムの手法で、読者に対して何よりも教育的意図を示し、政治的、哲学的、あるいは宗教的信条の正当性を証明するために書かれた小説」（*Authoritarian Fictions*, p.7）である。当然、作中人物たちは、特定の思想や観念によって動く、いわば「思想の化身」として現れる。そして、教育的目的のため、彼らは「善玉」と「悪玉」といったように分かりやすく単純化されることになる（Aparici Llanas, p. 19）。

シュレイマンが「傾向小説」として分析している作品にはフランスのサルトル（一九〇五―八〇）やマルロー（一九〇一―七六）といった日本の読者に馴染みの作家のものもある。だが、多くはブールジェ（一八五二―一九三五）の伝統主義的色彩の濃い『道程』（一九〇二）、作家ニザン（一九〇五―四〇）が大戦前の地方都市での政治闘争を描いた『トロイの木馬』（三五）、バレス（一八六二―一九二三）が反ドレフュス派の論客としてフランス国民の統一を訴えた三部作『国民的エネルギーの小説』（一八九七―一九〇二）など、いずれもかなりマイナーな小説で、左翼であれ右翼であれ作家の政治的信条が前面に出た作品である。日本では、社会主義や非戦論を声高に唱えた社会小説やプロレタリア小説、たとえば小林多喜二（一九〇〇―三三）の『蟹工船』（二九）といったところが当てはまるのだろう。

では実際、ガルドスは自分の信奉する「政治的、哲学的、あるいは宗教的信条の正当性を証明する」といった自覚に立ち、つまり「傾向小説」として『ドニャ・ペルフェクタ』を著したのだろうか？

執筆までの経緯

年譜をご覧いただきたい。ジャーナリストとして日々すぐれた記事を寄稿することで、権威あるレビスタ・デ・エスパーニャ誌の編集長（José Luis Albareda）の信任をえつつ、ガルドスはまず自費で一八七〇年、『フォンターナ・デ・オロ』の出版に取りかかる。この処女小説が好評を博したおかげで、レビスタ・デ・エスパーニャ誌に、第二作『影』（七一）、第三作『勇者――在りし日の急進主義者の物語』（七一）と立て続けに連載がかなう。

書きためていたこれら三編の出版が一段落した彼の脳裏に、一八七二年夏、「読んで楽しい手短な歴史小説シリーズ」の構想が浮かんだという。このシリーズは先の編集長によって《国史挿話》と名付けられる（当初、第一部から第五部まで、それぞれが十巻からなる、計五十巻の大シリーズとして構想されるが、最終的に刊行されたのは、第五部六巻までの計四十六巻）。

しかし、翌七三年初頭、ガルドスは《国史挿話》の構想を練るなど悠長なことを言ってはいられない、のっぴきならない状況に陥る。二月二日、アマデオ一世が王位を放棄し、共和政が宣言されたからだ。七一年からプリム首相の御用新聞エル・デバーテの編集長、七二年からはその親雑誌レビスタ・デ・エスパーニャの編集長を務め、紙上みずからアマデオ支持、反共和政の論戦を繰り広げ、「共和政など悲しき、浅薄な笑いぐさだ」とあざけっていたガルドスは、いきなり働く場の多くを失う。義姉が資産家だったとはいえ、同居していた姉家族や独身の姉ら大家族の支えとならざるをえないガルドスは、新たな収入源を開拓しなければならなくなった。このような必要にせまられ刊行したのが、《国史挿話》シリーズ第一作、『トラファルガー』である。出版後、これは瞬く間に大好評を博す。読者の支持を確認したガルドスは、生活の逼迫もあり、一年間で第四巻『バイレーンの戦い』までを刊行、引き続き成功をおさめる。長年慣れ親しんだ王政がいきなり倒れ、共和政のプロセスが急展開していくのを目の当たりにしたスペインの読者たちが、自国の混乱の根源を歴史的にたどろうとする企画に惹かれたのだと言われている。

混迷する政治情勢を尻目に、ガルドスは翌七四年も計五編を著し、七五年三月に第一部全十巻を完結させる。そして休む間もなく、七五年夏、第二部に着手。ところが、その第二部三巻目『転向』を七六年一月に刊行したところで、いきなり《国史挿話》を中断。本小説『ドニャ・ペルフェクタ』執筆に取り組む。

なぜなのか？　ガルドスがクラリンに書き送った書簡によると、それは、ラス・パルマス時代からの学友で共にマドリードに上京し同じ大学で学び、その後第一共和政の前まで働いていたレビスタ・デ・エスパーニャ誌の社主兼編集長レオン・イ・カスティーリョ（一八四二─一九一九）からの依頼だったという。つまり、『ドニャ・ペルフェクタ』はレビスタ・デ・エスパーニャ誌への連載（三月から五月までの五号）に向け、〆切りに追われながら書き進められたことになる。《国史挿話》に戻り第四巻『フリーメーソン』に手を付けたのが同年六月であるから、早書きのガルドスにしては珍しく二月から五月までの四ヶ月弱にわたって『ドニャ・ペルフェクタ』に専念したというわけだ。では、長編とは言えない本作に、なぜそれほど時間がかかったのか？　おそらく本作がガルドスにとって初めての試みだったからにちがいない。

スペインの〈いま〉を描く

『ドニャ・ペルフェクタ』以前に発表した三小説はいずれも――『フォンターナ・デ・オロ』は一八二〇～二三年の「自由主義の三年間」、『影』は一八六六～六七年、『勇者』はカルロス四世の治世末期の一八〇四年頃――、過去のスペインに素材を求めていた。《国史挿話》も同様、その時点で完結していた第一部十巻はトラファルガーの海戦（一八〇五）からスペイン独立戦争中のアラピレスの戦い（一二）まで。第二部三巻はホセ・ボナパルトの退位（一三）からフェルナンド七世による「一八一二年憲法」の承認（二〇）までを取り扱っている。要するにすべてが、過去の出来事を題材にした純然たる〈歴史小説〉だった。

ひるがえって、『ドニャ・ペルフェクタ』はどうだろう。主人公ホセ・レイの生い立ちが語られる第三章冒頭、祖父が「一八四一年に死去した」と記されている。その時点で、ホセの父は結婚したばかりで、ホセはまだ生まれていない。ここから、翌四二年にホセが生まれたと仮定してみよう。父親が妻に先立たれたのが「一八四五年」だから、ホセは三歳だったことになる。まさに、「いたずらをはじめたばかり」で「泥遊びをする」年齢という記述に合致する。「一八七〇年」、父親は引退し、彼から相続した財産で、「大きな鉄道会社で数年間にわたって線路敷設に従事してきた息子ぺぺは、ドイツとイギリスに留学した」。大学をでて数年間会社勤めをした彼が、二十八歳というのも肯ける。その彼が留学からもどり、父にうながされてオルバホッサに到着したとき、「優秀な青年は三十四歳になろうとしていた」。一八四二年生まれだと仮定したホセが三十四歳になるということは、物語の〈いま〉は〈一八七六年〉。まさに主人公と同年齢のガルドスが本作を執筆した年である。

要するに、ガルドスは『ドニャ・ペルフェクタ』で初めて、スペインの〈いま〉を題材にした。さらに読者が、本作にスペインの〈いま〉が描かれていると気付くよう、物語にしっかりと〈時〉を刻印している。ガルドスは、自国の過去ではなく、〈いま〉起きていることを読者に伝えようと、初の試みに挑んだわけだ。

実際、ガルドスは一八七〇年の評論「スペイン現代小説に関する所見」で次のように力説している――「わが国の大多数の小説家たちの欠点は、同時代のスペイン社会がふんだんに供する素材をなんら利用していないことだ」(傍点筆者)。つまり、彼は歴史小説家として作家の道を歩みはじめながらも、スペインの〈いま〉がたえず気にかかっていたのだ。

一八七六年のスペイン

「同時代のスペイン社会」がガルドスにとっていかに魅惑的な素材だったか、冒頭の年譜をご覧いただければ明白だろう。十九歳でラス・パルマスから上京して以後十五年間、スペインの政体は変貌し続け、ガルドスは首都マドリードでその過程を――「聖ダニエルの夜」事件や兵営サン・ヒルの下士官蜂起などを――学生として、また、議会における政争をジャーナリストとして目の当たりにし、しかも、その変貌によって自分の生活までもが翻弄されたのだから。

ガルドスが身をもって体験した一八六二年から七六年にかけてのスペインについて、歴史家ライン＝エントラルゴは、「スペインの精神的・政治的・経済的な生活はたえず闘争、血みどろの闘争、しかももっとも悪いことには、極彩色の闘争であった。大地は血に染まり、物蔭では工作が行なわれ、演説は美辞麗句がちりばめられる。結局は、無論のこと、疲労である。その結果、サグントの王政復古となる」(「問題としてのスペイン」、二六四ページ)と総括する。

エントラルゴは、闘争の要因を、「わが民族のもっとも極端で生粋なる二つの党派」、すなわち〈伝統主義者〉と〈自由主義者〉の対立に求めている。ただ、この時期の闘争が〈伝統主義VS自由主義〉というような、単純な二項対立におさまりきれないのは、先の年譜から明らかだ。各党派の成員が、思想的に堅固な絆で結ばれていたわけではなく、党派内の抗争もはなはだしかった。伝統主義者とひとくくりにしても、実のところ絶対主義右派からカトリック原理主義者、（フェルナンド七世の弟カルロスの王位継承を要求し、地方特権と自治の擁護を訴えた）カルリスタまでいる。自由主義者も、王政を支持する穏健派から進歩派まで多岐にわたった。この図式の外側に、民主主義、統一共和主義、連邦共和主義、（マルクス主義的）社会主義、（バクーニン率いる）無政府主義といった、多様なイズムを信奉する勢力がうごめいていた。

要するにスペインの地では十九世紀を通じ、互いに混じり合い、明確な境界線を引くことのできない〈二つの傾向〉が、緊張関係を織りなし、社会はその間で〈振り子運動〉のように左右に揺れていた。ガルドスが『ドニャ・ペルフェクタ』を著した一八七六年というのは、スペイン史研究の泰斗ドミンゲス＝オルティスが「近現代スペインの政治に特有の振り子運動は、六年間の動乱から復古王政のべた凪ぎへと移った」（『スペイン　三千年の歴史』、三三三ページ）と言うように、振り子運動に疲弊した国民が動きを止めたばかりの時期だったのである。

小説の最終行

以上のことから、おのおのの理想を希求するスペイン人たちが互いを牽制しあい、対立関係にあった「葛藤の時代」、とくに「革命の六年間」にあって、特定のイデオロギーを喧伝する「傾向小説」が雨後の筍のごとく出版されたのも道理であろう。実際、ガルドス研究者たち（Ara Torralba, Romero Tobar）によると、当時、「自由主義十字軍」などと銘打った、まぎれもない傾向小説が流行したという。では、「復古王政のべた凪ぎ」へと移った一八七六年、ガルドスはなぜ『ドニャ・ペルフェクタ』を著したのか？　その目的をあらためて探ってみよう。

結びに。一見すると良い人間だが、実はそうではない人びとについて、われわれがいまのところお話しできるのは、これですべてです。

（『ドニャ・ペルフェクタ』第三十三章）

本小説は右記の文章で締めくくられている。そして、彼の意図を解く鍵は、まさにこの終行にあるのではないかと筆者は考える。ガルドスは本小説で、「良い人に見えるが、実はそうではない人」〝las personas que parecen buenas y no lo son〟について描こうとした、と明記しているからだ。この記述に該当する作中人物とは誰だろう？　真っ先に浮かぶのは、もちろん主人公ドニャ・ペルフェクタ。血のつながった甥ペペをやさしく迎え入れておきながら、最後にその殺害を命じる彼女の名を、小説のタイトルにした点からも、ガルドスがこの婦人について書こうとしたのは疑いない。ただ、「人々」と複数形になっている以上、彼女だけを指しているのではない。だとすれば、次の候補は聖職者ドン・イノセンシオ。うわべではペペに対して慇懃な態度で接しながらも、裏で彼の失墜をもくろんだ司祭は間違いなく該当する。同様に、彼の姪マリア・レメディオスも、オルバホッサで「美徳の鏡」と讃えられながら、息子可愛さでペペ殺害に荷担するのだから該当すると言える。また、領袖《カシーケ》として恐れられながらも敬愛される存在《カバリューコ》、クリストバル・ラモスも、純粋なあまりドニャ・ペルフェクタとマリア・レメディオスに操られたあげく、無関係のペペを殺めるのだから、同類だろう。こうして列挙していくと、『ドニャ・ペルフェクタ』では〈伝統主義〉側の作中人物たちが、「良い人に見えるが、実はそうではない人」として告発されているかに思えてしまう。

しかし、実はそれほど明確に割り切れるものではない。たとえば、ドニャ・ペルフェクタの娘ロサリオはどうだろうか。彼女の政治信条は明らかでないが、天使のようなロサリオはオルバホッサで誰からも愛される存在だ。しかし、その純真さゆえに母親に逃亡計画を打ち明け、ペペ殺害のきっかけを作ってしまうのだから、「良い人に見えるが、そうではない人」と見なせなくもない。

〈自由主義〉のシンボルとして設定されているペペもしかり。ドン・イノセンシオのアイロニーにみちた物言いをどうにか堪え、貧困と差別にあえぐトロイアの娘たちに手をさしのべるなど、たしかに〈良い人〉である。ところが、小説冒頭、初めて訪れた土地の村人に、「この地ではすべてが皮肉に満ちています。美しい名称に対し、味気ない悲惨な現実」と感想をもらすなど、実直というより、他人が自分の言動をどう受け止めるのかに鈍感すぎるきらいがある。そんな彼だからこそ、ドン・イノセンシオの挑発にのり相手に反論するも、結局みずから墓穴を掘ってしまう。何より、ロサリオと結婚するという個人的な願いをかなえるために、中央政府が派遣した軍隊を悪用し、その結果内戦が勃発してしまうのだから、「良い人に見えるが、実はそうではない人」に該当する要素を十分にはらんでいる。

つまり、終行には確かに「善玉VS悪玉」という単純な二項対立の図式が示されているが、「自由主義VS伝統主義」のそれとは合致しない。『ドニャ・ペルフェクタ』では、自由主義のシンボルと設定されている人物が、善玉として一義的に描かれているわけでもなければ、「伝統主義者＝悪玉」と読者が受け止めるよう、懲悪的な結末が用意されているわけでもないのだ。

たとえば第三十二章、「ドン・カジェターノ・ポレンティーノスからマドリードの友への手紙」を思い起こしてみよう。ここでは、最初は自殺とされた自由主義者ペペが、実はカバリューコと撃ち合って殺害された、という真相が明かされる。こうした状況で、愛娘ロサリオが正気を失い、自身も体調良好とはいえないながらも、ドニャ・ペルフェクタはオルバホッサで日々宗教的実践にはげみ、安穏な暮らしをおくっている。司祭ドン・イノセンシオは自らのおこないを悔いるかのように、孤独の日々をおくる。その姪マリア・レメディオスはハシントに付き添い、あれほど忌み嫌っていたマドリードへ上京、息子の立身出世を目論む。カバリューコにいたっては、政府軍を撃破。ということは、当時の読者なら、彼がじきに政府と休戦協定をむすび、正規軍の将校におさまる、と推測するだろう。銃殺された自由主義者ペペからすれば、これらの伝統主義者たちの行く末はあまりに理不尽だと嘆じるはずだ。

第二版への改変

すでに記したように、『ドニャ・ペルフェクタ』の初出はレビスタ・デ・エスパーニャ誌で、一八七六年三月から五月にかけての五号に連載されている。大好評を博した『ドニャ・ペルフェクタ』は、その後、同年五月末に単行本として（雑誌と同じ印刷所J. Nogueraから）刊行。この版も六月末に売り切れ、同年秋に第二版が別の出版社（La Guirnalda）から刊行される。

実は、この再版に向け、ガルドスは大きく手を加えている。具体的に言うと、初版の第三十二章から、次に訳出した箇所を削除しているのだ。

十二月十二日　オルバホッサにて

ペルフェクタがあなたによろしく伝えて欲しいとのこと。彼女が結婚するという作り話に哄笑しておりました。実を申しますと、こちらでも同じことが噂されています。それが話題にでると彼女は笑って否定するのですが。仮に正式な話になったとしたら、私は同意いたしかねます。というのも、ハシントは彼女より二十二歳若く、たとえペルフェクタが若さをたもち、最近ふくよかになり美しさをましているとしても、二人にとって幸せな結婚になるとは思えないからです。実際、若者のほうはそれほど乗り気には見えません。彼の母親、マリア・レメディオスだけが、この話が一歩実現に近付いたなら両耳を削がれてもいい、といった様子です。

十二月二十三日　オルバホッサにて

私の親愛なる友よ、今日ゲラ刷りをお送りできないことをお伝えしようと、大慌てで手紙をしたためています。実は、私の家で恐ろしい事故が起きてしまい……　いま呼ばれたばかりで……　助けに行かなければならないからです……　どうしたらいいのか、皆目分かりませんが。

ハシントと私の義妹との結婚はたしかに計画されていました。今朝家に皆でいたときのこと、クリスマスに向け豚が屠殺されました。女たちはこの時期の陽気な作業に励んでおりました。ご想像いただけるように、ペルフェクタもそこで、五、六人の女友達や召使いたちと一緒になって、漬け汁に漬けるために肉をきれいにしたり、腸詰め《チョリッソ》用に肉を挽いたり、血の腸詰め《モルシーリャ》を美味しく仕上げるための作業にかかりきりでした。そこにハシントが入って来たのです。女たちに近付くと、豚のくず臓物で足をすべらせ、倒れ込みました……　あまりの悲惨さに、その恐ろしい出来事が本当に起きたとは思えません！……　若者は、不運にも母親のマリア・レメディオスのうえに勢いよく倒れ込んだのですが、母の手には大きなナイフが握られていました。避けることなどできずなるがまま、刃物は若者の胸に突き刺さり、心臓をつらぬいた。

私は愕然としています……　あまりもの惨劇に！……

（*Revista de España* 198［V-1876］、傍点筆者）

本書の第三十二章と照らし合わせたとき、ガルドスが当初、いかにドラマチックな結末を用意していたのか、実感できるだろう。大きく改変されたのは、主に二点。第一に、ペルフェクタが年の離れたハシントと結婚することになっていたこと。第二に、その相手ハシントが、実の母の手にかかって悲劇的な死を迎える、という点である。

「良い人に見えるが、実はそうではない人」を描こうとした、と記された最終行（第三十三章）の直前にあった、結婚間近のドニャ・ペルフェクタが婚約者を失う、それも実の母マリア・レメディオスによって刺殺される――こうした結末を、読者はどう受け止めただろうか。ドニャ・ペルフェクタやマリア・レメディオスといった伝統主義者が、最後に懲らしめられた、と解したにちがいない。つまり、もともとは伝統主義者＝悪玉が罰せられるといった、「傾向小説」に典型的な結末だったのだ。

しかし、雑誌への連載を終え時間に余裕のできたガルドスは、あえてその結末を大きく変えた。伝統主義者たちが懲らしめられた、と読者が解するリスクのある箇所を削除したわけだ。結果、われわれが目にするような曖昧な結末になった。結末のこうした改変から考えても、ガルドスに「自由主義VS伝統主義」という二項対立的図式のもと自由主義思想を宣伝する、といった自覚が、すなわち〈傾向小説〉を執筆する意図があったとは考えにくい。

3．『ドニャ・ペルフェクタ』の面白さとは？

ガルドスの意図

『ドニャ・ペルフェクタ』の次の小説『グロリア』第一部を十二月に刊行し、明けて一八七七年、彼は親交のあった作家ホセ・マリア・デ・ペレーダ（一八三三－一九〇六）に分厚い書簡をしたためる（三月十日）。これについて、受け取ったペレーダは同郷の文学史家メネンデス＝イ＝ペラーヨ（一八五六－一九一二）に、滅多に返事をくれない、くれても便せん一枚ほどのガルドスが五枚も書いてきた、どうやら彼の最新作『グロリア』に厳しいコメントを寄せたため彼を怒らせてしまったようだ、と驚きを伝えている。

ちなみに、『グロリア』は、ガルドスが『ドニャ・ペルフェクタ』出版後、《国史挿話》と並行して執筆をすすめた大部の小説である。スペイン北部の海辺の町を舞台に、篤信家の父の手一つで育てられた娘グロリアが、難破した英国船から救い出された若者ダニエルと恋に落ちる。ところが、彼がユダヤ教徒だと発覚し、町は大騒ぎになる。グロリアは愛か宗教かという選択に苦悩しつつ、結婚しないまま二人の子をもうける。最後、グロリアは修道院で死去、ダニエルも正気を失って死んでしまう。こうしたストーリーから、カトリック至上主義を非難した「傾向小説」だと一般に解されている作品である。

ガルドスは、書簡でペレーダに訴える――スペインが文明化された他のヨーロッパ諸国と肩を並べるには、〈信教の自由〉にもとづく教育が不可欠です、伝統主義者のあなたは、スペインの没落は「風俗を腐敗させた自由主義のせいだ。昔はよかったのに、一八一二年［自由主義的な「カディス憲法」公布］以降、スペインはだめになってしまった」と反論するでしょうが……　ガルドスは、みずからのリベラルな立場を顕示しつつ、あえて断言する――「私はこれまで一度も反宗教的な、ましてや反カトリック的な作品など書こうとしたことはありません」。

私は、本小説において、いかなる哲学的・宗教的イデオロギーの正当性も証明しようとしたわけではありません。そんな目的のために、小説を書いたりはしませんから。ただ単に私は、信憑性のある、つまり起こりうる劇的な出来事を描こうとしたまでです。

ガルドスはこれまで「反宗教的な」作品を執筆したことはないし、新作『グロリア』もいわゆる「傾向小説」を意図して書いたわけではない、と主張する。「これまで一度も……」ということは、前作の『ドニャ・ペルフェクタ』もしかり、ということだろう。では、ガルドスはスペインの〈いま〉に関して読者に、「哲学的・宗教的イデオロギー」ではなく何を訴えようとしたのか？

『ドニャ・ペルフェクタ』執筆の四年ほど前に遡る。ガルドスは、みずから編集長を務めていたレビスタ・デ・エスパーニャ誌上に、アマデオ一世の治世が一周年をむかえるスペインの政情を総括した政治評論を発表する（一八七二年一月）。ブルボン王朝と穏健派体制に反発し、進歩派と民主派、自由主義連合が協定を結び、六八年、進歩派プリムのクーデタを機に「九月革命」を成功させたこと。続いて、その自由主義勢力が、翌六九年、憲法制定議会で過半数を占め、結集して立憲王政を支持し、七十年アマデオ一世体制を樹立させたこと。議会開催後も自由主義勢力が結束して、カルリスタや絶対主義者、共和派や穏健派に抵抗してきた、など革命を達成した勢力のこうした功績を讃えた後、ガルドスはいまの政情を告発する。七一年、自由主義勢力を繋いでいた強い結束が、正当な理由もなく破棄された、その結果、アマデオ一世を支えるはずの勢力が内部分裂を起こし、党派争いを繰り返している、と。ガルドスによれば、混乱の一番の要因は、議会で過半数を占め、結束の要となっていた進歩派の分裂にある。しかも、その分裂は、他国のように政治家のイデオロギーの相違にもとづくものではないため、進歩派は終わりのない分裂を繰り返すかもしれない、とさらなる危険を指摘する。なぜなら、

この地では、思想ではなく、何よりも情念《pasión》が人をたえず支配することにより、寛容の精神を毒し、高貴な意志を腐敗させてしまい、結果、党派の分裂はいま我々が目にする恐るべきモラルの低下を引き起こさざるをえない。

（*Revista de España* 93 [I-1872]、傍点筆者）

スペイン語《pasión》は訳しにくい言葉で、「情熱」とも訳せるが、ここでは「情念」という言葉を当てた方がよいだろう。ガルドスは、スペインにおける党派の対立は、イデオロギーに因るものではない、

「情念」が人びとを分裂させ、それが「モラルの低下」を引き起こしている、と言う。本来なら、政治的、宗教的、経済的な信条にもとづき結集すべき政党が、スペインでは、人びとが恨みにもとづき寄り集まったり、昔からの遺恨やら、使い回した言葉の力やらが人びとを結びつけたとき、政党というよりも派閥と呼ぶべきその集団は、［……］人びとに下劣な野心を呼び起こし、不快な嫉妬をかき立て、精神の不道徳な高揚と堕落を引き起こし、この世でもっとも重要で神聖なる国家の命運を、お決まりの忌々しい陰謀——それは情念によって幻惑され分別を失った精神の唯一の営み——という、でたらめな試練に委ねてしまうことにしか役立たない。

（*Revista de España* 93 [I-1872]、傍点筆者）

すなわち、スペインの政治的・社会的な不安定さの第一要因は、イデオロギー対立ではない。他のヨーロッパ諸国では稀有のことだが、憎しみや遺恨といった「情念」に因るものである、とガルドスは糾弾するのだ。

この政治評論をガルドスが執筆したのは、一八七二年一月。その一年後、多くの事案に関し党派の対立が顕在化、四面楚歌におちいったアマデオ一世は、「だれもが祖国という甘い言葉を引合いに出し、その善を求めて互いに喧嘩し扇動し合っている」（『世界歴史大系スペイン史2』、四八ページ）という非難がましい言葉を残し王位を放棄した。その後、スペインはさらなる混乱、五度の政権交代という政治的混乱だけでなく、地方労働者の蜂起が頻発する社会的にも混乱した第一共和政期に入る。

対して、ガルドスが『ドニャ・ペルフェクタ』執筆の依頼を受けたのは七六年二月。前述のように、アルフォンソ十二世による王政復古が実現し、立憲王政のもと首相カノバス・デル・カスティーリョが秩序維持を第一に強権的な統治をすすめ、憲法制定に向けての選挙（一八七六年一月二十日）で彼の保守党が過半数を獲得した直後である。ドミンゲス＝オルティスの言葉を借りるなら、スペインが「べた凪ぎ」へ、十九世紀をとおしてこれまでにない安定期に入ったばかりの時期だ。つまり、先の政治評論を執筆時のスペインは混乱期、『ドニャ・ペルフェクタ』執筆時は安定期にあったことになる。

しかし、この一見まったく相反するように思える二つの時期（七二年と七六年）を年譜に照らし合わせてみると、どちらも、国の政体として〈立憲王政〉が立ち上げられ、新しい王が即位して一年後だということが分かる。よって、七六年のガルドスの脳裏に、四年前と同じことが起きるのではないか、具体的には、王を支えるべき過半数を占める党が分裂し、政情が再び不安定化するのでは、という危惧が生じていたとしても不思議はない。この既視感《デジャビュ》のような政情下で、ガルドスが「情念の問題」を変わらず、あるいは再び憂慮し、『ドニャ・ペルフェクタ』で取りあげた、と考えられるのではないだろうか。

当時の読者　狂信

では、『ドニャ・ペルフェクタ』は当時いかに読まれたのか？「情念の問題」を読み取った読者はいたのか？　生涯をとおしもっとも熱心なガルドスの読者でありつづけ、「私は批評という冒険に乗り出して以来、ガルドスの新作について書評を書かずにやり過ごしたことは一度もない」と自負する同世代の作家・批評家クラリンの感想を紹介しよう。

オルバホッサ、スペインの中心に位置する司教座付きのあの町は、われら民族の狂信《fanatismo》を、そのあらゆる残忍な行為をオブラートに包むことなく表している。狂信に必ず付きしたがう手先ども、偽善や猛々しさ、頑固さや高邁な無知といった邪悪な情念をともなって。その町には狂信が、歴史上その要因が生み出した、そのままの姿で息づいている。

(*Revista Europea* 156 [18-II-1877])

小説の目的について述べるなら、われら民族の狂信《fanatismo》と戦うことにほかならない。ソルフェオ紙のコラムを担当する筆者にとって、最高の目的だと思えないはずがあろうか！

(*El Solfeo* 361 [3-X-1876])

「狂信」《fanatismo》という言葉が繰り返されている。「狂信」とは何だろう？「理性を失うほどに信じこむこと」(『広辞苑第六版』)、「ある特定の観念によって思想と行動のすべてが支配され、ひいては理性を失っている状態」(『平凡社　世界大百科事典第二版』)。こうした状態はまさに、ガルドスが訴えた〈情念〉に支配された人の症状。特定の〈観念〉を絶対的だとみなす非理性的な状態そのままではないか。

クランが「狂信に必ず付きしたがう手先ども」として列記する、「偽善」、「猛々しさ」、「頑固さ」、「高邁な無知」といった症例も、ガルドスの指摘する、「情念」が「寛容の精神を毒し」、「高貴な精神を腐敗」させた結果としての「モラルの低下」、具体的には、「下劣な野心」や「不快な嫉妬」、「精神の不道徳な高揚と堕落」といった特徴と合致する。クラリンの読みは、ガルドスが気に掛けていた〈情念〉の問題という執筆意図を言い当てたことになる。

ただ、クラリンが繰り返す「狂信」とは、いったい理性を失うほど「何を」信じこむことに言及しているのか？　当時のスペインにあっては、それは当然「宗教」の教えを信じ込む、つまり、「カトリック至上主義」ということになるのだが。では、クラリンが「もっともリアルな登場人物であり、錯乱した彼女を制止できる者など誰もいないと言えるほど、わが国の狂信的な女性の典型」だと讃えるドニャ・ペルフェクタの言動を時系列に沿ってたどり、「偽善」、「猛々しさ」、「頑固さ」、「高邁な無知」といった「狂信」の症例を確認してみよう。

【オルバホッサ到着一日目】

自分を「物質主義者」であり、教会から断罪されているダーウィン理論の信奉者、ドイツ哲学に精通する「聖像破壊者」、よって「無神論者」だと決めつける司祭に対し、ホセが言い返すと、ペルフェクタは「司祭さまが反論なさらないのはキリスト教徒としての慎みからにほかならない」と弁護し、逆に司祭に、「甥がこれまで学んできた科学知識の誤りをご指摘ください」と懇願して、ホセの弁明を一切聞き入れようとしない（第七章）……「高邁な無知」、「頑固さ」。

【到着二日目】

亡母から相続した耕地について、リクルゴをはじめとする村人たちに訴えられ憂鬱になっているホセに、ペルフェクタは、「どれほど常軌を逸した反宗教的な考えを持っていたとしても、大切な甥」だから、間に入って解決してあげる、とやさしく声をかける（第十章）……「偽善」。

【到着後三週間ほど】

ペルフェクタは、反政府分子の蜂起が懸念されるオルバホッサは中央政府が派遣した軍隊によって叩きつぶされることになる、とホセに脅され、それを真に受け恐れおののく（第十九章）……「高邁な無知」。

自分の味わっている苦しみの張本人はあなただ、と疑念をぶつけるホセに対し、ペルフェクタは「わたくしがあなたに反論すると、わたくしが張本人だとあなたが訴えたさまざまなことを、完全に否定すると思っているのでしょう？……　いいえ、否定などしません」。「良き公正な目的を成し遂げるため」に、「あなたとわたくしの娘双方のためになるよう」に、すべてを執り行った、と言い放つ。神を信じないあなたには分からないでしょうが、「わたくしは自分が何をなすべきか、なぜそうすべきか心得ている」と、神を引合いに出しみずからの無謬性を主張する（第十九章）……「偽善」、「頑固さ」。

【口論から数日後】

レメディオスに、男たちを使ってホセを脅しては、と勧められるが、ペルフェクタは、逆にそんなことを言うレメディオスを蔑む――「殴るですって！　とんでもない！　わたくしの命令で甥がひっかき傷を負うことすら望まないのに。殴るなんて、決して許しません」（第二十五章）……「偽善」。「娘が甥の妻となるのを目にするくらいなら、娘にいかなる災いが起きてもかまいません。それがたとえ死であったとしても」……「猛々しさ」。

さらに、レメディオスに、甥は中央政府の権力に、軍隊に匹敵する存在であり、彼ら全員に対し、キリスト教徒VSモーロ人という気概で戦いを挑まなければならない、と説く……「高邁な無知」。

【四月二十日頃　事件当日】

ペルフェクタは「自分と同じ考えのできない人」に敵意を抱き、力で解決しようと立ち向かう。同様に、敵も自分たちと同じ手段をとると思い込み、ホセが「彼女の邸を襲い、娘を強奪するものだと信じ込んで」いる（第二十八章）……「頑固さ」。

「人を嫌悪することに関しては、人間界における諍いの守護天使だと呼べるほどの、燃えさかる激しさを持っていた」……「猛々しさ」。

計画を打ち明けた娘に対し、「あなた、わたくしを殺すつもりですか？」、「罪の重し」と「神の呪い」に押しつぶされるがいいと突き放し、「気絶した娘に目もくれず」ホセを探しに行く（第三十一章）……「猛々しさ」。

ペペの人影を見出すや、「クリストバル、クリストバル……　奴をやっておしまい！」……「猛々しさ」。

読者は、ペルフェクタの狂信性、とくにその偽善さと猛々しさを実感できたのではないだろうか。

では、先に挙げた問いに戻ろう。クラリンが指摘するペルフェクタの狂信性とは、何に対する狂信だったのか？　宗教的狂信なのか？

いや、読者は彼女が、篤い信仰心から、神の教えに随い行動したとはとうてい思えないはずだ。というのも本作には、ペルフェクタが神に祈り、教えを乞う描写は一行たりともないのだから。彼女が大聖堂へミサに行ったことは作中人物たちの会話を介して知りうるだけで、しかも、その会話（第九章）から明らかになるのは、ミサのあいだ中、堂内をうろつくペペの行動を監視するペルフェクタの姿にほかならない。

当時の作品、とくにある程度裕福な女性を主人公とした小説（たとえば、クラリンの『ラ・レヘンタ』）、そしてガルドス本人の作品（『グロリア』など）を思い起こすとき、読者は、ペルフェクタが神に祈るシーンがいかに周到に省かれているか、その徹底ぶりに気づくにちがいない。これについては、第十七章、ロサリオが深夜の礼拝堂でキリスト磔刑像をまえに涙しながら「神を信じますか？」とペペに訊ねるシーンとの対比で、より一層読者に印象づけられるはずである。

では、ペルフェクタは〈何を〉激しく信じ込み行動したのか？　端的に言うなら、それはみずからの〈正当性〉だろう。彼女は、ホセが娘ロサリオの夫にふさわしくない、と固く信じて疑わない。それは、語り手が述べるように、ホセに対する嫌悪の念であるがゆえ、ペルフェクタの場合、厳格で高邁な性格によって「燃えさかる激しさ」をともなう。一見、その嫌悪の念に宗教的信条が関与するかに読めるが、彼女が街中に言い広める「無神論者と結婚させるわけにはいかない」は名目上の理由にほかならない。彼女はオルバホッサで「非の打ち所のない素行」の婦人としての威信をたもつという世俗的な目的のため、宗教的実践にはげんでいるにすぎないのだ。

すなわち、『ドニャ・ペルフェクタ』のテーマとは、自分の考え、判断は正しいと思い込み決して疑わない「狂信」と、そのような精神を育てた社会だと見なせるだろう。本作には、右に列挙したように、「偽善」、「猛々しさ」、「頑固さ」、「高邁な無知」といった症状によって、スペイン人の「情念」が前景化されているのだ。

戯曲『ドニャ・ペルフェクタ』（一八九六）

小説『ドニャ・ペルフェクタ』は出版からちょうど二十年後、ガルドスの手で舞台用に翻案される。一八九六年一月二十八日にマドリードで初演され、瞬く間に大成功をおさめるのだが、この劇で観客は小説以上に激しい情念をふりかざすペルフェクタを目にする。

マリア・レメディオスに娘が強奪される危険を示唆されたペルフェクタは——

ペルフェクタ　わたくしから娘を奪うですって！　わたくしの喜び、存在そのものであり、この世そしてあの世のすべてに匹敵する娘を！［……］わたくしは娘を愛するあまり、彼女がわたくしと同然の存在だと、ただし、わたくしのなかにいるわたくしより下位の、魂を分かち合った存在だと感じるほどです。冗談じゃないわ、娘の気持ちや考えが、わたくしのものと違うなんて堪えられない。そうでしょう。気持ちや考えが違っていたら、娘がわたくしのものだとも、わたくしが彼女のものだとも思えなくなり、魂の抜け殻になってしまう。わたくしが彼女を愛するように、娘がわたくしを愛してくれるためなら、娘のために命を投げ出してもいい。娘がわたくしのことを愛してくれないのなら、自分の命も彼女の命も惜しくはない。二人いっしょに墓に埋めてくれればいい!

（戯曲『ドニャ・ペルフェクタ』第三幕第七場）

みずからの正しさを絶対に疑わない、つまり、自己の無謬性を信じる者は当然、他者、とくに自分と異なる考えをもってしまった家族を許せない。愛しているがゆえに、娘は「魂を分かち合った存在」、しかも、自分に従うべき「下位の」存在でなければならない、そうでないなら娘の「命」も惜しくないと信じ込む激しさ。娘は自分に「服従」してくれるはずだと盲目的に思い込んだペルフェクタは、ペペが邸宅に侵入する最後の夜、娘が眠ったふりをしていることにも気付かず、やさしく語りかける——

ペルフェクタ　あなたの命と愛は、あなたの服従と同様、わたくしにとって不可欠のものなのよ。だって、あなたを育てたのは自分のため、あなたのなかに自分を見出すためなのだから。なのに今では、あなたを見ても自分の姿が見えてこない。〔……〕眠りなさい、愛する娘、あなたの夢のなかに天使が現れ、服従を、聖なる服従を植えつけて下さいますように。

（戯曲『ドニャ・ペルフェクタ』第四幕第一場）

このように一八九六年の戯曲では、ペルフェクタの狂信性が、「情念」という形でより前面に押し出されていることが確認できる。

スペイン人の国民性　情念

知識人サルバドール・デ・マダリアーガは、代表作『情熱の構造　イギリス人、フランス人、スペイン人』で、スペイン人に稀有の国際的な視野から、これら三国の国民性を比較検討している。彼によれば、イギリス人、フランス人、スペイン人をそれぞれ特徴づけるものは――

イギリス人――行動
フランス人――思考
スペイン人――情熱

行動の人は、自分の知性と心情とを行為の軌道にのせる。思考の人は、自分の行為と情熱を知性の養分とする。情熱の人は、燃えあがる彼の魂の中で、行為と思考を焼きつくす。［……］第一のタイプの人にとっては行動することが、第二のタイプの人にとっては考えることが、そして第三のタイプの人にとっては感じることが生きることなのである。

（『情熱の構造』、三五、三九ページ、傍点筆者）

マダリアーガがスペイン人の生の基盤として指摘する「情熱」であるが、原語は«pasión»。文字通り「情熱」、「激情」という意味をもつ。しかし、小稿では広い意味をもたせるために「情念」と訳してきた。「情念」«pasión»とは「その本質において、われわれが自分たちの内部で興奮を覚えながら通りすぎる（pasar）［……］ままに放置する生の流れとの一致の感情」。よって、情念の人たるスペイン人には、イギリス人が身につける「セルフ・コントロールが見られない」。また「ちょうど実験室の中に閉じこもるように自分の知性の中に閉じこもっているフランス人」が見せない、「まるごとの人間といった感情」をスペイン人は見せることになる。ゆえに、「行動も知性も示さないような全的かつ絶対的傾向」を有するスペイン人の性格は、「支離滅裂」さ、「矛盾せる諸傾向に満ちている」（七四〜七六ページ）。

ここでマダリアーガのスペイン人論を持ち出したのは、彼が示唆するスペイン人の国民性が、第一に、ガルドスが政治評論（一八七二）で糾弾したスペイン人の「情念の問題」と重なって見えるからだ――「この地では、思想ではなく、何よりも情念が人をたえず支配することによって、寛容の精神を毒し、高貴な意志を腐敗させてしまい……」。

さらに、マダリアーガによる「情念の人たるスペイン人」の説明から、誰かを連想できるのではないか？　そう、まさに、ペルフェクタその人である。マダリアーガがスペイン人に見出した〈情念〉の向こう側に、ペルフェクタの「狂信」が見えてくるのだ――マダリアーガが指摘するスペイン人の「全的かつ絶対的傾向」、「支離滅裂」さ、「矛盾せる諸傾向」、「フェアプレー」や「法」の超越、「超人間的行為」、「アモラリズム（没道徳性）」、「嫉み深さ」、外面的容貌に見られる「遠慮深さ、質素さ、静謐さ」、「エゴティズム（自己中心主義）」、「完璧な屈服と、保留なしの所有を要求する」熱烈で嫉妬深い愛……『ドニャ・ペルフェクタ』は技巧的にも内容的にも単純な小説であるが、実は、ガルドスの百編ほどの作品のなかでもっとも多くの言語（生前だけで九カ国語）に翻訳されている。なぜか？　これについて、ガルドス研究の第一人者リカルド・グリョンは次のように指摘する。

ガルドスの小説は生前に数冊がさまざまな言語に翻訳された。しかし、もっとも優れたものが、ではなく、出版社がもっとも売りやすいと見なした作品が翻訳されたのだ。たとえば、『ドニャ・ペルフェクタ』。ヒロインが、陰険で激しいイベリア人気質の権化であり、伝統的な狂信のイメージにぴったりだったからだ。

（*Galdós, novelista moderno*, p. 25、傍点筆者）

つまり、スペイン人の国民性と重なるペルフェクタの〈情念〉に、スペイン国外の出版社が着目し、自国の読者を惹きつけるにちがいない、と商業ベースの判断をくだした結果にほかならない。

一八九六年　オルバホッサの増殖

一八九六年一月末頃、ガルドスは《国史挿話》の豪華本刊行（一八八一―八五）の際、挿絵を依頼したこともある友人の画家ベルエーテ（Aureliano de Beruete y Moret: 一八四五―一九一二）から《オルバホッサ全景》と題された、小さな水彩画を贈られる。おそらく、先ほど取りあげた劇『ドニャ・ペルフェクタ』上演（一八九六年一月二十八日〜）の成功ゆえだろう。オルバホッサが初めて視覚化された絵画に感激したガルドスは、「真にせまる本物の〈高貴な都市《ウルブス・アウグスタ》〉」だと絶賛する礼状を書き送る。しかし、それだけでなく、その水彩画はガルドスからきわめて興味深いコメントを引き出した。

この生粋の、騒乱にみちた貧村を闇の中から引き出してきて二十年になります。が、その名声は衰えるどころか、その歴史も陰りを見せるどころか、日々興隆し、今となってはスペインに多少なりともオルバホッサ化されていない地方や都市はもはや一つもないほど。あなたはオルバホッサを村々で、さらに人の多い裕福な都市でも目にすることでしょう。オルバホッサは掘っ建て小屋と、金色に輝く豪邸の両方で息を吹き返しているのです。

（傍点筆者）

ガルドスは単なる懐古趣味から昔の自作に触れているわけではない。そうではなく、二十年前に著した『ドニャ・ペルフェクタ』の主題が一八九六年の〈いま〉でも有効だという、自信をもって〈いまのスペイン〉の問題を看破しているのだ。〈いま〉のスペインは端から端まで「オルバホッサ」«Orbajosa»となっている、「オルバホッサ化」«Orbajosoido» している、と。

しかし、「オルバホッサ化」という派生語までわざわざ作って、ガルドスは友人に何を伝えたかったのか？ 本礼状は、スペインの悲観的な将来についての、予言のように謎めいた文で結ばれている。

神がわれわれを憐れむことがないなら……　おそらく憐れむことはないだろうが、今まさにあらゆる場所が、そして明日あらゆる場所がオルバホッサとなることでしょう。

オルバホッサ化したマドリードにて……　一八九六年三月

ベニート・ペレス＝ガルドス

彼は一八七二年の政治評論で次のように述べていた――

もし知性がみずからの支配を奪還できないなら、もし思考が突如力強く再生し、止め処もない野心や思い上がった陳腐な考え、矯正しようもない共謀を押し止めることができないなら、すなわち、もしカフェでのうわさ話や、特定のサークル、会合、党派の道徳的な雰囲気が政治の魂となるのを止めないなら、政治は日ごとにより曲がりくねった、もっと薄暗い小道に入り込んでしまい、われわれを究極の破局に至らしめることだろう。前もって十分に対策を講じておれば避けられたはずの破局に。

（*Revista de España* 93 [I-1872]、傍点筆者）

政治が「知性」や「思考」ではなく、カフェや会合に満溢する「情念」に左右されるままだと、すなわち、社会が〈狂信〉に支配されたままでいると、スペインは「破局」へ向かう――こういった悲観的な未来を、アマデオ一世統治下の混乱をきわめたスペインに生きる一八七二年のガルドスは予見し、さらに、一八七六年の『ドニャ・ペルフェクタ』で警告した。にもかかわらず、二十年後、一八九六年のスペインに「オルバホッサ」は増殖し、スペイン中が「オルバホッサ化」している。礼状でガルドスが友人に訴えたのは、〈狂信性〉に満ち溢れるスペインの現状だったにちがいない。

末尾に、礼状をしたためた場所として、「オルバホッサ化したマドリードにて」«Madrjosa»と、マドリードとオルバホッサを合成した地名を記すことによって、ガルドスは、中央政府のある首都マドリードこそが〈狂信〉の中心と化していることを暗示しているのだ。

一八九六年という王政復古期のスペインの現実を、ガルドスと同じく糾弾した哲学者がいる。オルテガ＝イ＝ガセー（一八八三―一九五五）である。「新旧の政治」という題目の講演（一九一四年三月二十三日）で、オルテガは「王政復古とは何であったのか？」と聴衆に問いかける。そして、それは「国民生活の停止」だった、スペイン人がそれまでのダイナミズムを失い、空虚な生活をおくる、「生きていると夢見ているにほかならない」昏睡状態に陥る契機となった、と答えるのだ。続けて、有名なフレーズを発する――「王政復古は、諸君、幻想《fantasmas》のパノラマであり、カノバスは、魔術幻灯《fantasmagoría》の偉大な興業主にすぎなかったのです」。

オルテガは、王政復古期のスペインが享受した政治・秩序の安定は「幻想」にすぎなかった、と喝破する。安定のための仕組み――カノバスが率いる保守党と、サガスタを盟主とする似たり寄ったりの自由党が、地方領袖《カシーケ》を利用して選挙を操作し、交互に政権を担う二大政党制――を作り、スペイン人に安泰という「幻想」を見せた政治家カノバスを、当時流行した「魔術幻灯」の興業主に喩えたわけだ。政治と秩序の安定という目的を成し遂げるためには、いかなる方策も許されると〈狂信〉したカリスマ指導者カノバスは、ガルドスがスペインのオルバホッサ化を訴えた一年後の一八九七年、別の狂信者（アナキスト）の手で暗殺される。

二十世紀に入ると〈狂信〉はスペインを二分し、ついにはその最悪の破局、内戦（一九三六―三九）を引き起こすことになる。訳者は、スペインから遠く離れた日本で、自分は「正しい」と信じ込み、他者の意見に耳を貸さない政治家が増殖する〈いま〉に思いいたるとき、一抹の不安をおぼえる。『ドニャ・ペルフェクタ』は、われわれが向き合うべき普遍的テーマを投げかけているのではないだろうか。「オルバホッサ化」しかけている日本に通ずるこうした普遍性こそが本小説の面白みと言えるだろう。

一次資料

Pérez Galdós, Benito. "*Doña Perfecta*" *Revista de España* tomo XLIX (marzo y abril de 1876), núm. 194 (marzo): 231-268 (Cap. I-VIII); núm. 195 (abril): 374-415 (Cap. IX-XIII); núm. 196 (abril): 510-536 (Cap. XIV-XVIII); tomo L (mayo y junio de 1876), núm. 197 (mayo): 49-71 (Cap. XIX-XXIII), núm. 198 (mayo): 224-266 (Cap. XXIV-XXXII).

—. *Doña Perfecta*. Madrid: Imprenta de J. Noguera, 1876, primera edición.

—. *Ibid*. Madrid: La Guirnalda, 1876, segunda edición.

参照文献

Alas, Leopoldo "Clarin." «*Doña Perfecta*, novela del señor Pérez Galdós.» *El Solfeo* 361 (3-X-1876).

——— «*Gloria*, novela del señor Pérez Galdós.» *Revista Europea* 156 (18-II-1877).

——— *La Regenta*. Madrid: Cátedra, 1986. [『ラ・レヘンタ』東谷穎人訳、白水社、一九九八年]

——— *Benito Pérez Galdós*. Madrid: Ricardo Fé, 1889.

Aparici Llanas, María Pilar. *Las novelas de tesis de Benito Pérez Galdós*. Barcelona: CSIC, 1982.

Ara Torralba, Juan Carlos. «Introducción.» B. Pérez Galdós, *Doña Perfecta*, Juan Carlos Ara Torralba, ed, Madrid: Mare Nostrum, 2004, pp. 7-23.

Bravo-Villasante, Carmen. *Galdós visto por sí mismo*. Madrid: Magisterio Español, 1970.

Gullón, Ricardo. *Galdós, novelista moderno*. Madrid: Taurus, 1987.

Hoar, Leo J., Jr. «Galdós y Aureliano de Beruete, visión renovada de "Orbajosa".» *Anuario de estudios atlánticos* (Patronato de la Casa de Colón) 20 (1974): 693-707.

Ortega y Gasset, José. *Vieja y nueva política y otros escritos programáticos*, ed. e introducción de Pedro Cerezo. Madrid: Biblioteca Nueva, 2007.

Ortiz-Armengol, Pedro. *Vida de Galdós*. Barcelona: Crítica, 2000.

Pérez Galdós, Benito. «Observaciones sobre la novela contemporánea en España. *Proverbios ejemplares y Proverbios cómicos* de D. Ventura Ruiz Aguilera.» *Revista de España* tomo XV, núm. 57 (VII-1870): 162-172.

——— . «Revista política interior.» *Revista de España* tomo XXIV, núm. 93 (I-1872): 145-152.

——— . «Carta a Pereda (10-III-1877)», C. Bravo-Villasante, *Galdós visto por sí mismo*. Madrid: Magisterio Español, 1970, pp. 82-91.

——— . «Doña Perfecta» *Obras completas: cuentos y teatro*. Madrid: Aguilar, 1971, pp. 397-432.

——— . «Carta a Aureliano de Beruete (I-1896)», Hoar, «Galdós y Aureliano de Beruete, visión renovada de "Orbajosa"», *Anuario de estudios atlánticos* 20 (1974): 707.

Pérez Vidal, José. *Canarias en Galdós*. Las Palmas de Gran Canaria: Cabildo Insular de Gran Canaria, 1979.

Romero Tobar, Leonardo. «Prólogo.» B. Pérez Galdós, *Doña Perfecta y Gloria*, Yolanda Arencibia, ed, Las Palmas

de Gran Canaria: Cabildo de Gran Canaria, 2006, pp. 9-22.
Rubio Jiménez, Jesús. *Valle-Inclán, caricaturista moderno: nueva lectura de "Luces de bohemia"*. Madrid: Fundamentos, 2006
Ruiz Zafón, Carlos. *El juego del Ángel*. Barcelona: Planeta, 2008.［『天使のゲーム　上・下』木村裕美訳、集英社文庫、二〇一二年。］
Santos Zas, Margarita et al. *Todo Valle-Inclán en Roma (1933-1936)*. Santiago de Compostela: Universidade, 2010.
Suleiman, Susan Rubin. *Authoritarian Fictions: The Ideological Novel as a Literary Genre*. New York: Columbia U. P., 1983.
Valle-Inclán, Ramón del. *Luces de bohemia*, Alonso Zamora Vicente, ed. Madrid: Espasa-Calpe, 1987.
コルタサル、フリオ『石蹴り遊び』土岐恒二訳、集英社、一九八四年。
関哲行　他編『世界歴史大系スペイン史２　近現代・地域からの視座』山川出版社、二〇〇八年。
ドミンゲス・オルティス、アントニオ『スペイン　三千年の歴史』立石博高訳、昭和堂、二〇〇六年。
マダリアーガ、サルバドール・デ『情熱の構造　イギリス人、フランス人、スペイン人』佐々木孝訳、れんが書房新社、一九九九年。
ライン＝エントラルゴ、ペドロ「問題としてのスペイン」『スペインの理念』西澤龍生訳、神泉社、一九九一年、二五一―三三〇ページ。

あとがき

翻訳にあたっては底本としてBenito Pérez Galdós, *Doña Perfecta*, edición de Juan C. López Nieto, Madrid: Akal, 二〇〇六版を用いたが、他にedición de Rodolfo Cardona, Madrid: Cátedra, 一九八四版、edición de José Montero Padilla, Barcelona: Random House Mondadori, 二〇〇四版、edición de Juan Carlos Ara Torralba, Madrid: Mare Nostrum, 二〇〇四版、edición de Yolanda Arencibia, Las Palmas de Gran Canaria: Cabildo de Gran Canaria, 二〇〇六版、edición de Germán Gullón, Madrid: Espasa Libros, 二〇一一版と、五種類の注釈本を参照した。

なお、私の拙い質問に辛抱強く付き合ってくださったアナ・イサベル・ガルシア氏（東京大学教養学部准教授）と、訳稿を推敲するにあたり貴重な助言をくださった現代企画室の太田昌国氏、江口奈緒氏にこの場を借りてお礼を申し上げたい。

最後になってしまったが、このシリーズ《ロス・クラシコス》の企画立案とスペイン政府からの補助金獲得のために奔走し、私に翻訳の機会を提供してくださった寺尾隆吉氏（フェリス女学院大学国際交流学部教授）と、稲本健二氏（同志社大学グローバル地域文化学部教授）に心から感謝の意を表したい。

【著者紹介】

ベニート・ペレス＝ガルドス

Benito Pérez Galdós（1843-1920）

1843 年、大西洋に浮かぶスペイン・カナリアス諸島ラス・パルマス島に生まれる。1862 年に大学入学のためマドリードに上京するが、学業よりもジャーナリズム活動に身を投じていく。1870 年の『フォンターナ・デ・オロ』以降は、ブルジョア階級のみならず、没落貴族や司祭、知識人の生活、そして社会の最下層の悲惨までをもリアルに描き出す小説を生涯にわたって書き続ける。同時に、スペインの歴史を世紀初頭からたどる《国史挿話》シリーズを構想し、第 5 部からなる全 46 巻の歴史小説を上梓する。後半生においては、戯曲家としての才を現わし、『エレクトラ』（1901 年）は当時のスペイン社会を二分する問題作となった。1920 年の没後も時代を超えて読み継がれ、スペインの国民作家と讃えられている。

代表作に、《国史挿話》や本書（1876 年）のほか、スペインで初めてフランス流の自然主義的な描写を導入した『廃嫡娘』（1881 年）、「わたしは存在しない」という書き出しの『友人マンソ』（1882 年）、マドリードを舞台に男に翻弄される女性の物語『フォルトゥナータとハシンタ』（1887 年）、自己犠牲的な愛を描く『慈悲』（1897 年）、ルイス・ブニュエルによって映画化された『トゥリスターナ』（1892 年）や『ナサリン』（1895 年）がある。

邦訳書：『トラファルガル』（1873 年、邦訳 1975 年、朝日出版社）、『マリアネラ』（1878 年、邦訳 1993 年、彩流社）、『フォルトゥナータとハシンタ：二人の妻の物語』（1887 年、邦訳 1998 年、水声社）

【翻訳者紹介】

大楠栄三（おおぐす・えいぞう）

1965 年福岡県甘木市（現・朝倉市）生まれ。

東京外国語大学大学院地域文化研究科博士後期課程単位取得満期退学。

静岡県立大学国際関係学部を経て、現在、明治大学法学部准教授。

19 世紀後半から 20 世紀初頭のスペイン文学、とくにペレス＝ガルドス、パルド＝バサン、クラリンの小説と評論を研究対象とし、主な業績に、*Las novelas de Emilia Pardo Bazán con escenarios gallegos*（邦題『ガリシア地方を舞台としたエミリア・パルド＝バサンの小説』、Casa-Museo Emilia Pardo Bazán、2014 年）、「誰の〈愛の物語〉？――パルド＝バサン『郷愁』（1889）の始まりと『スペインの女性』――」（『明治大学人文科学研究所紀要』71 冊、2012 年）、共訳書ホセ・マルティ『ホセ・マルティ選集 第 1 巻：文学篇』（日本経済評論社、1998 年）など。

ロス・クラシコス 2

ドニャ・ペルフェクタ ― 完璧な婦人

発　行　2015 年 3 月 31 日初版第 1 刷　1000 部
定　価　3000 円＋税
著　者　ベニート・ペレス＝ガルドス
訳　者　大楠栄三
装　丁　本永恵子デザイン室
発行者　北川フラム
発行所　現代企画室
東京都渋谷区桜丘町 15-8-204
Tel. 03-3461-5082 Fax. 03-3461-5083
e-mail: gendai@jca.apc.org
http://www.jca.apc.org/gendai/
印刷所　中央精版印刷株式会社

ISBN978-4-7738-1506-1 C0097 Y3000E

現代企画室のスペイン語文化圏文学【セルバンテス賞コレクション】

価格はすべて税抜表記です。

①作家とその亡霊たち

エルネスト・サバト著　寺尾隆吉訳

作家でありながら書くことを拒否する「バートルビー」の仲間へ―書かないことで名声を確固たるものにしたアルゼンチンの作家の、アクチュアルな文学論。

二五〇〇円

②嘘から出たまこと

マリオ・バルガス・ジョサ著　寺尾隆吉訳

今と違う自分になりたい――小説の起源はそこにある。嘘をつき、正体を隠し、仮面をかぶる―だからこそ面白い小説の魅力を、名うての小説読みが縦横無尽に論じる。

二八〇〇円

③メモリアス――ある幻想小説家の、リアルな肖像

アドルフォ・ビオイ＝カサーレス著　大西亮訳

盟友ボルヘスの思い出、ヨーロッパ移民の典型というべき一族の歴史と田園生活、そして書物遍歴。幻想的な作品で知られるアルゼンチンの鬼才の意外な素顔。

二五〇〇円

④価値ある痛み

フアン・ヘルマン著　寺尾隆吉訳

詩が何の役に立つのか？　いくつもの問いを胸に、それでも詩人は書き続ける。政治と文学が交差するギリギリのところで表現を試みる、アルゼンチンの作家による詩集。

二〇〇〇円

⑤屍集めのフンタ

フアン・カルロス・オネッティ著　寺尾隆吉訳

『百年の孤独』のマコンドのように、『ペドロ・パラモ』のコマラのように。バルガス・ジョサにも大きな影響を与えたウルグアイ出身の鬼才が描く、幻想空間のなかで繰り広げられる人間悲喜劇。

二八〇〇円

⑥仔羊の頭

フランシスコ・アヤラ著　松本健二／丸田千花子訳

一九四〇～五〇年代に書かれながら、スペインではフランコの死後ようやく出版された短編集。スペイン市民戦争の実相を「人びとの心の中の内戦」として、庶民の内省と諦観と後悔の裡に描く。

二五〇〇円

⑦愛のパレード

セルヒオ・ピトル著　大西亮訳

本邦初紹介のメキシコの作家、ピトルは、二〇世紀のメキシコを舞台に、ナンセンスな不条理、知的な諧謔に満ちた多声的な、瞠目すべき〈疑似〉推理小説を仕立て上げた。

二八〇〇円

⑧ロリータ・クラブでラヴソング

フアン・マルセー著　稲本健二訳

職権乱用で謹慎処分を受けた警察官の兄。娼婦に無垢な愛を捧げる、知的障害をもつ弟。兄は弟を娼婦から引きはがそうとするが――スペイン現代文学のフロントランナーが描く現代人の疎外。

二八〇〇円

⑨澄みわたる大地

カルロス・フエンテス著　寺尾隆吉訳

多様な人種と社会階級が混在する猥雑な大都市＝メキシコ・シティに魅せられた作家は、斬新な文学的実験に満ちたこの初の長編で「時代の感性」を表現して、人びとの心を鷲づかみした。

三二〇〇円

⑩北西の祭典

アナ・マリア・マトゥテ著　大西亮訳

著者マトゥテが一一歳の時、スペイン内戦が勃発。多感な少女の胸に刻まれた苛酷な内戦の記憶。作家に成長した著者は、〈兄弟殺し〉とも言うべき内戦の酸鼻な記憶を本作品に形象化した。

二二〇〇円

⑪ **アントニオ・ガモネダ詩集**（アンソロジー）　アントニオ・ガモネダ著　稲本健二訳

フランコ独裁下の長い間、一六歳の頃から発表のあてもないまま詩を書き続けた詩人。彼の詩が人びとに受け入れられたのは第一詩集刊行から四六年、フランコの死から二一年を経て、詩人が七五歳の時だった。　二八〇〇円

⑫ **ペルソナ・ノン・グラータ**　ホルヘ・エドワーズ著　松本健二訳

キューバ・カストロ体制批判の書であり、チリ・アジェンデ政権の崩壊前夜の記録。ジャーナリスティックな記録とも証言文学とも異なる《記憶の文学》。独自のジャンルを築いたエドワーズ文学の真骨頂。　三二〇〇円

⑬ **TTT**　トラのトリオのトラウマトロジー　ギジェルモ・カブレラ・インファンテ著　寺尾隆吉訳

革命前夜のハバナ、エル・ベダードと呼ばれる「夜も眠らぬ」歓楽街に捧げられた、無数の言葉遊びと文学的企みに満ちたオマージュ。『ユリシーズ』の比肩すると評される、キューバの鬼才の翻訳不可能と言われた問題作。　三六〇〇円

⑭ **用水路の妖精たち**　フランシスコ・ウンブラル著　坂田幸子訳

因習と宗教に制約されたスペインの地方都市に育った少年の成長物語。本書はフランコの死の翌年に刊行されるや一大ベストセラーとなった。二十世紀後半のスペインを代表する作家の自伝的小説。　二六〇〇円

以下続刊。（二〇一五年三月現在）

現代企画室のスペイン語文化圏文学【ロス・クラシコス】

① **別荘**　ホセ・ドノソ著　寺尾隆吉訳

小国の大富豪一族が毎夏を過ごす「別荘」。大人たちがピクニックに出かけ日常の秩序が失われた小世界で、子どもたちの企みと別荘をめぐるくらい歴史が交錯する……。二転、三転する狂気をはらんだ世界が読む者を幻惑する怪作。　三六〇〇円

以下続刊。（二〇一五年三月現在）